愛蔵版

それからの三国志

内田重久

文芸社

愛蔵版

それからの三国志

目次

第一部

第二部

残照篇

解　題

第一部

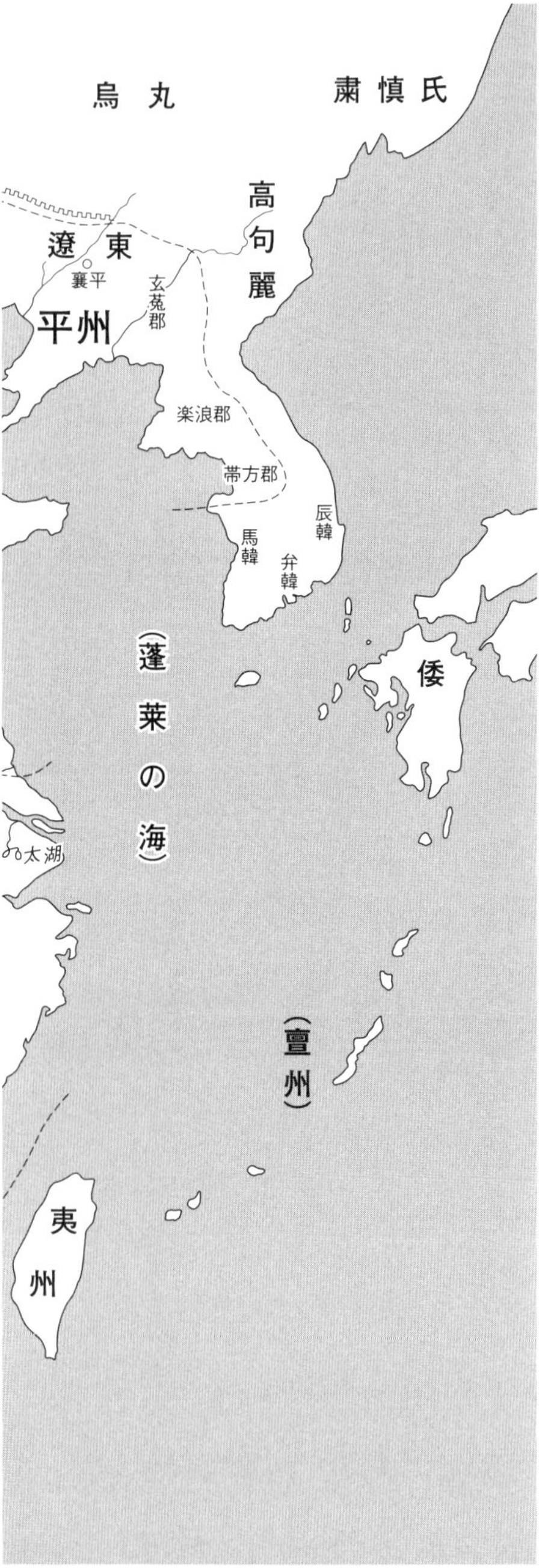

烏丸
粛慎氏
高句麗
遼東
襄平
玄菟郡
平州
楽浪郡
帯方郡
辰韓
馬韓
弁韓
倭
（蓬萊の海）
太湖
（亶州）
夷州

三国末・晋初地理概要図
（筆者推定）

『三国志』概要

――五丈原まで――

一君万民の古代帝国漢《かん》は、末期において隠れた矛盾を一度にさらけ出した。建前の上ではあり得ぬはずの各地の私的政治勢力、すなわち豪族群が、群星のように歴史の表面に躍り出たのである。政争と腐敗、社会不安、大飢饉が重なり、貧農より成る黄巾賊《こうきんぞく》が反漢を旗印として蜂起すると、これら豪族群は私兵を徴して四方に割拠し、口には護漢を唱えつつ天下制覇の運動を開始した。騒然たる内乱を鎮めて華中・華北を平定したのが大国魏《ぎ》の祖、曹操《そうそう》である。その南下を長江の中流赤壁《せきへき》において撃破したのが江南の雄、呉《ご》の孫権《そんけん》である。両者の間隙を衝いて西方に蜀を建国したのが漢室の血統を継ぐと称する劉備《りゅうび》であり、補佐する名宰相が諸葛亮《しょかつりょう》孔明《こうめい》である。

漢が魏に禅譲すると、三国の主は我こそ中国の皇帝と名乗り、三局の対立抗争は二国間同盟の局面も含め、あらゆる類型の人物を輩出させながら数十年も続く。史上これを三国時代という。

中でも後世、最も大衆の同情を集めたのは西偏の小国、蜀《しょく》の運命である。先帝劉備の遺志を承け継ぎ、孔明は数次にわたって北方の祁山《きざん》に悲壮な出師《すいし》を強行するが、渭水《いすい》の流れに拠る魏の名将司《し》馬懿《ばい》仲達《ちゅうたつ》の防御は固く、志半ばにして喀血し、星降る秋天の下、五丈原《ごじょうげん》の陣中に戦病死する。

古くより史書や文学にとり上げられ、読者をして端然たらしめる痛恨のくだりである。我が国でも明治三十一年、仙台の青年詩人土井《つちい》晩翠《ばんすい》は、「荒城の月」発表と前後し、その独特の作風で「星落つ秋風五丈原」なる長編の詩を創った。そしてこれに作者不明のへ長調めいた作曲が添えられている。

以下に土井晩翠《つちいばんすい》の詩の初頭部分を掲げる。この箇所は作者の感受性と慷慨の迸《ほとばし》った後半部分と違い、当時北征に参加した蜀の将兵の心情を静かに思いやって詠じたものと解せられる。

星落つ秋風《しゅうふう》五丈原《ごじょうげん》　土井晩翠《つちいばんすい》作　《『天地有情《てんちうじょう》』より》

（一）

祁山《きざん》悲秋の風更《ふ》けて　陣雲暗し五丈原
零露《れいろ》の文《あや》は繁《しげ》くして　草枯れ馬は肥ゆれども
蜀軍《しょくぐん》の旗光なく　鼓角《こかく》の音も今しずか
＊　＊　＊　＊
丞相《じょうしょう》病篤《やまいあつ》かりき

（二）

清渭《せいい》の流れ水やせて　むせぶ非情の秋の声
夜《よ》は関山《かんざん》の風泣いて　闇《やみ》に迷うかかりがねは
令風《れいふう》霜の威もすごく　守るとりでの垣の外
＊　＊　＊　＊
丞相病篤かりき

（三）

帳中《ちょうちゅう》眠《ねむり》かすかにて　短檠《たんけい》光薄ければ
ここにも見ゆる秋の色　銀甲《ぎんこう》堅くよろえども
見よや侍衛《じえい》の面《おも》かげに　無限の愁《うれい》溢《あふ》るるを
＊　＊　＊　＊
丞相病篤かりき

（四）

風塵《ふうじん》遠し三尺の　剣《つるぎ》は光曇らねど
秋に傷《いた》めば松柏《しょうはく》の　色もおのずと移ろうを
漢騎《かんき》十万今さらに　見るや故郷の夢いかに
＊　＊　＊　＊
丞相病篤かりき

——後　略——

ともあれ蜀の丞相諸葛亮《しょかつりょう》孔明《こうめい》は最前線、五丈原において陣没した。遺された蜀軍は遺命に従い整然と撤兵を開始した。
物語はここより始まる。

秋色篇

一　丞相追想

五丈原回顧

秋の日は傾いて人馬の影を長く落としていた。蜀《しょく》の建興《けんこう》十二年晩秋九月である（西暦二三四年）。一行は宿敵魏《ぎ》を伐つべく六度まで国境外に進出しながら目的を果たせず、空しく故郷に帰る蜀軍の最後尾の兵約三千である。殿軍《でんぐん》だけあって大多数は騎馬兵だった。

名義上の司令は蜀の文官楊儀《ようぎ》、実務上の軍令者は若手武官の姜維《きょうい》、それに事情あって姜維の大先輩格ながら副官のように従う武将の馬岱《ばたい》、以上三名がこの疲れ切った一軍の指揮者であった。

誰もが無口であった。旌旗《せいき》も砂ぼこりをかぶってか光もなかった。故郷も近いというのに兵士達の顔は哀々としていた。

しかしながら隊伍は乱れず、整々とした行軍振りは、さすがに長年の調練を受けた蜀軍の中で特に選抜された最強の殿軍らしく、徒歩兵に至るまで足どりもしっかりしていた。

軍の中央に黒い喪旗と霊柩車が見える。この柩《ひつぎ》の主こそ遠征軍の総司令官、蜀の丞相《じょうしょう》諸葛亮《しょかつりょう》字《あざな》は孔明《こうめい》の遺骸である。

いうまでもなく諸葛孔明は敵将司馬懿《しばい》字は仲達《ちゅうたつ》からも「天下の奇才」と賛辞されたほどの、三国時代の後期を飾る偉材である。外に向かっては神算鬼謀、内に対しては厳正法治、身を修めるところはひたすら忠誠倹素、神のごとき人格像は内外に伝説化され神格化されていた。一緒に酒を飲みに行ってもおよそ愉快な人物とはいえないであろうが、死してなお蜀の全軍にとってその姿おわすがごとく、したがって車を護る兵士達の行軍の、整々として乱れぬその歩調も故あるものと思われた。

人々は回顧していた。孔明臨終の場面をである。

先月二十三日夜、満天の星の下を多くの文武官が秋草の露を払って孔明の営所に参集した。馬岱は最前線にいたため集合しなかったが、楊儀も姜維も粛然として病床近くに居並んでいた。

誰もがすでに孔明の死が近いことを知らされていた。ただ、孔明亡き後の国家の大方針と、国事を託される後継者の二点を知りたがっている。

蜀の天子に捧げる遺言書は、先日までこの五丈原《ごじょうげん》の陣に留まっていた高官の費禕《ひい》が携えて、すでに蜀都の成都《せいと》へ向かっていた。それには今後の国策が記され、当面は攻撃から防御に転ずるよう建白されていると予想された。人事面も、慎重で手堅い面々が選ばれたであろう。

枕頭には勅使として、成都から駆けつけて来た尚書《しょうしょ》の李福《りふく》字は孫徳《そんとく》がいた。彼は孔明に、畏れ多くも天子劉禅《りゅうぜん》の君が、今後頼りとする重臣として丞相は誰を指名するかを問い給う、と告げた。

臨終近い孔明は意外に澄んだ声で答えた。

「留府長史蔣琬《しょうえん》こそ適任でござる」

この人事は、そのまま今後の国策を語っているように思われた。

蔣琬字は公琰《こうえん》。手堅い文官である。先帝劉備《りゅうび》には嫌われていたが、孔明は社稷《しゃしょく》を佐《たす》ける才ありと見抜き、地方官から中央に抜いて重用していた。彼は孔明不在中の丞相府を預かる留府長史であり、国許での丞相代理といってよい。諸官庁に当たる各府にはそれぞれ官房長たる長史が居るが、常設機関ではないとはいえ、軍国管理の権限を臨時に集中した蜀最大の官庁である丞相府の長史は、当然重職で他府の長史とは比較にならなかった。権力を分散する平時常設官庁の中で、最大の実務担当省である尚書省の事務も、非常時には相当程度丞相府に移され、彼も尚書省からの出向組である。

一度も戦場に出て華々しい合戦をしたことはないが、後方にあって食糧増産を指導し、補給を絶やさず、安心して実務を任せられる文官だった。真面目で威容を示さず、喜怒も面に表さず、職務に精励する孔明好みの誠実派である。国策を専守防衛に転じて国力を充実するとすれば、彼が丞相後継者として最適であろう。

「して、蔣琬殿の次席としては」

李福が筆記しつつ問うと、孔明は、

「留府司馬費禕」

と答え、静かに眼を閉じた。

費禕字は文偉《ぶんい》。頭が切れ仕事の早い文官である。慎重派の蔣琬とはやや性格は異なるが、博愛主義者で人々の和を保つ能に長けていた。彼も戦場の勇者ではない。本国に在って軍政兵制を司る丞相府付の司馬を務め、長史蔣琬の補佐役となっている。

彼も蔣琬同様尚書省出身である。最近は戦場に在る孔明よりの特命を受け、外交官として同盟国呉に使いし、その重い腰を上げさせて蜀と共に魏を挾撃させるという外交交渉に従事した。

しかし、すでに年老いた呉《ご》帝孫権《そんけん》には、本気で火中の栗を拾う気はなかったらしい。呉の名将陸《りく》遜《そん》の指揮の下、呉軍は魏に向けて北上した。蜀には三十万の大軍を動員したと伝えて喜ばせているが、実数は一割程度である。

魏帝の曹叡《そうえい》は、魏の創始者曹操《そうそう》の孫で、三国の皇帝の内最も若く、兵力の過半数を魏末の名将司馬懿仲達に授けて孔明の軍と対峙させていたが、国運を賭して残余の在郷兵力を動員し、親征して呉軍を破った。呉は敗れるやあっさりと兵を退き、費禕の外交努力は水泡に帰したのである。

費禕はこの悲報を伝えるため、成都よりはるばる五丈原の前線に来て、孔明にありのままを報告し、自分の責任を詫びた。孔明は、飾りのない報告形式や文章を好み、嘘言や甘言を嫌った。彼は外交は相手のあることだから致し方ないとしつつも、その日より急に力が抜けたようになり、病に臥したのである。

費禕は丞相の病の因は己にあるとの責任感から、そのまま陣に留まった。孔明も発病以来、天子への遺言を託すべき者は彼であると思い、極秘に国家方針を授け、遺言書と共に成都に帰還させたばかりである。

「して、費禕殿の次は」

李福が聞くとなぜか孔明は沈黙した。しばらくして又問うと、すでに息絶えていた。五十四歳である。厳粛な死であった。肺を病んでいたのか最近喀血することが多く、顔色も蝋のように白かった。

蜀の大黒柱は倒れた。遺された蜀臣は心を一つにして国を固めなければならなくなった。敵国の魏には、孔明が六度攻めても破り得なかった智将、征西大都督の司馬懿字は仲達が健在なのだ。

楊儀と魏延

羊腸とした蜀《しょく》山の軍路をたどりながら、楊儀《ようぎ》は孔明《こうめい》の言葉を回想していた。彼は丞相《じょうしょう》府の行台長史であった。丞相出征中は当然府を二分せねばならず、彼は孔明に随行する側の支部長格で、留府長史蔣琬《しょうえん》とは同格である。武勇に長じた武官連中とは不仲であったが、彼は自分の実務の才に自信を持っていた。このたびの人事で蔣琬に一歩ゆずったとはいえ、いずれは国家の大任我に下る時が必ず来ると信じている。

先月、孔明が病死する数日前のことであった。

左右の人を払って孔明が言った。

「楊儀よ。足下は病弱なわしをよく佐《たす》け、事務を司ってくれた。君の実務の才はわしがよく知っている。ただ小さな疵は、その自信ある才気にある。心を寛くし、第一線の野戦武官連中共々、手を携えて我亡き後の社稷《しゃしょく》を護ってくれ」

楊儀は血が流れるばかりに頭を床に叩きつけて見せながら、

「丞相、何をお気の弱いことを仰せられますか。丞相亡き後の蜀の国家は考えられませぬ。一旦軍を退け、ご休養なされてから再度北伐して漢朝の御代を回復されますよう」

その言葉の最後の部分は、孔明の心に適うものであった。しかし孔明自身、その理想はもう実現不可能であることを、死に臨んだ明哲な頭脳で知っていた。そして楊儀もそれを知りつつあえてそう言っているに過ぎない自分に気づいていた。その言葉は孔明に対する励ましともとれるし、迎合ともとれ、何か白々しいものが二人の間に残った。

楊儀は、未だかつて己の信念を面と向かって吐露したことがなかった。有能な事務官として、孔明の指示どおり働き、そつなく事務を処理して来た。孔明の唱える大義名分論、すなわち「漢朝復興」をスローガンとする、他の二国、魏《ぎ》・呉《ご》から見れば時代錯誤的な国家方針についても、その趣旨は理解し、孔明を佐けて広報宣伝活動にも従事して来たが、心を燃やしていたわけではなかった。

孔明は蜀の文武の臣を、一人一人名を挙げてその長所を示し、楊儀に向かって彼らとよく協調するよう諭した。楊儀は一々頷いて聞いていたが、内心よい気持ちではなかった。

特に、孔明の後継者として蔣琬を指名して都に通知済みであると聞いた時、この人事を理に適ったものと思いつつも、果たして自分は彼とうまくやって行けるかどうか心配になってきた。実は大分昔のことになるが、楊儀が尚書であった頃、蔣琬が下僚の尚書郎だった一時期があったのである。

楊儀は先帝劉備《りゅうび》に可愛がられ、尚書として実務の才を発揮していたが、性格的にきつい所があり、当時長官である尚書令だった劉巴《りゅうは》とそりが合わず、地方官に遷された。後孔明が拾って丞相府の参軍に採用してくれたが、本省には戻れそうもなく、彼もそれは覚悟していた。その点後輩の蔣琬は、頭の回転は楊儀ほど良くはなかったが、くそ真面目に仕事をこなし、孔明にその性格を愛されて今や事実上丞相代理である。だが楊儀にもやがてはという期待はあった。

「それはそれとしてだ。話は変わるが」

孔明は急に態度を改め、厳しい表情で言った。

「楊儀。かねてそちが心配していた魏延《ぎえん》のことだが、やはり彼は我が亡き後の国の害となろう。蔣琬でも彼には押さえが利くまい。彼だけは斬らねばならぬ」

魏延字は文長《ぶんちょう》。蜀の征西大将軍である。勇猛衆に優れ、前時代的な虎のごとき将であった。統制派の文官側から見れば、かかる猛将は戦時こそ頼りになるが、平時はトラブルメーカーで、当然楊儀とは犬猿の仲である。楊儀の方も冷たい官僚に徹し、現場に対して一歩も譲らぬ性向があった。

中国の史書の列伝では、その人間の事績だけでなく性格や癖まで明記していて面白い。楊儀は、魏延が統制上困り果てた存在であるとよく孔明に讒訴《ざんそ》した。孔明も全く同意見だったが、何とか使いこなして来た。費褘《ひい》が陰にまわって魏延と楊儀によく説諭し、仲をとり持ったことも力あった。

しかし大丞相孔明亡き後の魏延の扱いは、確かに問題であった。

法治主義者孔明は魏延を嫌っていた。それどころか魏延は骨相学上いつか謀反を起こす人物であるとして、誅殺する機会を窺っていた様子である。しかし有力な名目がなかった。

魏延は、三国時代前期の豪傑タイプに属し、乱世の雄であったに相違ない。粗暴であり、反抗的でもあり、かつての蜀の五虎将軍の一人、張飛《ちょうひ》の若い頃に似ていた。

昔は曹操《そうそう》・劉備・孫策《そんさく》等、侠客の親分肌の国の主が、直接豪傑共を指揮した。彼ら豪傑は法令には服さなかったが、「望《ぼう》」と呼ばれる親分には心服した。そして一定の自由裁量権を与えられ、思い思いに功を競ったものだった。蜀でも関羽《かんう》・張飛・趙雲《ちょううん》・馬超《ばちょう》・黄忠《こうちゅう》のいわゆる五虎将軍が、自由奔放に暴れまくった、古きロマンの時代であった。人間がこれほど個性丸出しに生きた世は珍しい。

だが今日、三国いずこもそうであるが、天子は象徴化されている。政治は帝王より尚書系統の官僚の手に移り、軍事は将に将たる大将軍、または尚書のことも統括する丞相の手に移っている。諸軍は中央軍令部の統制の下に、一糸乱れぬ単能機械として操作されることが義務づけられていた。

蜀《しょく》においてもただ一人、神のごとき参謀総長諸葛孔明以外に制御機能はなくなり、他はスケールは小さいが、忠誠一途の命令処理技術者しか存在しなくなっている。先帝劉備の没後から、特にそれが顕著であった。普通、人々は組織人としてのみ行動し得たようである。

魏もまた同様で、姦雄といわれた曹操と、跡を継いだ曹丕《そうひ》まではかなり英雄色が濃かったが、現天子の曹叡《そうえい》になるとぐっと象徴性が強くなり、代わりに官僚制度が大いに発達して来ている。呉の孫権《そんけん》は、別の意味で将に将たる者に全権を委任するシステムを初めから採っている。

時代は急速に戦国風雲の気風を脱していた。孔明は魏延の武勇を珍重し利用して来たが、ここに至って我亡き後の統制上の癌を除いておこうと決意したのであろう。

実は正史の記録では、孔明が魏延を誅すべく計を遺したとは明確に書いていない。しかしその一歩手前までを匂わせる記述が「魏延伝」に見え、俗書ではそうだと言い切っている。真偽は別として、孔明の内部統制の冷徹さや、幕僚達の個性を語るエピソードとして、俗説に合わせて話を進める。

孔明は楊儀に命じ、密かに征西将軍姜維《きょうい》を呼ばせた。姜維は孔明より特に目をかけられ、孔明を師として兵法を学んでいる。楊儀は、姜維が自分よりはるかに多く孔明より遺言を受けているであろうと想像し、内心穏やかでなかった。しかし姜維は文武両全の典型であり、何人も一目置いている蜀のホープであるが、何しろ年若く、蜀に仕えて間もないので、孔明の衣鉢を継ぐには遠い所にいるはずであった。

孔明は二人を前にしてこまごまと遺言をした。死後、魏延の存在は必ず乱の因となろう。自ら蜀軍の総帥になろうとし、失敗すれば乱を起こすであろう。故に軍の引き揚げに際し、これを誅殺しなければならぬ。それを行うのは、現在事情あって魏延配下の一部将に貶されている馬岱《ばたい》であり、馬岱には自分の意を知らせて機会を窺うよう命じておくから、よく彼と気脈を通じて、万一の誤りなきことを期せよ、と。

二人は黙って頷いた。次に孔明は、彼の死後喪を伏せて全軍撤退するようその手順を示し、殿軍《でんぐん》の役を二人に与えた。まず諸軍を退かせ、最後まで平常のとおりここ五丈原《ごじょうげん》の陣にねばり抜き、敵に孔明の死が気付かれる直前にすばやく脱出する。もし魏軍が追撃して来たら、孔明なお生けるがごとく整然と反撃に出でよ、と。

その他こまかい注意事項を孔明らしい几帳面さで伝えた後、彼は眠りに落ちた。

ついに楊儀は、孔明死後自分に与えられるであろう大任について聞く所がなかった。それは、天子に捧げる孔明の遺書を持って、一足先に成都へ帰った司馬《しば》の費禕《ひい》が知っているに相違ない。楊儀はそれに期待することとし、姜維と共に引き揚げと魏延誅殺に関する打ち合わせを行った。

ここで楊儀の回想は切れた。後のことはほとんど姜維に任せきりである。自分は敵味方に気付かれないよう孔明の柩を護り、頃を見て全軍に発表し、秩序を保って撤退する総務一切を司った。

考えれば危うかったと思う。姜維が魏の追撃を見事に退け、馬岱が無事魏延を斬って帰還したのも、自分の統制の功だと思う。蜀帝はその自分をどのように迎えて下さるだろうか。宮中に提出する報告書の体裁はどのようにしようか。どんな爵位が自分を待っているだろうか。そして先に費禕がたずさえて行った孔明の遺言状には、我が任につきどう記されているのであろうか。彼の関心は先ずそこにあった。

馬岱の場合

　秋の日の落ち方は早く、風が冷たく戎衣《じゅうい》を刺して来た。馬岱《ばたい》が夕暮の中をさらに強行軍し、剣閣《けんかく》の砦に達してから宿営しようと提案して来た。一日も早く成都《せいと》に帰還したい楊儀《ようぎ》や姜維《きょうい》としても異議はない。兵への下知は姜維に任せ、楊儀は馬岱と駒を並べて先に進んだ。

　馬岱は他の将と異なり、事態をそれほど深刻に考えていない様子だった。彼は故あって不名誉な人事処分を受けていたが、今やっと名誉が回復し、武人としての面子が保てた喜びの方が、孔明《こうめい》の死の悲しみより大きかったようである。

　彼は漢民族居住地の最西端、涼州《りょうしゅう》の出身である。同郷の人々には、西域の羌《きょう》族の血の混ざっている者が多かったが、馬氏一族は純然たる漢民族である。一族の頭であった馬騰《ばとう》は、元西涼の「牧《ぼく》」で、兵を領する知事であった。代々漢室の恩を受け、馬騰も漢室に忠誠を捧げる熱血漢であった。部下には遠くトルコ系・チベット系の血を混ぜた勇猛な兵が多く、三国時代前期の異色の軍閥である。

馬騰は常々漢朝の衰微を嘆き、折あらば天に代わって魏主曹操《ぎしゅそうそう》を打倒しようと、当時徐州《じょしゅう》の牧であった劉備《りゅうび》と計を巡らせていたが、事発覚して劉備も馬騰も都を脱出した。建安四年（西暦一九九年）のこの大事件が、曹操・劉備の決定的な手切れの発端となった。以後双方の子々孫々、魏・蜀《しょく》の両国に分かれ、三十五年の長きにわたって戦いをくりかえし、現在に至っている。

建安十六年、馬騰は漢の天子の名において都に召し出された所を曹操に殺された。同行していた馬岱は、脱出して急を西涼に知らせ、馬騰の長男馬超《ばちょう》と共に曹操に刃向かったが失敗、単独の力では魏に敵し難く、馬騰の盟友劉備の勢力に合流して蜀臣となった。馬超は蜀の五虎将軍の一人で、関羽《かんう》・張飛《ちょうひ》と並ぶ個性あふれる大将であったが、五将共今は亡い。従弟の馬岱はやや小型の武将であるが、武勇・忠節共人に優れていた。丸顔で明るく、単純な所もあったが、人柄は皆から好かれている。部下の面倒見がよかったので、どんな苦境に立っても彼の部下からは脱走者が出なかった。

彼は道すがら心は晴れ晴れとしていた。孔明の死の悲しみは別として、自分にかかる一切の汚名が雪《すす》がれ、元の地位が保証されただけで満足だった。彼の関心は国の将来よりも、己の武人としての名誉にあった。今思い出しても、あの時の悲憤落胆は身ぶるいするほどであった。

あの時——それは悪夢のような記憶だった。孔明の冷徹な側面を見せつけられたのである。

この年の春に行われた孔明の生涯における最後の作戦、胡蘆《ころ》谷の戦いのことである。実はこのあたりは信ずるに足りぬ俗説とはいえ、孔明の作戦指揮の手口を最も特徴的に示すものとして真偽を超えたエピソードとなっている。それによるとこうだ。胡蘆谷は孔明が仕組んだ偽装兵糧基地で、兵糧どころか硫黄・硝煙・枯れ草が一杯つめ込まれていた。孔明は火薬類を扱うのが得意で、これらは蜀本国益州《えきしゅう》の特産物である。

敵の総帥魏の征西大都督司馬懿《しばい》は、孔明の巧妙なおびき出し戦術にひっかかった。すなわち大挙して胡蘆谷を急襲したのである。

おびき出し役は蜀の猛将征西大将軍魏延《ぎえん》、放火担当は平北将軍であった馬岱である。他の大将も寸分の粗漏なく役を定められ、全体作戦構想を知らされぬまま現場に居た。

信号は孔明の居る本営、祁山《きざん》の中腹から発せられる。昼は色とりどりの旗信号、夜は孔明の運勢星である北斗七星になぞらえた、七個の燈明の点滅表示によって指令を受け取った。

魏延はわざと敗走して胡蘆谷に入った。魏軍も続いて入る。直ちに放火せよとの信号が見えた。馬岱は味方の兵共々焼き討ちにすることを恐れたが、神のごとき演算能力を持つ孔明の采配に疑いを差しはさむことは許されなかった。単能の周辺機械に過ぎない各部隊の長に、臨機の自由判断をする余地もなく、そのようなことは中央軍令部の許さぬ所でもあった。六年前、その規律を破った安遠将軍馬謖《ばしょく》は、街亭《がいてい》の戦いで敗れた後、問責されて刑死している。同じく敗れたとはいえ命令を忠実に守り抜いた裨《ひ》将軍王平《おうへい》は、兵の損失を最小限に喰い止めたとして逆に昇進している。

正史「三国志」蜀書《しょくしょ》の諸葛亮《しょかつりょう》伝には、孔明の統制ぶりを表現して、「戎陣整斉、賞罰粛として号令明らかなり」とあるが、それだけに各武将にとっては、批判も臨機の処置も許されなかったのであろう。

馬岱は心を決して兵を督《うなが》し、谷の入り口に巨石大木を投じて封鎖してから、谷中に火矢を射込んだ。敵も味方も見る見る焼け死ぬ様子が見えた。魏延はどんなに荒れ狂っていることであろう。

後に気付いたことだが、敵将司馬懿共々、味方の統制上の癌である魏延を殺す計画だったらしい。成功すれば孔明にとって万々歳で、三国末の歴史も少しは変わっていたかも知れない。

しかし運命というものか、大丞相《だいじょうしょう》孔明のプログラムにも狂いがあった。突然大雨が降り注いで火が消えたのである。司馬懿も魏延も命からがら生還した。

それでも蜀軍の大勝利であった。他の局面も含めて魏軍の総崩れに終わっており、戦死者は数知れぬ有様である。

戦勝に湧き立つ軍中の論功行賞の中で、馬岱は運命の急変に泣いた。魏延は孔明の作戦の齟齬を非難し、馬岱の放火のタイミングの悪さを狂ったように攻撃した。孔明は一切の責任を馬岱にかぶせた。馬岱は士大夫《したいふ》として最も屈辱的な鞭打ちの刑を受け、官職を剥がれて魏延の属将に遷された。

彼はもはや漢の復興の正義も、蜀軍全体の秩序統制にも関心がなくなった。ただ、武人としての面子をどうしてくれるかということのみを日夜考えるようになった。

しかし彼は、自決も脱走もしなかった。かえって武人としての名誉を落とす行為となるからである。彼は表面平然として逆境に耐えた。彼の人柄であろう。幸い諸将が同情を寄せ、心の支えになってくれた。諸将も内心孔明の不当人事と思いつつ公然とは孔明を批判しなかった。孔明の指揮のない蜀軍の存在は考えられないからである。

ついに忍耐の報われる日が来た。孔明の死んだ八月二十三日の深更、丞相府《ふ》付の令史《れいし》で孔明の側近である樊建《はんけん》が、密かに訪ねて来て機密情報を伝えた。

何事ぞと起床した馬岱に対し、樊建は声を潜ませ、まず孔明が息を引き取ったことを告げてから、

「将軍。これからは旧に戻して将軍と呼ばせていただきます。将軍は今こそ名誉が回復されました。天子に対し奉りては、丞相直筆にて将軍の忠誠武勇を伝えられ、成都帰還後は必ず重く賞すべく申請されております。このことは費禕《ひい》殿、楊儀殿、姜維《きょうい》殿の三方も御存じです。今までのこと、心中お察し申しますが何とぞ水に流し、以下丞相最後の御命令をお聞き下さいますように」

馬岱は涙を流し、初めて孔明の苦衷《くちゅう》を理解した。あの時魏延に叛《そむ》かれては組織全体の崩壊となる。思えば自分もよく耐えて来たものだ。

「やりましょう。今までの辛い立場を顧みれば、自分にやってやれない事はない。して、私に対する丞相最後のご命令は何ですか」

馬岱の属する魏延の部隊は、最前線に在って孔明の死を知らずにいた。何時の間にか味方の陣はもぬけの殻となっていたことを知った魏延は、猛り狂って言った。

「何という事だ。俺達だけ敵前に置いてけぼりを喰う所だった。この前の胡蘆谷では危うく焼き殺される所だったし、今度という今度は許さん。だが死者に怨みは言うまい。憎むべきは忠義面して先帝以来の功臣たるこの俺を陥れようとする、楊儀らの取り巻き連中だ！」

魏延はわめきつつ手勢を糾合し、一目散に漢中《かんちゅう》指して落ちた。どうやら魏の追撃だけはうまく巻いた。馬岱は落ちついて従った。

蜀の殿軍姜維の隊は、敵の追撃に打撃を与えて楊儀と共に漢中に来ていた。魏延は楊儀の非を鳴らし、戦いを挑んだ。

あわや蜀軍相撃つ悲劇が始まろうとした、その時が馬岱の出番だった。今まで魏延の手下として耐えて来た彼の力が、この時とばかりにふりしぼられた。

あっ、と双方が驚く内に魏延の首が飛び、馬岱が刀を腰に収め、魏延の残軍を収めて本隊に合流した。こうして楊儀・姜維・馬岱の三人は、漢中城に安置されていた孔明の柩を護り、先に到着していた討寇《とうこう》将軍王平《おうへい》を漢中の守備に残して、無事成都《せいと》へ帰還することとなったのである。

馬岱は己に備わるいささかの武勇の他に、さして才のない自分をわきまえていた。成都に凱旋しても、特に恩賞や新たな官職は要求すまい。ただ、晴れて名誉が回復し、以前のような屈曲した気持ちから解放されただけで幸せだと思う。帰還したら昔の自分のように、成都の酒亭を飲み歩き、友人と歓談したい。今はそれだけを夢見て満ち足りている馬岱だった。

姜維とその母

何時の間にか夜のとばりは降りていた。剣閣《けんかく》の砦からは、迎えの兵が案内に出て来ていた。ここは蜀《しょく》の一大兵糧基地である。久しぶりで兵卒達にゆっくりと兵糧を使わせ、酒も配ってやろうと姜維《きょうい》は考えた。

一騎よく千人に当たり得るといわれる剣閣の険である。坂道は細くうねっており、駒が切り株や石につまずかぬよう注意しながら、姜維は孔明《こうめい》との出会いの日のことを回想していた。

彼は亡き孔明より最も将来を嘱望された部将の一人だったが、年はこの時二十八歳で諸将に比しはるかに後輩であった。彼は学問があり、槍にかけては名人で、文武両全の珍しい人材とされていたが、元より孔明の忠実な弟子として忠勤清素をもって己の生き方としており、一昔前の英雄豪傑のスケールは持ち合わせていなかった。

孔明がそのようなタイプを嫌ったからだけではない。姜維その人の生まれ育ちや少年時代の学問もまた、彼の生き方や美意識を規定していた。

姜維字《あざな》は伯約《はくやく》。中国の辺境、秦州天水郡冀県《しんしゅうてんすいぐんきけん》の出身である。もっとも、その当時秦州は開設されておらず、馬岱《ばたい》と同じ涼州の領内であった。

このあたりの人々は中央の事情にうとく、中原《ちゅうげん》に鹿を追う奸雄佞臣《かんゆうねいしん》達の権謀術策の波も、この純朴な郷村社会までは及んでいなかった。漢《かん》の基盤である郷の伝統は割合維持されており、比較的堅実な気風と清浄なモラルが保たれている山紫の水清き里である。当時でこそ文明の中心は黄河中流の中華に移っているが、古《いにしえ》の文化の中心はむしろ上流の関中《かんちゅう》と呼ばれたこの地方であり、古代の素朴主義と清流精神がなお生きていたことであろう。

姜姓は天水郡の名家の四姓、姜・閻《えん》・任《にん》・趙《ちょう》の一つに挙げられている位だから、姜維はこの地方の名ある良家の息子であった。父姜冏《きょうけい》は郡庁に勤める真面目な吏員《りいん》で、功曹《こうそう》の職にあったが、羌《きょう》族の来襲時に漢民族社会を護って殉職し、母一人の手で育てられた。母は絵に描いたような賢母で、夫の死後よく家を守り、昼は使用人と共に農事に励み、夜は衣を縫うかたわら幼い姜維に学問を教えた。

姜維もまた絵に描いたような模範少年に育った。母に孝を尽くし、学を好んで倦まず、武術で体を鍛えた。十四、五歳になると「武芸百般に通じ、群書ことごとく読破す」と評判になり、自治組織の中から推選されて郷の教導を司る長老達、いわゆる三老から、何時かは中央に推挙して郷里の名を高めてもらおうと期待されるほどになった。中央ではちょうど漢室が魏《ぎ》に簒奪《さんだつ》された頃であったが、漢の古き良き遺風は、なおこの山間の僻地に残っていたのである。

彼の教養の基礎は漢の国学である儒学で、中でも後漢末の清流の大儒で、漢の古学の最後の継承者である鄭玄《じょうげん》の学を好んだ。やがて利害・成否を超越した実践倫理に心が魅かれて行く。彼にとって人生の目標は富貴でも平和でも家名を保つことでもない。名を正して人事を尽くし抜く行動の美に、ストイックな喜びを感じとる体質なのである。

彼は郷里の少年達と交わりを結び、リーダーに推されていた。梁緒《りょうしょ》・尹賞《いんしょう》・梁虔《りょうけん》らの秀才仲間は、皆竹馬の友である。

「姜維人と為り、陰《ひそか》に死士を養う」

と書いた後世の注もあるが、背景から推して侠客じみた不良仲間を養っていた軽侠《ワル》とは思えない。第一それだけの資力を有する財産家の息子とも思われない。もっと清純な少年団であったろう。また仮に「死士」を養っていたとしても、当時そう悪いことではなかった。

友人達は皆教養もあり、天水の良家の子である。後、姜維と連れ立って蜀に仕える身となるが、先に挙げた三名は姜維より早く死んだ。梁緒は国賓接待役の大鴻臚《だいこうろ》、尹賞は宮城外巡邏《じゅんら》の執金吾《しっきんご》、梁虔は皇后侍従の大長秋《だいちょうしゅう》に昇っている。何れも学識・人格・家格の重んぜられる列卿の役である。とても死士仲間ではあるまい。また、姜維を単に功名を志す人と規定し、後年彼が示す凄まじいエネルギーと使命感を、個人的功名心だけで説明する記事もあるが、最後まで司馬《しば》氏に楯突いた彼の心情が、司馬氏の朝廷である晋《しん》の評論家に理解され得たかどうかは疑わしい。

姜維が成人して二十一歳になった時である。山国の片田舎天水郡にも、時代の嵐が吹き寄せて来た。魏帝曹丕《そうひ》が没して曹叡《そうえい》が継ぎ、司馬懿《しばい》仲達《ちゅうたつ》が一時失脚して魏に間隙が生じた翌年のことである。
魏の太和《たいわ》元年、蜀の建興《けんこう》五年（西暦二二七年）、蜀の丞相諸葛亮《じょうしょうしょかつりょう》孔明は、後世の人をして「純忠壮烈鬼神を泣かしむる」と評せしめたかの有名な「出師表《すいしのひょう》」を蜀帝劉禅《りゅうぜん》に提出し、第一次遠征の軍を率いて北上して来た。そして翌建興六年春には祁山《きざん》に向かった。秦州の各郡は動揺した。関中と呼ばれるこの地方は、古くから漢の功臣を輩出して来た地であるが、今は勿論魏の版図の中に入っている。郷党達は、魏が漢から正統に禅譲を受けた後継者と教宣されていたが、名分を好む一部の知識階級や、漢的土壌を懐かしむ保守的な父老達の間には、意外に漢の天下の復興を唱える蜀の劉《りゅう》氏の人気が高く、したがって中央から赴任して来た魏の官吏は、地元の人士の向背が絶えず気になっていた。

通常州刺史《しし》、郡太守《たいしゅ》、県令《れい》など、地方団体の各トップクラスには、地元に利害関係を持たぬ他州出身の官吏を中央から派遣することとなっている。天水郡の太守馬遵《ばじゅん》は気の弱い官僚だったらしく、地元採用職員の中にも不穏な空気を感じ取ってびくついていた。

姜維と少年時代の友はそろって学問があったので、共に郡庁に勤めていた。通常士族階級は、二十歳になると成人を迎えて職につく。これを起家《きか》という。郡の中郎《ちゅうろう》姜維、功曹《こうそう》梁緒、主簿《しゅぼ》尹賞、主記《しゅき》梁虔、皆中央から天下って来た太守馬遵に向背を疑われていた。

蜀軍が迫っているというのに中央からはまだ正規軍が到着していない。当時天水郡は各種史料から比例換算して推定すると、戸数約五千五百、人口約三万七千、郡下に六県庁を持つ程度の規模であるから、地方兵も少なかったろう。馬遵は不安になり、夜脱出して郡下の上邽《じょうけい》の県城に奔《はし》った。姜維らの吏員も後から太守を追って行ったが、城門は閉ざされて追い返された。一同憮然として郡庁所在の冀県に戻ると、県城にはすでに魏の正規兵が入っていて、馬遵の回状が回っていたのか、地方吏員を疑って入れてくれない。それどころか、誤解は益々こじれて追われる身となってしまった。行き場のなくなった一同は、ついに衆議して蜀に降った。孔明は大いに喜んで天水の秀才達を迎え入れた。

姜維は孔明に接して、初めて自分が一身を委ねられる人格像を見た。彼の説を聞き、仲間一同と共に蜀漢《しょくかん》の大義を信じ、蜀帝こそ漢の血統を引く正統であり、中原に進出して漢朝を復興することこそ人臣の道であると教化されるのである。孔明は姜維の才を愛してこう言った。

「わしは草廬を出てより平生習いおいた兵法の大事を伝授しておきたい賢才を求めておったが、君に遇って初めて願いが足った心地である。これから伝える我が兵法と君の才を合わせ、必ず漢の名を正し国に報ぜよ」

純真な姜維はたちまち感化され、感激して孔明に師事した。音に聞く蜀の大丞相が、自分の様な一介の郷士にかくも大きな期待をかけてくれたのである。丞相はきっと我亡き後の孔明としてこの自分を教育してくれたに相違ないと、彼は密かに自負していた。

姜維らが蜀に降ってから、天水郡はまたたく間に蜀軍の占領する所となった。冀県には母が居た。母子共に再会を喜び合ったが、間もなく永遠に別れる時が来た。

蜀の建興六年秋、返り咲いた魏の別動隊の都督司馬懿仲達が、側面より蜀軍を攻撃して蜀の分遣隊の大将馬謖《ばしょく》を街亭《がいてい》に討ち破ったのである。形勢は逆転し、孔明は占領地を棄てて蜀に引き揚げることに決した。天水郡も大騒ぎとなり、官吏と蜀の駐屯軍は、占領地の天水・南安・安定の三郡からめぼしい士族千余家を誘って南に去った。どこの国でも人口増には力を入れていたのである。

郷里の仲間達も蜀に移住したが、どういう手違いか、ついに姜維の母は移り損ねてしまった。

魏軍の浸透も速かった。ごった返す総引き揚げの途上にあっては、このような肉親相別れの図が無数にあったろう。姜維は丞相府行台付の行参軍として祁山に居たため、郷里に戻って手を貸すことは出来なかった。

母は魏の占領地に残留したが、家の没することはなかった。郷里の人は、元来姜維には逆心がなかったと証言してくれたからである。

「晋書《しんじょ》」五行志によれば、魏人の策による勧めで蜀に帰属した彼に、母から近況を知らせる手紙が届いている。他国で暮らす一人息子の健康を大変心配している様子で、天水に自生する「当帰《とうき》」を送るとあった。同封の包みには、当帰というどに似た薬用植物の乾した葉や黒黄色の根が重ねられていた。腹痛・頭痛・心痛等の諸痛に効く強烈な香気を発する薬草で、人の血気を各々自然の在るべき所に帰せしめる作用を持つ故にこの名がある。特に心臓には良いらしい。

姜維は母の心遣いに涙しながらも、はっと覚った。これは明らかに「帰ってたもれ」との掛詞《かけことば》である。

当時、孝は人倫の根幹であった。世間一般には忠よりも義よりも重い徳目であり、男子一生の志を遂げることすら、孝のためにはやむなく放棄された。かつて劉備玄徳《りゅうびげんとく》に仕えた徐庶《じょしょ》は、母への孝ゆえに魏に赴いており、劉備もこれを許しているのである。大義親を滅すとは相当後の道徳であろう。

姜維は当帰の一種独特の香りを嗅ぎ、郷里天水を想って心は乱れたに相違ない。しかし彼の心は漢の上に在った。不遜だとは思ったが、母への返書には当地の薬草の「遠志《おんし》」を添えて意を伝えた。

「お許し下さい。寒村天水より沃野千里の益州《えきしゅう》に移りましてより、師諸葛亮丞相の感化を受け、漢朝復興という大いなる志を立てるに至りました。譬えにあるように、良田百頃《けい》を有する者は、一畝《せ》の畑に云々しないと申します。私の場合、当帰に非ずと存じます。どうか母上、私の遠志を遂げさせて下さい」

遠志は心を強壮にし、精力を増進する作用がある上に、老人性諸症状にも効き、当帰とは補薬の関係にある。母は、自分の志なるものが充分解ってくれたろうか。

風の便りによると母も今は亡い。志のためとはいえ、実に不孝な結果になったと思う。因果をかつぐわけではないが、この報いは必ず己の身にふりかかり、床の上では死ねない運命となるであろう。

母の件は生涯姜維の心を苦しめたに違いない。推察するに、後年彼が示す利害を超えた打倒曹魏《そうぎ》の主張と極端な清流美意識は、この件に関する彼のコンプレックスの裏返しなのかも知れぬ。

蜀の建興十二年秋八月末、孔明死すと察した司馬懿仲達が、大軍を率いて追尾して来た時、旗を返して反撃に転じたのは最後まで踏み留まっていた姜維の殿軍だった。孔明生ける日のようにどっと鬨《とき》の声を上げ、槍をひねって魏軍に向かった姜維は、正確には彼自身でなかったかも知れぬ。あと十年、否三年の寿命をと北斗七星に祈りつつ壮途半ばで倒れた師孔明の、無念と怨みの化身であり、また母に不孝をかけてしまった彼のやり場のない怒りでもあったろう。

「奸賊仲達、早々に首を渡せ」

彼が捨て身で突入した時、司馬懿が色を失って逃げ走る様が見えた。後に聞いた所によると、司馬懿は蜀軍の断固たる反撃ぶりを見て、孔明の死の報は謀略だと勘違いしたらしい。

谷に落とされ、味方に踏み潰され、夥しい死傷者を残して魏軍が去った後、姜維は孔明仕込みの行軍隊形を保持しつつ帰途についた。

彼は今、漢中《かんちゅう》で魏延《ぎえん》を斬って帰順した馬岱《ばたい》軍と合流し、孔明の柩を守る楊儀《ようぎ》と共に剣閣の砦に来ている。孔明が第六次出兵で病床に臥してより、今までの事がたった数日のことのように思えた。

人知れず彼を呼んでの孔明の遺言は多々あった。しかしそれは、師としての弟子に対する遺言であり、国家の大事を託するものではなかった。しかし師は言った。

「姜維よ。お前はまだ若いが、将来必ずお前でなくては出来ぬ大任を背負うこととなろう。それまでよく自愛し、時節到来の時は必ずわしの志を継ぎ、漢の社稷《しゃしょく》を最後まで護り抜いてくれ」

その言葉を生涯身に刻みおこうと彼は思った。

自分はまだ若輩であるから、官職にも恩賞にも欲はない。おそらく費褘《ひい》が持参している丞相の遺言書の内容は、国家の大方針として「当面攻めより守り」であろうと想像はつく。しかし「時到れば」と師孔明は言った。それはいかなる時か。呉《ご》と魏の激突の時か。魏国の内部崩壊の時か。だが、永遠にその好機が到来しなかったらどうなるか。小国蜀は、その人口・兵力・財政力から見て、やがては自滅する他あるまい。

その時は、と姜維は思う。その時こそ師の言う自分の立つべき時である。成否利害はどうあれ、自分の一身が蜀漢の最後を飾る華となればそれでよい。

「ままよ。その時はその時。どうなるかは考えまい。どうするかのみを考えよう」

姜維は心につぶやき、頭を切り替えて今夜の宿営の手配のために、剣閣の関門へと馬を走らせた。

二　蜀漢

憂国

剣閣《けんかく》の砦は、蜀《しょく》本土の益《えき》州盆地と、蜀の前衛で後に梁《りょう》州の一部となる漢中《かんちゅう》の境にある、一大要塞である。明日はいよいよ本土の土が踏める。楊儀《ようぎ》らの蜀将は、ここで撤退以来初めて兵達に酒を配り、暖をとらせた。兵の哀々としつつも厳しかった表情は少しゆるみ、火を囲むあちこちで小さな談笑が湧いた。

諸将も砦の鎮台兵のもてなしを受け、火を囲んで体を休めた。もう冬に近い。冷えた身体に酒が温かくしみて旨かった。

酒一巡後、楊儀が口を開いた。

「馬岱《ばたい》。君は全くのところご苦労だったなあ。どんな思いで魏延《ぎえん》の下に仕えていたか、心情察するに余りある」

「いやぁ」

馬岱は頭をかきながら、くったくなく笑った。

「なに。今は何とも思っていないさ。俺は元来単純な男なんだ。急に重苦しい抑圧から解放されたような、そんな気持ちだ。ただ早く故郷に帰って寝たいよ」

丸顔の馬岱は、真実何のわだかまりも持っていない様子であった。

楊儀は、

「丞相《じょうしょう》は常々君のことを心配しておられた。密かに俺を呼んで、絶望させることだけは絶対ないようにとな。俺も君の意志の強さを知っていたから、大丈夫、馬岱は忠義の心厚い士、時到れば必ず魏延を斬って丞相の意に応えるでしょう、と答えておいたよ。君も国許に帰ればきっと重い恩賞にあずかるだろう」

とやや恩着せがましく言った後、姜維《きょうい》の目をぬすむように見て話題をそらした。

「ところでだ。丞相亡き後、蔣琬《しょうえん》が後を継ぐのだそうだが、うまく治めがつくだろうか。姜維。君はどう思うかね」

姜維は冷静に答えた。

「蔣琬殿なれば亡き丞相の遺志を継ぎ、立派に天子を佐《たす》け、国を治められましょう」

楊儀は、からむように、

「それがさ。国境が静かなうちは良い。大国を治むるは小鮮を烹《に》るようなものだと老子は言った。ましてや我が蜀は小国だ。内治は易い。しかし他国の動きもある。司馬懿《しばい》仲達《ちゅうたつ》が報復の軍を興すかも知れんし、呉《ご》も形勢いかんで何時同盟を破るか知れたものではない。内治はともかく外敵にはなあ」

と言うと、馬岱は陽気に口を挟《さしはさ》んで来た。

「なに。その時は我ら武臣一同、力を合わせて漢中の山川全てを要塞として、一歩も敵を入れやしませんよ」

姜維はきっぱりした口調で、もっと積極的な事を言った。

「万人必死なれば天下に横行と申します。確かに当面は守りに専念すべきでしょう。しかし攻むるは最大の防御です。蜀の臣民火の玉となり、積極的に打って出ることこそ賊国から漢室を護る唯一の途です。我ら丞相の志を継ぐ者、どうしてこの山国に閉じこもり、無為に自滅の日を待つことが出来ましょうや」

楊儀は驚いて彼を見た。二十八歳のこの青年将校の双眼は烱々《けいけい》と燃えている。彼は本気で漢朝復興を考えているらしい。孔明ですら破り得なかった大国魏《ぎ》を相手に、打って出て成功すると本気で思っているのだろうか。

姜維は若いから致し方あるまい。しかし他の諸将はどう思っているのだろう。やはり攻むるは守るなりの祖法を信じ、闘志を失っていないのではないか。そして、死して後止まんとする、あの過激な「出師表《すいしのひょう》」の精神は、これからも生き続けるのだろうか。

楊儀は身震いを覚えて目をそらした。彼は知っている。漢朝復興の名分の虚構を。そして国家財政の逼迫を。度重なる動員による大なる人民の負担を。それでも民に怨嗟の声が出ないのは、軍民誰もが丞相の威令に服していたことの他に、民の負担が公平で、指導者層の生活も倹素を極めていたからである。

彼は孔明に仕えて方針通り忠実に事務をとって来たが、心は燃えなかった。他の人々も、内心は似たものだろうと計算していた。

しかし峻厳なる法治主義者孔明に従うことの他、蜀の地で生きる途はなかった。思えば、一刻も気の休まらぬ日々ではなかったか。

生ける化石

楊儀《ようぎ》は、後輩の姜維《きょうい》や単純な馬岱《ばたい》以上に、この国の成立の経緯と、持って生まれた宿命を弁えているつもりであった。

彼は彼なりの理解の仕方で歴史を想起した。

今を去る七十年前、後漢の幼帝即位に端を発して外戚勢力の増大・宦官の跋扈・護漢派士大夫の清流運動と三つ巴の政争となり、国政の乱れに乗じた異民族の侵入・黄巾《こうきん》賊の反漢運動、これを討伐しつつ地方に割拠する群雄の輩出と、国家の崩壊を早める要因が次々に起こった。悪いことに更に人々相喰《あいは》む大飢饉が重なって、健全な漢の郷村社会は見る見る崩壊していった。喰えない人々はあるいは餓死し、あるいは喰える土地を求めて集団で流亡した。その間人口は激減し、登録上では後漢最盛期の七分の一になってしまった。恐らく漢末の戸籍は一変したろう。

気が付いてみると、礼教に支えられた古き良き郷村秩序は、実力士豪と新入りの流民による支配・被支配の関係にすり替わっていた。それはそっくり法術家曹操《そうそう》の新秩序に組み込まれる。漢の帝室は細々生き長らえてはいたが、もう基盤は漢とはいえなくなっていた。

しかし、かつての自分も含め、古《いにしえ》の土壌を懐古する人々は地方に多く居て、徳望のある指導者を求めていた。自分が最初に仕えた劉備玄徳《りゅうびげんとく》のように、力はないが人々の信望を集めてリーダーとなった、いわゆる名望家や、新興宗教の教祖は数多い。人と人との信頼の中で孤独と不安をいやすしかない漂流集団は、「望《ぼう》」と呼ばれる人格的指導者や教祖を中心に、人里離れた土地に「塢《う》」と称する新しい生活スタイルの共同体を創ろうとする。郷の血縁地縁の絆《きずな》では、もう人々をつなぎ得なかった。

楊儀がまだ若かった頃、塢をユートピア視するあまり、これこそ上古以前の原始共産体制である「大同の世」を、現世に復するものと考えた。しかし望と信じた劉備玄徳に従って、新しい国の体制づくりに尽くしている内に、大げさにいえば劉備こそ最高の望であり蜀こそ最大の塢であるとする夢は裏切られた。劉備は徳望を売りものにしているものの、漢の血統を継ぐ者と称して衰微した漢室に取って代わろうとする、保守派を代表する者の一人に過ぎないことも見えて来た。一方、楊儀自身も、何時しか世俗の権力と安定した地位を欲する官僚貴族に変質していった。

　一昔前の乱世の頃、望とか塢とか称する人物や団体は多数あったが、中国が次第に再編成されて魏《ぎ》・呉《ご》・蜀《しょく》三国にまとまる過程で、新しい権力の中に吸収されてしまった。これら塢の実態も、楊儀が聞き知る限り、決して自由で平等な集団ではなかったようだ。敵国魏の曹操《そうそう》に、偶然その塢を発見されて彼の勢力下に組み込まれた許褚《きょちょ》も、結局は武力の塢主であり、同じく曹操政権の体制に取り込まれた河北最大の塢の望、田疇《でんちゅう》の場合も、人格者ではあったが厳しい法を布いて塢を経営している。味方の関羽《かんう》に発見されて随身した廖化《りょうか》・周倉《しゅうそう》の徒も、多少気取っていたものの、要するに任侠型山賊である。今なお塢を理想社会視する人々もいて、偶然奥地で体制の無いこの種の「桃源郷」が発見されるといった類の、ファンタジックな伝聞もあるが、今の彼が冷静に聞く限り非現実的過ぎる。

　楊儀にとってやや滑稽であったが、彼が荊《けい》州の地で仕えた蜀の先帝劉備も、大いに望を気取っていた。劉備が、彼を慕う民百姓の大集団を連れて荊州の荒野を流亡していた時、冷徹な法治主義者の孔明が、足手まといになるこれら人民を棄て去るべきです、と進言したが、劉備は、

「たとえ国土を失うとも、国の本である民百姓を切り棄てることは出来ない。況んや自分と行を共にせんと乞い願っている寄るべなき人々ではないか」

　と言って最後まで承知せず、孔明をして、

「ああ、君は真に仁君でいらっしゃる」

と嘆かしめたと聞く。このような人格主義こそ、望の望たるスタイルであろうと楊儀は理解した。
そのような劉備を、張松《ちょうしょう》・法正《ほうせい》等の益州《えきしゅう》士大夫《したいふ》が新しい星として迎え入れた。元々巴蜀《はしょく》の地は漢末清流運動の拠点であり、劉備は声望からいっても漢の宗室と称する血統からいっても、その地の指導者として最もふさわしいと期待されていた。

彼は相談役として蜀地に乗り込んで行ったはずであるが、たちまち衣の下の鎧を見せ、武力で乗っ取ってしまった。軍師孔明が草廬の中で策定した「天下三分の計」の筋書き通りで、新しい法治の体制が巴蜀に誕生した。

この新勢力は余勢を駆って魏の勢力下に入った直後の北方の漢中を占領、確固たる独立国となった。この漢中地区は、貧民達の信仰を集めた五斗米教《ごとべいきょう》という共済組織に似た新興宗教の教団があった所で、教祖の張魯《ちょうろ》が魏、蜀二大勢力に挟まれて、細々と地上の楽園創りをしていたが挫折した。

その後、敵国の魏が帝政を布いたのに対抗して、劉備は漢の二十五代目の天子を名乗った。幕僚達も一躍漢の朝臣となって喜んだ。劉備は死後昭烈《しょうれつ》皇帝と諡《おくりな》され、子の劉禅《りゅうぜん》が跡を継いで現在に至っている。そして蜀人は、孔明ら為政者の教宣活動の結果、前漢—後漢—蜀漢と続く漢の正統性を固く信じているのである。

楊儀が理解する限り、これが蜀の国家の成り立ちであった。当然復古的諸要素を引きずって歩むこととなるのはやむを得ない。

しかし魏の治政下の中華では、完全に漢より脱皮して、新しい社会体制へと移行していた。蜀はなお、生ける化石のように漢の遺物であり続けた。国名の通称は蜀で、蜀漢と自称することもあるが、公式の国号はあくまで「漢《かん》」である。したがって、我こそ中国の正統であるとする建前は、何人が宰相になっても動かせない祖法となっている。

勿論永久に西偏の小国たる地位に甘んぜず、早く中原《ちゅうげん》を回復して漢室の天下を興そうとする運動は、先帝以来脈打っている。これは衰えるどころか、孔明の運動によって益々増幅されてしまった。

蜀は建国の時より目的団体として発足しているのだ。楊儀はそう思っている。

しかし彼は内心、巨大な化石のような国家目的の重圧に耐えられなくなっていたのである。冷めた眼。政治秩序からの逃避。そして自立の世界。何となくそんなものに憧れを感ずる近頃の自分だった。そのくせ官僚貴人としての安定した地位は手放したくないのである。

しかし今丞相《じょうしょう》は死んだ。時代は変わったのだ。楊儀はそれを言いたかった。しかし言うのは止めた。この国では早過ぎる。姿は見えなくとも、未だ丞相は生きて全軍に重くのしかかっておられる。彼はそう計算し、素早く態度を変えて姜維に言った。

「む。君のような人材が居る限り、国家は安泰だ。漢の高祖《こうそ》三尺の剣をひっさげて漢の御代を聞かれしより四百年、未だその血統は絶えず。西偏の仮の都を再び中原に戻すのは我々遺臣の務めだ。丞相は我らにそれを身をもって示されたのだ。我ら力を合わせれば、きっとその遺志を実現する日が来る」

楊儀は無理に酒をあおりながら、一気にしゃべった。何たる大時代的なせりふだろうと思う。どうせ漢朝四百年を継承する蜀漢の国家は、こういっては何だが、故丞相が「天下三分の計」によって創作した、偉大なる虚構である。しかしその中で官となり、一族禄を喰む以上、国家の最高方針に疑いを挾んだり、心に白々しさを覚えるようであってはならぬ。

定軍山

姜維《きょうい》はほとんど楊儀《ようぎ》の言を聞いていなかった。彼としても中原《ちゅうげん》に進出して魏《ぎ》の智将司馬懿仲《しばいちゅう》達《たつ》を破り、魏《ぎ》の都洛陽《らくよう》を占領して、漢の中興の主の光武《こうぶ》帝にならうほどの力が、蜀《しょく》にあるとは思っていない。

しかし彼の関心は事の成否ではなかった。これからどうなるかの予測ではなく、どうするかの問題なのである。それはあくまで行動の論理であった。彼は師孔明《こうめい》の書いた「出師表《すいしのひょう》」――これは蜀帝に捧げる文というより政治的宣言書、または檄文に近いものであるが――を、無二の聖典として心に刻み込んでいた。その一節にいう。

「鞠躬《きくきゅう》尽力。死して後止《や》む。成否・利害に至りては、我が知る所に非ず」と。

彼はさっきから、この剣閣《けんかく》の地形を眺めていた。天険のこの要害は、孔明が蜀の兵糧基地として選んだだけあって、山々は険しく谷は深く、たとえ十万の敵が押し寄せても、びくともしない様相を呈していた。

蜀の国中から集められた兵糧は、一旦ここに山積みされ、さらに漢中《かんちゅう》の盆地と北方の秦嶺《しんれい》山系に連なる山岳地帯の桟道《さんどう》を辿って、少量ずつ前線に運ばれて行ったものだった。

姜維自身も兵糧運搬の督促のため、月下の桟道を木牛流馬《もくぎゅうりゅうば》と名付けられた輸送車と共に、幾度となくこの辺を往来した。山高く谷深く、蜀の桟道には危険が満ちていたが、木牛流馬は単調な響きを谷中に谺《こだま》させながらゆっくりと進んだ。スピードは遅いが大型四輪の木牛は大量に、三輪手押し式で小型の流馬は細道を機動的に糧食を運ぶ特殊車輌である。この輸送車は孔明の発明になる高能率の機器で、糧秣《りょうまつ》運搬に当たる人民の負担を軽くし、慢性的兵糧不足に悩む蜀軍の長期滞陣を支えていたのである。

もし魏の大軍が、漢中の山河を一気に攻め破り、蜀本土の境に寄せて来た場合——と姜維は想定する。自分は一手を譲り受けてここ剣閣に立て籠もり、一歩も敵を巴蜀《はしょく》には入れないであろう。

長期戦でどこまで戦えるかは、蜀の軍民の戦意が何時まで続くかによる。これは精神的な資産であり、物質と比較出来るものではない。その意味で「出師表」は、姜維にとっても蜀の全軍民にとっても、聖典であるべきだった。

彼は楊儀を無視して立ち上がり、黒々として続く山また山の北天を凝視した。

楊儀は不興げに姜維から目をそらし、馬岱《ばたい》の方を見た。馬岱はさっきから大きな白蕪と猪の脂肉とを煮込んだ野戦料理を、皿を重ねて旨そうに喰っている。

楊儀はこの白い大蕪が好きでなかった。味もそっけもなく土臭かった。煮すぎると歯ごたえもない。この野菜は諸葛菜《しょかつさい》と呼ばれて蜀の軍民に常食されている。

名の示すとおり、孔明が栽培を奨励した野菜である。二十日大根の一種で短期間で育ち、青物不足の陣中にとって貴重な食糧だった。

孔明は敵中に在っても、多少でも食糧をその地で収穫しようとした。長期滞陣の際には軍制を屯田の制に切り替え、耕しかつ戦った。陣を引き払うときは耕した畑をそのまま土民に渡し、新たな戦地でまた耕すのである。兵農一致・国民皆兵は蜀の兵制の基本である。

「ここにも丞相は生きておられる」

楊儀は馬岱の猛烈な食欲を見ながら気重に言った。

「喰い物に到るまで」

翌朝、兵は再び元の悲痛な顔付きとなり、霜を蹴って出発した。故郷はすでに初冬であった。雲低く垂れて天も涙するごとくである。「蜀犬日に吠ゆ」といわれるように、ここ益州では晴天は少ない。特に冬から春にかけては霧が発生して日も昏《くら》いのである。

蜀帝劉禅《りゅうぜん》は群臣を従えて成都《せいと》郊外まで出迎えていた。留守の文武官、先に帰還した諸大将、成都の住民百姓等、老若を問わず沿道に並び孔明の柩の前で拝哭《はいこく》した。

楊儀らは下馬し、粛然として柩を護る形で歩を進めた。ここに漢の最後の丞相諸葛亮《りょう》は、故人となって成都の城門をくぐったのである。蜀の建興十二年、冬十月である。

*

蜀帝劉禅は、先帝劉備《りゅうび》の四十六歳の時に生まれた子である。三歳の時、父劉備の一行は曹操《そうそう》の大軍に追われ、漢水のほとりの新野から樊城《はんじょう》へ、さらに南下して襄陽《じょうよう》へ、最後に夏口《かこう》へと荊《けい》州各地を流亡した。途中長坂坡《ちょうはんば》で追っ手に捕捉されて壊滅状態になった時、母の糜《び》夫人はこの子を護って命を絶ち、その後は忠臣趙雲《ちょううん》に抱かれて千軍万馬の中をくぐり抜け、無事父の手元に戻ったことのある幸運の子である。この時張飛《ちょうひ》が趙雲を助けて橋上に仁王立ちとなり、曹軍数万を睨み返した話は各種の小説で有名である。

もとより幼い時のことであるから、その時の人々の苦労は知らない。今日帝位にあるは誰のためか、どんなに多くの人々が肝脳地に塗《まみ》れて勇戦したかを知っていない。成人した時はすでに公子であり、父の蜀帝即位の時は兄弟もなく、無条件に皇太子であった。

劉備は子の行く末を案じて死んだ。呉に敗れて白帝城《はくていじょう》に逃げ走り、命旦夕《たんせき》にあるを覚った彼は、成都留守役だった丞相孔明を呼んで皇太子のことを託し、群臣の前で、

「太子劉禅、補佐するに値する者ならばこれを扶《たす》けて蜀漢を護ってくれ。だがもし不才にして補佐

するに値しなければ、君自ら蜀の主となり、朕《ちん》に代わって魏を滅してくれい」

と遺言し、驚愕した孔明は頭をもって床を叩き、血涙を下しつつ死をもって股肱《ここう》・忠節の道を尽くさんと誓った、と伝えられている。

孔明の、劉禅に対する補佐ぶりは涙ぐましいものであったが、いかんせん、ご苦労知らずの、いわば暗愚の君主だった。しかしながら三国の各天子は、二代目または三代目からは、象徴的存在に過ぎなくなっており、実権は尚書系統の官僚と彼らを抑えた実力貴族の手に移って行く。暗愚なのは劉禅だけではない。ただ、他の二国と異なり、帝室を力で押さえ込むことをしないモラルを継承してしまった所に、蜀の悲劇も美もあった。

孔明はあくまで帝室に対し謹慎であったが、政務は彼の独裁する所だった。劉禅は彼を父と呼び、ただ頼り切っている。孔明が柩となって帰国と聞いた時、劉禅は声を放って泣き、おろおろとするばかりであった。彼は蜀の天子として親政し、外敵に対しても親征する自信がなかった。頼り切れる寵臣に全てを委任する方式が必要であった。

成都郊外で孔明の柩を迎えた時も、帝劉禅は泣いてばかりいた。群臣も兵も百姓までもが手放しで泣き叫び、その声は山野を圧した。

費褘《ひい》が奏上した故人の言に従い、孔明の墓地は漢中の定軍山《ていぐんざん》に定められた。この地は昔、先帝劉備が曹操に決戦を挑み、壊滅的打撃を与えた由緒ある古戦場である。この時蜀の五虎将軍の一人黄《こう》忠《ちゅう》は、魏の随一の豪将夏侯淵《かこうえん》を急襲し、一騎打ちで討ち取った。以後曹操は負け癖がつき、ついには漢中を放棄してしまう。

この記念すべき定軍山に、孔明は永遠の眠りについた。しかし死してなお蜀の前線基地を守り、北に向かって魏と対決する気迫と姿勢は、その後長く蜀の精神的伝統として三十年も生き続ける。

墓にはいかめしい垣も構えなかった。自然の山そのものを墳墓として、特に円墳を築くこともせず、ひっそりと葬っただけで何の祭りもしないこととした。「古《いにしえ》、墓祭《ぼさい》せず」の習俗により、上古では故人の屍は辺地にさりげなく葬るのが常であったらしい。古の習俗を尊重する孔子も親の墓を忘れたふりでおり、弟子達が墓を改修した時はきつく叱っている。とにかく墓には一切手をつけないのが建前で、死者の霊を招くために別に廟や祠を建立し、そこで祭事を行うのである。春秋時代あたりまでの習俗らしいが、その後もしばしば墓祭の禁令が出されているところを見ると、地方によってはこの習俗の伝承が生きていたのであろう。日本でも近時まで三重県他に伝承されていたと聞く「両墓制」を持ち出すまでもなく、神々（といっても地方の名士の霊だが）の祭りは社《やしろ》を建てて行うが、古墳は別に築くから、何処でも上古の習俗は似たようなものであったろう。廟や祠は大小の「お宮」の感覚であろう。

蜀の人民は孔明を偲び、各地に祠を手作りして祀った。朝廷では後に公式の廟を墓の近在に建て、そこでは盛大な祭りを国事として行った。諡《おくりな》して忠武侯という。単に武侯と呼ぶことも多い。

武侯廟は先の蜀帝劉備玄徳《げんとく》を祀った照烈皇帝《しょうれつこうてい》廟の奥にもある。廟堂は清代に今の形に整備されたらしく、こちらの方が孔明廟としては一番有名で、その在所は今は成都市街に入る。

漢昭烈廟との大文字を掲げた第一門を入ると右に蜀丞相祠堂碑と刻した巨碑があり、第二門をくぐると劉備の廟で、衣冠を正したその像が回廊に群臣を従えて安置されている。劉備の左側が文官群、右が武官群の像であるが、なぜか文官の孫乾《そんけん》が儒服で右に、武官の張翼《ちょうよく》が軍装で左にある。またなぜか「白眉」の語源で有名な秀才の文官の馬良《ばりょう》の眉は黒い。第三門を入れば孔明廟で、彼の像と蜀漢に殉じた子孫の像が左右に配置されている。殿内に歴代名家の題字多く、広大な敷地内には杜甫の「詣丞相祠」の詩や南宋の忠臣岳飛《がくひ》の書した「出師表」の石刻や拓本やらが点在している。

ポスト孔明体制

孔明《こうめい》の葬儀が終わると、留府長史蔣琬《しょうえん》を中心に、新たな国家方針が策定された。勿論孔明の遺言が大きく影響した。

まずは守勢に転ぜよ。――これが大方針であり、諸事この方針にそって具体策が講ぜられた。

何人もこの大方針には異論がなかった。今蜀《しょく》は小休止を要する状態にある。大黒柱の孔明を失ったことは国家の大損失である。しかも魏《ぎ》には、老いたりとはいえ孔明ですら破り得なかった司《し》馬《ば》懿《い》仲達《ちゅうたつ》が健在である。仲達が死ぬか、蜀に孔明に匹敵する人材が現れるか、何れかの時を待たねば攻めの国家方針に転ずるわけにはいかなかった。

　しかし問題は、守りの姿勢である。

　蔣琬は文武の諸官の意見を徴し、十年の長期計画を立てた。これは、何時いかなる場合でも攻勢に転ずることの可能な、高度国防国家の建設であった。蜀漢《しょくかん》の正名の旗は断じて下ろさず、魏と和平することだけはあり得ない。

　まず国防軍の大半は益州《えきしゅう》の北方地域の漢中に駐屯する。宿老呉懿を車騎将軍、王平《おうへい》を安漢将軍、馬岱《ばたい》を征西将軍として漢中に置き、廖化《りょうか》・張翼《ちょうよく》・胡済《こさい》・姜維《きょうい》らの諸将を北方担当として魏に備え、鄧芝《とうし》を東方担当として呉の境に置き、南蛮に対しては馬忠《ばちゅう》・張嶷《ちょうぎょく》らを担当とし、それぞれ重要な配置に就かせた。これも孔明の遺言である。

　蔣琬はしかし、孔明の遺制を一つだけ改め、大きな機構改革をやった。すなわち戦時色の濃い丞《じょう》相府《しょうふ》を廃し、尚書省《しょうしょしょう》を旧に復して国務の中心に置き、自分はその長官たる尚書令に就任した。次官の尚書僕射《ぼくや》には費禕《ひい》を据え、己の後継者に定めた。

　だが間もなく、彼は国防の重大性に鑑み、軍令を統合すべく大将軍府を新設して自ら大将軍に昇り、録尚書事《ろくしょうしょじ》となって引き続き尚書のことも総覧した。いわば国務長官兼国防長官である。同時に費禕が尚書令に昇った。

　人事・財務・企画部門を有する尚書省は、各国とも重要な中央官庁であった。仕事は幅広く、宮中のお飾り役職とは異質の国務が集中している。内部には吏部《りぶ》・左民・度支《たくし》（経理）など、職務分掌は時代によって異なるが実務部門が並んでおり、五名または六名の局長級の尚書が分担する。中でも人事局長たる吏部尚書は別格の大官で、大尚書とも呼ばれた。尚書の下に数名ずつ課長級の郎《ろう》が付き、各々の曹（課）の事務を分担する。例えば魏の職制では吏部・選部・農部・水部・祠部・金部・庫部などの二十五曹があった。ここでも人事課長たる吏部郎が筆頭である。郎は若手のエリート組で占められるが、その脇に身分は低いが、たたき上げの実力課長補佐クラスの令史《れいし》が居て、下積みの仕事を取りまとめ、その配下に主査・係長クラスの主簿・主記等が付く。主簿はエリートの卵であるが、令史は下士の行き止まりの職で、官吏でも身分は庶民に属し、士大夫《したいふ》層ではない。しかし蜀では、一君万民的漢の伝統を引いてか、抜擢による特進組も多く、曹操の死後急速に貴族化した魏の官制と異なり、上士と下士の断層は必ずしも超え難いものではなかった。

次官である尚書僕射には人格者の董允《とういん》がなった。蔣琬《しょうえん》――費禕――董允。これが今後の蜀を支える顔ぶれとなることがはっきりした。皆そろってクソ真面目な文官だ。元々文官優位の歴史を持つ社会であるから、武官側からは不平は出ない。武辺一途の者は武将にはなれても軍部の上層には昇れなかった。最も珍重されるのは文武両全の人材であるが、この場合も武とは兵法および軍国管理の事務に精通することを指す。戦場に一度も顔を出したことのない蔣琬が大将軍になったとしても、不思議なことではないのである。

軍国蜀を維持するため、孔明の遺した制度はほとんど踏襲された。司法・行政面でも秋霜烈日のごとき法治主義には変わりはない。人民は重い負担に公平に耐えた。

政治・文教の基調は、昭烈皇帝以来の儒教による徳化主義である。孝を賞し礼を重んじ、汚吏を厳しく処罰するのである。

豪族といえども、みだりに土地を兼併し、私兵を蓄え、領民を持つことは許されなかった。何しろ亡き丞相ですら、位人臣を極めながらも財産といえば桑八百株・田畑十五頃《けい》・妾が一人という程度であるから、余人はこれに増して蓄財することは堂々とは出来にくかったろう。なお田畑一頃とは百畝であり、夫婦中心の小規模農家の給田が当時一頃であったから、孔明の遺産は通常農家の約十戸分の規模で、ちょっとした地主さまといったところであろうか。とてもでないが、荘園経営領主とはいえない。孔明にも妾がいたとは意外だが、「妾に余服なし」とあるから相当のしまり屋である。

元々蜀の地にも豪族は多く居た。特に前漢の昔から大地主の多かった土地である。劉備《りゅうび》が入蜀出来たのも土着豪族の支持があったからである。彼らは劉備を漢皇として祭り上げることにより、単なる土豪から朝廷貴族に昇格した。劉備は彼らに受けた恩を忘れず礼遇したが、丞相孔明は法治の理念を曲げず、私的封建勢力の拡大を極力抑え、各種の専売制を布くために豪族達の利権を接収した。それが土着豪族であろうと、劉備と共に流入して来た新入りであろうと差別はなかったので、特に不満は表面化しなかった。

新参士大夫層も、入蜀後利権を貪ろうとはしなかった。劉備が入蜀直後、棄てられた田畑を群臣に分配しようとした時、趙雲《ちょううん》は土地など欲しくない、今はその時節に非ず、国庫に収むべしと直言し、そのとおりになっている。

したがって貧富の差も魏や呉に比較する限り少なく、税も比較的公平に課せられていたと考えられる。重税にもかかわらず不平が出ていないのもその証であろう。

蔣琬は前任者の方針を保守して改めず、とあるが、彼がモデルとした法治主義者孔明の治世方針とは、一体どのようなものであったか。

正史「三国志」蜀書の諸葛亮《しょかつりょう》伝によれば、

「諸葛亮の相国たるや、百姓を撫して官職を整理し、誠心を開きて公道を布く。忠を尽くして益ある者は、讐といえども必ず賞し、法を犯して怠る者は、親といえども必ず罰す。善は微なるも賞せざるはなく、悪は小なるも貶《へん》せざるなし。諸事精練その根本を尽くし、実を解明して虚飾を論ぜず。人々畏れなお愛す。刑法峻なれども怨む者なし。その心公平にして勧戒予め明らかなればなり」

とある。同じ法家でも孔明の場合は厳密な法治家で、通達を好んだ法術家の曹操《そうそう》・曹丕《そうひ》とは肌合いが違う。

また孔明の治世中、大赦・特赦は法治の理念上認められず、蔣琬もその方針を継いだようであるが、彼の死後から蜀末にかけて大赦の記録がむやみに増えてくるところを見ると、孔明の方針は十数年でゆるぎ出したとも考えられる。

地方行政制度も、建前はあくまで郡県制である。したがって昔からの地主といえども、みだりに小作人を私的に部曲化、すなわち半農奴化したり、戸籍を隠して人頭税をごまかしたりして、領主化することは難しかったろう。

人事も清廉の士をもって当て、貧しい小国ながらも大いに治まった。しかし反面、スケールの大きい人材は育たない環境でもあった。魏や呉に比し、傑物・怪物にとぼしい。清流に大魚なしである。

産業の面でも屯田の制で辺境を開拓し、家庭の女も桑を摘み、紡績して蜀江の錦を織った。自家用以外は国の専売品である。

塩は井戸を掘って岩水塩を析出《せきしゅつ》し、金・鉄・銅の鉱産物と共に重要な専売品であった。太古、四川《しせん》盆地は巨大な湖であり、したがって塩井が多く、土着豪族の利権がからんでいた。彼らは以前、巴蜀《はしょく》の特産品を漢中の子午道《しごどう》や褒斜道《じょうやどう》を通って洛陽《らくよう》の貴族に輸出していたが、相次ぐ孔明の経済統制と魏蜀戦争のため、利権は失われてしまったと思える。彼らの不平不満は表面には出て来ない。しかし「三国志」蜀書の列伝を読む限り、土着士大夫と外来士大夫の間に隠れた反目があり、特に前者側は、後にふれるが非戦論者が多いのも、その辺の微妙な関係を感じさせる。

専売品は同盟国呉《ご》に輸出される他、洛陽の商人とも取り引きがあったに違いない。なにせ蜀としても、喰っていくことが第一だったはずである。

兵は農兵を主体とし、人口の一割が動員可能であった。辺境では兵が屯田して開発を進めたので、兵といっても国土建設隊の性格も持っている。特に亜熱帯地方の南部開拓は大いに進んだ。ために益州は広大となり、やがては南方諸郡を分離して寧《ねい》州を開設することとなる。

蜀の登録兵士は十万余であるが、農業振興や人口増加の必要もあって、全員を常時任地に詰めさせておくわけにも行かず、よほど非常の時でもない限り、半数ずつ交替で帰農させていた。法治主義者孔明の軍律は厳しかったが、この交替制にも厳格で、どんなに軍事急を告げる時でも交替の期限を守り、兵の信を得ていたといわれる。

これらは元々孔明の内治方針の伝統だった。先帝劉備の理想主義的徳治方針と、丞相孔明の現実的法治主義とは補完関係に立っていた。

元来漢《かん》の世界は、徳治主義の基盤上に集権的国家社会主義を塗りこんだようなものといわれている。そしてさらに、蜀的要素がこれに加わる。それは貧しいながらも高度国防国家として、最大限の軍備を持つことであった。そして時至れば中原に進出して漢朝の御代を再興することが、国家の最終目標であると軍民全てに教宣されていた。

またここに、伝統と名分を好む地方読書人の支持と、漢を懐古する人々の最後の心の拠り所があったのである。

しかし、いくら孔明以来の伝統とはいえ、新しい時代が迫りつつあった当時、全ての知識人が喜んでこれら一連の国策に従ったかどうか。沈黙を強いられている人々も少なくはなかったろう。

ここで謎のような事件が発生する。楊儀《ようぎ》の失脚と自殺である。

原因は彼の心の狭さから来る個人的なものと、「蜀書」楊儀伝では説明している。しかしインテリ官僚の彼が、個人的恨みや蔣琬に対する嫉妬心から取り乱したりすることは考えられない。彼の信ずる道と体制との間にギャップがなかったかどうかである。以下、しばらくは筆者の憶測も混入する。

確かに楊儀は個人的不満を消すことが出来なかった。彼は中軍師に任ぜられ、期待したより低かったとはいえ一応昇進した。しかし人一倍自尊心の強い彼は、大いに不服だった。衆を統率するラインの職ではなかったからである。そして孔明の遺言を恨んだ。

彼は不満のはけ口を政策論議にぶつけてみた。しかし彼の考え方、外交政策と内外情勢判断は、全て他の文武官と対立した。

彼には孔明亡き後もこの重苦しい軍国体制の続くことが、精神的に耐えられなかった。中原回復なる夢はもう棄てるべきであると思っている。彼の最終的に意図する所は和平であった。三国各々その所を得て平和に鼎立し、そして——この事を口に出すわけには行かなかったが——行く行くは平和な合併により、安泰で貴族的な新世代を開くことにあった。確かに呉・蜀が国家を名告《なの》らず、帝も王と称しさえすれば、形式的な朝貢だけで充分魏は受け入れてくれたろう。

魏は素早く楊儀にねらいをつけ、外交の手を伸ばしていたと想像出来る。かつて劉備が白帝城《はくていじょう》に戦病死し、蜀が絶望の最中にあった時も、魏側では直ちに孔明に親書を送って、「もし蜀が天子を戴する国家たることをやめ、単に藩と称しさえすれば、当方は快く和平を結ぶ用意がある。さすれば双方永く中国を分かって共存し得よう」と誘いをかけて来たことがあった。

孔明はこの書を黙殺すると共に、直ちに「正議《せいぎ》」なる一文を執筆して蜀の群臣に配付し、「魏は漢朝を簒奪《さんだつ》した賊である。正義は我らの上に在り、勝利は最後には正義に与《くみ》するものである」と論じ、国内の動揺を防ぐと共に、蜀の不動の国家方針を明らかにした。

さらに彼は軍にも自信を与えるために「軍誡《ぐんかい》」を布告し、「万人必死なれば天下に横行す。昔黄《こう》帝《てい》衆数万を率いて四方を制す。況んや今我ら数十万、正道に拠りて有罪に臨む。比し得べきものあらんや」と励ました。逆にいえば、それほど人心が動揺していたのであろう。

楊儀に的をしぼった魏の巧妙な外交工作も、孔明没後の戦略としては充分考えられる。少なくとも蜀の国論を分断する効果はあろう。楊儀の場合は孔明と異なり、魏の提案を必ずしも非としない立場であったのではないかと思われる。

彼の小出しの献策は全て蔣琬にはねつけられた。人々も彼の言動に疑いを持った。ついには重要な役から全てしめ出されてしまった。

彼は心中深く恨んだ。誰に恨みをぶつけてよいか判らなかったが、亡き孔明の影が何となく疎ましかった。

「楊儀伝」によれば彼は外見上気の強いタイプで、すぐ憤激して論じ出す癖があり、人々は恐れて近よらなくなってしまった。

やり場のなくなった彼は酒に走った。しかし彼の場合は逆にストレスが内向し、たまに訪れた来客との酒の席で、前後云々の繰り言の内に、つい不平不満を漏らしてしまったのである。

「ああ。もし丞相が死んだ時、諸軍を率いて魏に降伏していたら、この様な処遇は受けていなかったろうに」

勿論本気ではなかった。酒中の繰り言、または譬えの話として聞き流すべきであろう。しかしそれを耳にした相手は、そうは受け取らない蜀漢的真面目人間だった。それに発言内容も穏やかでない。

直ちに朝廷に密告された。楊儀謀反を図る、と人々は思った。

蔣琬は楊儀の存在は国の禍と信じていた。今、蜀は国を挙げて国防体制を固めつつある非常時である。彼のような異分子を内に抱えることは危険であった。それに蔣琬は、楊儀がかつてしばしば他人を孔明に讒言《ざんげん》し、殊に魏延《ぎえん》についてはひどく、孔明も、ついこれを信じていたらしいことを知っていた。孔明にこのことを指摘するだけの根拠もないので、蔣琬も見て見ぬふりをしていた。しかし、魏延を謀反人に仕立て上げたのは楊儀ではなかったか。孔明といえども人間であり、不明な点もあったのであろう。——そう思う蔣琬は、帝劉禅《りゅうぜん》と謀り、楊儀を追放することに決した。

楊儀は官職を剥がれ、漢中の片田舎に流された。失脚の恥と彼をここまで追いつめた軍国体制の重圧とに耐えかね、楊儀は自殺した。

結局彼の場合も、所属する政治組織の枠内において志を遂げようとし、そして挫折した儒教体質の人であった。現世秩序から韜晦《とうかい》する精神風土は、まだ蜀漢の地では育っていなかったようである。あながちインテリ官僚としての内面の弱さばかりが因ではあるまい。

だがこの一件で蜀の軍国体制は完全に固まった。国論は統一された。以後十数年、蜀は蔣琬の路線を一歩も外さず、魏とは戦争状態のまま、針鼠のような専守防衛の国策を貫くのである。そして後の対外積極論者姜維も、当時は蔣琬の統制に服して国防の第一線の中にいた。

三　曹魏

天子乱行

眼を西の偏邦より中華の地に移そう。そこには蜀《しょく》に比し、はるかに豊かで自由も腐敗も同居する大国魏《ぎ》があった。

魏は天の時に乗じ、呉《ご》は地の利を得、蜀は人の和をもって天下を三分したと俗にいわれるが、古《いにしえ》の中国においては、真に地の利を占めて人材を集めるためには、何といっても黄河中流地域の中原を押さえることが肝要であり、その点魏こそ三国の内最も恵まれた国であったといえよう。

何しろ国土は広大であった。人口も密である。農業生産も文化も他の二国とは比較にならない。第一、歴史の堆積量が違う。

当時中国は、三国末から晋《しん》初の行政区画でカウントする限り、二十州に分かれていた。魏は中部・北部・西北部の広大な地域、呉は揚子江両岸と南海に至る新天地、蜀は西偏の山岳に囲まれた四川盆地を中心に北の漢中地方と南方植民地を支配している。北・南・西の三方鼎立である。州の数で見ると次のようになる。

魏は幽《ゆう》・平《へい》・幷《へい》・冀《き》・青《せい》・涼《りょう》・雍《よう》・兗《えん》・司《し》・徐《じょ》・豫《よ》、それに呉と境を争っている揚《よう》・荊《けい》、蜀と境を争う秦《しん》・梁《りょう》の各州六十八郡、一説には九十三郡を領有している。呉は江《こう》・広《こう》・交《こう》および前掲した揚・荊の南半分の各州四十三郡を持つ。内、江州はずっと後になって揚・荊両州から分離した新州である。蜀はわずかに益《えき》・寧《ねい》の二州と魏と国境を争う秦・梁の各一部、計二十二郡の支配者に過ぎない。初めの内、益州は南北に連なる巨大州だったが、三国末、晋初に北方を梁州、南方を寧州に分離したのである。よく天下は十三州で蜀は益州のみといわれるが、その表現でも正しい。

三国共、辺境開拓に力を入れており、魏は北辺に平州、呉は南海に広・交両州、蜀は南蛮の亜熱帯地方に寧州を開設している。

呉・蜀は、州の数に比してやたらに郡が多いが、これは人口の流入を期待して中原の郡名を借りた僑郡《きょうぐん》をむやみに増やしたからである。郡県を増やすことによって、その偉大を示そうともしたのだが、中には漢民族の人口のほとんどいない郡もあったろう。

国力比較の最適指標は州郡数ではなく人口である。人口の多少はそのまま人頭税や賦役・兵役・給田による田租の額を左右する。したがって各国は、草の根を分けても正確な人口を把握するのが急務であった。

人口については、魏は六十六万戸、四百四十三万人、呉は五十二万戸、二百三十万人、蜀《しょく》は二十八万戸、九十四万人という当時の統計があるが、流民移動の激しい漢末の余波もひいていたろうし、土地の荘園化と人民の農奴化の進行による隠し人口もあったろうから、当然戸籍の脱漏が多く、正確な人口把握は困難であったろう。また、そう考えないと、いくら戦乱と飢餓で人口が激減したとはいえ、後漢の最盛期の人口五千万から、一挙に七分の一に落ち込む説明がつかない。

要するに国力としては、魏は全中国の六、七割を有する富裕な大国といってよい。それにこの地は、歴史の厚みが断然他と異なる。蜀は我こそ漢の血統を保つ正統と称しているが、魏は自分こそ漢より正式に禅譲を受けた継承国家だと思っている。人心もすっかり漢を忘れて新しい世を謳歌していた。

その魏が天下を統一出来ずにいるのは、小型ながら尚武の国蜀と、南方開発で富を築き長江の険に拠っている呉とが、固く同盟して交互に兵を出し、魏を奔命に疲れさせているからである。

しかし当面の最強の敵、最も好戦的な蜀の丞相《じょうしょう》諸葛孔明《しょかつこうめい》は死んだ。蜀の精鋭は空しく故郷に帰る。やっと平和が訪れた。蜀は当分動くことが出来ぬであろう。

小休止、いや大休止といってよかった。これで枕を高くして眠ることが出来る。

司馬懿《しばい》仲達《ちゅうたつ》は、堂々花の都洛陽《らくよう》に凱旋した。魏は朝野を挙げてこれを祝い、平和到来を喜び合った。何といっても司馬懿の功績は国家第一であり、貴紳は争って彼と款を結ぼうと門下に馳せ参じた。

孔明が死んで漢中に葬られた翌年、蜀の建興十三年は、魏の青龍三年である（西暦二三五年）。

この年、三国共全く平和であった。

魏は何一つ問題もなく治まっていた。司馬懿は、西部方面軍の総司令官たる征西大都督の地位から、全国の兵馬の軍政を掌握する太尉に昇進し、都に府を開いて国防総局を設けていた。太尉は司徒《しと》・司空《しくう》（御史大夫）と並んで三公と呼ばれる最高職の一つである。三公は狭義にはこの三職であるが、広義には丞相・大将軍も合わせた官職より成り、何れも第一品の位に列している。それに彼は、河内郡の名族の出であり、魏祖曹操《そうそう》より数えて三代に仕えて来た功臣であった。さらに虎のごとく恐れられていた蜀の侵攻を防ぎ切った功績は、何人も否めなかった。

国家のことは彼に任せておけば足りる。魏帝曹叡《そうえい》は安心し切って政務を忘れた。彼は祖父曹操の都であった許昌《きょしょう》の離宮で、久しぶりにのんびりと休養した。ここへ来れば、もう嫌な俗事は一切聞かなくて済む。

いかなる心境の変化であろうか。俗にいう魔がさしたのであろうか。かつては聡明な仁君であったはずの曹叡は、国防という緊張が解けると、急速に脳が狂い出した。

人間が半年もしない間に、まるで別の人格に移行するというのは珍しい。許昌において、軽薄で非士大夫《したいふ》的な取り巻きの連中にそそのかされたにしても、急カーブすぎるのである。

かつて少年の頃、曹叡は父曹丕《そうひ》と狩りに出たことがあった。父の射た矢が母鹿を倒し、子鹿が慌てて彼の馬の足元にうずくまった。父は直ちに獲物を刺せと命じたが、彼は、

「今父上が母鹿を射たことすら憐れと思いまするに、どうしてその子を殺せましょう」

と言い、子鹿をかばって泣いたという。実はその裏に、昔父曹丕が彼の母を殺したという経緯がある。

また前年には、呉の侵攻に対し、親征してこれを破っている。この時は司馬懿の力を借りていない。この時の呉大敗の報が孔明を落胆させ、重い病の因となったことは前述した。とすれば、司馬懿の今日の功績は、曹叡の力に負う所も大きいといえなくもない。

それなのにである。どう説明すべきか筆者も迷う。そのような仁君・名君が、中国の歴史にも稀な悪虐無道な君主に変身したとすれば、その因は環境の変化でなく、精神医学的理由にでもこじ付けるしかないであろう。

曹叡が許昌の静養先から帰都した時には、明らかに目付きが変わっていた。まず行ったことは、馬鹿馬鹿しく壮大な宮殿の建築である。

全国から夥しい木材・石材が集められ、工匠・人夫が動員された。その工事は青龍三年から景初元年まで、足かけ三年に及んだ。朝陽殿・太極殿・総章観・崇華殿《すうかでん》・青霄閣《せいしょうかく》・鳳凰楼《ほうおうろう》など、高さ十丈に及ぶ大宮殿群が光彩まばゆく建ち並び、九龍池が掘られ、庭には各地方から怪奇な動植物が集められるなど、豪華とはいいながら、何とも悪趣味なエキゾチシズムに彩られた。

設計者は馬鈞《ばきん》という博士で、おそらく伝統的中国文化からは自立または異端な存在の学者であったのだろう。博士は普通、官立の太学《たいがく》で教鞭をとっているが、暇な時は天子の侍講《じこう》に出たり顧問対応をして禄を得ている。彼の専門はエンジニアリングである。世俗のことには無関心で、ただ己の腕を試すべく黙々と曹叡の命ずるままに働いている。

当然人民は負担に泣いた。国家の財を傾け、新たに税を徴し、力役を課したからである。さらに、これは公の礼法秩序からいって重大なことであるが、人夫が集まらないときは、宮中で執務中の百官、公卿や大夫の身分に至る者まで動員し、強制的にモッコを担がせたのである。

この時代あたりまで魏にも漢的気骨の清流士大夫が残っていた。濁流の世にあっても、なお気節を曲げぬ清流官僚にとっては、正々堂々と主君に直言し、場合によっては諫死《かんし》してこそ身の誉れであり、世の人士に名声を博するゆえんであった。一種の気質のようなものでもある。この伝統は古い。宦官跋扈《かんがんばっこ》して政治が乱れに乱れた後漢の末には、この清流運動が最高潮に達した。いわばそれは、文官の戦場であった。濁流の外戚・宦官勢力対清流官僚の必死の戦いであった。

誅殺。また誅殺。先達の屍を踏み越え、戦場における武官のごとく、清流士大夫をもって任ずる彼らは続々諫死を遂げていった。一種の気取り、かっこ良さもそこにあった。漢という現世の政治秩序。これが絶対的価値をもっていた頃の話である。

すでに漢は無く、魏に代わっていたとはいえ、ここにも残り少ない古流の士大夫が登場する。

司徒董尋《とうじん》である。司徒は三公の一つで、人事院総裁にも似た一品官である。徳望の人でなければなれない。彼はこの官位を惜しげもなく擲《なげう》って天子に上表し、堂々の諫言を行った。

神仙

当時、諫言《かんげん》とは士大夫《したいふ》にとって歴史に残る晴れの舞台であり、生命をかけた壮厳なる儀式といってよい。記録にも残り、採用の有無にかかわらず、その名と文章が後世に伝えられるシステムになっているから、死んでも悔いは残らない。表を上呈して堂々と論陣を張るのであるから、それとなく諫《いさ》めるよりも逆効果となることがあろう。だがそこに、実より名を求める一種の美意識があった。

しかし彼の論理は極めて儒教的階級意識に貫かれている。内容はこうである。

すなわち今人民は疲れていること。どうしても宮殿を建てるとすれば、人民の農事の妨げとならない季節を選ぶべきこと。ましてこの宮殿は豪華広大過ぎて益なき代物であること。さらに最も諫め申す儀は、天子が宮中の群臣にまで労働の役務を負わせることで、これは士たる、または大夫たる特権階級に対する礼遇無視の態度であること。

ここで孔子曰くとなる。

「君、臣を遇するに礼をもってせば、臣、君に仕うるに忠をもってす」

礼もなく忠もなくなれば、国の光を失ってやがて国家は滅びんという論理展開の仕方である。ちなみに穆々棣々《ぼくぼくていてい》たる君臣の間は、礼遇と忠節との契約関係なのであって、「君、君たらずとも、臣、臣たり」などとは孔子も孟子も言ってはいない。

いかにも儒教社会の伝統と教養を持つ堂々たる士大夫の論である。現代でいう人民の論理ではないが、当時として当然だろう。そして最後の締め括りとして、

「この言一度吐かば君必ず死を賜ることは承知致しております。筆執りて涙流れ、心はすでに世に辞しております。

願わくは陛下、臣死するの後、我が妻子には罪の及ぶことのないよう、陛下のお情けにおすがり致しまする」

このくだり、心なき夷狄《いてき》の人々なら知らず、少しでも詩書礼楽の文化教養を修めた中華の礼教社会の人士ならば、必ず泣けるはずだと計算されている。

ところが今の曹叡《そうえい》は別人である。聞く耳持たぬどころか烈火のごとく怒った。

「貴様。死にたがっているのかっ」

異常な君主には、それにふさわしい濁流の人々が取り巻いていて、媚を売り阿《おもね》っていた。彼らは曹叡に、董尋《とうじん》を斬るべしと勧めたが、曹叡は、

「董尋は忠義面《づら》した嫌な奴だが、くそ真面目に心配してくれていることは確かだ。命だけは助けて官職を剥ぎ、身分を庶民に落としてしまえ」

と命じた。

かくて董尋は、官人の最高位の三公の位から一転して士以下の百姓身分に落とされてしまった。しかしそれでも彼の心は、案外満ち足りていたのかも知れない。故郷《くに》に帰れば上家の主《あるじ》であろうし、歴史に記録は残るし、やるだけのことはやり、かえって「能直言《のうちょくげん》」の名士として、故郷の読書階級の連中から凱旋将軍のようにもてはやされるのである。そのような気風も、当時地方にはあった。

曹叡は一度迷い出すと歯止めが利かなくなった。何時の間に誰が吹き込んだのだろう。老荘の徒の一派が密かに伝える神仙の術に凝り出したのである。

異色の工学博士、馬鈞《ばきん》先生が呼び出された。

「朕《ちん》が建てた高楼台閣は、仙人と往来して不老長生の術を得るのに都合がよい。どうじゃ」

馬鈞は深く考えることなくべらべらと語った。

「それがし未だ仙人を見たことはありませぬが、天上の日精月華の気を服し給うには、確かによろしいでございましょうな。ところで陛下。昔漢《かん》の武帝が、長安の都に建てた柏梁台《はくりょうだい》のことをお聞き及びでしょうか」

「知らぬ。申せ」

「はっ。漢朝二十四帝の内、唯一人武帝のみ寿命長く、在位も長うございました。武帝は宮中に台閣を築いて柏梁台と名付け、巨大な銅人を建てましたが、それは三百五十年を経た今日でも残っております る」

「ほほう。これは面白い話じゃ。そこに何か、不老長生の秘密でも隠されておるのか」

「さればです。銅人は手に金盤を捧げ持っており、承露盤《しょうろばん》と名付けられておりますが、武帝はその盤に、深夜北斗星の降らせる天露を受けて天漿と名付け、その水に美玉の屑を混ぜて服用したと申します。それが武帝の健康の秘訣であったとか。元より臣には信じられませぬが」

曹叡は子供のように目を輝かせて聞いていた。この種の儒教離れしたオカルト話は三度の飯より好きである。

昔、秦《しん》の始皇帝は儒者を弾圧し、壮大な阿房宮《あぼうきゅう》の建造に国の財を傾けた。次には怪しげな神仙思想に凝り出している。脱儒教的な王者の関心の行く所、結局同じなのであろうか。

これは当時の衰退した儒教の責任でもある。漢朝滅んで二十年。それ以前からすでに儒教は古《いにしえ》の光を失っていた。

思想界は混乱状態にあった。魏《ぎ》においても後漢同様、一応儒教が官学である。しかしそれは字句の解釈に明け暮れる小難しい訓詁《くんこ》の学となり、孔孟の初心は忘れられていた。そして忍び寄るように人心を把《とら》え出したのが、元々社会各層の意識下に沈潜していた老荘の思想である。

その老荘思想も分裂していた。本流もあれば亜流もある。したがって怪しげな新派も色々登場して賑やかであった。

この世の形あるものとして把えられない宇宙の絶対真理をさぐり、虚無的な無為自然を唱えた古流の老荘学も、一度世に送り出されるとさまざまな外篇や雑篇が付け加えられ、それぞれ勝手な方向に一人歩きを始めるのである。

人間本来の姿つまり天然自然の本性に返れといっても、天真の心情に従うことと解すれば性善説をとる儒教の一派とさして区別はつかない。人間個々に与えられた天分に従い、足るを知り分に安んずることと解すれば、運命論的色彩を濃くして人々を諦めの境地に誘う。

もっと単純率直に人間の本能欲求に従うことだと解釈すれば、形骸化した儒教モラルや礼法の拘束からの離脱を意味し、一種のルネッサンス的人間解放論となり、転じては堂々酒色に耽る享楽主義へと進む。事実後に述べるように、この手合いの老荘学徒が洛陽にはごろごろと居た。

また人の本性に忠実であることはすべからく生きることであり、人間生きておればこそ尊厳と解すれば、身体の健康のことばかりを気にする養生論に発展し、導引《どういん》と呼ばれるヨガ体操で熊や猿の格好を真似てみたり、妙な薬を一日何度も飲んでみたりすることとなる。この養生論ないし養生信仰は、よほど人間の弱みを衝いたようで、今日でもどこの社会にも見られる現象であるが、本人は大真面目である。

やがて病膏肓《やまいこうこう》に達すると、養生論から不老長生の神仙術へと昇華し、貴族や庶民の別なく怪しげな民間信仰と合体して益々神秘性を帯びて行く。

もっとも神仙思想は老荘より出発してこのように分派したものではなく、元々上古よりこの種の民間信仰があって、その流れが後に老荘の思想を装飾として借りたものとも言われる。

しかしそれにしても、誰が魏帝曹叡に吹き込んだのであろう。どうして土俗の民間信仰が雲上の玉座にまで忍び入ったのであろう。それはすでに成長していた帝を取り巻く貴族連中の媒介に他ならなかった。神秘主義と超能力信仰は、不安や閉塞感の漂う倦怠した貴族社会の特徴でもある。

彼らは表向き教養を磨き、儒学を修め、「君子は怪力乱神を語らず」などと嘯《うそぶ》いていたが「晋書《しんじょ》」五行志などによると裏ではかなり怪しげな民間信仰に凝ったり、物の怪《け》におびえたり、方術士を招いたりしていた形跡が見える。我が朝の貴族も表面いかにも律令国家の官僚らしく、正統な漢学を修め健全な神仏を信仰していたが、陰ではぶつぶつと呪咀を唱えたり、深夜密かに人形に釘を打ったりしていたのと同じである。真に貴族とは矛盾に満ちた得体の知れぬ人種である。漠然たる不安が人心を捉えていた。それは皇帝も貴族も野に耕す農夫も同じであった。

後宮悲話

曹叡《そうえい》は銅人の承露盤《しょうろばん》の話をすっかり信じこんだらしい。その日の輝きを見て、馬鈞《ばきん》先生はしまったと思ったが、もう間に合わなかった。

馬鈞は口下手で世俗の人間関係のあしらい方に疎く、彼の発言がどのような結果をもたらすのか、考え及ばなかった。彼は根っからの技術屋で神仙術など信じてもいないのだが、ただ長安の建造物について、耳にした事実を語っただけである。彼を佞人《ねいじん》扱いする説もあるが、事実は単に、腕は一流だが要領の悪いエンジニアに過ぎない。

「馬鈞。汝、直ちに一万の人夫を引き連れて長安に行け。その銅人とやらを引きずって参るのじゃ。古来気を含み、露を吸うは蝉のごとく清であり、仙に通ずるという。朕《ちん》は毎朝、その天奨とやらを服するであろう」

曹叡はすっかり乗り気になっているらしい。しかも言い出したらきかない今の彼であることは、馬鈞もよく知っている。

馬鈞はやむなく、しかし己の工学技術の腕も試したい気も手伝ってか、人夫と共に長安におもむいた。柏梁台《はくりょうだい》は当時より三百五十年前の遺跡で、取り壊す際、一度に崩れて多数の圧死者を出した。馬鈞は火を放って台閣を焼き、高さ十数丈の銅人だけを巨大な木ぞりに載せ、あらゆる工学原理を応用して都まで引きずって来た。すでにこの当時、馬鈞クラスの技師は三角法や円周率くらいは知っていたと考えられている。

馬鈞字は徳衡《とくこう》。腕は第一級だった。若い頃は貧乏のくせに遊び暮らしていたが、発明マニアのところがあり、数々の技術的功績を残している。綾織りの紡織機を改良して縦糸の数だけあった踏み板の数を十二に減らして省力化したり、上古の頃あったと伝えられていて当時技術が途絶えていた羅針盤を発明したり、子供にでも踏める省力化された水車を作ったりしている。宮廷では百官の勤務風景を皮肉っぽく模した精巧極まる操り人形を作って人々を驚かせた。動力は水車である。

彼は実証主義者で、演繹的・抽象的議論は苦手であった。時の口舌の徒にはいつも議論で打ち負かされていたが、必ず実験をして確かめてからやり返したという。

軍事面では連発式石弩を発明するなど、武器の改良に智恵をしぼったが、治水・利水事業など、人民の利益に連なる面に腕を揮う機会が少なかったことが、友人の論評で惜しまれている。

このような技術者がたとえ少数でも太学《たいがく》で教鞭をとり、宮廷にも出入りしていたということは、実学を重んじた初代魏《ぎ》主の曹操《そうそう》の性格によるものかも知れない。また、技術的実証の世界にのみ閉じ籠もる立場も、老荘の立場とは異なるものの、当時流行していた政治秩序からの自立の態度の一つであったろう。黙々として曹叡の乱行に加担した馬鈞博士とは、そんな男である。

曹叡は銅人を新宮殿の門前に建て、左右に四丈余りの銅製の龍と鳳凰を飾った。さらに広大な庭園には、南方より取り寄せた奇花異木を一面に植え、美女千人を選んで新宮殿に住まわせた。

当時美女は比較的安く手に入った。打ち続く戦争により、父や夫を失った女性の運命は、結局貴族の囲い者とならざるを得なかったようである。まして帝王の力をもってすれば容易であった。

かくて曹叡は、骨の髄まで異教趣味の享楽と神仙術的養生に耽《ふけ》り、国事を忘れ果ててしまった。

しかし、またまた漢《かん》的気骨の忠諫の士が現れた。

九卿の一人で皇室会計と宝物管理を司る少府の楊阜《ようふ》が、正規の手続きに則り謹んで諫奏に及んだが、たちまち門外につまみ出された。中書省の中堅職員たる中書郎《ちゅうしょろう》で、太子舎人《たいししゃじん》を兼ねる張茂《ちょうぼう》は、新宮殿に忍び入って非常の手段で直諫《ちょっかん》に及んだが、曹叡に、「たかが中書郎の分際で何たる無礼ぞ」と怒鳴られ、門外で斬に処せられた。

中書郎も太子舎人も官位のランク付けでは六品に属する中堅クラスであるが、皇太子直属の清流官であるという自負心が、彼らをしてかかる行動に駆り立てさせたのであろう。

百官は張茂の首を見て恐れ戦《おのの》いた。今度諫言をしたら官を剥がれるだけでは済むまい。三族まで殺されるだろう。

ここで三公の一人、曹叡といえども一目置くはずの太尉司馬懿《しばい》仲達《ちゅうたつ》は何をしていたのか。老獪な彼の心底は測り得ないが、どうやら天子の行状を黙認していたらしい気配が見える。

心配して彼の邸へ相談しに来た百官達に対して、彼はこう語っている。

「大きな声では言えないが、魏の運勢すでに尽きたものと思われる。諸君、もはや一切諫《いさ》めることは止め給え」

それは言外に、以後は黙ってこの俺に任せておきなさいという風にも聞こえた。以来誰一人曹叡を諫める者なく、沈黙を守る者と曹叡に阿《おもね》る者とに分かれていく。

青龍五年改め景初元年となった頃である。新宮殿はほぼ完成の域に達していた。

その頃曹叡は皇后の毛《もう》夫人を遠ざけ、新しく得た愛妾郭《かく》夫人にうつつを抜かしていた。

毛皇后は彼が皇太子になる前、失意の平原王として毎日鬱々と暮らしていた頃、彼の心を慰め励ましてくれた年上の女性であった。魏では伝統的に世子以外の皇族に冷たい。これは継承争いを防ぐための政策である。曹叡も王とは名ばかりで、幽閉の身同然であった。曹操の第三子の建安詩人曹植《そうしょく》なども好例である。中には殺された王もあるくらいである。

冷や飯を喰う曹叡は毛夫人と熱烈な恋におちた。後、長兄が急死して彼が皇太子になると、そのまま年上の毛夫人を皇太子妃に引き立てた。しかし現在、皇后となった毛夫人が年をとるにつれ、帝の愛は瑞々《みずみず》しい肉体を持つ若い郭夫人に移って行く。

曹叡は夜毎郭夫人の玉体に絡《まと》い、歓愛の声枕席に絶えなかった。もう一月余りも入り浸りである。晩春三月。悩ましい季節である。今宵もむせるような紅の花の香を吸いながら、曹叡は酒宴を設けて郭夫人と遊び戯れていた。

郭夫人が曹叡の心を試すように、

「もし陛下。毛皇后さまもお召しになって、ご一緒にお楽しみ遊ばしては」

と言うと、曹叡はすでに年経た古女房の顔を思い出して、ぞっとしたように言った。

「これ、とんでもない事を申すな。あいつの顔を想像しただけで朕は一滴の酒も喉に通らなくなるわ。そうだ、見付かったらうるさい。皆の者、朕がここにおることは絶対皇后に内緒であるぞ」

宮女達は四方に見張りに立って、毛皇后を近寄らせぬようにした。曹叡は安心してまた飲み始める。

ちょうどその頃、毛皇后は数人の宮女と共に翠花楼《すいかろう》の庭に出て心を慰めていた。孤《ひと》り閨房に居ても心落ち着かず、春思黙《もだ》し難かったのであろう。彼女は六年前に世を去った夫の叔父の建安詩人曹植の詩句を、うろ覚えながら切れ切れに交ぜて口ずさみつつ、緑草の階庭を逍遥していた。

閨房、何ぞ寂寞たる。

妾、身独り単煢《たんけい》。

人皆、旧愛を棄つ。

君、あに平生の如くで在らんや。

何時か彼女は、夫の遊宴する庭近くにまで来ていた。

君と初めて婚せし時、
結髪《けっぱつ》、恩義深し。

宿昔《しゅくせき》、衾《きん》を同じうす。

行年《こうねん》、晩暮《ばんぼ》たらんとして、
恩紀《おんき》に久しく接せず。

我が情、遂に抑沈《よくちん》。

その時である。庭の向こうで音楽が聞こえ、人々の笑い楽しむ声が起こった。あれは何か、と聞くと、気の利かないお付きの宮女は、

「あれは天子様が郭夫人と花見のお遊びをなさっておられる宴でございます」

と言う。毛皇后は悶えるように寝所に戻った。

翌朝毛皇后は、廻廊でばったりと曹叡に出合った。曹叡が苦々しそうに横を向いて通り過ぎようとしたので、毛皇后は掛ける言葉に苦しんでか、つい、

「昨夜のお遊び、さぞやお楽しみのことでしたでしょう」

と言ってしまったから大変である。

曹叡は色を変じた。目はすわり、顔面は蒼白にひきつっている。彼は直ちに武者共を呼んで毛皇后を引っ立てさせ、庭に引き据えて絞殺させた。さらに皇后付宮女数人も、余計なことを漏らした罪で斬殺したのである。完全に異常者の仕業といってよい。

かくして郭夫人は新しい皇后となった。聡明な美人であったといわれる。想像を逞しうして、殷《いん》の紂《ちゅう》王に配する妲己《だっき》のように描きたくもなるが、それだけの証拠はない。彼女は後、魏の政変には必ず登場して収拾の役割を演ずる。一種の権威または敬慕される一面も備えていたらしい。賢夫人タイプかも知れぬ。

明けて景初二年正月。曹叡の迷妄が醒める日が来た。心の緊張が再来した。すなわち北方の幽《ゆう》州《しゅう》の刺史つまり州知事の毌丘倹《かんきゅうけん》より雪の飛ぶごとく早馬が到着、遼東の公孫淵《こうそんえん》、謀反を起こして燕《えん》王と称し、年号を勝手に紹漢《しょうかん》元年と改め、北国の動乱起こりぬと伝えて来たのである。

曹叡は驚き、百官を非常召集した。

遼東

公孫氏《こうそん》は古くより中国東北部に根を下ろす豪族である。漢人《かん》であり異民族の血は混じっていないが、支配する広大な北方領土には多くの異民族の集落が点在し、兵士にも側近にも少なからぬ北方人種が登用されていた。

後漢の頃より、征服された異民族で万里の長城内に強制移住させられていた数は相当数に上っていた。幽《ゆう》州の刺史毌丘倹《かんきゅうけん》自身も、北辺開拓のため、北朝鮮の高句麗《こうくり》族を、多数州内に連れて来て使役している。彼らは集落単位で分散生活し、軍事以外では漢民族と混住することは稀であったが、常に迫害され少数民族の悲哀をかみしめていた。

彼らは集落ごとに珍しい産物を捧げたりする貢納の義務や、兵糧運送などの集団労役の義務はあったが、良民の一員として人頭税の対象にはなっていなかったらしい。したがって人口統計からは除外されていたと見られる。

建安詩人の曹植《そうしょく》が北方を旅行中、中華の地と異なった、あまりに酷い貧民集落を見て、

劇《くる》しい哉《かな》、辺海の民、

身を草野に寄す。
妻子は禽獣に似て、
行止《こうし》は林阻《りんそ》に依る。
柴門《さいもん》何ぞ蕭々《しょうじょう》たる、
狐兎《こと》、我が宇《いえ》を翔《か》ける。

と詠んだが、ひょっとするとこれら少数異民族の生活を詠ったものかも知れない。

同じ事情は魏北部の南匈奴《ぎきょうど》、魏西部や蜀北部に住むトルキスタン地方から来た諸族、チベット系の羌《きょう》族や氐《てい》族、呉《ご》東南部の山越《さんえつ》族や南越族にもいえる。

かつて魏祖曹操《そうそう》は、河北の雄袁紹《えんしょう》を倒し、さらにその子と残党を討つため、長駆遼西地方まで遠征した。袁紹の子袁熙《えんき》・袁尚《えんしょう》の二人は、はるばる熱河の砂漠を越えて遼東の公孫氏を頼ったが、当時の支配者公孫康《こうそんこう》は、二人の首を斬って曹操に送り届けた。この時より公孫康は襄平侯《じょうへいこう》に封ぜられ、公式に魏の東北部の重鎮として周辺諸民族に睨みを利かすことになった。

この遼東《りょうとう》の地は、北辺防衛の最前線であった。内蒙古・熱河のあたりに鮮卑《せんぴ》・烏丸《うがん》、沿海州側に夫余《ふよ》、北朝鮮東部に高句麗の諸族が居たが、公孫康は朝貢を要求すると共に巡察を怠らなかった。

また彼は、すでに後漢の中頃から開かれていた朝鮮北西部の楽浪《らくろう》郡を充分に開拓し、余力を駆って

さらにその南方に帯方《たいほう》郡を開いた。

もっと東南には、韓《かん》と呼ばれる三つほどの集落の連合国家があり、さらに海を隔てた島国には倭《わ》

と総称する多数の集落の連合があると聞いているが、さすがに公孫康もそこまでは手がまわらない。何れにせよ遼東の勢力地盤は大きかった。国力からいっても半ば独立国に近く、何時でも中央に反旗をひるがえすことが可能な状態にあったのである。

時代は下り、康が死んで弟の恭《きょう》が立ったが、康の子淵《えん》は武力衆に優れており、間もなく恭を殺して位を奪った。曹叡《そうえい》は事を荒立てることを避け、そのまま彼を揚武《ようぶ》将軍、遼東の太守に封じた。淵は益々中国を甘く見て、独立して王になってやろうと野心を持ち始めた。

そこに目を付けたのは呉である。海上交通では中国一であった呉は、船を北方に航して使者を送り、呉・蜀《しょく》・公孫氏が力を合わせ、三方より魏を討つ外交を策して来たのである。

淵は魏の恩賞を期待し、呉の使者を斬って魏に報告したが、魏の朝廷ではこれに対して、「汝を封じて楽浪《らくろう》侯と為す」といって寄こしただけなので、さあ怒った。

中国のやり方は何時もこうである。俺様を夷狄《いてき》の酋長扱いにする気かと、本気で独立を企てた。

漢人系の部将は反対した。しかし公孫淵《こうそんえん》は賈範《かはん》・倫直《りんちょく》等のこれら反対者を誅殺し、恐れ戦《おのの》く部下を集めて燕王に即位し、年号を紹漢《しょうかん》元年と改めたのである。独自に元号を立てることは主権の完全独立を意味する。

北国の騒動は魏の上下を震撼させた。このような時に頼りになるのは司馬懿仲達《しばいちゅうたつ》である。直ちに召し出された。

司馬懿は慌てることなく言上した。

「都に三万ほどの兵馬があります。直ちに急行して毋丘倹を助けに参りましょう」

「そのような少ない兵力で大丈夫であろうか」

「兵は多きを用いず、奇略をもって破り得ます。公孫淵のごとき辺境の野人、何ほどのことがありましょう。一鼓して遼東を平定してご覧に入れまする」

曹叡は安心した。しかし今度は司馬懿の留守が心配になった。

「太尉。卿が遼東に下り、都に戻るまで何日かかるであろうか」

「さて、何しろはるか北辺の地でありますす故、遼東到着まで百日、帰還に百日、途中の合戦・滞陣・休息に百日、合わせて三百日はかかりますでしょうか」

曹叡は驚いた。

「三百日といえば一年近くでないか。その間呉蜀連合して攻め来たらば如何せん」

司馬懿は自信ありげに笑って答えた。

「大丈夫です。ここ数年は両国共絶対に動きません。この見通しには自信がございますので、陛下は少しも御心を苦しめ給うことはありませぬ」

彼はすでに蜀・呉の動向について、あらゆる情報を集め分析していた。蜀は専守防衛に徹し動くまい。蜀が動かぬ以上、呉も単独では兵を出すまい、と。

それでも大事をとって各国境方面には充分兵を配し、自身は太尉の身でありながら特に北征の権限を付加され、三万の軍を指揮して北上した。彼は今は出来るだけ都を離れていたい気であるらしかった。いくら夷狄の地に近い所でも、片道だけで百日もかかる距離でもないことは地図を見ても判る。

戦いそのものはあっけなかった。公孫淵は蛮勇あるのみで戦術用兵はまるで知らない。連年諸葛孔明と戦い抜いて来た千軍万馬の司馬懿仲達の目からすれば、彼の戦法はまるで子供だましであった。そのうえ漢人系の彼の部将達は、さっぱり戦意を持っていない。

遼東軍の先手の大将卑衍《ひえん》・楊祚《ようそ》の二人は、国境線数十里にわたって長蛇の陣を張り、逸《はや》るを待ち労を討つと称して遠征軍を待ち構えていたが、司馬懿は早くもこれは寄せ手を心理的に疲れさせるための偽兵であると見破った。彼は先手の大将胡遵《こじゅん》に、敵の兵力の薄い箇所を教え、そこを破って一気に敵の本城指して進軍せよと命じた。果たして遼東軍は、退路を断たれることを恐れて逃げ走る。これを追って魏の大将夏侯覇《かこうは》は卑衍を討ち取り、応援に駆けつけた公孫淵の本軍をも大いに討ち破った。

公孫淵は敗走して襄平の城に立て籠もる。魏軍は十重二十重《とえはたえ》に取り囲んで、攻防戦は三ヶ月に及んだ。といっても華々しい合戦はない。兵糧攻めである。

公孫淵は今になって謀反を後悔した。しきりに降参したい旨を申し入れたが、司馬懿は故意に戦いを長びかせるつもりか、これを許さず、

「およそ戦いをなすには五法あり。能く戦う者は戦う。戦うこと能わざる者は守る。守り切れぬ者は走る。逃げられぬ者は降る。降るを許されぬ者は死す、と。汝らすでに降るを許されぬ以上早く

死ね」

と突っぱねた。

ここに至って公孫淵は、空腹を抱えた諸軍を残し、自分だけ千余騎の旗本と共に夜を待って東方に脱出した。しかしこれも事前に司馬懿の察するところで、朝気が付いて見ると、司馬懿とその子の司馬昭《しょう》・胡遵・夏侯覇・張虎《ちょうこ》・楽綝《がくちん》の軍勢に鉄桶のごとく囲まれてしまっていたのである。

かくて公孫淵一党は、逆賊としてことごとく惨殺された。魏軍は遼東を制圧し、さらに朝鮮半島を南下して楽浪・帯方の両郡も魏の支配下に収めた。諸方の異民族も続々帰順した。

司馬懿はこの地方一帯の行政組織を整備し、諸方を巡察して伝聞を記録させ、翌景初三年の正月、ゆるゆると洛陽に凱旋した。後は毋丘倹が留まってこの地を治め、さらに勢力を北に伸ばすこととなる。後、この北方地域に平州が開設される。

ヒミコという倭の女王の使節団が帯方郡に姿を現したのは、司馬懿が去った直後と考えられる。彼らは以前より公孫氏と通交していたが、いつの間にか公孫王国が地上より忽然と消えていて、さぞかしびっくりしたことであろう。

倭人は国際情勢の流れの変化に素早く順応し、そのまま魏と通交した。彼らは魏の承認を受け、ヒミコのために「親魏倭王」の金印と銅鏡百枚、その他数々の引き出物をもらって帰国した。

実は倭も、公孫氏同様呉から誘いを受けていたらしい。日本の各地の古墳群からは魏の鏡と共に赤烏何年とか刻した呉鏡も複数枚出土している。呉の年号を刻した鏡が魏を経由して来るはずもないから、直接海上の道より入って来たのであろう。銅鏡に目がくらんで大陸に出兵し、公孫淵を援護したとしても、司馬懿仲達には敵し得なかったろう。強い弱いの問題以前に、集団を統制して大事業を行うだけの政治組織力が、倭にはまだ成長していなかったはずである。

正史「三国志」魏書の倭人伝によれば、ヒミコの死後の倭は、一族の女子トヨ（又はイヨ）が乱を鎮めて後を継ぐ。彼女はどうやら中国との国交に熱心でなかったらしく、一時代後に書かれた「晋書《しんじょ》」の倭人伝は、「魏書」の倭人伝に比して記事も少なく、目新しい材料も出て来ない。

それから二世紀後、男王タケルの武勇談が南朝宋の正史である「宋書」倭国伝を飾るまで、この島国の伝聞は絶えて、謎のベールに包まれる。

＊

正史「三国志」魏書の倭人伝（又は東夷伝倭人條）は魏志倭人伝とも言い、約二千字より成る貴重な記録である。解釈に当たっては江戸時代より論争が続き今日なお実に多くの見解が発表されている。これらを通読すると、弥生時代の日本も決してのどかな田園と村落のたたずむ風景ばかりでなく、邪馬台国《やまたいこく》や狗奴国《くな》始め諸国全体が狂気の騒乱の渦中にあり、広く想像を馳せるとその様相は全東アジア、更には地球的規模にまで広がって、当時の文明圏たる中国やローマ帝国周辺の素朴主義文化系諸民族が、一斉に蠢動《しゅんどう》し始めた分裂と動乱の序幕の時代であったであろうことを思わせる。

もう一言。正史「三国志」は主として勝利者の手元に残った記録の立場で書かれている。倭人伝も魏—晋に伝わる北からの記録が採用されたことであろう。南から見た資料も多く呉に蓄積されていたに相違ないのであるが、残念ながら〝呉志倭人伝〟なる章節は正史の「呉書」にはない。呉と交流があったはずの南方系諸蛮伝はすべてカットされ、主として魏と境する北方諸族の記事に留まっている。

記録に残る倭人の習俗が、かなり南方系の色彩を帯びているだけに、惜しまれるところである。

四　正始の声

浮華の徒

景初《けいしょ》三年、正月十五日の夜のことである。魏《ぎ》帝曹叡《そうえい》は上元の佳節の祝い酒に大酔し、殿中の寝所に一人伏せっていた。

三更の頃である。突如陰々滅々たる気体が帳《とばり》をゆすり灯を消した。

怪しんであたりを窺うと、泣き悲しむ女の声が聞こえる。あの覚えのある声である。おぞ気をふるって闇を見据えると、昨年殺した毛《もう》皇后が数名の宮女を従え、彼の座辺にまで漂うごとく迫り来るではないか。飛び交う陰火を払いのけながら、彼は血を吐くように絶叫して気を失った。

この夜より曹叡は重い病に取り付かれ、毎夜うなされては日に日に衰えていった。

司馬懿《しばい》はまだ遼東より帰らない。命日夕《たんせき》に迫ったことを知る曹叡は、劉放《りゅうほう》・孫資《そんし》の両侍中に天子直属の枢密事務を司らせ、皇太子曹芳《そうほう》の補佐役として宗族の筆頭曹爽《そうそう》字《あざな》は昭伯《しょうはく》を当てることとした。初め燕王曹宇《そうう》が候補であったが、複雑な事情の絡む両侍中の策謀により曹爽にお鉢が回ったのである。

曹爽の父曹真《そうしん》は、魏祖曹操《そうそう》の甥である。位は一品官の大将軍。天子の宗族とはいっても臣籍に下っているから出世出来た。皇族に留まっている限り、魏では徹底していじめ抜かれるのである。曹爽も曹一族の宗兄として、父と同じく新たに大将軍に任ぜられた。大将軍は軍令を司る参謀総長である。太尉は軍政を司る陸軍大臣のようなもので、両者共兵馬の権を司る最高機関である。しかし太尉でも別に特定目的の官を加えられれば、その権限で作戦行動も出来たようである。

大将軍は本来の三公の地位には含まれないが、三公に準ずる一品官である。かつて曹爽の父曹真の他、曹操の弟曹仁《そうじん》と建国の大功臣夏侯惇《かこうとん》がこの地位に就いたことがあったが、他にあまり例がない。方面単位に軍政と軍令を兼ねた都督《ととく》を置くのが通例である。また魏は、全国の兵馬を指揮し得る大将軍や、さらに全行政権まで兼ねる丞相は、常設の機関とはしていなかったようである。権力の過度の集中を避けたものと思われる。

一方、司馬懿は何も知らずに凱旋途中にあった。都近くで初めて勅使に出合い、帝の危篤を聞いて飛ぶように洛陽に入った。曹叡は病床にあって待ちかねていた。

慌ただしく司馬懿が伺候すると、曹叡は涙を流して、

「朕《ちん》、死するを忍んで卿《けい》の帰還を待っておった。幸いに間に合い、もう何時死んでも恨みはない。昔、蜀の先主劉備《りゅうび》は死に臨んで太子劉禅《りゅうぜん》を孔明《こうめい》に託し、ために孔明忠誠を尽くして孤《みなしご》を扶けたりと聞く。偏邦の人ですらかくのごとし。況んや中国をや。太子曹芳わずか八歳であり、卿の補佐なければ国を保ち得まい。太尉。くれぐれも頼み置くぞよ」

と言い、司馬懿の手に太子曹芳を抱かせた。曹芳は手を司馬懿の首に巻きつけて放そうとしない。司馬懿は感泣し、拱手《こうしゅ》して床に拝伏し、何度も頭で床を叩いた。殉死は周礼《しゅらい》以来固く禁ずるところであったが、このように頭を物にぶつけて、死の覚悟を示す形式だけは残っている。凶礼の拝である頓首《とんしゅ》である。

曹叡はこれを見て安心し、さらに郭《かく》皇后、宗族の大将軍曹爽、信頼する左右侍中の劉放《りゅうほう》と孫資《そんし》、その他の重臣を呼び寄せ、共々力を合わせて宗廟を守ることを誓わせた。

ほどなく曹叡は昏睡状態となり、ついに息を引き取った。年三十六歳。景初三年一月下旬である。曹叡は明帝《めいてい》と諡《おくりな》されて洛陽の南郊高平《こうへい》の陵に葬られた。郭皇后は皇太后に昇り、曹芳は第三代の魏の天子に昇り、大礼の式典は終わった。なお曹芳の出生には謎が多く「宮中の秘事」とされている。

ここに司馬懿・曹爽の二頭政治が始まる。

翌景初四年、年号は正始《せいし》元年と改められた（西暦二四〇年）。当時は先帝に敬意を示す場合は崩御の翌年改元するのが慣例であるが、政変による天子交代の場合には、人心を一新する意味で直ちに改元されるという。無論すべてのケースには当てはまらない。

こうして華やかな魏末、正始の世となった。それは文化史を画する新しい時代の到来を告げるものといってよかった。歴史に名高い正始の黄金時代である。

初め曹爽は司馬懿を敬い、何事も相談してから事を決していた。太尉と大将軍の席次は時代により異なるが、この当時では大将軍の方が一歩劣る。それに曹爽は、自分の才能に自信を持っていない。ただ身分家柄だけで三公に準ずる地位を得た。親の七光りで出世した口であるから人は好く、彼に甘言でとり入る濁流の人士も多かった。意志は弱い方で、金はあり、苦労も知らなかった。かつがれやすいタイプである。

広大な邸には食客が多く居た。五百人といわれるが、中心は軽薄で偽悪者ぶった不良処士である。彼らは曹爽お気に入りの取り巻きとして、何時も邸にとぐろを巻いていた。

当時、豪族達は多くの食客を抱えていた。中には死士、すなわち、やくざめいた刺客・剣客の類まで養っている者もあった。一種の私兵集団といってもよい。一方、サロン芸術のセンスを持つ新進学徒も近くに置き、社交界の装飾とする風もあった。

曹爽の邸にも、この種のお抱え文人が多い。

色白でのっぺりした貴公子風の美男何晏《かあん》、昔は名門だったと自慢する人物評論にくわしい鄧颺《とうよう》、それに官界から故あってドロップアウトした李勝《りしょう》・丁謐《ていひつ》・畢軌《ひっき》。この五人組である。また、悪智恵の持ち主で、天子を取り巻く九卿の一員である大司農桓範《だいしのうかんはん》も、足繁く曹爽の邸に遊びに来ていた。大司農は、昔は農林大臣だったが、今は尚書省に国務事務を取られ、天子の農場や食糧倉庫の管理、毒味、供膳を司る公卿の役である。しかし高貴な地位には変わりはなかった。彼は早くから曹爽党の一員になっている。

曹爽一派の中で、何晏字は平叔《へいしゅく》という男は、矛盾の多い真に不思議な人物であった。単に不良グループのリーダーであるばかりでなく、新進の学者でもあった。多少危険な思想も持っているが、その論の斬新さが世間に馬鹿受けしていた。

何晏は見る見るハイカラ好みの名門貴族連のマスコットになった。当時、清談《せいだん》と呼ばれたサロンは爆発的に流行し始めていたが、何晏は、あちこちのサロンに招待されては一席ぶち、人気の的となった。その話しぶり身ぶりがいかにも新進の少壮学者らしく、何ともいえぬ人を惹きつけるものを持っており、彼の著作も次々ベストセラーになった。つまり盛名を慕って写本を望む者が群れたのである。

彼は、形式一点張りの訓詁の学で頭がこちこちになっている伝統儒学者連中を痛烈にこき下ろした。儒学に老荘思想を加えて自由で大胆な解釈を試みる。そして何よりも人欲を肯定した。一種の人間解放論といってもよい。

したがって女にも手が早かった。主人がいくら人前に出るなといっても、どんな男性が集まっているのか興味津々たる夫人や令嬢達が、戸の鍵穴や青く塗った飾り窓から、サロンの様子をのぞき見る有様が古書に見える。彼女達の多くは何晏の熱烈なファンとなり、聞こえて来る彼の歯切れよい弁舌に酔った。

討論には加わらなかったにせよ、家庭にある女性が男達のサロンに堂々顔を出すことも稀にはあった。先々帝の曹丕《そうひ》が文人達を招待したサロンにおいても、美人の名の高い甄《しん》皇后は、客前に出て来て挨拶をしている。その時建安七子の一人劉楨《りゅうてい》は、頭も下げずに皇后の顔を穴の開くほど見つめていたという。そんな礼法無視の態度が、社交界のしゃれた流行だった。サロンは儒教の形式道徳の世界から自立した解放区である。

また、この当時より一般女性の服装が、急速に華美になって来ている。人前に顔を出す機会が多くなったせいであろう。

何晏は相当のプレイボーイであった。彼に熱を上げた女性ファンは、詩歌に気持ちを託し、侍女を介して彼を誘う。侍女は言葉巧みに女主人の美貌を伝える。何晏がその気になると文を返して日時を約する。侍女の手引きで夜這うこともあれば、侍女を連れての外出先で落ち合うこともあるし、桑摘みに事寄せて桑畑で野合することもあった。勿論当時の女性は纏足《てんそく》などしておらず、後世の女性より健康的で開放的だった。曹植《そうしょく》の詩句などから見て、外出もかなり自由だったようである。

仲介および見張りは婢《はしため》の役目であり、その都度たんまりと袖の下を貰う。奴婢《ぬひ》とはいえ中々油断の出来ない、ある意味では太々しく自立した存在である。「世説新語《せせつしんご》」によると、ある貴人の邸では奴婢に至るまで読み書きが出来て古典に通じており、通俗書でも、奴婢が主人の秘密を訴えて一家を誅滅に追い込んだりする例が多く見られる。彼らは身分はともかく精神は決して奴隷ではない。

何晏先生は、初代魏主曹操が見初めて妾にした女性の連れ子であったそうだ。少年時代まで宮中生活をしていたので、社交術と女性のあしらいは、我が朝の光源氏並みだった。彼はハンサムで抜けるように色白だった。悪友が彼は白粉を塗っているのではないかと疑い、真夏に熱い飲み物を与えて汗を拭わせたところ、益々光り輝くような肌になったという。当時は男子でも化粧する風俗があったらしい。

彼は覚醒剤を常用していた。五石散という。服用後散歩をして汗をかくと、肉体が若返るばかりか精神も高揚し、創作活動にも大いに役立つというので、友人にも盛んに服用を勧めていた。

何晏の小遣いはスポンサーの曹爽がふんだんに出してくれるので、金遣いも気前よく、それがまた人気を呼ぶ。先生、先生と言って取り巻く連中と連れ立っては、花の洛陽の酒寮で大いに飲み、談論風発しては尻の軽い女共をたぶらかしていた。

彼は女性を見ると、いつも優しく接した。古風の士大夫《したいふ》のごとく、女性を奴婢のようには扱わない。女性の人格を認め、人間性を自覚させる。それからものにするのである。

曹爽もこの人気者のお抱え学者を自慢し、彼の言うことは何でも信用していた。

大将軍曹爽と太尉司馬懿の対立は、何晏のそそのかしから始まる。何晏は曹爽に進言した。

「御前。あなたの兵馬の権は他人に委ねておくべきではありません。御前は大将軍です。しかしながら司馬懿は古参の太尉として、事実上兵馬の権を一手に握り、御前は大将軍といっても、まるで虚号ではありませんか。これでは何時御前の地位が覆るか、判ったものではありますまい」

曹爽は、かぶりを振って言った。

「予と司馬懿とは共々兵馬のことを司っている。それに司馬懿は、先帝が特に孤《みなしご》を託し給うた功臣でもある。彼とのいさかいは起こしたくない」

しかし何晏は言う。

「確かに彼の軍功は人に抽《ぬき》ん出ております。しかし彼は結局単なる武臣です。御前は天子の宗兄。

これ以上彼に従い、何事も相談遊ばすようなことは必要ございませぬ」

これは貴族階級の感情に合った言葉だった。官位は門地によって得るべきである。一時の軍功者は虚号の将軍号でも与えて外禄を賜い、あるいは地方の刺史か太守に任命することがあっても、中央の政治に近づけるべきではないとするのが、多くの人の納得出来る論理であった。

しかし曹爽も何晏も忘れている。司馬懿は確かに武で名を売ったが、本来武勇の猛将ではない。司州《し》河内《かだい》郡の名族の出で、政治に参与する才能も資格もある。若い頃、文官陳羣《ちんぐん》の事務を手伝って、行政組織と公務員資格制度の改善に尽くした経験も持っている。

長年蜀《しょく》の侵攻を防ぎ、諸葛孔明《しょかつこうめい》と戦って来たため、世間の人は彼の文官としての輝かしい過去を忘れがちであった。

「それに」

と、何晏は曹爽のコンプレックスを衝くように言った。

「御前もご存じでしょう。昔、御父君の曹真大都督閣下が蜀の孔明と対陣しておられた頃、後からのこのこ参陣した司馬懿に、その作戦指導ぶりを意地悪く批判され、将兵の面前で恥をかかされなさいましたことを。お人の好い父君は何ともおっしゃいませんでしたが、この一事のために気の病に冒され、陣没され給うたのです。御前はこのことを、何とも思っていらっしゃらないのですか」

これは事実に近いことであった。司馬懿には底意地の悪い一面があって、とび抜けて有能な彼を副将に迎えてコンプレックスの塊になっていた大都督曹真に対し、毒針を含むような皮肉を放ってノイローゼ状態にさせたのである。それは今でも語り草になっており、曹爽も知らないわけではなかった。

曹爽は黙った。あえて何晏の言を否定しなかった。

ある日、曹爽は朝廷に参上して新帝曹芳にこう奏上した。

「司馬懿仲達は、武祖曹操の君以来四代にわたってお仕えする大功臣であり、徳も人並み以上に優れております。よって俗事の多い太尉の職より、清なる太傅《たいふ》の位に昇進させるべきかと存じます る」

太傅は三公の上に出る上公の位である。同じ一品官の中でも最も清で閑で高貴な地位だった。職務規程では天子の教導役となっているが、要するに座して道を論ずるだけの閑職で、一切の責任から解放される。勿論兵馬の権は失われる。武を卑しみ文を尚ぶ貴人ならば、位人臣を極めたといって泣いて喜ぶところだが、司馬懿の場合には体のよい祭り上げである。幼帝曹芳にはその辺の意味が判らない。ただ「宜《よろ》しく計らえ」と宣うのみである。

御定は下った。司馬一族は激怒した。曹爽いよいよ世俗の権力を一人占めにし、行く行くは司馬一族を追い落とす気かと憤った。司馬懿の息子、師《し》・昭《しょう》もかんかんになった。

しかし司馬懿はなだめた。兵馬の権を失うことは翼をもがれるようなものだが、彼の名望をもってすれば必ず挽回の機会はある。

太傅となった以上、その立場で堂々大将軍曹爽の首を締めつけてやろう。

そこで彼が持ち出すのは、魏の国家公務員資格審査法の改定の建議であった。

司馬懿は知っていた。今日自分を体よく太傅の地位に祭り上げてしまった真の背景を。それは魏の社会システムの根幹にふれる問題だった。失地回復のためにも、その深い病根をえぐり取ってしまわねばならぬ。司馬懿は人民の範たるべき官吏の登用制度の問題点につき、深く考える所があって、病気と称して邸に引き籠もった。

曹爽一派の専横が始まる。まず人事の面にそれが現れた。天下の兵馬の権を一人占めした他、縁故の者を次々と重要ポストに据えて自分の地位を強化した。弟の曹羲《そうぎ》・曹訓《そうくん》をそれぞれ中領軍、武衛将軍に任じ、そろって天子の近衛兵を督せしめる。四男の曹彦《そうげん》ですら門下省長官の侍中に次ぐ散《さん》騎常侍《きじょうじ》であるから、いかにでたらめな情実人事であるかが判る。

ここに散騎常侍とか、散騎侍郎《じろう》とか、散騎と名の付く官名は、天子の御座近く仕える門下省の政治局員で、後者は若手貴公子の新任官ポストとしてあこがれの的となっている。

曹爽人事はまだ続く。お気に入りの何晏・鄧颺・丁謐を尚書省に入れ、特に何晏を人事局長たる吏部尚書《りぶしょうしょ》に任じ、吏部郎《りぶろう》他人事系統の職員を押さえ込む。さらに畢軌《ひっき》を警視総監たる司隷校尉《しれいこうい》、李勝《りしょう》を都知事たる河南《かなん》の尹《いん》に任命し、中央を支配しようと図った。

洛陽《らくよう》の都は、司州の河南郡にあり、この地は中央政府の直轄地であった。したがって司州は地方団体扱いを受けず、州知事たる刺史も置かなかった代わりに、司隷校尉と河南の尹を置いて、首都圏の治安と行政を担当させたのである。両者共、大変な顕官であることはいうまでもない。

こうなると自然の勢い、天下の俗流紳士は引きもきらず曹爽の門前に集まり、旨い役職にありつこうとする。

曹爽の地位は、少なくとも中央においては確固たるものになった。

大中正設置法案

当時、魏《ぎ》の国家公務員の資格管理と資格認定は、それぞれ九品《きゅうひん》の制と中正《ちゅうせい》の制によって運営されていた。この両制は、かつて曹操《そうそう》が抜擢した有能な文官陳羣《ちんぐん》によって研究考案され、次代の魏主曹丕《そうひ》が初代魏帝に昇った直後に施行されたものであるが、司馬懿《しばい》も丞相府《じょうしょうふ》の若き主簿《しゅぼ》時代に、陳羣の指導を受けながら草案作りに関与したことがある。

九品の制は、官吏の資格を一等官から九等官まで、つまり一品から九品に区切り、従来乱立していた各職位を分類・整理の上、再評価を行って、九品目のどれかに格付けすることにより、採用と昇進の管理規準にしようとするものであった。一種の資格制度であり、給与その他の待遇や、威容を整える許可規準をも示し、さらに徹底して官職とも直結していた。ちなみにこの制は三国時代に始まり、大綱は変わることなく清末まで続く。司馬懿は、この資格制度自体には何ら問題点はないと思っている。

問題なのは、九品の制と抱き合わせの形で施行された、官員候補者の資格認定制度たる中正の制にあると彼は考えていた。

官員候補者は、後漢の時代までは、当時健全であった地方郷村からの、地元代表の推薦制であった。人口に比例して郷土で評判の若者が、秀才・孝廉《こうれん》・能直言《のうちょくげん》・賢良《けんりょう》・方正《ほうせい》等の各科目ごとに、中央官員候補者として選抜されて来るのである。審査役は郷村の教導を司る三老と呼ばれる父老層で、彼らの地元における人物評価の討論、つまり「清議《せいぎ》」によって推薦すべき者が定められた。古き良き時代であったと彼は懐古する。

漢末の動乱で、漢を支える礎石であった郷村が破壊されてしまってから事情は変わった。一昔前と戸籍が一変してしまった現状に鑑み、彼の官界における先輩陳羣《ちんぐん》が、中正の制と呼ばれる新しい資格認定制度を立案した。かろうじて残った地方の名望家を中正官という特別職に任じ、顔ぶれが一変してしまった新郷土より人材を選抜させる。中正は清議をまとめ、郷論を指導しながら誰それは第何品であるべきだと、その候補者の郷品《きょうひん》の格付けを決定するのである。

司馬懿は少壮官僚時代、陳羣を補佐してこの制の立案に情熱を傾けたことがあるから、当然愛着は持っていた。だが、この新しい推薦制は、残念ながらうまく行っていないようである。

後世ずっと下って隋・唐の代より、科挙《かきょ》の制と呼ばれる競争試験制度へ、そして開放後は人民公社単位の集団清議による推薦制へと変転したようであるが、司馬懿の場合はまだ古代国家の基礎である郷村への夢を捨て切っていなかった。何とか中正の制を活かして使い、郷村を古《いにしえ》のあるべき姿に再生させようと試みるのである。

若き日の意図は外れた、と彼は反省している。法制というものは、いくら善意で作っても運営するのはしょせん人間である。一旦一人歩きを始めると、時代の推移と社会の変化によって骨抜きにされ、ついには悪用されることとなっても、かつての立法関係者としてはいかんともし難いのである。

古き良き漢《かん》の郷村社会は今や見る影もなく、実力土豪に壟断され、土地を兼併されつつある新郷里からは、地方ボス共の息のかかった縁故者しか選抜されて来ない。だからこそ各郡単位に中正官を置き、その職の中立性を保障して、資格審査のまとめ役をさせて来たはずであった。ところがこの中正官なる者も、今ではすっかりいいかげんな者で占められ、何時の間にやら職務の尊厳も独立も失っている。司馬懿にはそれが残念でならない。

今日、実に下らない連中が続々都に押しかけ、あるいは賄賂を贈り、あるいはサロンでうわついた人気を博して曹爽《そうそう》を始めとする高位高官に取り入り、吏部尚書《りぶしょうしょ》何晏《かあん》らに運動して旨い役職にありついて一統と親分子分の盃を固め、ために公的組織は私物化され王朝化して行く遠因もここにある。

彼ら猟官者も、各地方では中正官から郷品は第何品と、正式に資格証明書をもらって来ているのであるから、中央としても将来の最高昇進時にその郷品がマッチするよう、それより数等下位の官品ポストを乱発して用意して置かねばならないのである。

悲しいかな、これが実態だ。真の人材を少数精鋭主義で登用するためには、せめて現行の中正の制を引き締めることから始めなければならない。中正を強力に統制しよう。――司馬懿はそういう結論に達した。

彼は「州に大中正《だいちゅうせい》を設置するの議」を引っさげ、久しぶりに朝廷に出仕した。百官は緊張した。人事制度の改訂には誰しも関心を持っている。

司馬懿仲達《ちゅうたつ》は天子を前にし、曹爽以下群臣の居流れる宮中の議事堂で、堂々法案の趣旨説明に入った。歴史記録官たる著作郎《ちょさくろう》も出席し、後世に伝えるべく議事録に速記の筆を走らせる。

「それがし郷の九品の状を按ずるに、郡の中正官にはもはや真に人材を見極めんとする心の人なし。よろしく郡の上部たる州単位に大中正を置き、郡中正の定めた郷品適格性を再審し、併せて郡中正の職務をも厳正監査せしむべしと存ずる次第でござる」

ここで州とは郡の上にある広範囲の行政監察区域で、その府は中央政府の出先機関である。郡以下がやや地方自治体的な団体で、郷村の意向が大部《たいぶ》反映され、郡太守・県令とその次官クラス以外は、ほとんど地元採用職員で占められている。ちなみに郡の下の区域は県で、その下に自治区の郷、町丁区画の里《り》、隣組組織の什《じゅう》・伍《ご》と続き、最後に家・戸《こ》となるのである。戸は家の一要素で、血縁同士数戸同居して家計を共にする大家族もあれば、各戸別居する小家族もある。また戸は公法上の概念で通常は夫婦中心の小家庭である。このように、建前としては隠し人口を認めず、草の根を分けても人口をもれなく把握し、田租や賦役をばっちり課する仕組みである。

曹爽一派はうなった。司馬懿が真に意図する所はどのあたりにあるか、おぼろげながら察しはつく。大中正を置くとなると、その人選・運営は人事院たる三公の司徒《しと》系統の仕事で、太傅《たいふ》司馬懿もこれを総覧しようとするに違いない。何れにせよ大将軍の出る幕ではない。

この制をうまく使えば、司馬懿は多くの腹心を州大中正に任じ、郡中正に睨みを利かせることが出来る。その結果中正の制の中央集権化が起こる。そして地方勢力を支配し、自派の官員候補者を続々都へ送り、自己勢力拡大に利用出来るのである。当時月旦評などといわれて流行していた人物評論とは、一皮むけば熾烈な政治闘争でもあった。

曹爽側は、それが判っていながらその理由では反対出来ない。建前の論には建前で反論しなければならない。

審議は一旦中止し、数日の後、曹爽の意を体して弟の三品官中領軍曹羲《そうぎ》から反論の議が出された。曹爽は表面上中立の立場をとり、自然に議長役になる。智恵者大司農桓範《だいしのうかんはん》・吏部尚書何晏・司隷校《しれいこう》尉畢軌《いひっき》・河南尹李勝《かなんのいんりしょう》らが鳩首《きゅうしゅ》して出した献策である。なお彼らは概ね三品官である。

「太傅殿の御高論、真にもってもっともなことながら、いくら郷品の虚実を審査せんと欲すれども一州は広うござる。多数の郡を抱えておりますゆえ、州大中正官の一々巡検出来る限りではござりませぬ。結局は郡中正の意見に従うこととなり、同じことの重複に過ぎぬ結果となりましょう」

なるほど曹羲の論は実際的であると思われた。しかし本音は曹爽一派の官人勢力温存の意図から出ている。現状のほうが自派に都合がよいというだけだ。

司徒以下、属官の司徒左長史《しとさちょうし》等の人事院系統の官庁が、いくら中正の定めた郷品を認証しても、それは信用状のようなもので、実際に任用に当たるのは、人事局である吏部を持つ尚書省の仕事である。何晏が吏部尚書となって睨みを利かせているものの、都に押しかけて来る有資格者達は人事の不明朗を非難し、インテリ失業者群となって社会の緊張を高め、「処士横議《しょしおうぎ》」の鋒先は結局曹爽一派に向けられることになろう。司馬懿の建議は何としても葬り去らねばならない。

曹爽は中立無私の顔付きで言った。

「ここは一つ、秀才の名声高き領護軍夏侯玄《かこうげん》殿のご意見を伺おうではありませんか」

夏侯玄、字《あざな》は太初《たいしょ》。漢中の定軍山《ていぐんざん》で蜀の五虎将軍の一人黄忠《こうちゅう》と戦って名誉の討ち死にを遂げた魏の大功臣、征西将軍夏侯淵《えん》の孫に当たる名族中の名族である。貴族も数代を経ると自然に燻し銀のような品格と家門の誇りのような内面性が滲み出て来る。貴族同士で婚姻を重ね、血統は益々高貴さを増していく。彼は曹爽と非常に近い親戚関係にあった。何でも曹操の祖父は後漢の宦官であり、同郷の夏侯家から養子をもらい、その長男として曹操が生まれたとのことである。

夏侯玄は弁舌爽やかな秀才で、サロンにもよく出席して名声を博していた。しかも中々の男前である。古書「世説新語《せせつしんご》」によると「玉樹のごとし」と言われ、それが因で先帝曹叡《そうえい》の妬くところとなり、一時左遷の憂き目にも遭ったそうである。彼を「浮華の徒」に含める説もあるが疑問で、確かにハイカラな面もあったが、何晏らとは別のグループに属していたと思われる。

また彼は、一品官まで昇ることが予想されていた父の夏侯尚《しょう》が二品官の征南大将軍当時に任官したので、親の七光りで五品官の黄門侍郎《こうもんじろう》が初任官であった。初任官を起家《きか》官というが起家して大過なく勤め上げれば、一生の内に四階層昇進するのが慣例である。五品で起家した彼は、末は太尉か太傅か、何れにせよ一品官までの輝かしい将来が約束されている。やっと昇りつめた上品職よりも、将来ある下品職のほうが、その発言に迫力があった。

起家の後、彼は一時殿中の員外官たる羽林監《うりんかん》に左遷されたことを除き、順当に出世して現在中央政府の一部である護軍《ごぐん》府の高級官僚、すなわち三品官の領《りょう》護軍《ごぐん》であった。曹爽の大将軍府が参謀本部であるとすれば、護軍府は陸軍省に相当する太尉府の下部組織らしい。

「魏書《ぎしょ》」列伝の記す所によれば、夏侯玄は常々行政改革に一家言を持っていた。彼の論は司馬懿、曹義のどちら側でもなかった。しかし、結果としては曹爽を助けるように出来ていた。

それは、司馬懿が強化・純化を図ろうとする中正の制そのものに疑いを投げかける論であった。

「本来官吏の人事管理は、権限の委譲された縦割の組織系統にそって、個々の管理職が行うべき職務であり、各官長が直接郷論に耳を傾けて人材を登用すべきものであります。

それに漢末以来、むやみに国家の組織が膨張しており、官吏の増員も甚しいのは歎かわしき次第と存じまする。地方行政組織におきましても、郡を廃して州・県の二段階方式にするとか、この辺で思い切った行政整理と、組織の簡素化を断行すべきと考えます。整理された吏員は帰農を促進すれば、国家財政にとっても一石二鳥であります。

しかるに、さらに中正なる特別職を官の系統外に設け、郡太守の権限を制約して勝手に郷品を決定させることは、理に適った制とは申されませぬ。人々は専ら学を修め徳行を積むより、中正官に運動するのを早道と考えるのは当然でありまする。上品に寒門なく、下品に権門なしとはこの事でござる。そうでなくともこの中正なる職は近時すこぶる評判が悪うござる。名は中正なれど実はこれ姦府なりと陰口をたたくは、若手ながら鬼の検察官として高名な中正廃止論者の劉毅《りゅうき》殿ほか少なくありませぬ。

将来はこの中正の制度を思い切って廃止する方向に持って行くべきであり、故に中正の制をさらに拡大発展せしむる太傅殿の御建議には、賛じ難しと存じまする」

この論は、相当数の人々が密かに同調するところであった。中央官庁の人事登用権を、地方のボス共に委譲することはない。しかし思い切って中正の制を廃する議はこれまで出て来ていない。すでに郷品という人物保証書を手に入れてしまっている門閥貴族の子弟達、やっと起家して先の四階層昇進が楽しみという貴紳がゴマンといる。この既得権擁護、ひいては貴族共の利益擁護のため、中正の制は容易に改められることなく、夏侯玄や劉毅のような批判を浴びながら数百年も続くのである。

夏侯玄も勿論廃止の無理なことは知っていた。第一、漢の郷村共同体なるものは今はない。健全な郷論なるものは期待するほうが無理というものだ。彼のいう縦割組織論にしても、個々の官長もまた公正な人事行政を期待し得るものではない。選抜試験制度に改めるにしても、当時最も重要視された人物の判定、日常の行いの評価が出来ないのである。彼はあえて極論を唱えて司馬懿を困らせたに過ぎない、との見方もあろう。

まずは現状を維持し、しばらく様子を見る他あるまい。そんな空気が廟堂を流れた。夏侯玄が密かに気脈を通じた、とも見られる曹爽側の勝利である。

どのような高邁な論議であっても、発言者の心の奥底は測り難い。建前と本音は、意識して分離されるものとは限らぬ。本音はおぼろな期待・思惑に留まっている場合もあるし、意識下に沈潜して本人ですら気が付かぬこともある。

司馬懿は口をへの字に曲げて目を閉じていた。本音はおくびにも出さない。曹爽も同じで、裏では己の政治生命を賭けての勢力拡大闘争が火花を散らしていた。味方の陣営に引き込むべき相手は誰か。それが今暗黙裡に批判の俎上に載せている貴族階級なのであるから皮肉である。

記憶のよい人々は思い起こしていた。そもそも曹操が立案を命じ、曹丕が公布した九品および中正の制は、表向きは真に国家有為の人材を選抜する目的の法制だった。しかしそこにも裏があり、漢を滅して魏を建国するに当たっての下工作として、漢の旧臣共を味方につけるための身分保障法のねらいもあったのだ。立法の趣旨は初めからそこにあったとは思えないが、今司馬懿が、昔関与したこの制度の拡大強化を図る意図が、何となく無気味でもあった。

先帝曹叡《そうえい》の乱行を黙認し、魏の運尽きたりと嘯いた司馬懿である。まさか新政権樹立の下工作と思いたくはないが、考えれば考えるほどキナ臭くなって来る。深く関わることは不吉であろう。

とにかく問題は相当複雑である。こうなるとどの論が正しいかではない。どの側に与《くみ》するかの問題となった。今は政争に巻き込まれたくない、とするのが大方の態度のようであった。

何となく一つの結論が空気のように廟堂を支配したのを感じながら、中立の態度を通して来た曹爽は、これ以上の発言がないのを確かめてから、議長のように最後をしめくくった。審議棚上げである。実質的には却下に等しい。勿論夏侯玄の対抗案も却下され、双方相打ちのまま「なお今後の研究に待つ」というあいまいな結論に落ち着いてしまった。問題の先送りこそ、この場の問題解決であった。

司馬懿は敗れた。しかしあきらめてはいなかった。彼は自分の潜在政治勢力に絶対の自信を持っている。しばらくの間曹爽一派を泳がせておこう。

司馬懿は自宅に引き籠もり、再び病気になった。そう称して役所に出仕しなくなったのである。どうせ太傅は閑職である。後は曹爽が勝手にやったらいい。その内きっとボロを出すであろう。

それからの司馬懿の隠忍自重《いんにんじちょう》ぶりは、驚くべきほどである。これだけの勢力と名望を持ちながら、政権奪取を決してあせらない。鳴かぬなら鳴くまで待とうの構えであった。

二人の息子、師《し》・昭《しょう》も官を辞し、外出もほとんどせずにじっと時を待つ。

清談

曹爽《そうそう》一派の勢力は拡大した。俗流紳士は続々門下に来たり参ずる。浮華、軽佻は社会の風潮となり、バブルは益々膨らんで濁流は風俗にも文芸にも思想界にも滔々として流れ込んだ。富裕な貴紳達は奢侈《しやし》風流を競う。賄賂は飛び交う。戦争はない。花の都洛陽《らくよう》の貴族と、その取り巻き連中は、遊宴に浮かれ流行を追った。

中でも我が世の春が来たと思っているのは何晏《かあん》・鄧颺《とうよう》らの五人組を始めとする、都に名高いインテリ不良グループである。

彼らがどのような土壌から出て来たのかは明瞭でない。何晏は曹操《そうそう》の側室の連れ子で、宗族の筆頭曹爽の家にやっかいになっていたといわれているが、他の食客のインテリやくざとは、どのように結びついたのであろうか。

これは推測だが、彼らはいわゆる処士逸民の不良化した出来損ないではないかと思われる。処士逸民とは、後漢《かん》の郷村社会の教養人でありながら、中央官界にそっぽを向き、自立的に生き抜く在野指導者と考えられている。それが本流であろう。しかし何晏らは、伝統形式社会を冷笑しながらも物欲と権力欲だけは人一倍で、時を得ればちゃっかりと官にも就くのである。うんと意地悪く考えれば、要するに秀孝の選に漏れて逆にそれに反撥したり、一旦官につきながらも品行が悪くて免職されたりする、いわゆる良い子になれないインテリやくざが、自立精神をもって太々しく開き直る。都に出て来て気の合う仲間とグループを作り、庇護者の邸でとぐろを巻く。――そんな図を想像してもおかしくはなかろう。

スポンサーの曹爽も親分気取りである。彼は何晏らに甘言で籠絡され、骨の髄まで放蕩の深みに沈んで行った。

贅沢な暮らしと遊びの世界も、貴族社会にとっては必要不可欠なものであった。それは社交界における重要な道具であり、借金をしてでも、陰ではケチ丸出しの生活をしてでも、遊ぶ時には徹底して遊ばねばならなかった。古書「世説新語《せせつしんご》」の「汰侈篇《たいし》」や「倹嗇篇《けんしょく》」にはその辺の裏話が面白く描かれている。洛陽の社交界で名が売れなければ、上位の地位官職は得られないのである。そして地位が上がると裏の収入も多くなり、利権を握って財を積むことが出来る。借金はそれから返せばよい。

交際費を派手に使う他に、努力しないで出世するもう一つの方法は、当時、爆発的に流行していたサロンに出席し、才気煥発な話術で人気を博することであった。この種のサロンは「清談《せいだん》」と呼ばれていたことは前述したが、何晏も清談の雄である。清談の評価はそのまま中正官《ちゅうせい》が判定する「郷品《きょうひん》」の格付けを左右し、ひいては今後の官品と役職にもつながるのである。

早く世に出るためには、真面目に学問に取り組んで、古典をその膨大な注釈に至るまで一々暗記することは徒労であった。より効果ある法は、機知で勝負するサロン弁論術を学んでスターになることである。二十歳そこそこの若者が、うまく行けば散騎侍郎《さんきじろう》だとか黄門侍郎《こうもんじろう》になったり、新進の才子として社交界にもてはやされたりする早熟時代である。禅問答のような簡にして要を得た会話のやりとり、何晏先生スタイルの美的な容止《ようし》、才気あふるる談話術、そんなことが珍重される世の中になっていた。タレント性こそ、この時代に求められる資質であったようだ。

秀才、孝子として地域社会から推挙されて来る漢代の徳行の士や、蛍の光、窓の雪明かりの下で老骨に鞭打って科挙の受験勉強に励む後世の勉学の士に比べると大違いである。

地方の豪族達も都の文化に憧れていた。彼らは代々一門の子弟を都に上らせ、太学《たいがく》に通わせて教養と都のセンスを磨かせ、さらに官に就職させて太尉《たいい》だとか尚書令《しょうしょれい》だとかの大官を世に送り出す家系となると、もはや単なる土豪ではなく名門の家柄ということになり、貴族の仲間入りが出来る。さらに貴族同士で婚姻を重ね、夏侯《かこう》家のような貴種の門閥が析出されるのである。ここに、いかに劉備玄徳《りゅうびげんとく》や諸葛孔明《しょかつこうめい》が古き良き漢的土壌を懐かしんでも、どうしようもない異質の時代が到来するわけである。

四百年の伝統を持つ官学はすたれ切っていた。官学は儒教、つまり礼教であったが、後漢末にはすでに古典の精神は失われ、辞句解釈に明け暮れしていた。青年学徒は新しい世にふさわしい学風を望み、そのためのティーチインとしてサロンを選んだ。

中でも何晏が弁士として出席するサロンは一番の人気だった。貴公子連は自由な評論と機知あふるる弁舌の技を磨くため、盛んに彼を慕ってサロンに通って来た。

サロン、すなわち清談は至る所で開かれていた。清談にも色々種類があり、人物評論の場である世俗的なもの、超現世の世界に浸り切る逃避的なもの、純粋論理を究める哲学的なもの等々があったが、彼は八方の清談に出入りし、老荘《ろうそう》の無をテーマにして盛んに弁舌をふるってもてはやされていた。

何晏らの新しい学風は、古典儒教に、今まで官学の外にあった思想をどしどし盛り込んで行った。それは易《えき》・老荘の思想である。彼は古くより伝わる三種の論語を集約し、独自の立場から注釈を加えて今日に伝わる「論語集解」を著し、さらに「道徳論」を発表した。といっても筆者は読んだわけではない。中身は大分老荘の書に近いとのことである。そして「無」を体得することが聖人の道だと言い切っているそうである。

これは当時の学徒に芽生えていた個人主義心情にマッチしたそうで、大いに売れたといわれる。王朝も道徳も政治も、しょせんは擬制・虚構に過ぎない。本質は無であり、現世秩序から解放された自立の人間精神こそ時代を超えて永遠であるとした。劉備や孔明が聞いたら、真っ赤になって非国民だと激怒したろう。漢であれ魏《ぎ》であれ、現世秩序を絶対視する立場から見れば、体制否定を示唆する危険思想である。一昔前ならとうに「焚書坑儒《ふんしょこうじゅ》」されていたはずである。

このような新進学徒の常として、その私生活は相当乱れたものだった。厳しい顔付きで古典を講読し、道を説きながら陰で密かに快楽を求める似非君子を偽善者というなら、何晏らの私生活はむしろ堂々たる偽悪者の態度に近かった。もっとも天子に差し出す上表文等、表向きの文章となると似非君子的なことを書いているようだが。

彼らにとって老荘でいう人間の本性に忠実であることは、素直に人欲を肯定することだったらしい。寿命・名声・地位・健康は天命の司るところであるから、従容としてこれに従わねばならない。しかし手の届く範囲で求められる四つの天賦の人間欲求、つまり良い家に住んで美食を喰い、美服を着て美女を抱くことだけは、堂々とこれを求めても何ら天道に背くことではない、と裏では平気で言っていた。個人の愚行権も認知したのである。超俗の世界にも色々と道があるものだ。

曹爽は事実上位人臣を極め、誰はばかる所なく奢りを尽くしていた。国政を顧みず、毎日何晏ら五人組の不良グループと酒を飲んで遊び楽しんだ。彼らの新説によれば、もう古い儒教の教えに拘束される必要はないのである。

曹爽の邸では、衣服器皿の類まで、朝廷で使用する物と同じであった。南海の玉樹、つまり珊瑚を始め、珍奇な玩好物も数多く集められた。次に収集したいものは美女である。

何晏は曹爽のために尚書の地位を利用し、黄門官の張当《ちょうとう》という人物にわたりをつけた。黄門官は人も嫌がる濁流の宦官《かんがん》の職名で、後漢末の宦官大粛清事件以来、定員は非常に少なくなっている。天子の側近たるその権限は、三品官の侍中《じちゅう》を長官、同品の散騎常侍《さんきじょうじ》を次官とし、配下の散騎侍郎・黄門侍郎から成る門下省の官僚に奪われ、今では後宮の管理のみを司っている。昔は天子の側近に二系統があり、侍中系統と黄門官系統が併列し、黄門官は部下として黄門侍郎を支配していたが、今ではその部下も門下省の職員に組み込まれてしまった。ちなみに黄門侍郎とは、名前は珍妙だが宦官ではない。花の黄散《こうさん》といって、散騎侍郎と並び共に五品官で、貴公子の憧れの新任官ポストとなっている。例えば夏侯玄《げん》の起家がそれである。

黄門官張当は、莫大な賄賂を何晏から受け取り、久しく得た例のなかった裏収入に顔をほころばせながら言った。

「よろしゅうござります。私奴《め》にお任せを。とび切り上等なのを周旋いたしやしょう」

つまり後宮の美女の横流しである。現帝はまだ幼い。さっそく亡き先帝の後宮の中から、グラマーの宮女石英《せきえい》始め張《ちょう》女・何《か》女他、多少とうは立っているが、逸品中の逸品を「魏書《ぎしょ》」によれば七、八名、「晋書《しんじょ》」によれば十一名も選んで密かに曹爽の宅に送りとどけた。

員数合わせはどうにでもなる。もっと素人風でスタイルの良いのをと何晏から言われると、張当はさらに賄賂を要求した上で、洛陽の良家の佳人美女を数回に分け、計五十七名も集めて送り込む。後宮を司る役人には、それ位の調達は可能なのであろう。なお彼女等は女性バンドや歌手にされている。

「魏書」曹爽伝の記述によれば、曹爽とその取り巻き達は、地下室に珍奇なインテリアで飾ったアングラバーをこさえている。そこに美女を侍らせ、金銀の器で美酒・美味を楽しみながら栄耀栄華《えいようえいが》の限りを尽くすのである。おそらく五石散でラリったりもしたろう。

当時、洛陽に管輅《かんろ》という有名な人相見がいた。何晏は会ったことはないが、清談にも時々出席して中々の評判だという。どんな男か興味を抱き、悪友鄧颺と相談した。

鄧颺は、かつて何晏と「冀州論《きしゅうろん》」という人物風土に関する論文を共同執筆したことがある。したがって人相学にも関心があった。

「それは面白い。さっそく呼んでみよう」

鄧颺も乗り気になって管輅を招待した。人相見といっても当時においては人物鑑定に重要な役割を持っていて、社会的地位も高かった。専攻は易学である。易学は人間も含めた宇宙万物の根元と現象を説明する自然哲学であり、その学理体系は深淵で広い。孔孟の実践道徳論とは別体系の、当時の科学原理といってよかった。

もっとも易学者は、万物の元素体系や数理体系を神秘的に見てしまい、そこに呪術的解釈を織り込んでしまったため、近世科学の態度とはほど遠いが、それでも政治学や人間関係論中心の当時のオーソドックスな学問に比し、緻密な思弁を要する学理であったことは間違いない。

人物評論の場である清談においても、人相学は重要な役割を演じた。劉備は手が長くて膝にとどき、耳が肩まで垂れているから王者の相があるとか、魏延《ぎえん》は後頭部に叛骨が隆起しているから危険人物であるとか、顔や姿、形は人物の品定めに欠かせない要素だった。そして畸形《きけい》的な姿ほど「これ人臣の相に非ず」とかいわれて、有望視されたり危険視されたりした。堯《ぎょう》・舜《しゅん》・禹《う》等の古代の聖人は、徳の表象として何らかの身体的障害を持ち、悪虐な桀《けつ》・紂《ちゅう》は反対に美麗壮大だったといわれる。

かつて、初代魏主曹操も、汝南《じょなん》の人相見に、「君は平時の能吏、乱世の姦雄だ」と鑑定され、大いに喜んだと伝えられる。ちなみに彼はどちらかというと痩身でハンサムの方である。

地方においても、若年者の官への推薦と郷品の格付けをする中正官は、任用後の人格・能力を保証するためには、郷党の評判や家柄の他、この種の人相つまり人品骨柄を相当重視するのが常だった。

何晏と鄧颺は管輅を招待し、まず何晏から問いかけた。

「先生。近頃清談の席でも先生の評判は大したものです。易学のご専門ながら、易の語を一言も交えずに弁論なされるとか聞いております。何故でしょうか」

管輅は、髯をしごきながらおとぼけ調で答えた。

「なに、易をよく知る者ほど易を語らぬものでござる」

これには何晏も一本とられた。実は何晏らの学者グループでも、

「孔子が『無』について一言も語らないのは『無』を本当に体得していたからである」

と解説しながら老荘思想を説いていたのである。仲間の王弼《おうひつ》などがよくこの手を使って質問をはぐらかす。なお彼の「老子注」は今日でも名著とされ、何晏との公開討論は万場の聴衆を沸かせたという。

「いや、ご名言でござる」

と何晏は折れて、いよいよ本題に入る。

「それでは伺いますが、我々は将来三公の位に昇ることが出来ましょうや」

管輅先生は勿体つけて中々口を開かない。鄧颺もわきから注文を割り込ませた。

「最近青蠅が数十匹飛んで来て、鼻の上に落ちて来る妙な夢を見た。吉か凶か占ってくれ」

かなり強圧的な態度だった。ところが管輅先生、二人の権勢を少しも恐れず言ってのけた。

「鼻は高きが故に高貴な所じゃ。そこに悪臭発して青蠅が集まるとは、貴殿の高貴な地位も最早これまでというところかな。よほど今までの生活を見直して身を慎まなければ、可哀そうに滅び去る運命じゃろう。三公などとてもとても」

鄧颺は真っ赤になって怒ったが、何晏は老人のありきたりのお説教だとあざ笑って追い返した。

後に管輅は知人より、

「何でまた先生は、権勢並ぶ者なき方々に向かって、あのようなことを言われたのですか」

と問われたとき、

「なあに、少しも心配はいらない。鄧颺は遊びが過ぎたのか、筋肉が骨より外れ静脈が浮かび出ている。あれは鬼躁《きそう》の相じゃ。何晏の目付きを見ると魂が体から離れ、五石散を飲み過ぎたのか精も枯れている。これは鬼幽《きゆう》の相。二人共影が薄いと見た。近々命を落とす運命じゃろうから、彼奴《きゃつ》らの権勢など少しも恐れることはないのさ」

と言った。果たせるかな、彼らの栄耀栄華も一寸先は闇だったのである。

彼は曹爽一派の荒淫《こういん》ぶりを聞き知り、その破滅を予知していた。陰陽の気の均衡理論によれば、房中の術の要諦は、過ぎてもいけないし絶ってもいけないのである。

管輅字は公明《こうめい》。彼の名は「魏書」方技伝《ほうぎでん》に見える。容貌粗醜、飲食言戯、酒好きで服装はだらしなく口は悪いが、洛陽中の人気者だった。占の的中率は高く、数々の逸話が伝えられている。

クーデター

文化は爛熟し、社会は遊逸の気に乱れる内に、正始《せいし》の世は終わりに近づいた。

遊びに飽いた曹爽《そうそう》は、たまには遠出をしてみたい、狩りをして遊ぼうと言い出した。何晏《かあん》らもついて行った。外で汗をかき、グリーンの上で思い切り身体を動かすのも楽しいものだ。

曹爽の弟曹羲《そうぎ》が訪ねて来て諫めた。

「兄上。兄上は毎日遊興にふけり、威勢だけで人々を畏れさせており、徳を慕う者は少ないのです。このような時遠出などし、万一危害を加える者が出て来たらどうしますか。くれぐれも都からは離れませぬように」

「何をぬかすか。兵馬の権ことごとく我に在り。誰がこのわしを害するものぞ。無用の言は慎め」

曹爽は叱りつけた。曹羲は心から心配して涙を見せている。何晏も不安になって来た。

「御前。司馬懿仲達《しばいちゅうたつ》のことですが、もう何年も病気と称して姿を見せません。不気味な気もいたします。人を見舞いにやって、病の虚実を確かめさせてはいかがでしょうか」

何晏に言われて、曹爽も少しばかり気にし出した。しかし虚勢を張って、

「あんな老人、今では何の力も残っていない奴だ。老衰して死ぬまで放っておけ」

と言って取り合わなかった。

正始十年になった。正月である。

曹爽は河南《かなん》の尹《いん》であった李勝《りしょう》を荊州《けいしゅう》の刺史《しし》に配転した。刺史は、昔は兵馬の権を持たぬ監察官であったが、この頃では郡の上位の州の行政長官に近くなり、国境に近い州の刺史は兵を領している。荊州は三国の接点に当たる要衝なので、その都督や刺史は他州のそれに比し格が一品上のようであった。

曹爽は李勝に策を授けて命じた。

「赴任の挨拶という名目で、彼奴の邸へ行け。病が本物かどうか確かめるのじゃ」

さっそく李勝は見舞いの品々をそろえ、太傅《たいふ》司馬懿邸を訪問した。面会を申し込むと、間もなく家人が出て来て病床近くまで案内した。

司馬懿は冠もつけず、髪を乱して床の上に臥していたが、二人の女中にやっと助け起こされ、抱えられるようにして対面した。

李勝は再拝して、

「久しくごぶさた申しておりました李勝でございます。天子は私を荊州の刺史に任じ給い、間もなく赴任するところでございますが、太傅殿にご挨拶をと存じ、かくは参上仕りました」

と述べると、司馬懿はよろよろとしながら言った。

「何。并《へい》州に赴任とな。并州は匈奴の分派羯《けつ》族の居住地に近い所ゆえ、充分要心召されよ」

「荊州の刺史に任ぜられたのです。并州ではありませぬ」

「あっ、そうだったのか。御辺は今并州から戻ったところか。あちらはどうじゃった」

李勝はたまりかね、大音《だいおん》上げてゆっくりと、

「荊州へ行くところです」

と言うと、司馬懿は、

「あ、そうかそうか。やっと判った。荊州から来たのか」

と言う有様である。

中国の史書には、時折落語じみた逸話が大真面目に記録されているから愉快である。李勝は心の内ニンマリしつつ、ため息をついて左右の人々に、

「太傅殿は何時からこの様にお変わりになられましたのでしょうか」

と聞くと、家人は涙ながらに、

「近頃御前はめっきりと耳が悪くなられて、人の言葉をよく解せないのです」

と言う。李勝は紙と筆を乞い、書いて見せると、司馬懿はやっと判ったような顔付きで、

「どうも近頃は体のあちこちが衰え、失礼いたしました。荊州に行くのなら、よく務めて功績を上げなされ。くれぐれも身体を大切にな」

と言って急にせき込み出した。

侍女が直ぐに薬湯を差し出す。司馬懿がそれを飲むと、口許より湯がだらしなく流れて襟をぬらす。

司馬懿は弁解するように、

「どうもすっかり老衰してしまい、お恥ずかしい様をお見せした。実は医師もさじを投げておるくらい病が重いのだ。どうせ老い先の短い我が身のことはどうでもよいが、二人の息子が不肖でのう。先行き心配じゃ。

御辺より曹爽殿に、くれぐれも愚息を頼み参らすと伝えて下されい」

としわがれ声で言い、急に床に倒れ伏してぜいぜいと喘ぎ出した。見事な演技である。

家人が背をさすりながら、見苦しい様をお見せして申し訳ない、どうかこれにてお引き取りを、と促したので、李勝は痛ましげに司馬懿と家人に再拝して辞した。

李勝の報告を聞き、曹爽はすっかり信じ込んだ。手放しの喜び様である。

「司馬懿はすでに泉下の人と同じだ。もう慮《おもんぱか》るところはないわい」

安心し切った曹爽は、天子・百官を連れ出し、洛陽《らくよう》郊外南方の高平の野に、大がかりな狩りのコ

ンペを催すのである。

正月末、巻狩《まきがり》は華々しく開始された。天子曹芳《そうほう》はすでに十八歳。朝臣達も美々しく着飾り、何晏・鄧颺《とうよう》らも随行した。曹爽の弟達も御林の軍を率いて厳しく警護に当たった。都には、腹心の大司農桓範《かんはん》他少数の曹爽派が残留しているだけであるが、留守には全く心配していなかった。

遺恨なり十年。司馬懿はこの日を待っていた。二人の息子が何処ともなく走る。かつての旧将達も駆けつける。従類、伴類。司馬家が陰で養っていた死士の類まで密かに集められた。ここに魏《ぎ》末の世を驚かす、かの正始のクーデターが勃発するのである。

名分は曹爽一党の専横を排して国政を正し、奸を除いて世を矯せんとするものである。朝野の心ある人々は、こぞってこの快挙をたたえるであろう。

完全武装の一隊は、洛陽の大路をまっしぐらに進んで宮中を取り囲んだ。長男司馬師《しばし》他、決起した他の諸隊も、あっという間に四方の城門を固める。街路の往来は禁じられ、街の要所要所には武装兵が一団ずつ立った。

ほどなく、しゃきっとした司馬懿が姿を現し、決起した将兵をねぎらいながら宮中に入った。そこには皇太后である例の郭《かく》夫人が居る。

司馬懿は拝謁を求めて、

「大将軍曹爽、先帝 孤《みなしご》を託し給うた際の心を忘れ、専横にして人事を壟断し、ために国政甚しく乱れております。かかる奸物は国家のために一刻も早く追放すべきであり、憂国の同志、ここに決起した次第です。何卒趣旨ご理解賜りまするよう」

と奏上した。

郭太后はうちふるえて、

「卿《けい》。よく計らい給え」

と申すのみである。

司馬懿はこの言葉を根拠に、皇太后の詔ありとし、三公の司徒高柔《こうじゅう》に臨時に大将軍の任を代行させ、曹爽の庁舎の大将軍府を占拠させた。さらに天子馬廻り役の公卿、太僕王観《たいぼくおうかん》に中領軍代行を命じ、曹義の御林軍営所を占拠させる。抵抗はほとんどなかった。

そして太尉蔣済《しょうさい》、司馬懿の弟である尚書令司馬孚《しばふ》に命じて、決起するに至った理由を天子に上奏する表を書かせ、心利いた黄門官一名を選んで高平の狩り場に急行させた。自分が起ったのは君側の奸を除くためであり、断じて反乱ではないことを、一刻も早く天子や百官に知らせなくてはならないからである。

一方、次男の司馬昭《しばしょう》は一隊をもって武器庫を襲い、若干の抵抗を排除して占拠した。司馬懿は長男司馬師に、日頃彼に養わせておいた三千の死士と共に都の治安に当たるよう命じ、自身は城外の洛水《らくすい》の流れの浮き橋前に陣を張り、曹爽側の逆襲に備えた。

ここで慌てたのは城内に閉じ込められた曹爽党の余類である。無論中国の都市では、街全体が城壁の内に在る。当時は郷村ですら今日の村落ではなく、土塀に囲まれたいわば農業都市である。

曹爽の智恵袋、大司農桓範は馬に打ち乗って南門まで来たが、城門固く閉ざされているのを見て、とっさに袖の中より竹版を取り出し、「郭太后の詔なり。早々に開門！」と叫んで、うっかり番卒が開門した隙に城外へ飛び出すことが出来た。

同じく曹爽の手下である大将軍府所属の七品官参軍辛敞《しんしょう》は、慌ただしく自宅に戻り、しっかり者の姉に如何にせんと相談した。姉の辛憲英《しんけんえい》は言う。

「太傅殿の行動は、天子に対する謀反ではなく、あなたを引き立ててくれた曹大将軍を排するためのものでしょう。恐らく曹閣下は司馬太傅殿の敵ではありますまい。敗れ去るのは必至です」

「姉上。それでは私はどうすればよいのでしょう」

辛敞が身をもんで聞くと、辛憲英は、

「事ある時は他人でも急を知らせてこれを救うといいます。まして今まであなたの面倒を見てくれた方の身に大事が起こっているのです。成否・利害は別のこと。たとえ落ち目の方でも、いやそれ故にこそ、早く脱出して急を告げるのが義の道です」

と弟を励ました。

「姉上、判った。目が覚めた」

参軍辛敞は心を決して同じ仲間の大将軍府付六品官司馬の魯芝《ろし》と語らい、数十騎をもって南門を斬り破って馬首を高平の野に向けた。ここで参軍とは軍府の作戦に参与するスタッフで、司馬とは軍の維持・編制を担当するスタッフであろう。

司馬懿は桓範・辛敞・魯芝等が相次いで脱出したと聞き、曹爽が一党と共に武力で手向かうことのないよう、曹爽に近い四品官の殿中校尉尹大目《いんだいもく》を高平に居る曹爽の許に派して、司馬懿はただ、曹爽の兵権を削らんがために事を起こしただけで、他に心配はないと伝言させた。

こちらは高平の野である。曹爽は何も知らずに鷹を飛ばし犬を走らせていたが、たちまち天子の御座近くが騒がしくなって来たのに気が付いた。

「何事ぞ」

と左右の者を走らせて調べさせると、

「城内に変あり。太傅司馬懿、表を天子に奉るとぞ」

とのことだった。曹爽は仰天した。

「ぬかった！ さては司馬懿め。病とは芝居であったか」

直ちに馬を飛ばして天子の御座近くに寄ると、すでに司馬懿の使いで都より来た黄門官が、声高々と上表文を朗読している最中だった。

「太傅臣司馬懿、頓首して上表す。臣遼東《りょうとう》より帰るや、先帝畏れ多くも臣らの手をとりて陛下を託し給えり。然るに大将軍曹爽初心を忘れ、遺命に反して国政を乱し、姦をなすのみか人事を壟断す。僭上の行い許し難し。今天下に不信の声湧き、人皆危惧す。臣、太后の詔によりここに決起せり。すでに司徒高柔《こうじゅう》・太僕王観をして兵権を司らしむ。彼らもし将兵令に背かば軍法をもって糾さん。願わくは爽《そう》・羲《ぎ》・訓《くん》の兵職を解き、家に帰らしめ給え。臣、洛水の橋に在りて変事に備う。

謹んで上聞に表し、聖聴を仰ぐものなり」

不退転の宣言であった。

こうなると天子は冷たい。たとえ血のつながる宗族であっても、平然と臣下を見捨てるのである。貴族社会には体質的に冷酷な面があり、形勢次第でどちらにでも転び、身内でも寵臣でも非情につき放すところがある。

「朕《ちん》は太傅の申すところ、理にかなえりと思う。曹爽、汝いかにせんか」

曹爽は並み居る朝臣達の白い視線を一斉に浴びながら、色を失って恐れ戦いた。すごすごと馬を返し、弟達を呼び寄せて相談する。

曹羲は兄をなじって言う。

「だから私は兄者を何度も諫めたのです。仲達の詭計は天下に並ぶものなく、孔明ですら勝つことが出来なかったほどです。こうなっては致し方ありませぬ。我ら兄弟いくらあがいても彼には敵《かな》いませぬ故、自縛して謝罪し、一命を乞いましょう。彼とて我々魏《ぎ》の宗族に対し、そう無情な仕打ちは加えますまい」

その時である。参軍辛敞と司馬魯芝の二騎が馳せ来たって都の様子を告げた。二人は、

「私共は何とか門を斬り破って参りましたが、城中における決起部隊の密なること想像以上で、とても破り得るものではありませぬ」

と言う。そこへ腹心の智恵袋、大司農の桓範も悍馬《かんば》を駆って到着した。彼は強気で、

「大将軍。直ちに天子を擁し、御林の軍を督して旧都許昌《きょしょう》に赴くべきです。そこで各地方軍に檄を飛ばし、叛賊司馬懿征討の軍を興しましょう」

と説く。曹爽の心は千々に乱れて決まらない。またまた狩り場の草原を一直線に駆って早馬が来る。司馬懿の使者の殿中校尉尹大目、鞭を上げて馳せ参じ、

「大将軍。司馬懿の目的は単に兵馬の権を旧に復することです。他に害意はないと見受けられました。速やかに大将軍の印を彼に渡せば事無きを得ましょう」

と告げた。

曹爽は様々な情報を一度に頭に叩きこまれて混乱した。人々があれこれとまわりで騒ぐ中で、彼は耳を塞ぎ、涙を流して黙念とするばかりである。

もはや頼むに足らぬ頭目であった。腹心も一人去り、二人去る。桓範がしびれを切らし、重ねて司馬懿討伐のことを声高に論じ出すと、曹爽は突然剣を抜いて地に投げ、

「我ら到底兵を興すことかなうまじ。また再び世に出て官職を得るの望みもなし。ただ一命を保ちて富家の老翁となり、一生を安泰に暮らせればそれでよい」

と言ってさめざめと泣き出した。

桓範もついに説得をあきらめ、

「汝の父征西大都督曹真《そうしん》閣下は、真に大将の器であったが、貴様ら兄弟はまるで豚だ」

と罵り、天を仰いで痛哭《つうこく》した。

ついに曹兄弟は、大将軍の印を始め、御林の兵馬を司る印鑑をまとめて天子に返上した。これにより御林の将兵は一斉に曹爽・曹羲らの許を離れ、天子を護って都へ去った。

残された者は曹兄弟と、腹心である少数の尚書および散騎《さんき》官僚だけである。彼らも結局戻る所は都しかない。

一行が打ちひしがれたように洛水のほとりまで来ると、司馬懿は下知を下し、曹兄弟のみ家に帰して閉門させ、余人はことごとく牢にぶち込んでしまった。

このようにして正始のクーデターは終わった。あとは厳しい糾弾が待っているだけだ。

曹爽に後宮の美女を横流しした黄門官張当《こうもんかんちょうとう》は、厳しい拷問を受けていた。ある事実の自白を強いられていたのである。苦しみに堪えかね、ついに張当はでっち上げの事実を認めた。

すなわち、大司農桓範の他、何晏・鄧颺・李勝《りしょう》・畢軌《ひっき》・丁謐《ていひつ》ら、共々曹兄弟と謀って天下を簒《さん》奪《だつ》する企てをなしていたと白状したのだ。

太学《たいがく》の学生《がくしょう》達による盛んな助命運動にもかかわらず国事犯を扱う廷尉鍾毓《ていいしょういく》の判決下って、曹爽始め一党の者は学者達も含め、三族に至るまで数百人が市に引き出されて斬首された。不正手段で得た彼らの家財は、全て国庫に没収された。彼等の悪行の数々は、大いに誇張して記録されたことだろう。

しかし曹爽の手下で城門を斬り破った参軍辛敞と司馬魯芝については、

「人、各々その主あり。彼らは専らその主のために事を尽《な》した。義人というべきである」

として無罪とし、官も旧のままとした。罪の評価は客観被害の大小より、行為の態様を重視したようだ。

辛敞は姉の辛憲英に感謝し、大いに敬ったという。

当時、女性の教育は、宮中講所の女性講座を例外として、家庭内教育だけであり、太学に入る資格もなかったが、良家には優秀でしっかりした才女が多かったようである。殊に男兄弟の出来が悪い場合には、父をして、「ああ、この子が男の子だったらなあ」と嘆ぜしむる話や、兄が経書を読んでいるのを傍に坐って聞いているだけで暗唱して見せ、男親を驚かせる話なども少なからず見られる。

当時の世相を描いた「世説新語《せせつしんご》」にも、わざわざ「賢媛篇《けんえん》」を設けて閨秀《けいしゅう》の事例を集めているのも、賢女を尚ぶ当時の風を示すものと考えられる。諸葛孔明《しょかつこうめい》も顔はまずいが賢女を妻に選んだ。かの漢末動乱の悲劇のヒロイン、蔡琰《さいえん》字は文姫《ぶんき》の物語も、彼女が稀なる才能と自覚を持った女性であることを思わせる。

余談だが当時の女性の美しさの尺度はどのようなものであったか。顔・スタイルの他に知性美も含まれていたようだ。一般に貴族社会になると、唐の楊貴妃《ようきひ》や我が平安女性のように、でっぷりしたのがよかったらしいが、南北朝時代の女性は北方胡族の影響かどうか知らぬが、細身で面長なのが多かったらしい。それより少し前の三国時代の漢人女性の場合はどうか。

建安詩人曹植《そうしょく》の詩句を寄せて見ると、「明眸皓歯《めいぼうこうし》」「美女、妖にして閑」「皓腕《こうわん》金環を約す」「気、蘭《らん》の如し」等々とあるから、何となく利発で手ごたえありそうだ。なお皓《こう》は白の意である。また諸葛孔明の細君が「髪赤く色黒く」て不美人だったらしいから、その逆の形容が美人なのであろう。

肉体のほうはどうだったか判らないが、曹植作「洛水《らくすい》の神女の賦《うた》」のヒロインを形容する句を見ると、肉置《ししおき》太からず細からず、なで肩ですんなり伸びた白いうなじ、赤い唇、弧を描く眉、等々とある。スタイルは細めの曲線美がよかったのであろう。

以上は外見であるが、女性の価値を美醜を超えた内面的知性に求めたのがこの時代の特徴ではなかったか、と筆者には思える。こう書けばいかにも才女・賢女に阿《おもね》るようだが、実は当時の背景として、貴族社会は苛烈なる教育競争の時代でもあったのである。貴族の子は貴族でなければならない。優秀な者は十五歳そこそこで太学に入り、その中からうまく行けば二十歳そこそこで散騎侍郎や黄門侍郎に任官出来た早熟時代である。あらゆる古典に通じていなければ満足な会話も交わせず、文章も書けなかった時代であるから、士大夫《したいふ》の家庭における子供の教育はさぞ大変だったろう。それに当時であるから教育は知識の詰め込みだけではなく、清議《せいぎ》の場にかけられても落ち度のないよう、実践倫理のしつけの面でもやかましく言わねばならないのである。

親の七光りで太学に裏口入学し、中正官に袖の下を使って高位の品官に起家出来たとしても、今度は親と比較されて世間にあれこれ陰口をたたかれるのである。貴族社会にも貴族社会なりの厳しい競争があった。

したがって将来賢母たるべき賢女が尚ばれた。諸葛孔明が不美人でも賢女を選んで娶ったというのも理解できる。

勿論これは正妻の場合である。妾には美女を選んで使い分けしていたのだろう。

才女を尚ぶ気風といえば、かの好色の天子曹叡《そうえい》も、文学の出来る宮廷女性を六名、女尚書として奏事や使者に使用した。郭夫人もそのタイプだろう。またその種の宮廷女性を才人ともいった。才人の採用には曹叡自ら立ち会っている。紫式部や清少納言並みの才人志願が大勢集まったことだろう。

話は脱線したが、かの新進の学徒何晏は、どのような態度で刑に臨んだのだろうか。彼の理論と人間性の正体を知るためにも、ぜひとも最後の言行録を知りたいものである。

一説によれば司馬懿は何晏を判事として曹爽らを裁かせ、何晏が死刑該当者の名簿を提出しに行ったところ、司馬懿があと一人足りぬと言った。何晏が、それは私ですかと聞くと、司馬懿はそうだと答え、何晏は名簿に自分の名を書き加えたという。眉唾ものである。

司馬懿は高札を掲げて民を安んじ、かつて曹爽に従った者でも罪なければ身分を保障すると約したので、官民皆安堵した。

魏帝曹芳は司馬懿を丞相《じょうしょう》に封じ、天下の大権を統べさせた。これは一品官の中でも最も実のある最高実務職である。当然尚書のことも監督する。魏では丞相職は常設せず、極力権力を分散しているが、国家非常の秋《とき》というふれ込みで特別に設置し、司馬懿が独裁権を握ったのであろう。要するに軍国管理のことを司るわけで、「太尉・大将軍・録尚書事《ろくしょうしょじ》」とほぼイコールの地位である。子の師・昭も重職に列し、司馬家は威勢並ぶ者なき状態となった。

時に正始《せいし》十年改め嘉平《かへい》元年（西暦二四九年）正月であり、浮華放縦の世相は一時大いに引き締まった。

＊

司馬懿はいかにも漢代育ちの老人らしく、風俗を取り締まり、醇風美俗を奨励した。

彼は婦徳ある者を賞するとともに、婦人の地位にも心を配っている。

曹爽の親族に嫁いで来て夫と死別し、そのまま婚家に留まっている夏侯《かこう》家の出である令女《れいじょ》という子のない寡婦がいた。まわりがいくら再婚を勧めても貞節を守って承知しない。実家の親が来て曹家との親族関係を続けてはまずいから早く籍を抜けと迫っても「仁者・義人は盛衰によって節を変えぬものです。いかに曹家が落ちぶれても妾《わらわ》は実家に戻りませぬ」と言って婚家に留まろうとする。

婚家側の親族も困ったろう。妻は子がなくても婚家に留まる限り、処分の制限の歯止めが掛かっているとはいえ夫の遺産を包括的に相続してしまうので、早く追い出したいのが人情である。

しかし女子の婚姻は初婚は親任せ、再婚は本人の意思による。令女は断固夫の家を守り続け、自分の耳を切り鼻を削いで執拗な縁談や陰湿な嫌がらせにあくまで抵抗した。

司馬懿はその話を伝え聞き、深く令女の貞節に感じて自ら調停に立ち、彼女に婚家を継ぐ養子を持たせることで信託的相続財産の処分権を事実上確保してやるとともに、曹家に連なる婚家の継承をも保障してやった。彼女の名声は洛陽中に広まり、烈女ともてはやされて書き物にもなった。

曹爽の囲い者だった石英《せきえい》・張《ちょう》某・何《か》某ら総計六十八名の美女を、国庫の奴婢として接収せずにそれぞれの実家に送り届けてやったのも、司馬懿は転落した特殊女性を物資視せず、良民扱いしていたことの証であろう。

ちなみに国庫に収められた場合、官公庁使役の奴婢は市場で売りに出されることも時折あったらしいが、六十歳で解放して平民にせよとの詔勅も「魏書《ぎしょ》」の紀に見えるので、それまでは自由の身になれなかったかも知れぬ。もっとも六十歳ではヨボヨボで、まるで解放の意味をなさぬとの後世の痛烈な注がある。

司馬懿老人は、再三「整斉風俗令」を出した曹操や先輩の荀彧《じゅんいく》・陳羣《ちんぐん》と同じく、後漢末の腐敗に愛想をつかし、脱漢派の立場に立って漢的清流精神を引き継ぎ、綱紀を引き締め世を矯せんとしたのであろう。それは、護漢派の立場で漢の心を回復しようとした劉備《りゅうび》や孔明の立場と、ある意味では同じ次元に立つものといえる。

お蔵入りとなっていた「州に大中正を設置するの議」も、やっと日の目を見ることとなった。やがて各州に置かれた大中正官に、司馬一族の息がかかって行き、管轄下の郡中正官に睨みを利かせることとなる。そして人材登用の系統は中央集権化し、司馬一族のための国家体制が着々固められて行くのであるが、当初においては司馬懿もそこまで意図していなかったろう。

このようにして正始の世は終わった。されど王朝は短く文芸は長い。形式道徳を排し、伝統的礼教の拘束から人間性を解放しようとしたこの時代の精神は、時代を超えてかの絢爛たる南朝貴族文化へと引き継がれて行く。そして人々は、「身を修め、家を整え、国を治め、天下を安んずる」という、唯一のものとされた古からの政治秩序価値以外の分野にも、自立した文芸の価値・自由な思索の価値のあることを知ることとなる。

何晏ら五人組は、派手過ぎたために皆滅んでしまったが、以後登場する文人・清談家はもっと慎重に行動する。例えば「竹林の七賢人」の面々も、弾圧による犠牲者は一名に止まり、残りはずっこけながらも何とか司馬氏に仕え、時には阿る。そして宮仕えから解放されたほっとしたひと時を、大酒を飲みながら無礼講の清談に興ずるのである。

以後の清談は正始の頃とは大きく性格を異にする。

死闘篇

一　暁天の星

亡命

司馬懿《しばい》のクーデターは魏《ぎ》の国中に衝撃を与えた。中でも誅殺された曹爽《そうそう》の党派で地方に赴任中の者は、どうなることかと首をすくめた。

征西将軍夏侯玄《かこうげん》は、長安に在って蜀《しょく》に備えていた。彼は曹爽の外弟にあたり、右腕でもあった。特に司馬懿が「州に大中正《だいちゅうせい》を置くの議」を上呈した時、曹爽と通じてこの法案を叩きつぶして司馬懿を政界から締め出したとされる事件は、彼の立場をいやでも曹爽に近づける結果となった。

地方に在った曹爽の一族と系列の人物は、都に召喚されねばならなかった。今や全く司馬一族の支配するところとなった洛陽《らくよう》より、魏帝曹芳《そうほう》の名において勅使がやって来た。夏侯玄とその叔父夏侯覇《は》に対する召喚状を携えてである。何らかの連座の刑が待っているはずだ。

夏侯覇は夏侯玄と共に魏の名族として知られている。吉川英治著『三国志』の読者は記憶されていると思うが、司馬懿仲達《ちゅうたつ》と諸葛亮孔明《しょかつりょうこうめい》が渭水《いすい》・祁山《きざん》の双方に拠って魏蜀の命運を決する対陣を続けていた頃から、彼は魏の若手武将として大いに活躍していた。

彼は、今は討蜀護軍として西部方面の軍政を担当し、雍《よう》州に府を置いていた。護軍は中央政府の出先機関であり、軍令を担当する西征将軍夏侯玄とは系統を異にする。彼は軍民をよく治め、異民族からも敬慕されていた。当時は中央官界に在る者よりも、地方在任者のほうが、優秀な清流行政官が多かった様子である。それがまた地方に在る者の、一種の気取りでもあった。

夏侯氏は代々魏の重臣であり、帝室の藩屏《はんぺい》となっている。司馬懿がこの両名を召喚した理由は、単に曹爽の外戚であり腹心であるというばかりではあるまい。彼らの失脚によって司馬家の勢力を確固たるものにし、併せて将来に備えて、魏の帝室の力を削いでおこうとの下心と解せられなくもない。

夏侯玄は従容として運命に従った。彼が引き立てられるようにして都に去った後、その地位を代行したのは、司馬懿派であった兵を領する雍州の刺史郭淮《かくわい》である。これまた小説にも名高い武官である。

夏侯玄は司馬懿の政敵であったとはいえ、何ら身にやましい覚えはなかった。自己の信念をもって意見具申をしたことはあっても、国政を乱し専横の振る舞いをした覚えはない。司馬懿は自分を殺す名分を持っていないはずだ。たとえ地位を削がれても、やがて来るであろう帝室の危機の際には身命を捧げよう。彼はそう決意して洛陽に赴くのであった。

一方、夏侯覇の場合は異なっていた。行く行く司馬氏が魏を簒奪《さんだつ》する気なら、必ず自分を殺すだろう。殺されに行くよりは、しかず、この地に拠って華々しく一戦し、諸方の反司馬勢力が立ち上がる先駆けとなろう、と考えた。

先を越すにしかず。決断した夏侯覇は、護軍府付の兵をもって反旗をひるがえした。名分は魏の帝室を護り、司馬一族を討つことである。

企てが漏れると、時を移さず日頃から彼と仲の悪い郭淮が、長安の兵を提《ひっさ》げて押し寄せて来た。二人共官位は四品程度である。

郭淮は大音声を張り上げ、

「やあやあ夏侯覇。汝は大魏皇帝の親族。深く天子の恩を受けたる身なるに何とて反逆を企むぞ」

と呼ばわると、夏侯覇はせせら笑って、

「反逆とはどっちのことだ。我らが父祖、百難を排して国家のために大功を立てたるに、司馬懿匹夫は朝綱を私し、大将軍曹爽閣下とその三族を滅し、この俺まで召喚せんとするは何事ぞ。反逆者は彼奴《きゃつ》のほうだ」

と答えて打って出た。

郭淮は、問答無用と槍で突きかかれば、夏侯覇も刀を舞わして立ち向かう。だが武力では夏侯覇が上である。

郭淮が散々に敗れて逃げ去ろうとした時、夏侯覇の背後からどっと鬨《とき》の声が上がった。司馬懿が万一を考えて差し向けた四品官の遊撃《ゆうげき》将軍陳泰《ちんたい》の軍である。

陳泰は九品・中正の制を起案した陳羣《ちんぐん》の子である。父は一品官の三公の一つである司空まで昇っており、また司馬懿とも親しかったので、子の陳泰も司馬氏につく限り将来が有望視されていた。その上五品官散騎侍郎起家《さんきじろうきか》のエリート組である。

夏侯覇は腹背に敵を受けて結局敗れ、西に落ちて行った。郭淮は正式に征西将軍に昇格し、陳泰がこれを補佐して、以後西部方面の軍事を所管することとなる。

敗れた夏侯覇の方はみじめだった。挙兵は早まったと思うが、あの場合他に手段があったろうか。兵も散り散りになり、何処に行くあてもなかった。

ついに彼は漢中《かんちゅう》に入り、蜀に亡命する。他に司馬一党に恨みを晴らす方法はなかったのである。

彼は漢中の山道で足を怪我し、難渋しているところを蜀人に助け出されて成都にたどり着き、蜀帝劉禅《りゅうぜん》に亡命を願い出た。

夏侯覇は蜀の皇室と奇妙な因縁があった。父の夏侯淵《かこうえん》が定軍山で蜀の大将黄忠《こうちゅう》に討たれたことからみれば、蜀は父の仇である。一方、夏侯覇の従姉が本籍地の田舎に遊びに行って山道で迷った際、恐ろしげな虎髭の大男に出くわし、さらわれて妻にされたが、これが蜀の先帝劉備《りゅうび》の義弟の張飛《ちょうひ》であり、生まれた娘が劉禅の后となったため、劉禅とも親戚関係にあった。

劉禅は王子達を抱きかかえながら、夏侯覇を慰めて言った。

「父は、そなたの父を直接手にかけたわけではなかったのだ。この子達をそなたの甥だと思って暮らしてくれ」

ここ蜀の地は、馬岱《ばたい》や姜維《きょうい》による小さな国境侵犯事件を除き、十五年間の専守防衛策を続け、国力も人口もかなり上昇していた。司馬懿さえこの世に亡くなれば、何時でも孔明の遺志を継いで出動する用意が出来ている。夏侯覇が亡命したこの時期、録尚書事《ろくしょうしょじ》として国政の実権を握っていたのは費禕《ひい》と姜維である。過去十五年の間に、蜀の人事は大きく変わっていた。

ふりかえると、孔明没後遺臣達が心を一つにして国防にたずさわって来たのだが、その士気が最も盛り上がったのは五年前の蜀の延熙《えんき》七年の頃である。

この年魏の正始《せいし》五年、魏の大将軍曹爽は己の名声を高めるため、征西将軍に転出していた夏侯玄と共に、漢中に侵攻して来た。

その時、蜀の蔣琬は大司馬《だいしば》、費禕は大将軍になっていた。蜀の大司馬は、魏では太尉に当たる。尚書令には尚書僕射《ぼくや》の董允《とういん》が昇格していた。

孔明以来の蜀臣達は一致して国難に当たった。鎮北大将軍王平《おうへい》は、護軍の劉敏《りゅうびん》と共に漢中を護っていたが、偏将軍姜維を始め北方担当の諸将も続々前線に出動し、蔣琬・費禕の名コンビの指揮の下、魏軍を撃破して退けた。曹爽は夏侯玄の進言によって討蜀を断念した。この戦役は魏では駱谷《らくこく》の役といって、大変不名誉な事件とされ、責任者の曹爽と夏侯玄の人気は急速に落ちて、司馬懿の復活する因となった。長雨による補給困難も敗因の一つだった。

この時、食糧輸送に駆り出された西部方面の人民、主として異民族の羌《きょう》族は苦しみ泣いて政府を恨んだという。当時この種の力役は異民族を使役して行わせたらしい。

ともあれ、見事に魏を撃退した蜀の自信は高まった。諸軍のチームワークがよくとれ、援軍の相互派遣が迅速に行われたため、このような力を発揮し得たのである。

　だが翌々年十一月、大司馬・録尚書事の蔣琬が死んだ。正直・誠実そのものの人だった。彼は肩書きが示すとおり尚書のことも兼ねていた。尚書令の上に立って尚書省の事務を総監する立場を「録尚書事」と呼んでいるが、身は大司馬・大将軍でありながら尚書のことを司る立場は、事実上国権の最高機関を意味する。天子は象徴に過ぎない。

　蔣琬が尚書の事務を見ていた時、ある人が故諸葛亮丞相《じょうしょう》と比較して、

「蔣琬は慎重なのはよいが、孔明のようにてきぱきと事を運べず、能力において数等落ちるのではないか」

と人々に語ったことがあった。これを聞いた蔣琬の府の役人が、怪《け》しからん奴だとばかりその者を処罰しようと上申したが、蔣琬は、己の対外名誉が傷つけられたと意識しつつも、

「自分が故諸葛丞相に劣ることは事実である。事実を語るものである以上、処罰のしようがない」

と言って不問に付したという。後に悪口を言ったその男が罪を得て、蔣琬の裁きを受ける身となったが、世間の予想に反してごく普通の処罰だった。彼は全く私的感情を交えなかったのである。

　蔣琬の死後間もなく、尚書令兼侍中の董允が死んだ。尚書省、門下省双方の長官で、蔣琬、費禕に次いで第三席の立場にいた人材である。孔明以来の名臣は次第に少なくなって来た。

　大将軍費禕が録尚書事を兼ね、その監督の下に呂艾《りょがい》が尚書令に昇った。侍中の職は、年老いていたが天子のお気に入りである陳祇《ちんし》が後を継いだ。呂艾の死後、彼は尚書令も兼ねることとなる。

費禕は有能な文官だった。当時蜀は軍国多事、国務は煩雑を極めていたが、彼は早朝出勤して事務を片端から片づけた。レポートも斜めに目を通すだけで意を解し、内容も忘れず決裁も誤らなかった。事務を終えてから待たせておいた来客に接し、嬉戯飲食した。また、ちょっとの暇を見つけてはギャンブルもやった。麻雀ではない。競《くら》べ馬についてはよく判らない。多分闘鶏か囲碁であろう。酒もよく飲み、大酔して寝込むのがくせだったが、翌朝にはケロリとして出勤し、国務に精励するのである。

董允が彼の後を継いで尚書令に就任した当時、早速費禕の所行を真似てみたが、たちまち仕事にミスが多発した。歎いて曰く、

「人才力相人によりかくも異なるものか。我ついに彼に及ぶ能わず」

以後董允は毎日早朝から深夜まで仕事の虫となったが、少しの余暇も作り出すことが出来ず、結局費禕より早死にした。尚書省とはそのような役所であったらしい。

延熙十年、費禕は衛《えい》将軍に転じていた姜維に録尚書事を兼務させ、共々国務を見ることにした。誰の目にも費禕が姜維を己の後任として推していることが明らかとなった。姜維には、文武双方の才が備わっていることが幸いした。しかし全体として蜀の人材不足は覆うべくもなかった。

そして同年、左将軍向朗《しょうろう》、十一年には鎮北大将軍王平、十二年には鎮南大将軍馬忠《ばちゅう》が死んだ。王平・馬忠は小説にもよく出て来るが、蜀の大物であった。

平北将軍・陳倉侯《ちんそう》として前線近くにいた馬岱が死んだのもこの頃であろう。代わって若手も登場

して来るが、昔を知る現役将軍は廖化《りょうか》・張翼《ちょうよく》・張嶷《ちょうぎょく》・鄧芝《とうし》他数えるほどとなった。

宮中では宦官《かんがん》の黄皓《こうこう》が中常侍《ちゅうじょうじ》に昇って劉禅に気に入られ出したのもこの頃である。彼は後、大変な佞臣となるが、初めの内は上司の陳祗に気がねしてか大人しくしている。

それでも武侯精神は脈々と生き続けた。国力に余裕も出来始め、政府の一部に対外積極論が台頭し始めた頃、魏の政変が伝えられ、これを裏付けるかのように敵の大物、討蜀《とうしょく》護軍《ごぐん》夏侯覇が亡命して来たのである。

西　羌

夏侯覇《かこうは》の亡命は蜀《しょく》の軍部を興奮させた。大国魏《ぎ》の意外な内情が暴露されたからである。軍部のホープ姜維《きょうい》はこの動きに乗った。彼は亡命者夏侯覇を招いて面談した。思えば互いに年を重ねているが、懐かしい敵同士であった。姜維が孔明配下の若手武将、彼も司馬懿《しばい》側近の部将であった時、しばしば戦場で矛を交え、互いの顔も武名も知っていた。

夏侯覇は事の次第をありのままに語った。この時北部方面の軍事責任者となっていた姜維は、

「昔、殷《いん》の臣微子《びし》は周に仕えて名を万代に残したという。君ももし漢《かん》に仕える意思があれば、ぜひ

我々に力を貸してくれ給え。自分も若年の頃魏に属していたこともある。何の心配も無用。それに我々は元々漢の民ではなかったか」

と言って傷心の夏侯覇を慰めつつ、蜀に仕えることを勧めた。

夏侯覇は感じやすい人である。かつての戦場の好敵手、姜維の誠意に泣いた。

語り合いながら姜維は、夏侯覇の亡命が本物であると確認した。心置きなく話をし、共に司馬懿を討つことで一致した。この時より夏侯覇は、姜維にとってなくてはならぬ参謀となるのである。

何よりも彼が魏の国情に通じているのが有り難かった。姜維は夏侯覇にたずねた。

「今、魏の大将の中で、出色の者は誰々であろうか」

夏侯覇は答える。

「無論司馬懿は別格ですが、政権を奪取したばかりで都を離れることが出来ますまい。また、昔武名を挙げた旧将もほとんど老いて、病死したり、肥えふくれて引退したりしております。しかしごく最近のことですが、二人の気鋭の若手が出て来ておりますのでご注意を」

その若手とは、彼の説明によるとこうである。一人は現在中書郎を務める鍾会《しょうかい》字は士季《しき》。度胸の坐った若者で兵書を好み、司馬懿は彼と兵法を論じて「王佐の才あり」と誉《ほ》めそやしたという。

もう一人は微賤《びせん》の出身のため中央の官に上がっていないが、どこかの府の属吏になっているとかいう鄧艾《とうがい》字は士載《しさい》。これがまた何時の間に勉強したのか天才的な兵法好きで、山野に馬を駆っては自分が大将ならばあそこに兵を伏せここに兵糧を貯えてなどと、四六時中そんな事ばかり考えている男であるとのこと。司馬懿もその才を認め、身分賤しき者ながら私的に招いて軍機にあずからせているそうである。

後年この二人が大将に出世し、蜀に侵入して来たら恐るべき相手となろうと、夏侯覇は警告するのであった。

姜維は、夏侯覇があまりに若輩な者を持ち出して来るので、笑いながら、

「要するに今のところ、前線で役立つ有力な大将はいないということですな」

と言って翌日朝廷に上がり、帝劉禅《りゅうぜん》に拝謁して北伐の議を奏上した。

それは国策の大転換を意味した。費禕《ひい》はこれを止めようとした。彼の言は時期尚早論である。

「近頃我が蜀は、蔣琬《しょうえん》閣下・董允《とういん》殿を始めとして相次いで弔事を重ねておる。旧将も残り少なくなり、若手も育っていない。この上君の身に万一のことがあったらどうして社稷《しゃしょく》を保ち得ようぞ。自重してくれ給え」

姜維は答えた。

「元々人の生涯は白駒が扉の隙間を走り過ぎて行くようなものです。閣下の仰せのように、徒然《つれづれ》に日を送っていては、何時の日に中原《ちゅうげん》を回復して、漢の天下を再興し得ましょうぞ。

それに成算もあります。兵糧の支度も充分。兵も調練が行きとどいております。その上夏侯覇という良き案内役も加わりました。また私は、かねてから西胡の羌《きょう》族と好を結び、その助力を得る手配も済んでおります。ぜひとも出兵の議、ご承認下されますようお願い申し上げます」

並々ならぬ姜維の熱意に打たれ、劉禅は承認した。費禕は厳しい条件をつけ、くれぐれも無理はせず、危うしとみたらすぐ兵を退くことを約束させた上で同意した。彼は留守が心配だったのである。

姜維は昔隴上《ろうじょう》の天水《てんすい》に住んでいたため、西方異民族との付き合いもあった。出動以前から羌族の兵の応援の約束も取り付け、慎重を期したつもりである。

羌族はいわゆる騎馬民族ではないが、上古より中国西方に遊牧していたチベット系種族で、漢代には匈奴《きょうど》の隷下にあった。後漢の頃、漢帝国の力が遠く西方に伸び、匈奴が南北に分裂して南匈奴が漢の支配下に入り、北匈奴が地球のどこかに消えた。後年フン族として突如西方に出現、欧州民族大移動の引き金となる。匈奴の後ろ楯を失った羌族は直接漢民族と接することとなり、トラブルが続発した。その頃、植民地にやって来た漢人の官吏や商人は、大変不正を働いて彼らを苦しめたといわれる。開発のため関中地方に強制移住させられた羌族のテント集落も、周囲の漢人から蔑視され、差別されていたらしい。

もっともこれを、少数民族が漢民族に苛められた、迫害された、と見るのはやや一面的で、要するに異なる文化の衝突、新旧住民の経済利害をめぐる対立があった、と見るべきものであろう。

後漢の朝廷でも心配して、一種の護民官である特別職、護羌《ごきょう》校尉を置いて保護の策を講じたが、亀裂は深くなる一方だった。

ついに彼らは立ち上がった。すなわち後漢末の羌族大反乱である。「後漢書《ごかんじょ》」西羌《せいきょう》伝の記す所によれば、その規模は相当なものだったらしい。最後には鎮圧されてしまったとはいえ、後漢の財政と国家の基盤である郷村社会を根底から破壊した。黄巾賊《こうきんぞく》の反漢運動に先立つ、漢の滅亡の重大原因の一つとして数えるべき事件である。

羌族による漢人社会の破壊ぶりも酷かったらしい。大反乱事件より少し年代が下がるが、漢末の野心家董卓《とうたく》が、西部より配下の羌胡の兵を引き連れて洛陽《らくよう》に乗り込んで来た時、これら外国人部隊の狼藉ぶりは目を覆わしむるものであった。民衆は片端から殺され、犯され、そして遠く夷狄《いてき》の地に連れ去られた。その情景は、博学才弁で音曲にも精通していた有名な漢末烈女、蔡琰《さいえん》字は文姫《ぶんき》の「悲憤詩《ひふんし》」にも詳しいが、この長い叙事詩は、彼女自身が羌胡の兵にさらわれて国外を流亡した体験実話を、生々しく綴ったものだけに、涙なくして読めるものではない。漢末社会の悲惨さはかくのごときであった。しかし、何とか中国に秩序を取り戻し、羌や匈奴との関係を正常化したのは、何といっても曹操《そうそう》の功績である。ちなみに、外地に抑留されていた漢人は、魏が身代金を支払うことによって中国に戻った。無論これは荒廃した中華の地に、人口を取り戻すための魏の国策でもある。

蔡文姫《さいぶんき》の場合は、筆舌に尽くし得ぬ運命に翻弄されつつ、南匈奴の居留地にまで流れていたが、夷人の辱めを受けて二児の母となっていた。やがてそこにも引き揚げの車が来て、老いたる父母の待ちわびる中華の地に向けて喜びの帰国となるのであるが、しかしそれは、行っちゃいやだとすがりつく異国籍の児らとの別離の時でもあった。

「後漢書」列女伝を飾る「悲憤詩」の辞によれば、二児は彼女の首を固く抱き、

「母、何処へ行かんと欲する。人言う。母まさに去らんと」

「阿母《あぼ》、常に仁惻《じんそく》なりしに、今何ぞ、更に不慈《ふじ》なる」

と泣き叫ぶと、文姫《ぶんき》は五臓崩れて狂癡《きょうち》生じ、
号泣、手もて撫摩《ぶま》し、発するに当たりて復回疑《またかいぎ》す。

のみである。車は無情に発して悠々三千里の道すがら、
我が腹より出でし児を思えば、胸中ために摧敗《さいはい》す。

と、悲嘆に暮れるのであるが、このあたり前後十数句の旅立ちの部分が、詩中の圧巻となっている。


それはさておき、魏は漢の譲りを承けて中国を継いだ。しかし漢民族対羌族の関係は、さほど改まってはいなかったようである。建前としては中華の天子の徳治主義は、異民族の上にも及んでいたはずであるが、現実に遠地を治める官吏や新開地に利権を求める漢人の接触の仕方は、常にトラブルを引き起こしていたに相違ない。

正史の記録によれば、この頃羌族は、部族単位で一団また一団と蜀領に亡命していたようである。偏《へん》将軍だった姜維が、しばしば少数の偏軍を率いて国境を侵犯し、彼らの脱出を助けている。

姜維の父姜冏《きょうけい》も、昔羌族と戦って死んでいる。彼は羌がどんな性格の種族で、魏とどのような

関係にあるかをよく知っていた。彼が羌族を抱き込んで魏の挟撃を策した裏には、このような上から下までに及ぶ複雑な歴史の背景があったのである。

蜀から羌に下賜した品々は、魏の物産に比して貧しかったろう。それでも羌族は蜀に協力を約した。同じ漢民族とはいえ、蜀人との接触の歴史は魏のそれに比して浅かったのである。

先陣は句安《こうあん》・李歆《りきん》、参謀として夏侯覇を従えている。兵力わずか一万。費禕が姜維の血気を恐れ、行動範囲に厳重な制約を加えたのである。ために姜維は、羌兵の力を一層あてにせざるを得なかった。

その時は孔明《こうめい》没して十五年目。五丈原《ごじょうげん》撤退以来初の本格的出撃である。しかし洛陽《らくよう》指して正面から司馬懿に戦を挑む気はない。北北西に進路を取り、様子を見ながらゆっくりと兵を進ませ、漢中の西北にある隴上《ろうじょう》地帯を占領して西胡と連絡がとれる態勢が完結すれば充分である。それが成功してから次回の出兵で東に転ずればよい。

時に蜀の延熙《えんき》十二年秋八月。衛《えい》将軍姜維四十四歳。脂の乗り切った年齢だった。師孔明伝授の兵法を世に試すことなく、日々を過ごすことが耐え難かったのであろう。

なお衛将軍の位は、驃騎《ひょうき》将軍・車騎《しゃき》将軍・諸大将軍と同様、他の将軍号より格が上である。これらの官位は、魏では二品官に相当する。姜維はまさに将に将たる初の経験であった。

だがこの出兵は大失敗であった。原因は天候と西胡の軍との連絡ミスである。先陣の句安・李歆の軍は、敵地深く入り込んで麴山《きくざん》に根城を築いたまでは良かったが、魏の大将郭淮《かくわい》のために包囲されてしまった。計画によればそこに西胡の大軍が到着して魏軍を追い、その間に姜維が牛頭山に出て背後を脅かす手筈であったのだが、今年に限ってまだ秋だというのに、西胡では冬の訪れが早く、大雪を伴って道を塞いだ。麹山の蜀兵は孤立した。待てど暮らせど約束の援軍は来ない。元より兵糧も多くは持って来ていない。大将李歆は、句安と相談の上、急を知らせるべく郭淮の包囲陣を破って姜維の本隊へと向かった。全身傷だらけである。姜維も西胡の羌兵の到着が遅いのでじりじりしているところであった。

夏侯覇の策に従い、蜀軍は単独で行動を起こし、予定どおり牛頭山へと向かう。郭淮の退路を断つためである。しかし時すでに遅く、魏の陳泰《ちんたい》が先に陣取っていた。

陳泰は郭淮の副将で、慎重な性格を持つ男である。姜維がいくら戦を挑んでも固く守って出て来ない。

郭淮が句安を囲み、姜維が陳泰を囲んで戦線は膠着した。

この均衡を破ったのは西胡の羌兵ではなく、急を聞いて策を投じた司馬懿仲達《ちゅうたつ》の派遣する長男の衛将軍司馬師《しばし》の大軍であった。

姜維は敗れた。司馬師、陳泰両軍に挟撃され、退路を失い、道を大きく迂回して国境の陽平関《ようへいかん》に兵を入れようとした時、追って来た司馬師が初めて姿を現した。色黒丸顔で耳大きく、口は角張り唇厚く、何とも異様な面体である。左の目の下に、巨大な瘤が赤黒く突き出し、その先に長い毛が黒々と生えていた。

司馬師字は子元《しげん》。中々の策謀家で強引な性格を持ち、父の死後、万難を排して司馬家の地位を確固たるものとする。軍人であるよりテロの政治家である。常に三千の死士を養う侠客でもあり、死士達は常時は民間に散っているが、一旦事ある時は彼の指令一つで馳せ参ずるという。父のクーデターの際にも、これら子分達の働きがあった。恐ろしい人物である。

司馬師は巧みに先回りして、陽平関の手前で蜀の退軍を待っていた。

姜維は大音《だいおん》上げて、

「孺子《じゅし》。何とて我が退路を邪魔立ていたすか。そこを退《ど》け」

と叫び、槍を向けて突きかかると、司馬師は刀を舞わして数合闘ったが、元より一騎打ちでは姜維の敵ではない。さっと兵を退《ひ》く。その間に姜維は敗兵を陽平関に収容した。

司馬師が取って返し、激しく攻め立てたが、関を守る蜀兵は一斉に連弩《れんど》を放って撃退した。連弩とは孔明の発明になるといわれる大型の防備用武器で、兵が数人がかりで弦を引いて放つと、多数の短い矢が雨のように乱射されるのである。密集した敵に対しては極めて殺傷効率が高い。魏軍の去った跡には屍の山が築かれていた。

孔明は技術総監でもあり、他にも強力に石を飛ばす連発式石弩も開発した。これは密集戦法で迫り来る敵に対してばかりでなく、攻城にも使用する。

勿論魏にも対抗できる武器が多い。太学《たいがく》教授で天子侍講職の五品官博士である例の馬鈞《ばきん》先生は、鹵獲《ろかく》した蜀の石弩を研究してさらに工夫を凝らし、強力な連発式石弩を開発している。まず巨大な車輪の外周に、多数の石を細紐で結び付けて一定の長さに垂らす。次に多数の兵が力学的仕掛けによりこの大車輪を超スピードで回転させる。それから鋭利な刃物を車輪の外周に当てると紐が切れ、石が連発して数百歩先まで飛んで行くのである。多数の新型石弩を並べ、台座を左右に動かせば、城壁上を一斉掃射出来るし、一ヶ所を直撃して、例えば城門を破ることも出来る。

この新型石弩はよほど強力だったらしく、普通この種の飛び道具に対抗するには、びしょ濡れの牛皮をテント状にかざしつつ兵が一団ずつ進むのであるが、その防御法すら効果がなかったほどだったという。

蜀軍も火薬類を盛んに使用したり、鉄鋲を道にばらまいておいて敵の騎馬軍団の突撃を混乱に陥れたり、技術の限りを尽くしている。

この種の話はどこまでが真で、どこからが伝説かは判らぬものだが、技術開発の水準は三国共同じであったと見てよかろう。

話はそれたが、司馬師は無理に功を望むことなく、死傷者が出始めるとさっさと退いてしまった。

一方、麹山守備の句安は兵糧も尽き、雪を囓って何日も生き延びたが、ついに力尽きて山を下り、前もって父より教示を受けていたのであろう。郭淮に降伏した。

郭淮の武名は大いに高まって二品官の車騎将軍となり、四品官遊撃将軍たる陳泰も一躍征西将軍に昇った。このあたり四征・四鎮将軍は四安・四平将軍同様三品官のように思えるが、別の昇進経路では二品のごとき事例も出て来て不明確である。

西胡の羌軍は大雪に阻まれてついに麹山に到着出来ず、姜維との約を破って引き返した。

姜維が失った兵を数えてみると数千人に及んでいた。彼は深く敗戦を恥じた。漢中《かんちゅう》に戻って仮病に臥し、成都にはしばらく顔を出さなかった。

孫呉

敗報は成都《せいと》に達した。

姜維《きょうい》の直属の上司である大将軍費禕《ひい》は、蜀の惨敗とはいえ、姜維にとってよい教訓になったはずだと、寛《ひろ》い心に立って考えた。

彼は姜維からの報告を聞くと、わざわざ漢中《かんちゅう》まで出て来て姜維を慰めながら、

「自分達はどう考えても故諸葛丞相《しょかつじょうしょう》には及ばない身だ。丞相ですら破り得なかった司馬懿仲達《しばいちゅうたつ》が魏《ぎ》に居る限り、決して戦を仕向けてはならないと思う」

と諭した。そのためか姜維は、以後四年間兵を出していない。

費禕は姜維と方針こそ異なっていたが、共にこれ以上の魏の発展を阻止すべく、努力していたこ

とには変わりなかった。彼は孔明《こうめい》・蔣琬《しょうえん》の衣鉢を継ぐ大器ではなく、自分もそのことを自覚していたが、蜀の末期を支える残り少ない人材ではあった。彼は彼なりに、魏に打撃を与えるべく、はかばかしく進展しないものの、根気よく外交を策していた。

相手は同盟国の呉《ご》である。一時期、蜀は呉と激しい戦いを交えたことがある。先帝劉備《りゅうび》が白帝城で病没したのも、その因は呉の名将陸遜《りくそん》に敗れて敗走したことにあった。この一事だけから見れば蜀と呉は不倶戴天の仲といってよい。蜀《しょく》の五虎将軍の内、関羽《かんう》・張飛《ちょうひ》・黄忠《こうちゅう》の三人までもが呉との戦いの過程で死んでいる。

しかし孔明は、高度の戦略的立場から呉に対する恨みを一切捨てた。誠意をもって呉と同盟し、共に魏を討つ国策に切り替え、以来一度も裏切ったことはない。

攻守同盟の条約文は、実に堂々たるものであった。「呉書」の孫権《そんけん》伝に残る、その一節にいう。

「今日より漢・呉力を合わせ、心を一にし、同じく魏賊を討ち、災難を分かちて喜びを共にせん。もし漢を害する者あらば則ち呉《ご》これを討ち、もし呉を害する者あらば則ち漢これを討ち、各々分土を守りて相侵犯することなく、これを後世に伝えて初めのごとくなるべし」

おまけにこの条約は、将来の魏領の分割方式まで取り決めている。孔明はこの条約あればこそ、国の総力を挙げて北伐に専念出来たのである。

しかしこの頃になると、呉の人事もすっかり変わり、昔の覇気は失われていた。三国時代の前期を飾った勇将・智将も、ほとんど死んだか老いて引退している。ただ、内治の名臣で孔明の兄に当たる諸葛瑾《しょかつきん》は、比較的長く指導者の地位に在ったが、呉の赤烏《せきう》四年、魏《ぎ》の正始《せいし》二年に、六十八歳で死んだ。子の恪《かく》は父の没する三年前、異民族の山越《さんえつ》族の大反乱を鎮めて功を挙げ、威北将軍となってから次代を背負うホープと目されている。

小説『三国志』にも名高い名将陸遜《りくそん》も、諸葛瑾の後を追って三年後に死んだ。晩年は孫権と不和となり、不遇であった。老将の丁奉《ていほう》が一人、古くからの呉を知る将として判断力の衰え始めた孫権を扶けている。

呉帝孫権はもう齢七十である。彼も英雄には違いないが、蜀のように積極的に魏を討とうとしない。蜀の矢の催促で時たま兵を出すのであるが、少しでも戦に敗れるとさっさと軍を返してしまう。彼の関心は、南方に勢力を拡大して国富を積むことにあったと思われる。三国時代は漢人の民族膨張期でもあった。三国は互いに争うだけでなく、各々四夷《しい》に向けて積極的に進出していた。

蜀は南蛮を征伐して植民している。「後漢書《ごかんじょ》」西南夷伝によれば、蜀書でいう南蛮とは、その誕生が「桃太郎」「かぐや姫」両伝説に多少ずつ似ている夜郎《やろう》国の竹一族の子孫を始め、益州《えきしゅう》南部から雲南にかけての広大な山岳地帯に住む諸族であるらしい。その地は、「出師表《すいしのひょう》」にも名が見える有名な瀘《ろ》水を始めとして河川に瘴気《しょうき》多く、多雨にして妖美、史書の表現を借りれば「百蛮蠢居」してその俗多く「巫鬼禁忌」を好み、長く漢化を拒み続けていた所であった。

諸葛孔明が遠く蛮界に入り、南蛮王孟獲《もうかく》を七度捕らえては放って心服せしめた話は、相当伝説がかっているが有名である。孟獲は多分シャン族の族長であろう。シャン族はその後インドシナ半島を経由してタイに南下し、そこの先住民を追ってシャム国を建設する。

ちなみに今のタイ人もミャンマー人も、広い意味での蒙古系人種で、漢民族が移住する以前から中国南西部に住んでいたらしく、現在国境を接するインド―アーリア系の人々とは人種を異にする。

魏も遼東・朝鮮・西羌にまで勢力を拡大したことは前述した。呉も負けずに版図を拡げて南海に達し、先端はベトナム北部に及んで今のハノイ付近に交州交趾郡を開設している。

当時、南シナ海における最大の貿易国は、メコン河流域からマレー半島にかけて勢力を持つ扶南と呼ばれる国であったが、西はインドやササン朝ペルシャから、北は呉にかけて交易していた。

呉は中国の海上交通権を一手に握り、商業の利を独占していた。港には富豪の倉が並び、中原の魏とは一肌違う新しい支配階級が育っていた。他方、東南部の開拓を通じて、大土地所有の貴族も続々出現している。

魏の場合は曹操《そうそう》の政策により、後漢末の民族流亡の過程で棄てられた既存の田畑を利用して、新参の流民に土地を割り振り、公営荘園として生産力を上げたが、呉の場合は早くから開けていた江東地帯を例外として、ほとんどの地が新天地である。したがって歴史の堆積も薄く、いわゆる漢の郷村社会の伝統なるものは初めからない。

漢末の動乱期に江北から流れ込んだ漢民族は、自由に山越と呼ばれる東南地域を開拓して荘園領主化していった。そのため呉は、三国中最も遅れた地域にもかかわらず、一見歴史の先進地帯の観を呈するに至る。古代の一君万民思想は初めからこの地になく、孫家の支配権力は侠客の親分子分関係に似た個人的結合に裏付けられていた。初代孫堅《そんけん》始め、次代孫策《そんさく》も任侠的魅力で各将軍を従えていた。三代の現孫権に至って初めて帝王型になったが、先の漢の頃の天子とは性格は大分異なる。将軍達の自立性・割拠性が強いのである。

土地は、首狩りの蛮風を有する未開の山越族を討伐して、各豪族が自由に奪い取った。労働力は流亡民を組織化し、その下に駆り立てて来た先住民を置いて農奴化すれば足りる。

「後漢書《ごかんじょ》」南蛮伝によれば、彼ら先住民族は後に「南総里見八犬伝」のモデルとなる、五色の妖犬槃瓠《ばんこ》の子孫であると自称していたらしい。

犬祭り、木太鼓、既婚女性の抜歯などの奇習を有したとあるこれら先住の蛮族は、激しく抵抗を試みたが、国家組織を持たぬ悲しさ、各地に寸断されて高度な文明を持つ漢民族のために、次第に東南へと追い込まれて行った。そして最終的には、東海に浮かぶ夷州（台湾）に閉じ込められてしまう。

当時、中国大陸には漢人種だけが活躍していたわけではなく、多くの異人種が入り組んで居住し、それぞれの民族文化を保持していたことは確かである。だがそのウエイトは、比較にならぬほど漢人の方が圧倒的で、文化の流れも一方的だった。とてもでないがそれぞれがその所を得、相互の文化交流の中で影響し合いながら漢があり四夷があった、などと言えるものではない。

呉の新開地に残留した山越族は、ある程度漢化の進んだいわゆる熟蕃《じゅくばん》であったろう。深く漢の文化に浴した人々は、異人種であっても漢民族として遇せられて人口にカウントされたろう。しかし夷州の島に蟠踞《ばんきょ》する山越族は、全くの「生蕃《せいばん》」である。彼らを台湾の山岳系高砂族の祖と推論する興味深い民俗研究もある。なお人種的にはマレー系で、後にベトナムに移る南越族とは種属を異にする。

当時呉の地方官だった沈瑩《しんえい》という者の著した風土記「臨海水土志」によれば、夷州には霜雪なく草木も枯れず、四面山谿にして銅鉄を産するが、住民は鹿の骨や石器で作った槍や矢を武器とし、生魚を塩漬けにして上肴とす、とある。一般に魚介類を常食とする辺海の民の習俗は、牛や豚を飼育しながら内陸部から移住して来た漢人の目には異様なものに映ったらしい。

呉帝孫権の眼も、晩年は海外に注がれていたようだ。労働力を輸入するためか、夷州に遠征軍を派遣して人狩りをやらせている。さらに海のかなたにあると伝え聞く亶《たん》州にも人をやって探索させたが、こちらの方はついに発見出来なかった。

亶州とは何か。正史「三国志」呉書の「孫権伝」によれば、その昔秦の始皇帝が不老長生の薬草を求めて方術士の徐福《じょふく》を派遣し、そのまま音信が絶えたと古老達が言い伝えている謎の国のことで、呉の会稽《かいけい》、つまり今の杭州附近から東に航路をとれば必ずあるはずだと、漂流者の言を根拠に記してある。

ちなみに日本の古墳から呉の年号を刻した鏡が複数枚発見されているから、呉と倭はかなり交流があったらしいので、ついに発見出来なかった亶州と倭は別物であろう。南九州から琉球にかけての島々の一つと思われる。発音上は種子島《たねがしま》が最も近似と聞く。他にも呂宋《ルソン》島説や済州島説がある。

徐福は当時を去る四百数十年前、神仙の術に凝った始皇帝の無理矢理な命によって東方に旅立ったことは、各種の古書により明らかである。彼は、この仕事は一世代や二世代では不可能と思っていたのか、あるいはこんな任務に嫌気がさして遠く海外に亡命し、天孫降臨としゃれこみたかったのかは知らぬが、呉書「孫権伝」の古老の伝聞では、人勢の少年少女を引率して、呉の地から東海の島々を巡るべく出発した。「臨海水土志」では、徐福は最終的には倭に渡ったとし、倭人は彼を留めて敬い、没後も廟祠を建て、今でも祭りが絶えないとある。無論沈瑩が当時集めた伝聞である。「臨海水土志」は今に残っておれば大変な史料であろうが、惜しくも宋代に失われて全文は伝わっていない。前二文夷州及び亶州の記事は、宋代に書かれた「資治通鑑《しじつがん》」の注記からの引用である。他に「後漢書」東夷伝や「太平御覧《たいへいぎょらん》」の注に短い引用文があるに止まる。ちなみに筆者沈瑩は呉末に国に殉じた呉の忠臣である。

孫権が始皇帝同様不老長生のロマンを求めて亶州を探し求めたとすれば、彼も老いた証拠であろう。

それはさておき、このように呉の経済基盤は、南海経営による商業利潤と開拓荘園からの農業生産によっていたが、これらは経営拡大に努力すればするだけの収益があった。そのため人口は何時も不足気味で、力を持て余して中華を侵さなければならぬ事情はどこにもない。呉の社会の安定化が孫権始め呉人達の昔の覇気を失わせてしまったともいえる。

それでも費禕は、熱心に外交努力を積み重ねていた。蜀と呉は、相手国を対等の国家として認め合い、天子も併立するものとして外交関係を結んでいた。万乗の天子が地上に二人いるとは法理論上矛盾であるが、そこは彼らの政治性の問題である。その点魏だけは唯我独尊の中華体制を崩さず、蜀や呉を賊や藩と呼んでも国とは認めない。一時、魏・呉が同盟した時も、孫権が藩主として魏の天子に朝貢する形式をとっている。朝貢とは言っても多くの場合、お返しの方が大変なのである。

正史「三国志」も、中国の正統政権が漢――魏――晋《しん》と禅譲されたものとする建前をとっているため、魏の君主を帝とか天子とか呼んでいるが、呉や蜀の君主は王とか主とか呼び、蜀帝劉備《りゅうび》・劉禅《りゅうぜん》も先主・後主と記して地方政権扱いしている。蜀を正統とする後世の通俗書も、なぜかこの呼称を使う。

話はそれたが、費禕の外交努力にもかかわらず、呉は丁重に対応するのみで中々北上しようとはしなかった。彼の苦衷も察すべきである。

地方に利権を持ったまま、現在の南京の地にあった呉の都建業《けんぎょう》で都会生活を楽しむ豪族達は、急速に貴族化した。彼の地の豪族は、魏もそうだが、西欧や日本の場合のように在野豪族に徹して封建領主化せず、都に出て来て律令官人となり、貴族となることを好むのである。少なくとも息子は太学に学ばせるため、都へやろうとする。ために我が朝の平安時代にも似た古代とも中世とも言い切れぬ不徹底な官人貴族の、集権＝分権時代が訪れるのである。

南海の珊瑚や香料に囲まれた呉の貴族の奢侈的生活は、伝統的儒教社会のチェックが弱かったために、際限がなくなっている。このような外見的先進国呉の地では、やがて来たるべきかの南朝貴族文化の花開く土壌が着々創られつつあった。

　荘園貴族の発生は国家を解体の方向へと導く。しかし国富を積むためには彼らを弾圧出来ない。自然に皇帝の独裁権は制約される。また、それを心得た者でなければ天子になれない世となっている。孫権の晩年は、まさにそのような状態であった。費禕が、いくら熱誠をもって呉を説いても、呉は積極的に応えようとしなかったのは、支配階級の関心が別の方向にあったからであろう。孫権が老いて昔の覇気を失ったばかりではない。

　呉の首脳部が、本気で北伐を考えるようになったのは、諸葛恪が、大権を拝命してからである。しかし諸葛瑾は、生前言ったことがある。この子は決して家系を保つことが出来ぬであろうと。確かに恪は有能な武断派であるが、気性が激しすぎ、とても新しい支配階級である貴族達と仲良くやって行ける性格ではなかったのである。彼は叔父孔明の「出師表《すいしのひょう》」を読んで感激し、蜀と協力して共々魏を討つことを熱心に主張していた。費禕も彼をねらって焚きつけたのだろう。しかし彼が動き出したのは、費禕の死後である。

群星落つ

姜維《きょうい》が牛頭山に敗れて兵を撤し、魏《ぎ》では司馬懿《しばい》体制が着々固められつつあった。司馬懿の目から見れば、姜維の侵攻など小児の技としか見えなかったであろう。戦場には息子の司馬師《し》を派遣したのみで、自分は都を動かず、司馬政権確立の総仕上げに余念がない。

各州に置かれた大中正《だいちゅうせい》は、司馬一族のためによく働いてくれている。彼に忠実な家門より、有能な子弟を選んで中央に送り込んで来る。魏の帝室に忠実な古くからの名族は、司馬派に鞍替えしない限り、次第に中央政界から淘汰されて行った。

最大の政敵、太尉王淩《おうりょう》が打倒されたのもこの頃のことである。司馬一族の勢力の盛り上がりは目覚ましいものがあり、司馬懿は死の直前まで政敵粛清に努めていた様子が見える。

魏の嘉平《かへい》三年八月。老齢の司馬懿仲達《ちゅうたつ》はついに重い病に臥した。今度こそ本物の病である。老いてなお壮健なのが自慢だった彼も、はや七十三歳に達していた。

もう死は近いと覚ったのであろう。二人の息子、師《し》・昭《しょう》を枕頭に呼んで言った。

「わしは長年魏に仕え、位は太傅《たいふ》・丞相《じょうしょう》にまで昇った。人臣として望み極まっている。世の人々の間で、密かにこのわしを野心ある怪物と評する向きもあることは知らぬでもないが、自分としては正直に言ってこれ以上何の望みがあろう。師よ。昭よ。お前達も力を合わせ、忠を尽くし、くれぐれも父の清名を汚すでないぞ」

言い終えると忽然と息が絶えた。

人の死に臨んで吐く言は、概ね真実と見てよい。やはり彼は政敵排除と一族の安泰を図ってはいたものの、魏への逆意を抱いていたとは思われない。帝室への畏敬を持つ魏の士大夫として死んだものと解したい。

老いたる巨星は新時代の暁の空に消えた。好敵手諸葛孔明《しょかつこうめい》の死後十七年目である。遺された子らは喪を発し、魏帝に父の死を奏上した。曹芳《そうほう》は厚く葬らしめ、父の功により長男司馬師を大将軍・録尚書事とし、弟の司馬昭を驃騎将軍とした。一品と二品である。

司馬兄弟はほぼ父の大権を継ぎ、やがてその勢力は父の頃をしのぐようになる。彼ら兄弟にとって父の最後の戒めは、せいぜい「あせるでないぞ」という程度のものでしかなかったろう。

その年は呉《ご》の太元《たいげん》元年に当たる。

呉帝孫権《そんけん》も老病に臥した。司馬懿の喪につけ込んで兵を出すようなことくらいは、若い頃ならやったろうが、もうそれだけの気力はない。

在位が長くなると、皇太子の運命は不幸である。長男の孫登《そんとう》は赤烏四年に親に先立って死に、次男の孫和《そんか》が太子となったが讒言を受けて廃せられた。今八歳の第三子孫亮《そんりょう》が太子となっている。

三人共母が異なるところを見ると、何か複雑な家庭の事情が背後にあったに相違ない。

太元元年八月。大風水害が江東の地を襲った。江水が盛り上がり、平地は水びたしとなる。呉主代々の陵墓のまわりに植えられていた松柏が根こそぎ風に飛ばされて来て建業城の門外に立ち並ぶのを見た孫権は、大きなショックを受けて重体となった。物の怪話が流行し出した世の中であった。

翌年四月。いよいよ死の近いことを覚った彼は、諸葛恪《かく》を太傅・大将軍とし、呂岱《りょたい》を大司馬に封じ、幼い太子孫亮のことをくれぐれも託しつつ世を去った。

孫権は諸葛恪の活発な気性を愛していた。江東の虎と言われた自分の若い頃を見る思いがしたのであろう。

兄孫策《そんさく》の跡を継いで呉の主となってより五十二年。内、帝位に在ること二十四年。七十一歳であった。

また星が一つ消えて行く。

孫権字は仲謀《ちゅうぼう》。ふり返れば、この多分に南海遠くの異国的血が混ざっていると考えられる、碧眼紫髯《へきがんしぜん》の老英雄は、三国時代の前期より怪物のように生き続け、かつては、蜀主劉備玄徳《りゅうびげんとく》・魏主曹操孟徳《そうそうもうとく》の好敵手であった。

彼は太皇帝と諡《おくりな》され、年号は太元二年改め建興《けんこう》元年となった（西暦二五二年）。

この年蜀では延熙《えんき》十五年。重臣の大将軍費褘《ひい》、元車騎将軍の元老呉懿《ごい》が、相次いで世を去っている。

費禕は心が寛く、どんな人でも気軽に会って博く愛するタイプであったため、つい不用心となり、宴会の帰りに酔いつぶれていたところを魏の刺客に刺されたのである。大司馬の故蔣琬《しょうえん》に次ぐ偉材だった。

費禕は、蔣琬同様誠実派の清廉の士で、家に財を積まず、家族も往来に車騎を従えず、一般市民と異ならない生活ぶりだったという。先に死んだ孔明《こうめい》・蔣琬・董允《とういん》と共に蜀の四相と称えられていた。

偉材といえば、その前年、孔明に抜擢されて外交にも行政にも精通していた車騎将軍鄧芝《とうし》も死んでいる。彼は姜維の上官であったが担当が異なっていた。征南大将軍だった故馬忠《ばちゅう》の後任として、晩年はしばしば南蛮の反抗を鎮めて来たのだが、何故か急に病没した。一説によれば、彼は弓を好み、南方の猿山を通りがかった際に、出来心で一匹の猿を射た。矢は母猿の腕に当たったが、子猿が出て来てその矢を抜き、木の葉を巻いて手当てをした。彼はそれを見て嘆息し、弓矢を投げ棄ててしまったが、間もなく病に臥したということである。「晋書《しんじょ》」五行志には、このような薄気味悪い因果応報話が多数収録されている。怪力乱神をあえて拒まぬ時代相であろうか。どこか中世的陰鬱を感じさせる。

南方経営の総督として鄧芝の後を継いだのは、元蜀の豪将霍峻《かくしゅん》の子で、皇太子侍従であった翊《よく》軍《ぐん》将軍霍弋《かくよく》である。後、彼は安南将軍となって南方の六郡を守護し、蜀破滅の年には万丈の気を吐くこととなる。

これら蜀臣達の後世の評はおしなべて良い。皆、孔明学校の優等生だけあって、人格的には清流の士ばかりである。ただ、これは孔明の唯一の欠点であろうが、いわゆる大物、悪くいえば怪物はこの地に育っていないのが敵国魏と対照的である。

「不忠不孝の者でもよい。能のある奴を登用せよ」

と言って汚職常習者も用いた曹操の方針に比し、孔明の人事政策は大分地色が異なっていたようだ。

孔明の衣鉢を継いで重責を全うした蔣琬・費禕《ひい》の二人も、前者は方正重厚、後者は寛済博愛と記録されているから、何れも手堅く国を保ち、小国の人々をまとめるのに適した人格者ぞろいであった。

孔明没後十八年。蜀の運命はいよいよ姜維一人の双肩にかかることとなった。彼は孔明に師事すること他の諸先輩に比して短かったが、漢朝復興の攻撃精神の面を最も強く感受した弟子であった。ために姜維は、大先輩格の老尚書令陳祇を立てて費禕と共同で兼務していた「録尚書事《ろくしょうしょじ》」を返上し、自身は軍事に専念する身となった。彼の関心は初めから内治にはなかったようだ。費禕はしばしば彼のそうした性向を戒めていたが、その死後、益々歯止めが利かなくなって来るのである。そしてそれが蜀破滅の一つの発端になろうとは、彼自身も気がついていない。

録尚書事不在ということは、内政における天子の親政を意味するが、劉禅《りゅうぜん》にその能力と意欲を欠く以上、悪名高き黄皓《こうこう》はじめ宦官《かんがん》を中心とする側近が代わって容喙《ようかい》するに至るのは自然の勢いであった。

＊

宦官と言えば三国にその勢力が台頭するのは末期からである。男根を切断した宦官は、古くより東洋政治史上無視し得ぬ隠然たる勢力であった。西はオリエント諸国から東は中国周辺諸国に至るまで、批判を浴びつつ公の制度として近世まで定着し得たのは実に不思議なことである。また大陸から文化や法制を大量に輸入して来たとされる日本が、宦官制度や宋代以降大々的に女性に普及した纏足《てんそく》の風習など、この類型の習を全く知らないままで過ごして来たのも逆に不思議である。

三国時代の宦官勢力は、むしろ弱い方である。理由は漢末《かん》に、清流運動のはずみで、宦官がほぼ皆殺しにされたからである。この時憂国の将兵は決起して宮中に突入し、問答無用の宦官大虐殺をやった。運悪くヒゲの薄い者は宦官と誤認され、正史の記録では死者二千に及ぶ大混乱となった。廟堂の群臣は一斉に衣を広げ、股間を示して誤殺を免れたとある。後漢の権威は失墜したろう。

それはともかく、三国期も押し詰まってから魏の張当《ちょうとう》・蜀の黄皓・呉の岑昏《しんこん》らの宦官が再び歴史に登場して来るが、前後の時代の悪らつな宦官に比し、まだまだ小物で定員も少なかったと考えられる。

二　司馬兄弟

諸葛恪

孫権《そんけん》の死は直ちに他国に知れた。蜀《しょく》は同盟国のために深く悲しみ、魏《ぎ》は大いに喜んだ。伐《う》つなら今だ。

司馬師《しばし》・昭《しょう》の兄弟は相謀って呉《ご》征討の軍を興した。尚書の傅嘏《ふか》が、

「長江の険阻あり。先帝の時ですら破り得なかったもの。しばらく時を待ち給え」

と諫《いさ》めたが、司馬師は、

「天道は三十年に一度変わるという。いつまでも三国鼎立の世ではあるまい。孫権死して幼主孫《そん》亮《りょう》はたった九歳というではないか。呉を平定するは今日にあるぞ」

と言って聞かなかった。

魏帝曹芳《そうほう》には形ばかりの奏上をして承認を得た。軍は三方面に分かち、征南将軍王昶《おうちょう》に二万の兵を与えて南郡に向かわせ、征東将軍胡遵《こじゅん》に同じく二万の兵を与えて東興《とうこう》へ、鎮南将軍毌丘倹《かんきゅうけん》も二万の兵で武昌《ぶしょう》に攻め入らせた。

本軍は二品官の驃騎《ひょうき》将軍司馬昭。約三万の兵で後詰めをした。三方より攻めるといっても、呉の目を攪乱させるためであって、真のねらいは胡遵の向かう東興であり、司馬昭は機を見て胡遵の後詰めをする手筈となっている。司馬師自身は洛陽《らくよう》に在って、都の不穏な動きに睨みを利かせ、他方、郭淮《かくわい》・陳泰《ちんたい》に使者をやって蜀の介入に厳重警戒するよう命じた。

胡遵はすでに東興の境に達した。ここに呉の堅城があり、呉将全懌《ぜんえき》・留略《りゅうりゃく》が固く守っている。胡遵は先手の部将桓嘉《かんか》・韓綜《かんそう》に命じて昼夜の別なく攻撃させ、自身は副将の諸葛誕《しょかつたん》と共に、少し離れた徐塘《じょとう》の地に陣を定めて呉の援軍に備えた。

その時の呉の総帥は太傅《たいふ》・大将軍の諸葛恪《かく》である。諸将を集めての作戦会議の際、宿老の平北将軍丁奉《ていほう》が進み出て言った。

「我が国の第一の重要拠点は東興であります。ここが破れるとなると、南郡も武昌も危うくなるでしょう。今は全軍を挙げて東興の救援に赴くべきです。不肖私が先陣をうけたまわり、敵の中核に穴をあけましょう」

諸葛恪は喜んでこの策を採用した。直ちに丁奉に軽兵三千を与えて出撃させ、百余隻の軽舟に分乗させて胡遵の本営に斬り込ませることとした。すぐ後には呂拠《りょきょ》・唐咨《とうし》・留賛《りゅうさん》が充分な兵を率いて大船に乗り、後詰めをする。

その時大雪が降り、寒気が厳しくなって来たので、胡遵ら魏の諸将は酒宴を設けて暖をとり、江山の風景を観賞していた。

そこに烈風を帆に受けながら突入して来たのは丁奉の水軍である。船手の兵は皆軽装で長い槍など持っていない。赤壁《せきへき》の戦以来の老将丁奉は、真っ先に岸に跳び下りて、

「大丈夫功を立て、名を千載に残すはこの一戦にあるぞ」

と叫んで味方を指し招き、剣をふるって突入した。

魏軍は油断を衝かれて大混乱に陥った。呉兵は小勢ながらも大軍を拉《ひし》ぎ、獅子奮迅の勢いで中軍までかき乱した。

鋭鋒当たるべくもない。魏の大将韓綜《かんそう》は長い戟《ほこ》を持って丁奉に打ってかかったが、丁奉は手元に躍り込んで一刀の下に斬った。桓嘉これを見て、横合いより槍をくり出したが、丁奉は素早く左手で槍を握り、相手の左の肩より右の腰まで、一息に斬って落とした。

三千の呉兵も四方八方魏軍を踏み破ったので、総大将胡遵、副将諸葛誕以下慌てふためいて逃げ走った。呉の大勝利である。まだまだ若い者には負けないと、丁奉はさらに追撃して充分打ち勝ってから兵を収めた。

司馬昭は本命である東興攻めの軍が四散してしまったので、諸方の攻撃軍に伝令を出し、都へ引き揚げさせた。都の動揺も心配された。

「兄者。すまない。見たとおりの惨敗だ」

昭がうなだれて帰ると、司馬師は、

「いや、この敗戦は余人の罪ではない。わし自らなせる業だ。胡遵の罪も問うな」

と言った。彼は内部分裂を恐れていた。

さらに早馬が急を伝えて来た。

「呉の大将軍諸葛恪、勝利に気負って北上。境を越えて新城を包囲いたしました」

司馬兄弟は慌てて手分けをした。

「昭。お前は直ちに長安へ行け。蜀が必ず出て来る。郭淮・陳泰と力を合わせ、一歩も蜀軍を近寄らせるな」

「分かった。して兄者は」

「俺は毌丘倹を先手として新城に向かう。呉のことは俺に任せろ。姜維《きょうい》は智勇兼備の大将だから油断するでないぞ」

兄弟は共々軍勢を分けて呉・蜀の二正面に立ち向かった。彼等にとって最も危ない時期の一つである。長陣となれば都が不穏だ。

諸葛恪は大いに打ち勝ったが、この勝利に満足しなかった。これより直ちに北上、蜀と力を合わせて魏を滅さん、と言い出したのである。

諸将はとんでもないと反対した。防衛の用意こそして来たが、北伐とは無茶な話だ。第一兵糧の仕度も充分ではない。

先にもふれたが、諸葛恪は性格的に大きな欠点を持っていた。気性が激し過ぎるのである。一旦言い出したら絶対譲らない。下手をすると諸将は厳罰に処せられてしまう。

皆押し黙った。不承不承に従い、国境を越えて新城を包囲したまではよかったが、要害堅固で容易に陥ちない。

城内からはしばしば救援を求める伝令が北に向かって脱出した。鄭像《ていぞう》という鳥居強右衛門《すねえもん》に似た兵卒が呉兵に捕らわれ、諸葛恪に「魏の援軍は来られなくなったから早く降れ」と告げよ、と強要された。彼は引っ立てられて城壁に向かい、

「救援が向かっているから頑張れ」

と怒鳴ったために斬殺された。

このような有様で包囲は三ヶ月に及んだ。新城は元の合肥《がっぴ》城で、昔から呉に対する魏の防御地点として名高い。

諸葛恪は急使を蜀に出し、徐塘における大勝を伝えると共に、強く出兵を要請した。

彼一人気負い立っているが、軍の戦意はさっぱり上がらない。呉の諸将は、父祖は皆一角《ひとかど》の豪傑ぞろいであったが、今や野性を失った公達《きんだち》諸公であるから、早く国に帰りたがっている。その性向は、相当長い間、彼らの体質となっていた。

恪は苛立ち、抜刀して督戦に努め、戦意のない者を斬殺しながら、やっと城の一角を占拠した。その時になって城方の大将張特《ちょうとく》は、使者を派遣して条件付きの降伏を申し出た。

「閣下。願わくはとりあえず攻勢を緩め給え。早々に降伏する用意があります。実は魏の刑法によりますと、城を守って百日過ぎても援軍が来ない場合は、敵に降っても妻子は罪を免れるのです。

あと数日で期限が来ますので、その時正式に降伏いたしまする」

諸葛恪は大いに喜んで戦闘中止を命じた。

実はこれが魏の罠だったのである。勿論城外遠く潜んでいる司馬師や毌丘倹らと、密かに連絡を取ってしたことだった。

呉兵はすっかり油断した。もう開城の約成ったも同然で、甲を脱いで昼寝する者もいた。その時だった。一斉に城壁から雨のごとく矢が降り注いだ。呉兵は乱れ走った。一本の矢が巡回中の諸葛恪の額に当たった。これは重傷である。合図の烽火と共に、魏の毌丘倹の大軍が攻め込んで来た。城兵も打って出た。

総崩れであった。呉はせっかく徐塘で大勝利を得たものの、ここに思わぬ逆襲を受け、空しく故郷に帰らざるを得なかった。

以後魏では、毌丘倹が鎮東将軍に遷《うつ》って淮南《わいなん》の守護に任ずる。

その後の諸葛恪は不幸だった。

傷はやっと回復したものの、気性は益々荒くなり、呉の将兵の戦意のなさを罵ってばかりいた。敗戦の責任は平和に溺れ戦を好まぬ公達武将連中にある。諸葛恪はそう考え、責任を彼らだけに押しつけてきびしく処罰した。彼の人気は急落した。

それでも彼は北伐の夢を捨てず、しきりに蜀に使者を出しては出動を要請していた。

呉帝の宗族に孫峻《そんしゅん》という者がいた。先帝孫権の叔父孫静《そんせい》の曾孫である。割合貴族仲間から人気のある公達で、代々御林の兵馬を司っていた。

呉では各将軍の兵馬の権は、世襲されて行く慣習がある。一種の私兵化の姿であった。気性の強い諸葛恪は、御林の軍の支配権を孫峻より奪い、自分の部下の朱恩《しゅおん》・張約《ちょうやく》に統率させたので、孫峻を大いに怒らせてしまった。

建興《けんこう》二年冬十月。諸葛恪は呉帝孫亮より酒宴に呼び出されたところを、孫峻一党によって上意討ちにされた。一族も皆殺しとなり、家は断絶した。

以後、孫峻が丞相《じょうしょう》となって呉の大権を握る。

鉄籠山

呉《ご》の建興《けんこう》二年は蜀《しょく》の延熙《えんき》十六年に当たる。秋であったからまだ諸葛恪《しょかつかく》の訃音《ふいん》は達していなかったはずである。

姜維《きょうい》は蜀帝劉禅《りゅうぜん》の承認を得て、呉よりの度重なる要請に応えるべく出動した。彼にとって諸軍を統率する二度目の北伐である。

今度は小手調べではない。呉の北上に呼応し、堂々大軍をもって打って出て、長安くらいまでを目指すつもりである。費禕《ひい》が生きておればさぞ嘆いたろう。

したがって孔明《こうめい》以来の宿将も出来る限り伴っていた。廖化《りょうか》・張翼《ちょうよく》を先陣とし、胡済《こさい》を後陣とする。夏侯覇《かこうは》は前回同様参謀として中軍に居た。

また、今度こそ間違いのないよう、西胡の羌《きょう》の王に充分金銀蜀錦を贈って好を結び、援軍を隴上に出動させた。羌の大王迷当《めいとう》は大将の俄何《がか》・焼戈《しょうか》と共に万余の兵をもって南安まで出て来た。長安に出陣中の司馬昭《しばしょう》は、直ちに防衛に立ち向かった。呉と対陣中だった司馬師《しばし》も、心配して豪勇無比の将徐質《じょしつ》を起用し、援軍として西方に向かわせた。

郭淮《かくわい》・陳泰《ちんたい》は北より圧し、司馬昭・徐質は東より姜維を包む。緒戦は徐質の軍と、蜀の先手、廖化・張翼の軍とで行われた。

廖化・張翼は二人がかりでも徐質の武力に敵し得なかった。蜀の先陣はたちまち崩れて潰走した。

夏侯覇が献策した。姜維がこれを採用して陣形を変え、急に守りを固める方針に出た。司馬昭がいくら挑発しても出て来ない。

蜀の堅陣の背後には盛んに木牛流馬が通って行く。孔明秘伝の兵糧運搬車である。

司馬昭はこれに目をつけた。彼は蜀の弱点は補給にあることを知っている。父に従って孔明と対陣していた頃からそうであった。彼は徐質に命じた。兵五千をひっさげて補給路を襲い、兵糧を奪うか火を放つか、いずれにせよ、大いに後方を引っかき回して来いと。

徐質は暮夜密かに蜀軍の後方に回った。案の定、木牛流馬が百匹ばかり、旨そうな米を満載してトコトコ動いている。

当時、中国の主食は北方は麦、南方は米であった。蜀の益州は後に梁州《りょうしゅう》として行政区が独立する北部を除いて温帯ないし亜熱帯気候であり、稲作地帯に属する。

喊声を上げて蜀兵を追い散らし、多数の木牛流馬を鹵獲《ろかく》した。徐質は兵を二手に分け、一手の勢に木牛流馬を引いて帰らせ、自分は残余を駆って追討した。

突然四方から火の手が上がり、徐質の退路を断った。左に廖化、右に張翼の伏勢一度に起こって包囲する。魏兵はほとんど討たれるか焼け死んでしまった。

徐質はただ一騎、東を指して落ちて行くと、一彪《いっぴょう》の軍馬が前方に現れ、先頭には姜維が立ち、ただ一槍で徐質を刺殺した。

一方、木牛流馬を引いて帰った魏兵も、夏侯覇の待ち伏せにあって全員生け捕りとなっていた。夏侯覇は魏兵より鎧甲《がいこう》や旗幟を取り上げ、蜀兵を偽装させた。そして、無事引き揚げて候という体《てい》で司馬昭の本陣に達するや、夏侯覇は俄に大刀を引き抜き、蜀兵を励まして一斉に斬り込んだ。

司馬昭は慌てた。これは何事ぞとばかり大混乱となる。馬よ物の具よと騒動する内に、廖化が一手の軍を連れて横より攻めかかり、間もなく前方より姜維の大軍が殺到した。

魏兵は夥しく討たれて四散した。司馬昭は命からがら逃れて鉄籠山《てつろうざん》に立て籠もった。ここは四方険阻な山で、急には攻め登れない。

蜀軍は山を十重二十重に取り囲んだ。司馬昭の命は風前の灯火となった。

彼は天を仰いで長嘆した。

「ああ。我はついにこの地に死すべき運命か」

しかし何たる悪運の強さであろう。思わぬ逆転劇が彼を救ったのである。

別動隊の魏《ぎ》の大将、郭淮《かくわい》と陳泰《ちんたい》は羌《きょう》の大軍を迎え撃ち、大いに撃破していた。巨大な落とし穴を長く掘り、そこへおびき込んだのである。羌族の大将俄何・焼戈は、穴の中で討ち死にしてしまい、大王迷当《めいとう》はだらしなく捕虜となって、無数の羌兵が降参した。

郭淮・陳泰は、司馬昭が敗れて鉄籠山に閉じ込められていると聞き、直ちに救出の計を巡《めぐ》らした。何のことはない。夏侯覇の策と同じ手口である。

降参した羌兵を先頭にして蜀の陣に向かう。姜維ら蜀将は喜んで遠来の客兵を出迎えた。今度慌てるのは蜀軍の番である。当然不意打ちを喰った。上を下への混乱の後、蜀兵は陽平関《ようへいかん》指して散々に敗走した。

姜維は味方から離れてただ一騎、西に向かって馬を走らせていた。

郭淮が見つけた。

「奸賊姜維。いずくに逃げるか。返せ」

大音で呼ばわり槍をかまえ、揉みに揉んで追いかけた。

姜維は腰につけていた弓を取り上げたが、しまったと思った。矢は置き忘れて来ている。それでも牽制のため、後ろを向いて弦音高く空弓を引いた。

郭淮は思わず身を低めたが矢は飛んで来ない。さては彼奴め、矢は持っていないのだと覚り、今度は彼の方から弓矢を取ってひょうと射た。

姜維は弦音を背に聞きながら矢の方向を測って身を傾斜し、右手を伸ばしてその矢を空中でむずと掴んだ。直ちにその矢を己の弓につがえ、後ろをふり向きざま丁《ちょう》と射ると、すぐ後まで追っていた郭淮は眉間の真ん中を射抜かれ、どっと落馬して死んだ。

姜維は首を取ろうとしたが、魏兵に阻まれて果たせず、陽平関に走って敗軍を収容した。

第二次北伐も結局失敗であった。しかし司馬昭の軍を徹底的に痛めつけ、名ある大将二人まで討ち取ったのであるから、勝敗相半ばといったところである。中でも郭淮は二品官の車騎将軍であり、魏の古参の大物だった。郭淮は武将として優れていただけでなく、行政官としても有能で民心を得ていた。その陰には、有名な妻君王氏の内助の功があった。

話は省略したが、彼女は謀反の疑いで誅殺された反司馬派の巨頭、太尉王淩《おうりょう》の妹で、兄の事件に連座し、洛陽《らくよう》に召喚される身となったことがある。いわゆる連座の制である。上洛すれば誅せられることが判っていたので、部下や人民は大いに泣いて郭淮に挙兵を勧めた。だが彼は、夏侯覇の二の舞いとなるのを恐れて妻を旅立たせた。

しかし部下や百姓達は泣き叫びながら王氏を追い慕い、その数は数千人に及んだ。彼女は都督夫人として、よほど任地の人々に慕われていたに相違ない。

夫人がついに人々に連れ戻されてしまったので、郭淮は切々たる助命願を都に送った。時の権力者司馬懿《しばい》仲達《ちゅうたつ》は嘆願書を見て深く哀れみ、王氏を赦すことにしたという。

何れにせよ郭淮の死は魏の大損失であった。

司馬昭は九死に一生を得た。郭淮・徐質を失って実害も大きかったが、それでも何とか防衛の責任は全うした。

司馬師は大いに喜び、弟の肩を抱いて帰還を祝った。

南は呉を撃破し、西は蜀を退けた。思えばこの期間、兄弟にとって実に危ない時期であった。当分外敵は侵入すまい。

彼らにとって、次なる仕事は何であったか。

天子追放

今や都に在って司馬《しば》兄弟にとって恐いものは何もなかった。兄弟二人、宮廷の内にも自由に出入りし、その威に天子も恐怖していた。

魏《ぎ》帝曹芳《そうほう》は毎日薄氷を踏む思いで暮らしている。断りもなしに司馬師《し》が、例の凄味のある顔で殿中に入って来るのである。曹芳が驚いて座を正すと、彼はあざ笑って聞くに耐えない皮肉を浴びせ、やがて剣をがちゃつかせながら昂然と出て行く。彼は常に武装した三千の親衛隊を連れて出歩いていた。

今では、魏の官僚群はほとんど司馬兄弟に服従していた。天下の政は実質的に司馬兄弟が執り、天子は御名御璽を貸してオーソライズするのみである。

曹芳が心を許せる朝臣は、中書令すなわち内大臣格の李豊《りほう》、天子を取り巻く九卿の一員で文部・式典・礼楽を司る太常《たいじょう》卿の夏侯玄《かこうげん》、同じく九卿の一員で天子警護の飾り役であり、この頃には天子の第一外戚に与える名誉号に過ぎなくなった光録大夫《こうろくたいふ》の張緝《ちょうしゅう》の三人だけであった。

三人共位は三品であるが、昔日の勢力はすでになく、忠良なスタッフも抱えていない。スタッフをやや抱えているのは中書省長官たる李豊であるが、天子の力が弱くなると、天子個人の機密文書を司ったり、政策を立案したりする中書の仕事も閑になる。独裁者曹操《そうそう》・曹丕《そうひ》の頃までは要職であり、中書が天子の意を受けて立案し、散騎《さんき》が天子の諮問に応じて審議答申してから詔勅として公布され、これを尚書が行政実務レベルに移すのが建前であったらしい。

このように書くと、いかにも整然たる職掌制度のように見えるが、実態は極めて貴族的に運営された官人組織であった。平たく言えば、今日でいう警備局長・捜査課長といった語感から受ける官僚ではなく、左兵衛尉《さひょうえのじょう》・検非違使尉《けびいしのじょう》といったニュアンスの大宮人《おおみやびと》である。ポスト自体が目的で、それに職務が附属している。したがってあまり職務内容の追究をしても意味が少ない。いかめしい官名であっても、時代によっては老疾を養う官であったりする。職務分掌も乱れていたらしく、天子のお気に入りの高官であれば誰でも国事の諮問を受けたり、詔書の起草を命じられたりしたことだろう。都に幕府を開いた執政官は、どうでもよい詔勅は勝手に出させながらも、尚書省をしっかり握ることによって、少なくとも行政実務に関しては天子の介入を拒んだに違いない。

確かに天下の実権は、天子より尚書の手に移っていた。録尚書事《ろくしょうしょじ》の地位に就く権力者こそ、事実上の主権者といってよかった。

太常《たいじょう》の夏侯玄は以前征西将軍であったが、外戚の曹家没落と共に、地位を奪われて今この職を得ている。張緝《ちょうしゅう》は娘が皇后なので、慣例上光禄大夫の職を得ていた。

太常・光禄大夫は、先に紹介済みの大鴻臚《だいこうろ》・執金吾《しっきんご》・大長秋《だいちょうしゅう》・少府《しょうふ》・大司農《だいしのう》・廷尉《ていい》・太僕《たいぼく》などと共にどの省にも属さぬ九卿の職である。九人に限るわけでもないから列卿ともいわれるが、他に宮門警護の衛尉《えいい》、皇族事務の宗正《そうせい》もこれに属する。ほとんど三品である。天子の取り巻きといっても宦官《かんがん》ではない。皇后侍従の大長秋ですられっきとした男子である。

ちなみに皇太子付の太子舎人《しゃじん》・太子洗馬《せんば》は門下省の職員であるから列卿から外れる。

彼らは皆官に就いているといっても、皇帝の手足である官僚でもなければ国民のための公務員でもない。貴族のための貴族による官人組織の一員である。

そして政体は、建前だけは秦漢の中古と同じく中央集権であり郡県制である。そのくせ内実は相当荘園や貴族の利権に侵蝕されているのである。魏・晋《しん》・南北朝とはそんな時代の称であり、我が平安後期に多少なりと似ている。

天子曹芳と司馬執権との確執は、一面、実務官僚たる尚書に対する天子固有の取り巻き公卿の復権闘争と見ることも出来るが、夏侯玄の場合はやや事情が異なっていたろう。彼は魏の帝室の藩屏《はんぺい》としての名門の誇りにかけて、司馬一族と対決する機を窺っていたに相違ない。彼は逆境にあっても堂々たる態度を失わず、隠れたる信望を集めていた。

曹芳は、以上三名を深宮に召して、涙を流して心底を打ち明けた。

「先帝ご存命の頃は、司馬懿はかような振る舞いはいたさなかった。今、司馬兄弟は朕《ちん》に対しまるで芥のごとき扱い様だ。ああ。やがて社稷《しゃしょく》は彼ら兄弟に奪われてしまうのであろうか」

三人の朝臣も泣いた。あくまで魏の忠臣として義の道を貫こうとするばかりに、自分達もこのように疎外されてみじめな毎日を余儀なくされている。

ややあって中書令李豊が言った。

「お願いがございまする。ぜひとも詔書をお下しなされませ。臣不才なりといえども、陛下の勅を奉じて地方の刺史や鎮台の将軍を説き、各地に勤王の兵を起こしまする」

夏侯玄も血涙をにじませ、

「臣が一族夏侯覇《はしょく》が蜀に亡命したのも、元はといえば司馬一族に害されようとしたからです。この賊を滅せば必ず魏に戻って参りましょう。元々我が夏侯家は魏の柱石。どうしておめおめと司馬家の横暴を座視出来ましょうぞ」

と声を潜《ひそ》めて語った。

帝の舅である張緝も、共々違背なきことを誓った。

曹芳は心を固めた。あたりを見渡し、人気のないことを確かめてから衣の袖を引き裂き、指を喰い破って血詔をしたためて三人に与えた。張緝が懐深くしまいこむ。

「何卒御心を安んじ給え」

三人が言って殿を辞し、東華門より退出しようとすると、驚くべし、司馬師が三千の親衛隊と共に門外に立っている。

三人の顔はさっと青ざめた。司馬師はニタリと笑って、

「これはこれは御三卿。おそろいで何事ですかな。天子と何ぞ密談でもして来られたのかな」

と言った。

李豊がふるえ声で答えた。

「いや、その、天子が書物をご覧になるとの事で、我ら三人侍講いたしてござる」

「それはいかなる書物でござったかな」

「夏《か》・殷《いん》・周《しゅう》三代の、上古の書でござる」

「天子は書をご覧になって何事を論じ給うたかな」

尋問はねちねちと続いた。夏侯玄は、いいかげん腹が立って来た。李豊はそれを目で制し、持てるだけの智恵をしぼって、

「えー。陛下より、伊尹《いいん》が殷を扶け、周公《しゅうこう》が政務を執られた事について御下問があり、私は、例

えば今日の司馬大将軍が伊尹・周公のごとき立場であらせられますと申し上げました」

と答えると、司馬師はせせら笑ってから、

「なにい。この俺が伊尹・周公だと。何をぬかすか。腹の中では王莽《おうもう》・董卓《とうたく》の類だと思っておるくせに」

と怒鳴った。王莽・董卓はいうまでもなくそれぞれ前漢と後漢の簒奪《さんだつ》者である。三人は飛び上がって、滅相もない、疑い給うな、と弁解したが、図星であることは顔色に出てしまっている。

司馬師はしつこい。

「御三卿共いやに眼が赤うござるな。天子と共に何を泣いてござったかな」

夏侯玄は、もうばれたと思った。すっくと立ち上がり、大音上げて、

「いかにも我々が泣いていたのは、汝が天子を芥のごとく遇するからだっ」

と叫び、こぶしを上げて司馬師に殴りかかった。

側近の将が、鎚を投げて夏侯玄を叩き伏せる。三人はまりのごとく縛り上げられた。

張緝の懐より御衣の袖が発見された。広げて見ると血書で、

「司馬兄弟簒逆を企つ。その発するところの詔は、朕が志に非ず。天下の官兵百僚、この賊臣を討滅し、社稷を扶くべし」

とある。

司馬師はどす黒い顔に朱を注いで怒った。三人は市に引き出されて処刑された。夏侯玄は引っ立

てられながらも司馬師への悪口雑言を止めなかったので、市に到着した時は歯をことごとく打ち砕かれ、顔中血だらけになっていたという。

司馬師は佩剣《はいけん》を鳴らしてずかずかと殿中に入った。赤黒く隆起した左目の下の瘤が、何とも凄まじい。

帝曹芳は皇后と密議をしていたが、ぬっとばかりに姿を現した司馬師を見て、気を失いかけた。

司馬師は眼を怒らし、血書の詔を帝の前にたたきつけ、

「陛下っ。これを書いた輩はどなたでござるかっ」

と大喝した。

曹芳は魂が天外に飛んで、

「許せ。許せ、司馬師。これは本心ではない。他人に強いられ、それでやむなく」

と弁解した。

「自ら行ってその罪を他人に嫁せんとす。これ何の罪ぞ。いかなる刑を用うべきか」

司馬師がそう言うと、曹芳は沈黙してうなだれた。

司馬師は勝ち誇ったように、

「李豊・夏侯玄・張緝の三名はすでに市に引っ立てて斬った。これよりその三族を滅ぼさねばなりませぬ。陛下。お側にいる皇后、否、逆族張緝の娘を引っ捕らえて誅しまするぞ」

と言い、武者達に命じて泣き叫ぶ張皇后を東華門に引きずり出し、絞殺させた。

曹芳は気を失って倒れ伏す。

翌日司馬師は百官を前にし、曹芳の罪を荒淫・無道と様々に数え上げ、廃することを建議した。二、三のサクラが進んで賛意を表し、やがて全員がその議に従った。

司馬師は郭《かく》皇太后に迫り、新帝として魏の宗族、文帝曹丕の孫に当たる曹髦《そうぼう》を立てることとした。万事郭太后の詔により取り運ばれたが、彼女は引き続き皇太后の地位に留まった。

曹芳は泣く泣く太后に別れを告げ、天子の印鑑たる玉璽を引き渡した。虚号に近い斉王の爵位を得たのみで辺地に流された時は、数名の供しか従わなかったという。

しかし同情を寄せる人は少なかった。かつて曹操・曹丕が漢末の天子に対して行った報いが、今、同じ形で曹家に及んでいるに過ぎぬ。世間ではそのようにしか見てくれない。

曹髦は田舎から引き出され、おどおどしながら天子の座についた。まだ少年である。郭太后より玉璽を渡され、百官の万歳の声を聞いたけれども実感が湧かなかった。

それでも一応天下に大赦を行うと宣し、嘉平《かへい》六年を改めて正元《せいげん》元年とした（西暦二五四年）。そして大将軍・録尚書事の司馬師に対し、名誉の黄鉞《こうえつ》を賜った。

黄鉞すなわち黄金の鉞《まさかり》を持つ者は、人臣の特別権威者を意味し、天子の前でも剣を帯び、小走りせず、名乗らずに殿中に出入りすることが許される。そして司馬師が黄鉞を鳴らし、傲然と天子の前に立つと、群臣その威に畏れてひれ伏すという図の具合になるのである。

毌丘倹の乱

司馬《しば》兄弟が得意の絶頂にあった時、またまた一大事件が発生した。今度は国内である。鎮東将軍毌丘倹《かんきゅうけん》、揚州刺史文欽《ぶんきん》は、司馬師《し》が逆意をもって天子を追放したことの非を鳴らし、相そろって勤王の兵を挙げたのだ。

毌丘倹字は仲恭《ちゅうきょう》。明帝曹叡《そうえい》の重恩を受けた魏《ぎ》の大忠臣である。先に彼が幽州の刺史として北方担当の行政官であったことは述べた。司馬懿《い》の遼東遠征後も北方の諸蛮を治める将軍兼行政官として、東夷の国々に雷名を轟かせていた。倭《わ》のヒミコも彼を窓口として魏と通交していたはずである。正始《せいし》七年に高句麗《こうくり》の反乱が起こった際、彼は遼東のさらに北の地に開設されていた平州玄菟《げんと》郡の太守王頎《おうき》を先鋒として討伐し、シベリア東岸の粛慎《しゅくしん》氏領の南界にまで達した。そこで武功を記念する石碑を建てたと魏書に見える。近年になって鴨緑江《おうりょっこう》上流北岸より彼の石碑の断片が発掘され、あまりにも古書どおりなので世を驚かせている。ここで右の粛慎《しゅくしん》とは北日本にも移住したツングース族らしい。後年阿倍比羅夫《あべのひらふ》が降した粛慎《みしはせ》とする説は別に措くが北海道小樽市外余市町の手宮《てみや》洞窟の古代中国文字とも関係があると聞く。偽刻説もあるが近時見直され、地元教育委員会は「舟を並べ来て営す……帝入る……変事……血祭」との無気味な解読を掲げている。他に「梟神《ふくろうしん》に祈る」の新説や壁画説もある。

その後の毋丘倹は南方担当に転じ、呉を押さえる重鎮として淮南《わいなん》に居を構えたことは先述した。彼はまた李豊《りほう》・夏侯玄《かこうげん》と仲が良かった。帝室に対する忠節の他、友に対する信義の念も反乱の因である。曹爽《そうそう》の残党も多数反乱に参加した。司馬兄弟はさすがに仰天した。

反乱の地は淮南である。呉《ご》の国境に近い。うっかりすると呉の介入を招く。長びけば蜀も出て来よう。鎮圧は急を要した。その時司馬師は、顔面の瘤の内部が激しく痛み出し、都から離れるのが億劫だった。中が膿んで来たらしい。しかし司馬師は決然と立った。自ら総力を挙げて南下する。

司馬昭《しょう》は都に在って八方に睨みを利かせよ。方針は即座に決まった。

諸葛誕《しょかつたん》に豫《よ》州の軍馬を付け、胡遵《こじゅん》に青州の軍馬を授け、自らも大軍を領して一路毋丘倹の籠る揚州合肥《がっぴ》の北にある寿春《じゅしゅん》城に迫った。

陣中では司馬師の顔面は大きく腫れ、瘤が今にも破裂しそうであった。反乱軍の猛将、文欽の子文鴦《ぶんおう》がただ一騎で政府軍の中央を踏み破り、一時は総崩れになりそうな形勢となったが、司馬師は味方の乱れを防ぐために泰然として動かず、兜《かぶと》の緒を口に固くくわえて耐え難い顔の激痛を忍んでいた。

ようやく敵兵が去った時には、瘤の口が割れたように開き、血膿が泉のように顔面に流れ出ていたという。

夥しい損害の後、割合短期間で反乱は片づいた。反乱軍の大半は逃れて呉に亡命したが、叛将毌丘倹は裏切った属将に殺されてしまった。

先に夏侯覇《は》が姜維《きょうい》に警告した若手の二人の将、鍾会《しょうかい》と鄧艾《とうがい》が政府軍に従軍して頭角を現し始めたのはこの時である。

前回の呉蜀挾撃に次ぐ危ない時期であった。司馬師は毌丘倹の後任として諸葛誕を二品官の征東大将軍に封じ、淮南《わいなん》に残した。その他の軍にも各地を守らせ、自分は早々に洛陽《らくよう》に戻った。瘤の痛みが益々激しさを加えて来たのである。

司馬師は帰還すると、崩れるように床に臥した。医師を呼び、瘤を切り取って薬を塗ったが、却って顔中が腫れ上がり、熱が火のように全身にまわって手が付けられなくなった。

夜となく昼となくうなされて満足に眠れない。心神悩乱し、夢うつつの中に夏侯玄や毌丘倹の亡霊が現れる。なにしろ物の怪《け》横行の時代だ。

いよいよ命旦夕に迫ったと知った司馬師は、弟を招いて遺言を授けた。

「天下の執権は重きこと千斤を負うがごとしだ。我ら兄弟もここまで来た以上、もう逃れようとしても逃れられぬ運命なのだ。昭よ。よくよく聞け。兄亡き後は身を慎むと同時に、必要以上に細心であれ。そして朝廷の大事は決して他人に委ねてはならぬぞ。万一他人に託したが最後、司馬家滅亡の禍を招くのみだ。後のこと、くれぐれも頼みおくぞ」

言い終わって彼は、充血した双眼よりはらはらと熱涙を下し、大将軍の印を弟に手渡した。そして目を閉じたとたん、急激に顔面鋭く痙攣が走り、四肢を突っ張らせたかと思うと、絶叫と共に瘤の口より眼睛《がんせい》を奔出させて死んだ。

正元二年二月である（西暦二五五年）。司馬師には子がなかった。初めから彼は、弟に跡を継がせる気でいたようである。

司馬昭字は子尚《ししょう》。彼も中々の傑物で、兄ほど短気ではないが、着実に帝位を目ざして策動するのである。来たるべき晋《しん》の世は、彼の代で定まったと言ってよい。

彼は魏帝曹髦《そうぼう》に兄の死を奏し、ほとんど世襲同様に大将軍・録尚書事《ろくしょうしょじ》に昇った。司馬家はすでに魏の門閥貴族の中で、特別待遇を受ける家柄になっていたのである。

毌丘倹の東夷担当時代、副官として倭の大乱時に狗奴《くな》国と交戦中の邪馬台《やまたい》国のヒミコを外交的に支援していた王頎は、旧主の乱を機に西方の地方官にとばされた。後彼は討蜀軍の一翼として復活する。

三　攻むるは守るなり

背水の陣

司馬師《しばし》の死は蜀《しょく》に伝わった。姜維《きょうい》は三度目の北伐を決意した。蜀の延熙《えんき》十八年である。

当然反対の声も起こった。文官ばかりでない。宿老の武将の張翼《ちょうよく》までがこれを諫めて言った。

「我が蜀は、西僻の地に在って財政も貧しく兵糧も少なく、遠く出て戦うごとに国庫の費えや人民の賦役も少なくありませぬ。しかず要害を守って軍民を恤《あわれ》むことが第一。これすなわち国を保つの良計かと存じまする」

張翼字《あざな》は伯恭《はくきょう》。彼は蜀の土着の士族で、外来の士大夫とはしばしば意見を異にしている。しかし蜀漢《しょくかん》の大義は信じており、たとえ姜維に反対しても決まった国策には忠実だった。蜀人としての誇りを持つ孤高・清流の武人である。

しかし姜維の考えは全く逆であった。それは理屈よりも信念に近かった。

「否。否。攻むるは守るなりでござる。いかにも張将軍の申さるとおり、蜀は貧しき小国。敵は年々富強の度を加えておる。しかしそれ故にこそ、あえてこれを伐たねばならぬ。敵の強大なるに任せ、蜀漢の伝統を忘れて安閑と日を送り、併呑《へいどん》の時を待たんか、それとも攻撃また攻撃、敵に一時の休息も与えず身を捨てて活路を開かんか、道は二つに一つでござる。

昔諸葛《しょかつ》武侯いまだ草廬を出でざる時より、天下三分の計を定められ、先帝昭烈皇帝《しょうれつこうてい》の遺詔にかしこみ、六度まで祁山《きざん》の陣に出撃され給うた。そして中原を回復し、漢室を興さんとなされたが、不幸にも中道に陣没された。

我ら漢の遺臣、武侯の遺志を継ぎ、忠を尽くして国に報ずべきではないか。今、司馬師死して敵国の君臣の間穏やかならずと聞く。この時伐たずんば何時また機会が巡り来よう」

気迫に押されて、蜀帝劉禅《りゅうぜん》はついに出兵を許可した。姜維は漢中に行き、そこで二万の強兵を整えた。秋八月、進軍を開始する。

魏は慌てた。司馬師死して日浅く、都の治安も心配だ。淮南《わいなん》の反乱も鎮まったばかりで、蜀と呼応して呉が出兵することも充分考えられる。

天下の権を継いだばかりの司馬昭《しばしょう》は、どうしても洛陽《らくよう》を離れるわけにはいかなかった。とりあえず、兵を領する四品官の雍州の刺史王経《おうけい》に大兵を与えて洮西《とうせい》に防衛線を布かせ、一方、征西将軍陳泰《ちんたい》にも大軍を統べさせて、側面より王経を援護させることにした。

それでも不足だと思ったのであろう。司馬昭は人事の大抜擢をやった。譜代ではないが、兵法に精通した鄧艾《とうがい》に大軍を授けて安西将軍代行職に任じ、西部戦線へと急行させた。このあたり、誰が総大将なのか指揮系統がはっきりしない。

最前線洮西に集結した王経の兵も多かった。張明《ちょうめい》・花永《かえい》・劉達《りゅうたつ》・朱芳《しゅほう》らの一騎当千の猛将を与力として従えて、王経は洮水《とうすい》の流れにそって蜀軍の進路を扼《やく》する策に出た。彼はこの地には新任で、蜀兵の強さをよく知らない。それに彼は、本来は行政官であって軍事には素人である。

張翼が進言した。

「姜将軍、やるからには命を棄て、徹底的に突っ込みましょう。前回、前々回とも、はかばかしい戦果を得られなかったのは、慎重を期し過ぎてゆるゆると兵を進めたからです。兵法にも、『その備え無きを攻め、その不意に出ず』とあります。幸い敵の陳泰以下、長安の軍馬が到着しておらぬ様子ですから、今回は一つ一気に洮水の流れを渡り、王経に決戦を挑んでやりましょう。敵も驚いて混乱する事間違いなしです」

姜維は張翼の戦意が嬉しく、その策を採用した。迅速な行軍で洮西に出て、河を渡って王経軍の横に出た。

そこで作戦を立て、張翼に一軍を与えて左に、夏侯覇《かこうは》にも一軍を統べさせて右に埋伏させた。そして自身は中軍を率いて最前線に躍り出る。水を背に決戦を挑むのは、昔韓信《かんしん》が趙《ちょう》の大兵を破った計であった。

王経は数十人の猛将を従えて馬を進め、姜維に向かって大音声で呼ばわった。

「やよ姜維。汝何とてしばしば軍を出し、我が大魏の境を侵さんとするか。真に天命を知らざる所業なるぞ」

姜維も負けずにやり返す。

「大魏、大魏というが、汝らその本国の実態を知らざるか。司馬師ゆえなきに魏主を廃し、心ある者は司馬一族を討たんとす。汝、魏の臣として何故国家の賊を討たざるか。それとも汝も穢らわしき司馬一族の走狗なるか」

王経は国家の恥部を指摘され、真っ赤になって怒った。余計なおせっかいだ。

彼は鞭を上げ、左右の大将達を励まして言った。

「者共。一気に攻めかかり、一兵余さず洮水の流れに追い落としてしまえ」

魏の諸将は、どっとばかりに姜維目がけて打ちかかった。姜維は槍を撚《ひね》って暫く戦ったが、支え切れずに敗走した。

王経は勝ちに乗った。大軍喊声を上げて洮水の岸辺に蜀軍を追いつめ、袋の鼠にしてしまった。尾ひれのいっぱいついた俗書によると、この時姜維は急流に臨む断崖に立ち、高々と槍をかざして味方の勢に向かい、

「諸君。もはや逃げる術なく事急なり。今は死中に活を得ん。ただ、命を棄てて闘え」

と号令し、真一文字に魏の中軍に突っ込んだ。それを見た蜀兵は喚き叫んで取って返し、死に物狂いに刃をふるった。

同時に両翼の伏勢、張翼・夏侯覇の軍も立ち上がり、一騎も余さじとばかりに王経軍の左右を包み込んだ。

蜀兵の闘志は高揚し、刃は鋭かった。斬って斬って斬りまくった。彼らは一兵卒に至るまで決死の形相をしていた。

形勢は逆転した。姜維は勇を奮って敵軍深く分け入り、大槍を振りまわして右に突き左に衝き、その勢いは雷電の走るがごとき有様である。

魏の兵で討ち取られる者は無数であった。躁乱の中で踏み殺されたり急流に落下して溺れる者も数知れない。

王経は命からがら百騎余りで逃げ走り、はるか北方の狄道城《てきどうじょう》へと落ちて行った。

蜀軍の大勝利であった。かかる戦果は久しぶりのことである。姜維は討ち取った敵の首級を洮水の岸辺にずらりと並べ、その数一万余級と内外に宣伝した。

蜀兵強し。武名は天下に鳴り響いた。

強敵出現

もうこの辺で、と思ったのであろう。張翼《ちょうよく》は姜維《きょうい》に意見具申した。

「将軍。あなたはすでに大勝利を収められ、雷名は遠近に轟きました。この功をもって国に帰るべきでしょう。さらに敵を求めてはかばかしい事もなければ、せっかくの功が廃れてしまいます。これ蛇を描いて足を添うの喩えです」

姜維は首を横に振って答えた。

「否。たとえ味方が打ち負けたとしても勝敗は兵家の常。なお進んで敵と戦うつもりだ。況んや勝利においてをや」

そして蜀《しょく》軍は休息も充分とることなく、王経《おうけい》を追って狄道城《てきどうじょう》に迫った。

一方、魏《ぎ》軍の方では、蜀の強さに恐れ戦いていた。別動隊の陳泰《ちんたい》は、王経の友軍があっという間に星散したため、陣を固くして本国からの援軍を待った。

そこへ「行安西将軍事」の鄧艾《とうがい》が到着した。鄧艾は頭を低くして先任の征西将軍陳泰《ちんたい》に挨拶した。征西将軍の方が上席である。

「不肖鄧艾。大将軍の命を奉じ、加勢に参じました。私は不才でありまするが、諸先輩の助けを借りて仇敵を退けるつもりです。先ず陳将軍の高論を聞かせ給え」

陳泰はその礼儀正しさに感服し、鄧艾を見直した。彼については卑賤の成り上がり者という悪評がかなり立っていたのである。

陳泰は君子である。相手が目下であっても自分の考えを穏やかに言った。

「確かに蜀兵は洮水《とうすい》の戦いに勝ち、勢いに乗っております。正面から戈を交えては勝つこと難しといえましょう。かような時、昔司馬懿仲達《しばいちゅうたつ》は守りを固めて孔明の軍の兵糧が続かなくなるまで待っておりましたが、無論現代とは人も時代も異なります。

もし姜維が、勝利を背景に羌《きょう》の勢を再び招き、隴西《ろうせい》・南安《なんあん》・天水《てんすい》三郡を攻めて持久の策を講ずるとすれば、孔明《こうめい》同様恐るべき相手です。しかしまっしぐらに狄道城に攻めかかるとは、一時の功を貪るだけの勇児。やはり彼も田舎の秀才。深き智の足らざるを知り得ます。

我が軍としては、狄道城にそって高所を選び、軍を配して敵を圧しつつ南下して行けば、敵も次第に気鋭を削がれ、退路が気になり出してやがて退却するものと考えられます」

鄧艾は、「陳将軍の言、真に神明の玄機なり」と感服してみせて、直ちに軍を二十隊に編成し、向こうの山、かしこの峠に柵を構え、あたかも大軍が蜿蜒数十里にわたって布陣したかのごとく装わせた。

姜維は疑心暗鬼にとらわれた。斥候より、新手の敵将の名は鄧艾であると聞くと、夏侯覇《かこうは》を呼んで、

「確か鄧艾とは、以前御辺《ごへん》が警告した新進の兵法家のことではないか」

とたずねると、夏侯覇は息をひそめて、

「そのとおりです。とうとう出ましたか。彼は兵法に精通し、特に地理を探索して思い切った手を打って来る恐るべき相手です。くれぐれも御用心を」

と言った。

さらに斥候が情報を伝えて来た。新手の敵が二手に分かれて進出し、各々征西将軍陳泰、安西将

軍鄧艾と大書した旗を風になびかせている、というのである。

姜維は張翼を狄道城攻めに残し、夏侯覇を陳泰に向かわせ、自らは鄧艾の軍に向けて出発した。

しかし途中から様子がおかしくなってきた。四方の峯々に烽火《のろし》が揚がり、無気味な太鼓の音が地を震わせ、時々思わぬ方角からどっと喊声が上がったりする。

「はてな」

姜維は唸った。どこが敵の真の本営なのか判らなくなってきた。夏侯覇の言がよほど効いていたのであろう。ぞうっとする様な気が全身を走り抜け、鳥肌が立った。

兵が動揺し始めた。姜維は鄧艾の深い計を恐れた。ついに彼は、全軍に撤退を伝え、一軍一軍、静々と漢中《かんちゅう》に向かった。太鼓の音が、何処までも背後について来る。姜維は自ら殿軍《でんぐん》となって後方を見据えつつ、一兵も損ずる事なく漢中に入った。

後になって姜維は、これが鄧艾の得意とする疑兵の計であると聞き、大いに口惜しがった。

しかし、今回の遠征は大成功であった。孔明亡き後も、蜀兵は断然強いことを、全中国に知らしめたのである。

姜維は昇進して、蔣琬《しょうえん》・費禕《ひい》の後を継ぐ大将軍となった。参謀夏侯覇は一躍車騎将軍に、張翼は征西大将軍に昇った。魏の資格制度に当てはめてみると、姜維は一品官、夏侯覇・張翼は二品官に昇ったわけである。

成都は歓呼して姜維らを迎えた。

魏は大打撃を受けた。洮水《とうすい》であれほどの戦死者を出したことは、物的にも大変なことであった。戦死者を出した戸には、妻子の一人に対し五年間遺族手当を支給し、独身兵士の場合でも同居の父母一人に対し二年間給付をしなければならぬのである。さらに魏では特別の詔を下し、この方面一帯の人民の賦役を一年間免除し、かつ官吏による全遺族の家庭弔問を命じた。

敗軍の将、雍《よう》州の刺史王経は尚書省勤務に移った。かならずしも左遷ではない。やはり西部戦線の総責任者は郭淮《かくわい》の後を継いだ最上官の征西将軍陳泰なのであろう。一方、鄧艾は正式に三品の安西将軍となった。

結局この件で処分者は出なかった。詔勅では「敗戦は朕の徳が至らなかったためである」と述べられている。

第四次出撃

姜維《きょうい》は勝利に酔わなかった。それどころか鄧艾《とうがい》にしてやられた口惜しさは増すばかりであった。勝利を得ながら子供騙しの偽計にかかり、空しく引き揚げたことが無念でならない。

翌延熙《えんき》十九年正月。姜維は第四次北伐を強行した。今から出れば初夏四月には敵領の麦が熟し出す。

昔孔明《こうめい》の府の令史で、今抜擢により尚書に昇っている樊建《はんけん》が出兵を諌めに来た。姜維は魏《ぎ》が洮水《とうすい》で夥しく兵を損じて気力を失っていること、兵糧は敵中より調達出来ることを説いて諌めをふり切り、劉禅《りゅうぜん》の許可を得てしまった。積極姿勢はもう蜀《しょく》の軍部の体質となっている。廖化《りょうか》・張翼《ちょうよく》には留守を命じ、南方から大将張嶷《ちょうぎょく》を引き抜いて北上の軍を発進した。

また出て来たか。魏はうんざりした。司馬昭《しばしょう》は洛陽《らくよう》の軍馬をさらに西に投入した。前回の場合、諸軍の指揮系統があいまいだったが、今度は初めから鄧艾が一切の指揮を執る。

格からいえば征西将軍陳泰のほうが安西将軍鄧艾より上であろうが、陳泰は君子であったから、軍事能力では優る鄧艾に指揮を委ねたものと思われる。

鄧艾は姜維の再攻を予知していた。前回の戦では蜀は勝つだけ勝ってほとんど兵を損ねていない。いわば力があり余った形で退いている。姜維の性格からして、また兵の士気の自然の勢いとしてこのままでは済まぬであろうと計算していた。

したがって鄧艾は、予め地理を探究し、雍《よう》州・涼《りょう》州の兵馬を集めて充分調練をほどこしていた。そして陣法の組み方を教え、諸方の攻め口を固めておいた。そのやり方がことごとく兵法に適っていたので、陳泰はいよいよ鄧艾に心服した。

姜維は自ら先陣となって北上して来た。いかに彼が魏軍討滅をあせっていたかが判る。後方から夏侯覇《かこうは》が追いついて来て言った。

「大将軍。御自ら先頭に立たれるとは、少し無謀すぎやしませんか。鄧艾は計に深く、並みの大将ではないことはご承知のはず。必ず諸方に用心あるでしょう。自重して下さい」

姜維は答えた。

「彼も丈夫、我も丈夫なり。汝みだりに他人の威を添えて味方の鋭気を損なうな。我が意はすでに決しておる。これより一路、祁山《きざん》に向かう」

「えっ、祁山」

諸将は驚いた。祁山といえばその昔、諸葛《しょかつ》孔明が六度まで出撃して行った由緒ある古戦場である。姜維はすっかり在りし日の孔明になり切っているのか。

蜀軍は祁山に接近した。

驚くべし。そこにはすでに鄧艾・陳泰の大兵団が、全山九ヶ所に陣を築いており、連々として長蛇のごとき観であった。

鄧艾は姜維の心を全て読んでおり、先手先手と備えていたのである。

姜維は大いに驚いて左右に言った。

「夏侯覇の申す所、少しの誤りもなかった。かくのごとき見事な陣立ては我が師孔明でなければ為す者とておるまい。何時の間に鄧艾は、その妙を覚えたのであろうか」

作戦は変更された。祁山を攻撃すると見せかけ、一転して進路を変えるしかない。

姜維は大将鮑素《ほうそ》を呼び出し、一軍を与えて疑兵の計を授けた。つまり大将軍の旗を授けて諸方にも兵を配置し、連日旗を変えたり衣や甲冑を改めたりしながら兵を繰り出し、さも大軍祁山に対峙とばかりに見せかけるのである。

そして本隊は夜間路を変え、董亭《とうてい》より南安《なんあん》を急襲する作戦である。今度も先陣は姜維、後に夏侯覇・張嶷・王嗣《おうし》・胡済《こさい》らが続く。

姜維は大槍をかまえて先頭に立ち、暗夜の中を薄い星明かりだけを頼りに馬を進ませた。道は険しく森は深い。

鄧艾は蜀軍の攻め来るのを待っていたが、一向にその気配がない。喊声ばかり張り上げて麓まで来ては引き返して行く。

考えた末、鄧艾は陳泰に言った。

「ひょっとすると敵陣には姜維は居ないかも知れません。多分南安を衝くつもりで、そっちに出張っているのでしょう。南安と上邽《じょうけい》の間には段谷《だんこく》という兵を伏せるのに恰好な谷があります。自分はこれより兵を分け、間道づたいに先回りし、姜維を段谷におびき出して大いにたたいてみせます」

陳泰は段谷という谷を知らなかった。長年この地に赴任している自分より、鄧艾がはるかに地理にくわしいのを知って感嘆しながら言った。

「将軍。それでは一刻も早くこの山から出で給《い》え。ここには自分が残り、機を見て蜀軍を追い散らします。姜維が居ないとすれば、一鼓して粉砕し得ましょう」

両将は諸将を集め、綿密な打ち合わせをして密かに兵を分散した。

姜維はそうとも知らず、遙々路を回って武城山《ぶじょうざん》にさしかかった時、忽然として一彪の軍馬が山上より攻め下って来た。見れば中央に黄色の旗を立て、安西将軍鄧艾と大書してある。蜀の先手は胆を冷やして退こうとすれば、魏の精兵は勢いに乗って斬ってかかる。姜維が馬を駆って出て行くと、合図一声でさっと退く。姜維が怒って様々に戦いを挑んだが、魏軍は山上に籠もって一向に出て来ない。やむなく路を別に開いて転進しようとすると、太鼓を鳴らし鬨を作って攻め下る。姜維が飛び出すとまた退いてしまう。まるでいたちごっこだ。

「面倒だ。一気に揉みつぶせ」

と攻め上げれば、大木巨石が雨のごとく降って来て大損害を出してしまった。堅陣を築いて置こうとすると、夜間に火を投げかけて焼き払う。朝になると一兵も見えない。蜀兵は昼夜一睡も出来ず、ふらふらになってしまった。

段谷の惨戦

考えてみると、蜀《しょく》軍は悪い地形の所に来てしまっている。姜維《きょうい》は地理の不勉強をつくづく反省した。この上は多少の損害を出しても早くこの地を離脱し、山越えして渭水《いすい》の東を抜け、上邽《じょうけい》の城を抜こう。

このあたり、姜維の作戦は極めて場当たり的で一貫した方針を欠いている。

姜維は自ら殿軍となって静々とこの忌まわしい武城山《ぶじょうざん》を離れた。谷の沢を渡り、山の隈を巡り、道らしい道もない所を上邽に向かった。

途中で休憩していると、兵が土地の集落から徴発して来た案内人を連れて来た。姜維がこのあたりの地名を聞くと、段谷《だんこく》という所ですと言う。

姜維は嫌な予感がした。段谷とは不吉な発音の名である。もしこの地形に閉じこめられ、糧道を断たれたら、と考えるとぞっとした。

一気に進もうか、退こうか、と迷っていると斥候が来た。

「前方の山の後ろに、夥しく馬烟が上がっております。敵の伏兵かと思われます」

姜維は思わず叫んだ。

「退《ひ》け。退くのだ。この谷より早く出よ」

しかし遅かった。

魏《ぎ》の大将師纂《しさん》。鄧艾《とうがい》の子鄧忠《とうちゅう》。二手に分かれて打ってかかった。姜維は槍をふるって戦い、かつ退いて谷より脱出した。

だがその時、後方より追尾して来た鄧艾の軍と鉢合わせになった。

三方より攻められ、蜀軍は大いに敗れて我先にと逃げ走った。姜維は殿軍に居て、喚き叫んで闘ったが、大勢に取り囲まれてあわや討ち死にかと思われた。その時夏侯覇《かこうは》が一軍を率いて山越えして駆けつけ、激しく闘って鄧艾を追い返し、敗勢を立て直した。

姜維は夏侯覇に救われ、二人で損害を数えてみると、討ち死に・行方不明合わせてかなりな数にのぼっている。

それでも姜維は希望を捨てずに言った。

「鄧艾奴《め》。先回りしていたとは敵ながら天晴れな奴。しかし今こそ祁山《きざん》に鄧艾は居るまい。急に引き返して祁山を襲おう」

が、それもすでに無駄であることが判った。祁山方面に出張っていた蜀兵達が逃げ走って来て、味方の大将鮑素《ほうそ》は、敵の陳泰《ちんたい》の急襲を受けて戦死、陣も全て奪われたことを告げた。

今は一切の作戦を放棄するしかなかった。すでに敵の陳泰が退路を断っていることが想定されたため、姜維はまた山を越え、路をたずねて退却した。

そこへ鄧艾が追い討ちをかけて来た。そのしつこい追撃ぶりには、徹底的に戦果を挙げねば止まじとする執念がこめられていた。

姜維と夏侯覇はまず諸軍を退かせ、自ら一軍をもって防ぎ戦い、次第次第に漢中《かんちゅう》目ざして後退した。しかしその途中、山の後ろより一彪の軍馬が殺到して、姜維の殿軍を鉄桶のごとく囲んでしまった。退路を扼して待ち伏せしていた陳泰の軍である。

姜維とその率いる殿軍は、前後左右の敵と闘い抜いたが、何しろ小勢である。人疲れ馬弱って、いくらあがいてみてもこの重囲から脱出出来ず、さしもの一世の勇児姜維もこれが最期かと思われた。

先に漢中指して引き揚げの途上にあった蜀の盪寇《とうこう》将軍張嶷《ちょうぎょく》は、大将軍危うしとの伝令に接し、数百騎と共に取って返した。これを見た安遠将軍王嗣《おうし》他の諸隊も旗を返した。彼らは魏の重囲の一角に斬り込みをかけ、殺伐悲惨な苦戦の末に姜維・夏侯覇以下を救出した。

姜維は張嶷らに感謝し、血路を開いて脱出した。なお魏軍は執拗に追撃して来る。張嶷は疲労し切った姜維らを先に落とし、路上に仁王立ちとなって道を塞いだ。

陳泰の側も、それではと兵を八方に分かち、雨のように矢を浴びせたため、ついに張嶷は全身に矢を立てて討ち死にした。俗書によれば鬼神も泣かしむる最期であったようだ。

代わって王嗣の隊が殿軍となったが壊滅した。王嗣自身は流れ矢に当たって倒れ伏した所を部下に救出され、やっと漢中までたどり着いたものの、旬日を経ずして息を引き取った。

これが名高い段谷の惨戦である。洮水《とうすい》以来の勇卒をほとんど失い、二度と立ち上がれぬほどの蜀の大敗北に終わった。

張嶷字は伯岐《はくぎ》。彼は張翼《ちょうよく》同様、漢末清流の心を受け継ぐ誇り高き益州土着の士族である。武勇の人であるだけでなく、信義仁愛の人でもあった。多少放蕩少礼の気味はあったが、伝えられる言動や書き遺した文章は、慷慨《こうがい》壮烈の気に満ちている。

益州人には一種孤高の面と、同郷人同士の結束があったらしい。張嶷が家貧しくして重病に冒された時、同郷の医師は財を傾けて治療に当たった。逆に夏侯覇が亡命して間もなく、彼に交わりを求めて訪問した際、張嶷は三年経ってから来給えと言って玄関先でつっぱねている。

一方、彼が昔治めた南蛮方面の異民族の人々は、彼の死を伝え聞いて号泣せざる者なく、祠を建てて長年祭りを絶やさなかったという。

王嗣字は承宗《しょうそう》。彼も官は高くないがやはり益州人で、郷里から孝廉《こうれん》の科目にパスして推挙され、北辺を治める行政官となった。羌《きょう》・氐《てい》の胡族に慕われ、死後号泣して会葬する異民族は数千人に及んだという。

姜維は這う這うの体で逃げ走りながら、張嶷以下の戦死を聞き、声を放って泣いた。漢中にたどりついてから敗軍を収めてみると、失った大将・士卒は数知れず、実に惨憺たる損害であることが判った。特に張嶷は孔明以来の宿老であり、蜀にとって貴重な大将の一人だった。

姜維は成都《せいと》へ敗戦報告書を送り、敗軍を深く詫びた。そして師孔明の街亭《がいてい》敗戦の故事にならい、自ら大将軍職を返上して衛《えい》将軍に官位を貶《おと》した。鎮西将軍胡済《こさい》も功なしとして官一級を貶した。同時に姜維は、国事に死した張嶷以下の忠勇を称えた表を送り、妻子を厚く慈しむことを申請した。

胡済の責任は定められた時刻・地点に彼の隊が現れなかったためとあるが、それはむしろ、明断めぐらず、くるくると作戦を変えた姜維の責に帰すべきものであろう。

政府は申請を全て容れた。しかし大将軍のポストは空席のままとし、姜維に「行大将軍事《こうたいしょうぐんじ》」を命じて事務を代行させた。

洮水の英雄姜維の人気は急落した。親や夫や子を失った人民は、嘆き悲しんで彼を恨んだ。しかし彼の闘志はまだ挫けない。漢中に留まって新兵を徴し、再起を試みるのである。

この時蜀は延熙《えんき》十九年、魏では正元《せいげん》三年改め甘露《かんろ》元年であった（西暦二五六年）。

司馬昭《しばしょう》は洛陽《らくよう》にあって魏の大勝を聞いた。鄧艾は彼の抜擢に応え、西部戦線の指揮官として十分に働いてくれた。

その年の九月、司馬昭は論功行賞を行い、鄧艾父子を重く賞して引き続きその地に留め、長安以西の軍馬を総督させた。

かくして微賤から身を興し、魏末の貴族社会にあって珍しく出世した彼は、軍事的才能だけを頼りに西方の雄となるのである。後年彼が、司馬昭の庇護を受ければ受けるほど、貴族社会から疎まれ、政敵が多くなるのもやむを得ないところであった。

鄧艾は征西将軍に昇った。前征西将軍陳泰は中央政府の尚書省に転出し、三品の尚書僕射《ぼくや》として国務に参与する身となった。このあたり征西将軍の格は三品に思える。それはともかく、やはり彼は陳羣《ちんぐん》の子らしく、文官に転じたほうが適任だったのだろう。

魏の朝廷ではさらに詔を下し、西部方面の全将兵に大量の酒を下賜して、「汝らこれをもって心ゆくまでドンチャン騒ぎをなし、もって朕が慶《よろこ》びの意に添うようにいたせ」と勅した。

四　鞠躬尽力

諸葛誕挙兵

司馬昭《しばしょう》の地位は安定した。自ら天下の兵馬大都督の官に昇り、尚書のことも兼ね、兄にならって常に武装兵を従えて往来していた。

しかし好事魔多し。都で一見安泰に見えた司馬氏の権威も、地方においては必ずしもそうではなく、まだまだ魏《ぎ》の帝位を奪うことの早きを思い知らされる大事件が発生した。

蜀《しょく》が大打撃を受けて逼塞した次の年、甘露《かんろ》二年、淮南《わいなん》の重鎮二品官鎮東大将軍、諸葛誕《しょかつたん》字は公休《こうきゅう》の起こした大反乱がこれである。

事件の経緯から見ると諸葛誕の挙兵は、司馬昭の側近、大将軍府の長史賈充《かじゅう》字は公閭《こうりょ》が仕向けた挑発によるように見える。彼は四品官建威将軍豫《よ》州の刺史で魏の剛直の忠臣として名高い賈逵《かき》の晩年の子であるが、賈逵の訓育を受けなかったためか、父とは似ても似つかぬタイプの出世主義者に育った。

彼は人に取り入るのが巧く、初め尚書省の度支《たくし》部（会計課）の尚書郎として、計算棒を床一面に並べて金勘定をしたり出納を記帳したりする実務の職にあったが、黄門侍郎、典農中郎将と次第に出世した。彼は人に先がけて司馬家に近づき、大将軍府の司馬となり、今や府の長史として最高の機密に参与している。

彼は人柄からして人の尊敬を集める望《ぼう》ではないが、司馬昭には非常に気に入られていた。司馬昭の府の長史となって以来、地方の名族士大夫や望の動向をスパイして歩き、反司馬勢力を隙あらば陥れる事を任としていたが、ついに剛直の士である諸葛誕を挑発して怒らせ、勤王の旗をひるがえすに至らしめたのである。

賈充には二つのコンプレックスがあった。一つは彼の家系である。先祖は洛陽《らくよう》の商人の出で、かならずしも門地血統は正しくないと噂されていた。無論歴史記録官には睨みを利かせて代々名族の士大夫だと書かせてある。

もう一つは父賈逵が、古くより隠れたる反司馬派であったことだ。

父の無二の親友であった太尉王淩《おうりょう》が、司馬懿《しばい》に反抗して逮捕され、洛陽に護送される途中、今は亡き賈逵の廟前を通りがかった。王淩は廟に向かって、生ける人に対するごとく、

「友よ。君なら判ってくれるだろう。自分の方こそ魏の忠臣なのだ」

と語りかけたという。

王淩《おうりょう》は都に着いてから魏への反逆者として刑死した。彼がかついだ魏の宗族、曹操《そうそう》の末子で、同じ不遇の境遇に居た曹植《そうしょく》からも非常に愛されていた曹彪《そうひょう》は、強いられて自害した。

司馬家には以前よりかなりの政敵がいたと思われる。先に死んだ者とはいえ、司馬懿は建威将軍賈逵にかなり含む所があったらしく、彼の晩年には、賈逵と王淩の亡霊が共々夢枕に立ってたたりをしている。

以上の賈充の父祖に関する記事は、彼の全盛時代に世に出た正史「三国志」には出て来ない。賈氏没落後に書かれた「晋書《しんじょ》」に至って顔を出すのが、何やら秘密めいている。

恐らく賈充は、これらの秘密から逃れるようにひたすら司馬家に忠義立てをしたのであろう。司馬昭もそのような彼が可愛かったに相違ない。

賈充の先妻は、夏侯玄《かこうげん》と共に司馬師に抗して誅を受けた中書令李豊《りほう》の娘である。この事件後、彼は素早く妻と離別して後妻と取り替えた。先妻の李氏は辺地に流されたが、性悪な後妻の郭《かく》氏は、賢媛の名の高い李氏がどんな女なのか知りたくて、よせばよいのに大勢の供回りを連れて訪ねて行ったことがある。郭氏は大変なやきもち焼きで、賈充が乳母に寄り添って共々児をあやしているのを遠くから見て、夫と乳母の関係を怪しみ、乳母を殺してしまったほどの悪女だった。

ところが李氏のほうは、父同様学識が高く、「女訓」を著して世に知られたほどの賢女であった。郭氏は李氏の姿を一目見ただけで、内面から溢れる気高さに足が縮み、思わず跪《ひざまず》いてしまったという。

こう書くと当時は賢女ばやりの時代のようだが、李氏のようなタイプは例外であったろう。三国末も押し迫って来ると、女性の風俗も教養も漢代のそれとは一変し、むしろ郭氏型のほうが一般的であったらしい。少なくとも女性界にも清流、濁流の対立があったようだ。郭氏の長女は、後年晋帝の后になって大変な悪女となっている。次女も大した不良娘で、父賈充のサロンに出入りする韓《かん》寿《じゅ》という美男に熱を上げ、婢を介して塀を乗り越えて夜這いに来るように誘い、密会を重ねて父にばれてから彼と結婚している。露見の端緒は彼のつけていた香水の匂いが彼女のと同じだったからだそうだ。

晋の評論家干宝《かんぽう》は、先の世とすっかり変わった当世女性気質を嘆いてこう論じている。

「最近の女性は紡績も料理もせず、感情のおもむくままに淫放の限りを尽くす。自制心がなく、姑に反抗したり、男女の分をはき違えたり、嘆かわしきことである。両親もおろおろするだけで、世間も非難しないばかりか、古《いにしえ》の婦徳の道を尚《たっと》ぶ者を逆に批判したりする。

国亡ぶ時、まず礼俗の根本が覆るというが、この事であろうか」

要するに価値規準の混乱した世の中になっていたのである。道徳心の後退だけではなく、尺度の混乱、多様化、相対化の問題でもあった。

話は脱線したが、賈充の先妻李氏は先に述べたように世にも稀なる賢女であった。それを知る朝廷では、しきりに李氏を許してやって左右両夫人を正妻として持てと賈充に命じたが、彼は司馬家に忠義面をして李氏を再び家に入れることはなかった。賈充はそういう男であり、保身と出世のためには他にもかなりあくどい事をしている。

干宝は、世の価値尺度の混乱と希薄化について、こうも論じている。

「人物評論は実態とかけ離れ、人材選考に当たる中正官は権門のために人を選び、退廃し切った社会は名欲を求める亡者共でいっぱい。竹林の七賢と称する輩の言動を見ても礼法の崩壊が知れ、賈充らの行いからも為政者の堕落ぶりが判る。将軍達は功を争って譲り合いの心なく、学徒は専ら老荘にかぶれて孔孟の教本を捨て去っている。官吏の不正・賄賂の横行の有様は、銭こそ世を支配する神であると結論づけた魯褒《ろほう》の論文『銭神論《せんしんろん》』のとおりだ」

「銭神論」とは、人間万事金の世の中の風潮を槍玉にあげた当時のブラックユーモア評論である。実は干宝は、晋の前期の世相を論じているのであるが、魏《ぎ》末はそこに至る過渡期に当たる。ちなみに右二文は、彼の著「晋紀総論」よりの抜粋である。

干宝は堅物の儒学者であった。風俗のちょっとした変化にも目くじら立てて怒った。彼によると、礼俗こそ国家社会の礎石であった。特に女性風俗の過度の変遷は不吉の兆であった。確かに文化の伝承も断絶も、女性によって左右される所が大きく、女性史の側面を抜きにしては歴史は語れない。

当時つまり晋初の風俗と、魏末のそれとは同じ軌跡上の近い点にあったと見てよかろう。「晋書」五行志の服妖の章によれば、一般女性のファッションの著しい発展と風俗のユニセックス化がうかがえる。

衣料は下々に至るまで豊富に行きわたり、新しいパターンが次々と出た。流行を追う女性の記事の一つに、「婦人両襠《りょうとう》を出す（または、婦人出ずるに両襠、か）。交領（首・衿）の上より加う。これ内が外に出ずるなり」とあるが、これは本来下着であるツーピース用の衣類を、古来の外衣であるワンピースの上より着たとも読めるし、外出着としても両襠を着たとも読める。読み方としては前者が自然だが、出土品の人形などからは後者らしいとも聞く。漢代の土偶の中にも両襠を着た婦人座像があるからである。右は一般的にはベストかチョッキであり、衿の交わりの上から着用したのであろう。両を胸と背の前後でなくツーピースの上下服と読めば、袴を前合わせのキモノの上から胸高にはいたように想像したくなるが、服飾史的には女性の下半身の衣類を想定するには無理があるという。我が三月びなの三人官女の袴姿も、貴族時代の正装にしては武家風に過ぎ、考証的には誤りらしい。竹林の七賢人阮籍《げんせき》の自伝「大人先生伝《たいじんせんせいでん》」では、「褌襠《こんとう》」と書いてふんどしの意に用いているように、「襠《とう》」は身体にフィットして当たる衣類の意味である。要するに床を引きずりそうな当時の長大なワンピースの正装の中に隠れていた下着が外衣に転じたか、室内着として容認されていたものが外出着に変じたかであろう。考証のための考証などどうでもよいのだが、保守層を代表する当時の儒者達がこれを見て顔をしかめ、「下が上を掩うは下克上の象、内が外に出ずるは民族の国外流亡の兆」と憂えて非難している点が面白い。

筆者は服飾史上の確認を得ていないが、この両襠なるものの流行を、ワンピース時代からツーピース・イメージ服飾への移行、ドレッシーな古典時代からスポーティ感覚の風俗への変遷と想像する。

ちなみに「後漢書《ごかんじょ》」志の服妖の章によれば、漢末にも一時胡服が流行したと、さも不吉な事のように記録されている。胡服はツーピースを基調とする機能的な騎馬民族の衣である。

だが元々服飾変遷の歴史は、下着が外衣にとって代わり、カジュアル・ウェアがフォーマル・ウェアに転じて行く繰り返しの過程である。そしてまた新たな下着が開発される。我が朝でも袴はかつては丈の長い上着の中に隠れておったし、あでやかな晴れ着も元は繻袢であった。近時でも肌着がボディ・ウェアとなり、パンツがホットパンツとなる。内が外に出で、下が上を追放して止まぬファッションの自己主張原理を知る由もなく、儒学者達はこれを君主権の衰退と下々の放縦に結びつけ、下克上と社会混乱の象と憂えて世に警告を発したのである。事実、そのような不安な世であったことも確かで、国権も民族の活力も急速に衰えつつあった。

履き物も変わった。歯のついた木靴であろうが、女性のそれは従順の意味を込めて先端を円型に、男子のは角張っているのが古来の標準であったのだが、女も先のとがったのを履くようになり、男女の区別がつきにくくなった。儒者達は蹴飛ばし易くなったその形に、恐るべき女権拡張と礼俗衰退の象を見た。

ヘアスタイルも変わり、本来なら頭上に大きく一個、または左右に小さく二個、きちんと髪を結ってアップにし、固く締めたびんを直立させるべきであるのだが、わざと刺繍糸でざっと束ねるだけで、びんをくずし傾ける乱れ髪調が流行《はや》った。本人はボーイッシュな活発さをアピールしているつもりなのか、しどけなさの風情をただよわせたかったのかは判らないが、たるみほつれた髪で額を覆い、目だけをぎょろりと出す女を見た儒者は腰を抜かし、「これ慚《ざん》の貌なり。愧《き》の貌なり。放縦情性極まれり」と嘆いた。

アクセサリーもミリタリー調になり、各種のミニチュア兵器を模った五兵佩《ごひょうはい》なる飾りも飛ぶように売れて、「婦人の妖、甚しきあり」などと酷評されている。

要するに当時は、社会風俗史的にも大変面白い転換期であったように思われる。男子の女性化現象もあったようだ。正始《せいし》の例の何晏《かあん》先生は、女装の好みがあったと記されているが、これは本人の特殊な趣味の問題であろうからしばらく措くとしても、彼はナルシストで、道行くかたわら自分の影を顧みてはスタイルに見ほれる癖があったともある。ある程度おしゃれを気にする風があったと見られる。男性化粧品として香水や白粉なども相当普及したらしい。

これらの流行の発生源をたどって行くと、宮中に行きあたる。宮人に流行ると、すぐ「天下これに化す」のである。そして晋初の宮中では、賈充の娘が権力をふるい、浮華放縦の生活を送っていた。

干宝先生は声をふるわせて論難した。

「夫《そ》れ男女の別は国の大節である。故に古来服物これを異にして来た。今日男女の異別なく天下大いに乱れたるは、宮中に巣喰う一握りの賈充一族とその一派の振る舞いと無関係ではなかったのだ」

結局彼は晋初の大官賈充とその党派を槍玉にあげ、諸悪の根元に仕立てている。もっとも彼がこう論じた時期は、賈氏一族の没落後なのである。大分回りくどくなってしまったが賈充がいかに金権・腐敗・俗悪風俗の張本人として、清流を称する人々から嫌われていた存在かが判る。

これに反し諸葛誕は、かつて三公の一つで名目的には官吏弾劾裁判所長官にも似た司空《しくう》に昇格が内定した時、断固これを断ったくらいの反中央の孤高の士であった。彼は任地の軍民から慕われており、有能な行政官兼方面軍司令官として、また清流の名族の誇りにかけて、濁流の支配する中央に対抗する精神を持ち続けていた、保守派の一方を代表する士大夫であったと考えられる。彼を夏侯玄と共に浮華の徒に含める説もあるが、それは若い一時期のことと思う。少なくとも何晏らとは別のグループであったろう。

地方に府を持つ名長官は、一般に良二千石《りょうにせんせき》とか明府とか敬称されていたが、彼も前任の毋丘倹《かんきゅうけん》も文字通りの明府として人心を得ていた。司馬昭としては当然煙たい存在である。

諸葛誕は孔明《こうめい》の従弟に当たる中国の名士である。当時名族と呼ばれる者は、四方に親族が居て、仕える国が異なっていても互いに文通し、情報を交換し合っていた様子である。

後世の人は、蜀・呉《ご》・魏に分かれた諸葛一族の代表者たる諸葛亮孔明・諸葛瑾子瑜《きんしゆ》・諸葛誕公休《こうきゅう》の三人を評してこう言った。

「諸葛家の内、蜀は龍を得、呉は虎を得、魏は狗《いぬ》を得た」

誕を狗とは酷評だが、司馬氏に逆らった者は、司馬氏の晋朝に阿《おもね》る評論家からは足げにされるのが常である。

事実は中々の博学の士で、志操堅固な魏の忠臣であったろう。ただ、性剛直過ぎて、うかうかと賈充のごとき徒の陰謀にひっかかり、充分時を得ないまま挙兵に踏み切ったことが惜しまれる。

諸葛一族は、東海に近い徐州琅琊《ろうや》郡の出であるが、後漢末の民族流亡期に四散し、各々の立場で異なった主君に才能を売り込んで一家を成していた。このように一族が各国に分散している例は決して珍しいことではない。

劉備《りゅうび》が孔明を三顧の礼をもって迎えたのは、単に孔明の才を求めただけでなく、その背景にある名族としての総合力を借りるためであったといわれている。

孔明はその主劉備を助けるため、兄の居る呉に使いし、呉の国論を動かして曹操《そうそう》打倒に踏み切らせた。兄の瑾は弟の居る蜀に使いし、蜀に貸した荊州《けいしゅう》返還外交に努力している。この件は不成功に終わり、孔明は兄に対して借りを作った恰好になったが、後、蜀の国論を抑えて呉蜀同盟を結び、一度も呉を裏切っていない。

このように四方に宗族の散る名族は、同時に外交官としても適任で、各国から重用されていた。諸葛氏一族は各国で代を重ねつつあったが、魏の淮南《わいなん》の将諸葛誕は、その立場上魏に忠誠を尽くし、最近つとに帝室を危うくする司馬氏に反感を持っていた。そこに賈充の挑発的な策謀が投ぜられ、ついに勤王の大義のために立ち上がる羽目に至ったのである。

賈充は各地を巡回して名族の主を訪問し、自分個人の考えと前置きした上で、司馬昭を天子の位に昇らせることにつき、意見を質《ただ》していた。適当に返事をしておけば良かったものを、諸葛誕は真っ赤になって怒り、「汝は豫州刺史賈逵殿の子息にあらずや！　何たる腐れ果てた根性ぞ。恥を知れ」と叱りつけ、賈充をつまみ出してしまった。そこから事態はこじれ、揚州《ようしゅう》刺史の楽綝《がくちん》を殺すなど、トラブルはトラブルを呼んで反乱へとエスカレートしてしまったのである。計画的なものとは思われない。

ちなみに彼が反乱を起こした淮南は、かつて毌丘倹《かんきゅうけん》が反旗をひるがえした同じ地である。両者の挙兵の名分・経過は酷似しているが、ただ、毌丘倹は呉の介入を断固拒絶したのに対し、諸葛誕はその救援を求めた点に相違がある。

反乱は魏の国中に衝撃を与えた。もし司馬昭が並みの僭主であったなら、各地に反司馬勢力が呼応して立ち、収拾がつかなくなったろう。こじれて来ると都でもクーデターが起こって司馬家の悪運も尽きたかも知れぬ。しかし彼はこの事件に対し、思い切った方法で対処した。つまり威をもって魏帝曹髦《そうぼう》に迫り、天子の出馬を乞うてその旗の下に諸葛誕を攻めたのである。

天子親征である。このような事態は古来きわめて稀である。中央政府の一部をさいて天子と共に移動させせなければならない。いわゆる行台である。尚書省の僕射陳泰《ちんたい》や、門下省の散騎常侍裴秀《はいしゅう》、給事黄門侍郎の鍾会《しょうかい》も、中央官庁の淮南支部長および副長格として同行した。ちなみに鍾会はこの戦役で謀将として活躍し、司馬昭に認められることになる。

天子ばかりではない。「晋書」紀によれば司馬昭は諸侯に敬慕されている郭《かく》太后まで淮南に連れ出している。こんなところが後に北方民族の雄石勒《せきろく》をして「大丈夫の事を行うや磊々落々《らいらいらくらく》、日月の皎然たるが如くなるべし。孤児・寡婦を欺いて天下を取るは卑劣なり」と評せしむるゆえんなのだろう。

だが一時の方便にせよ、司馬昭は皇室の威を借りてしまった。そのため彼が魏の天下を奪うスケジュールは、大幅に後退せざるを得なくなったのであるが、そのような犠牲を払ってでも、目下の反乱を鎮めることが急務であった。この処置はしかし、一石三鳥の効果を持った。第三者が天子を奪うことが出来なくなり、司馬昭は天子を監視しつつ前線で指揮をとることが出来る。そして諸葛誕は魏の逆賊となり、勤王の旗色は薄れてしまった。

追いつめられた諸葛誕は、呉の加勢を求めて子の靚《せい》を人質にやった。諸葛靚は後に呉の右将軍となる。誕は呉の加勢と共に勇戦奮闘したが、ついに敗れて寿春城に籠城する。ところが呉の軍勢の力が弱く、ついに落城となり、誕は討ち死にしてしまった。

その時捕らえられた彼の部下は、降伏を勧められても皆諸葛公と共に死せんと叫び、一人残らず首を討たれたという。

援軍に馳せつけた呉の軍勢は実に弱かった。その頃呉では、諸葛恪《かく》の大権を奪った丞相孫峻《そんしゅん》が死んでおり、従弟の孫綝《そんちん》が実権者であったが、性格狂暴で呉の貴族達に人気がなかった。元来貴族社会は穏和な指導者を望むものである。

彼はあまりに厳しく督戦したため、諸将と意見が合わず、ために呉軍は戦意を失って敗退した。かつての諸葛恪の場合とよく似たパターンである。

ただ一人、諸葛誕の救出に馳せ向かった呉の大将于詮《うせん》が、部下と共に魏の王基《おうき》の軍に斬り込みをかけ、「大丈夫世に在りて戦場に死するは幸甚なり」と叫んで全員戦死を遂げたことだけが、かろうじて呉の名誉を救っている。

呉も撃退され、反乱が鎮まったのは翌甘露三年二月であった（西暦二五八年）。

司馬昭の戦後処理は穏やかだった。この時捕らえられ、または降伏した呉の将兵の処置について意見が分かれた時、鄧艾と共に若手のホープとして頭角を現していた司馬昭の腹心鍾会は、門下省の省台の副長として戦場に来ていたが、司馬昭にこう進言した。

「古《いにしえ》の兵を用うる者は国を全うするを第一とし、賊の張本のみを誅するに留めております。捕虜を埋殺するのは不仁の甚しき事。よろしく暴に報いるに仁をもってし、彼等を全て本国に帰らしめ、もって中国の寛大なる事を天下の人々に知らしめるべきでありましょう」

司馬昭は妙論なりと言って採用し、捕虜を釈放した。そして本国に戻った場合に孫綝に処罰されることを恐れて亡命を願い出た者は、魏で用いることとして屯田を分け与えた。

司馬昭と孫綝。どちらが新しい世の支配層である貴族達に受け容れられ易い指導者像であったかは明らかであろう。

仇国論

諸葛誕《しょかつたん》が打倒司馬《しば》氏の兵を挙げ、呉《ご》もこれに呼応して北上中との情報が、漢中《かんちゅう》で兵を練っていた姜維《きょうい》にもたらされたのは、蜀《しょく》の延熙《えんき》二十年冬である（西暦二五七年）。

姜維は躍り上がって喜んだ。今度こそ五度目の北伐を断行して段谷《だんこく》の恨みを晴らすのだ。段谷では多数の古兵を失っている。その穴埋めに新兵を徴して調練を繰り返し、何とか用兵に耐えるほどに育てていた。

国民皆兵とはいえ、新兵を一人前にすることは大変だった。まず戈《ほこ》・鉞《まさかり》・弩《ど》・槍・剣などをマスターさせる。これらの基礎コースは普通五科目から成り、五兵と呼ばれているが、上級コースとして乗馬や集団調練も欠かせない。それらが済んでから一人前の卒として実戦に使用出来るのである。単に百姓を駆り集めて、てんでに得物を持たせれば良いというわけではないのである。もちろん一領具足的な、家門の伝統として自主的に武芸を練る半農半士の階層はない。その点魏《ぎ》のほうが、代々兵士を出す「兵戸」の家が定まっていて、彼らは平時は国営農場を耕作する小作人であるが、戦時には兵卒となることが義務づけられており、その分だけ兵として専門化されていた。初代魏主曹操《そうそう》の定めた制である。ただし兵戸は、一般良民に比して身分は一格下であった。後、文を尚び武を卑しむ風潮が支配的になるにつれ、彼らは賤民階級に落とされる。

この頃、一般に地税は低く、小作料は高かった。自作農良民に対する善政のつもりであろうが、地主優遇政策でもある。豪族は私領を拡げ、安い地税を国に納めて高い小作料で小作人を働かせた。国家直営の荘園の場合も、兵戸の人々は高い小作料を現物で支払い、力役は免除されたろうが兵戸の義務として戦場にも赴くのである。

もっとも彼らは、小作人というより、公営農場職員のような性格もあり、耕牛・種穀などの生産手段は国より支給されていた。しかし、収穫の五割は上納せねばならなかったという。自作農良民の税が、当時の単位で畝当たり三、四升で、収穫の一割程度だったらしいのと比べると、極めて重い負担といえる。

それでも兵戸の地位に甘んじているのは、彼らの相当数が強制移住の異民族出身者や、戦場の捕虜、元々土地のない貧民や漢末大飢饉で喰えずに流亡して来た人々の子孫であったからであろう。それに、みだりに逃散出来ない境遇にもあったのだろう。

兵戸の男衆はその地位に甘んじたが、女達は我慢しなかった。娘達は同じ兵戸に嫁ぐことを望まず、良民、特にホワイトカラーの吏員に憧れた。兵戸には嫁の来手がなく深刻な結婚難を招いたことがある。かつて曹叡《そうえい》は国家の大事とばかりに、一般良民や吏員に嫁したり囲われたりしていた兵戸出身の若い女性を、強制的に離縁させて兵戸に戻している。この強行処置は、人倫に反するものとして世論の強い批判を招き、曹叡悪政の伝説をさらに増幅させた。曹叡としては、兵の士気を維持し、兵戸の男子の婚姻権を実質的に保障しようとした、やむを得ぬ強行策であったろう。戦場で闘う若い兵卒の心情に立てば解らぬこともない。昔の女子のみに適用された姦通罪と同じ立法趣旨であろう。一方、かかる強制的通婚制限が、ますます兵戸を閉鎖的な階級にしてしまったことも明らかである。

しかし階級間の通婚制限は兵戸ばかりではない。すでに貴族階級では、貴族同士でなければ結婚出来ぬ慣習も成立しつつあった。妾を置ける数も建前上身分に応じて制約がある。奴隷的身分を例外とする一君万民の漢的社会秩序の建前は、このように変貌しており、階級は固定しつつあった。

話は脱線したが、魏の下級兵卒は兵として専門化されていたことは確かだが、これに対し、蜀ではこのような兵を産する基盤がなく、一般国民の賦役として兵役の義務があった。

姜維は情勢を分析し、我に有利と判断した。司馬昭《しょう》以下大軍は続々淮南《わいなん》へと南下しているという。呉も出兵して反乱軍を援護するというから、これは面白くなる。長期戦になるかも知れない。

姜維は夏侯覇《かこうは》を呼び出して言った。

「昨年は御辺の忠告にもかかわらず、鄧艾《とうがい》を侮り、あのような大敗北に終わった。あれ以来鄧艾の恐るべきことは胆に銘じているが、恨むらくは彼の面構えを知らぬ」

夏侯覇が、

「彼は、私の聞き知る所によりますと、身の丈七尺、大耳大口で顎が角張り、そのうえ吃音です」

と言うと、姜維は、

「よし解った。今度出合ったら最後、誓って段谷の恥を雪《すす》いでくれようぞ」

と言って立ち上がり、五度目の出兵を号令した。

姜維の上奏が成都《せいと》に達すると、中散大夫の譙周《しょうしゅう》が深く嘆いて「仇国論《きゅうこくろん》」の一篇を書き、それを漢中の姜維に送って強く諫めた。

彼は常々尚書令兼侍中の陳祗《ちんし》と共に、はねっかえりの軍部の連中を批判して、こうこぼしていた。

「蜀の軍勢毎年戦を起こして兵の傷つき死する者数知れず。親を失い子を討たれたる者恨みを抱く。この時に当たって姜維は時務を知らず、財政をも顧みずにひたすら事を強行しようとしている。天に背く業といわねばならない。

しかも真に声をはばかるが、天子も最近国政に飽き、宦官《かんがん》の黄皓《こうこう》に勧められて酒色に溺れ、下々の憂いを知ろうとなさらない。ああ国家正に危うし」と。

「或いは問う。古往《こおう》能く弱を以て強に勝つ者有りや。伏愚子《ふくぐし》答えて曰く――」の冒頭で始まる「仇国論」は、対話調の文体で綴られ、古今の歴史に示された教訓から天の理《ことわり》を述べ、情勢が自然に好転するまで決して人為の無理強行はなさるべからず、と姜維に説いているのであった。

しかし姜維は一読しただけで、

「この腐れ儒者めが」

と言い、書を破り捨ててしまった。彼には彼の信念があった。そして、曲学阿世の徒にはこの心が解るまい、と思っている。

天命。それは天が人間に課した苛烈なる使命である。無為のまま流れに身を任せる運命のことではない。身は鴻毛より軽く任は万山より重し。その使命感こそ姜維が天水の郷里で学び、師孔明に教えられて来た天命の真意であった。

姜維は孔明《こうめい》の名文、第二次「出師表《すいしのひょう》」の一節を書き送って譙周に報いた。

「漢、賊両立せず。王業は成都に偏安すべからず。鞠躬尽力《きくきゅうじんりょく》し、死して後止まん。その成否・利害に至りては、能く知る所に非ず」

「鞠躬尽力」。それは姜維の最も好む語であった。何と高貴な意味合いの語句であろう。それは、身をくねらせて挺身することである。人事を尽くして天命を待つことこそ、その意味での天命を受け止めることこそ、あらゆる立場を超えた実践倫理の根底だった。

こうなると、もう解釈の相違である。

腐れ儒者呼ばわりされた譙周は、これを見て長嘆息し、何も言わなくなった。彼は学問があり、深い智を持っていたが、いわゆる洗練されたエリート文官ではなく、口下手に加えてぼさっとした外見のため、その発言は宮中にも軍部にも重視されなかったのである。

以前彼が郷里の推薦によって官吏登用試験を受けた時、面接の際にあまりに野暮ったくボソボソと話すので、諸葛孔明以下並みいる試験官がクスクス笑ったそうである。

しかしながら今日に伝わる正史「三国志」は、彼の教え子の陳寿《ちんじゅ》が著したものである。したがって「三国志」に流れる価値尺度や人物評価の法則・文章表現法などは、師たる彼の影響も多分に入っていると考えられる。ちなみに彼には「古史考《こしこう》」「五経書《ごきょうしょ》」「法訓《ほうくん》」など、七十一歳で没するまでに百余篇の著作があるといわれる。

彼も姜維の至誠は知っていた。しかし「理」の裏づけのない「誠」ほど危険な刃物はないと、再論しようかと思ったのだが止めた。水かけ論になると考えて沈黙したのである。この辺やはり彼は行動の人ではない。

譙周字は允南《いんなん》。この時彼は宮中論議のことを司るといわれる中散大夫であるが、この職は各省の何れにも属さない九卿の一つの光禄大夫の下僚に属していた模様で、やや定員外の色濃い役である。もっとも彼は皇太子付侍従も兼ねていたが、学識・年齢に比し、ぱっとしない地位であったろう。

彼は張翼《ちょうよく》同様、益州土着の士大夫であり、よそ者の士大夫が蜀を牛耳り、蜀の人民を戦争に駆り立てていることに批判的態度をとっていた。彼はかつて孔明に対しても出師を諌めたことがある。張翼は言論では姜維としばしば対立したが、決定した国策には忠実であった。譙周の場合も非戦論者であるとはいえ、蜀漢の体制までは否定していない。

彼が体を張って再び強硬に発言を求めるのは、終戦の御前会議の席上である。

姜維は大将軍より衛《えい》将軍に位を貶していたが、「行大将軍事《こうたいしょうぐんじ》」として相変わらずその事務を代行していた。しかし多くの大将の動員ははばかられた。

彼は最近登用したばかりの若手の猛将、傅僉《ふせん》・蔣舒《しょうじょ》を先手とし、夏侯覇を従えて出撃した。兵は多くはなかったが、過去一年段谷で失った兵を補い、毎日調練した壮丁の新兵を選りすぐっている。

傅僉が言った。

「姜将軍。情報によると敵の兵糧は駱谷《らくこく》の北、方城山《ほうじょうざん》に在る長城《ちょうじょう》に貯えられているそうです。まず長城を攻めてその兵糧を奪い取り、次に秦川《しんせん》にでましょう」

姜維は、この策我が意に適えりと喜び、駱谷を経て長城へ進軍した。

長城の大将は、司馬昭の従弟の安西将軍司馬望《しばぼう》である。彼は蜀兵近づくの報を聞くと、部将の王《おう》真《しん》・李鵬《りほう》を従えて防衛の陣を張った。

姜維は馬を進めて司馬望を見つけ、

「やあやあ司馬望。我こそは漢の大将軍姜維字《あざな》は伯約《はくやく》である。このたび天子の詔にかしこみ、汝らの首をもらいに参った。命惜しくば早く降れ」

と呼ばわると、司馬望は大いに怒り、

「汝ら無礼の徒、しきりに上国たる大魏の境を侵す。いでや我が刃を受けよ」

と叫んで突き進んで来た。全軍これに続く。

蜀の大将傅僉は馬を飛ばして司馬望に打ってかかった。十合余り戦ったが、わざと負けて逃げ走る。その背後に王真が迫り、

「賊将逃げるな。返せ」

と叫ぶと、傅僉はくるり、と馬を返し、馬ごと王真にぶつかって馬上の組み打ちとなった。

李鵬が王真に加勢しようとすると、傅僉は面倒なり、とばかり王真をどうと地上に投げた。そして腰にはさんだ四角の鉄棒をふり上げて、李鵬の兜《かぶと》の上からたたき下ろした。

ぎゃあ、と声を発し、李鵬は眼玉が飛び出て死んだ。王真も蜀兵に囲まれ、ずたずたに斬られた。

司馬望は震え恐れて退こうとすると、姜維は大軍をもって追いまくった。

魏軍は大半討たれて長城に逃げ込む。蜀兵は、城のまわりに柴を積んで火矢を射かけたので、火焔高く上がり、城兵はいぶり殺されそうな状態に陥った。

城兵が充分弱った頃を見計らい、蜀兵が逆茂木《さかもぎ》を破ってよじ上ろうとした時である。はるか東方より鬨の声が上がり、魏の新手が整々と進軍して来た。鄧艾の率いる援軍である。

姜維は直ちに後陣を先陣に変え、自らこれを指揮して立ち向かうと、年の頃二十歳《はたち》ばかりの若武者が槍をひっさげて馬を躍らせ、

「鄧将軍を知らざるか」

と呼ばわった。

姜維は年は若く見えるが、これが鄧艾なのかと思い、近づいて五十余合戦ったが勝負はつかない。

姜維がわざと負けて逃げる。かの若武者も逃さじと追いついて来て槍を突き出したところを、姜維はひらりと体をかわして右手を伸ばし、その槍を奪い取った。

かの大将は驚いて逃げ走る。姜維が追って行くと、魏の本陣近くで、身の丈七尺余りの大将が飛

び出し、吃音しながらも大音声で、

「姜維匹夫。我が子を追うな。鄧艾これにあり」

と叫んで刀を舞わし、斬ってかかった。

姜維は、さてはこの大将が鄧艾で、かの若武者が子の鄧忠《とうちゅう》であったかと覚り、

「今日は初めて汝ら親子の顔を見知った。共に軍を休め、明日快く勝負を決しよう」

と言うと、鄧艾も馬を止め、

「然らば互いにしばらく軍を収めよう。偽りをなさば大丈夫ではないぞ」

と言い残し、兵を退けた。

実は姜維も馬も、くたくたになっていたところであった。

しかしその夜、鄧艾は密かに鄧忠の兵を長城に送り込んで司馬望を援けている。そして、「間もなく淮南の乱が片づき、司馬大将軍の軍勢が救援に駆けつけて来る。それまで堅く城を守り、出る事なかれ」と申し送った。彼は初めから時間稼ぎのつもりで姜維に対しているのである。

姜維は充分に休息をとり馬を休ませ、翌日鄧艾の出馬を待った。ところが夕方になっても出て来ない。翌々日もそうだった。

彼は毎日馬を出し、一騎打ちを挑んだが何の音沙汰もないので、軍使を鄧艾の陣へ出して戦書を手渡した。

鄧艾は使者を厚くもてなし、病にかかったので出られなかったが、明日は必ず行く、と言ってお

いて翌日また約束を破る。姜維は再三書を送って彼を大いに辱めたが、鄧艾は平気な顔でのらりくらりと応対するのみである。

姜維は怒った。しかし傅僉は言った。

「姜将軍。ちとおかしいではありませんか。鄧艾は計深き者。そのうえ卑賤の出身ですから、汚名を天下に流しても、これを恥とする士大夫の誇りは持ち合わせておりますまい。

多分淮南の乱が片づき、司馬昭の大軍が救援に駆けつけるのを、じっと待っているのではありますまいか」

姜維もなるほどと思った。直ちに人を派して探索させると、やはり諸葛誕は滅び、呉も大敗を喫して本国に兵を返してしまったということである。

とすれば、間もなく魏の大軍が応援に駆けつけよう。

万事休す。今回の北伐も司馬望を痛めつけただけで撤退せざるを得ないのか。

姜維は諸軍に令し、歩兵を先にし、騎兵を後にして静々と漢中《かんちゅう》に兵を返した。

鄧艾はこれを見て大いに笑い、

「姜維は淮南の状勢を伝え聞き、長陣の不利を覚ったのだろう。諸君、決して追うなかれ」

と言った。諸将は再三追撃を欲したが、鄧艾は許さなかった。

やがて斥候を出して調べてみると、蜀軍の去った細い道には、枯れた木や柴草がうず高く積まれているという。

「危うし、危うし。もしうかつに追っていたら敵の計に嵌《はま》り、諸君らは一人残らず焼き殺されていただろう」

鄧艾が説明すると、人々は恐れ驚き、改めて彼の明察に感じ入った。

鄧艾は表を司馬昭に送り、蜀軍退却を報じた。司馬昭は淮南を平定して帰途にあったが、大いに喜んで西部方面の諸軍を賞した。

かくて第五次北伐も成果はあまりなかった。しかし戦闘に勝つことは勝った。敵の戦死者数はかなり多いはずである。

帰途、成都《せいと》より勅使が来ていて、姜維を大将軍に復する旨を伝えた。蜀の延熙《えんき》二十一年初めであった。

政権転々

姜維《きょうい》が空しく軍を返した頃、同じく北伐に失敗して国許で面白くない毎日を送っていたのは、呉《ご》の大将軍孫綝《そんちん》である。

彼は諸葛誕《しょかつたん》を救出出来なかったばかりか、司馬昭《しばしょう》の軍に大敗を喫し、多くの将兵を失っていた。

国境線も大きく後退した。淮河《わいが》の両域と荊州《けい》の北部・中部は完全に魏《ぎ》の掌握する所となってしまった。

最も不愉快なのは、呉の将軍連中に戦う意欲がなく、脱走して敵に降った者が少なからずあったことである。呉の指導層はどうも白けている。いくら孫綝が督戦に努めても乗って来ないのである。

彼は帰国すると、魏に降伏した呉の将全端《ぜんたん》・唐咨《とうし》・王祚《おうそ》らの妻子を片っ端から市に引き出して首を斬り、うっぷんを晴らした。人々は恐れて彼に近寄らず、密かに恨みを持ち始めた。呉の天子孫《そん》亮《りょう》も、孫綝が人心を引き締めようとするあまりむやみに人を殺すのを見て、眉をひそめていた。

大体、太帝孫権《そんけん》の死後、呉には内紛が多過ぎる。記述にうんざりするほどひどいのである。筆者も詳しく書く気がしない。

全能の帝王が長期間玉座を占めることとは、その実、様々な矛盾を内に抱え込むこととなるのであろうか。皇太子の廃立。幼帝の即位。外戚勢力の跋扈。忠臣の苦衷。佞臣《ねいしん》の暗躍。そしてクーデター。同じパターーンの繰り返しの内に、人々は現世秩序にそっぽを向き、政治に無関心となって行く。

貴族社会。それは一面、政治に無関心な社会と言ってよい。政治などという次元の低い仕事は、特定の野心家共にやらせておけばよい。自分達貴族は、現世政治を超えた世界に沈潜しよう。個人の生活を楽しみ、内在性を重んじ、真に永遠なるものを求めて生きよう。――江南の六朝時代のトップを飾る呉の貴族社会の人々は、次代の田園詩人陶淵明《とうえんめい》の登場前より、早くもそう考え始めていた。

贅沢三昧な生活に没入するのも良し。酒に浸って老荘の無《む》の世界に遊ぶのもまた良し。つい最近注目され始めた仏教とかいう外来宗教の空《くう》の世界も、無の世界に似て中々面白い。書画もある。自然もある。郷に帰れば田園が待っている。そして詩の世界も。

それはまるで隠者の集団であった。隠者であるには何も山に籠もる必要はない。山林に貧しい庵を構えるのを小隠《しょういん》といい、俗界に暮らす大乗的な隠者を大隠《たいいん》という。そして朝廷に在って韜晦した宮仕えをする者は朝隠《ちょういん》と呼ばれる。要するに心の持ち方なのである。

先に熱血漢の諸葛恪《かく》、今孫綝が、呉の支配階級の人々のやる気のなさを、狂ったように憤るのももっともである。

物語《ロマン》としては、役者は帝王・大臣・美姫・将軍である。善玉もあれば悪玉もある。しかし同じパターンで飽きもせず繰り返される政変劇の背後にあるもの――それが時代をかくあらしめる真の主役であった。

呉の太平三年九月。帝孫亮は、みだりに逆威を振るい朝綱を専らにする大将軍孫綝を誅殺しようとして失敗、逆に追放されて廃帝となる。「百官」皆孫綝に従う。十月、新帝として孫家の一人孫《そん》休《きゅう》が迎えられる。「百官」万歳を唱和して無事大礼の式典が終わり、永安元年と改元される。十二月、孫綝ますます横暴となり、新帝孫休の密勅下って老忠臣丁奉《ていほう》のクーデターが成功、孫綝一派数百人は非命に倒れる。この独特の血なまぐささは呉・東晋《とうしん》・南朝四代の江南六朝政治史上の共通項である。

　さらに孫休は孫綝を引き立てた前大将軍孫峻《そんしゅん》の墓をあばいて屍の首を晒し、先に孫峻に殺された諸葛恪とその一派の名誉を回復して忠臣と称える。「百官」またまた万歳を唱して新世を賀す。「百官」は永遠である。

　その「万歳」の声も、必ずしも寄生的な響きを持っていない。王朝何《いずくん》ぞ我に及ばんやといわぬばかりの自立の叫びである。少なくとも百官達の精神は、生活態度の清濁はどうあれ孤高であった。古書に傍役として何気なく書かれているこの百官とか群臣とかいうものの正体。これこそ政治優先の旧体制から離脱し、新世代へと時代を引きずって行く張本だった。

　考えようによっては、江南の新開地呉のほうが、中華の魏よりも一足早く新時代に進みつつあったようでもある。日本でも新開の東国のほうが、歴史の先進地畿内よりも早く中世に突入し得たのと同様であるとの興味深い比較論もある。それに呉は、司馬昭のように強烈な個性を持ちながらも、その英雄性をじっと抑え、百官と極力歩調をとりつつ新世代を開こうとする指導者も出て来ない。極端にモーレツ型の指導者と、シラケ切った百官しかいないのである。したがって国家の内崩現象も早いのであろう。

　しかし新帝孫休は、かなり賢君であったようだ。大将軍丁奉も良く補佐した。孫休は蜀に使節団を送り、同盟をさらに固くして大いに魏を討つようけしかけながらも、自国は内治に力を注ぎ、国富を積んでいった。

孫休は暇を見てはよく狩りに行った。そして雉を獲ることを好んだ。人々が、

「陛下は何故そのように雉ばかり好まれるのですか」

と問うと、孫休は、

「雉は一夫一婦の節操高い鳥だ。人間よりもずっと信頼が置けるではないか」

と答えた。

百官は赤面したろう。

祁山の野

再び眼を転じて蜀《しょく》を見よう。

孫休《そんきゅう》が即位した永安元年は、蜀では延熙《えんき》二十一年改め景耀《けいよう》元年に当たる（西暦二五八年）。

ここ揚子江の上流、連山より清流の注ぎ込む巴蜀の地には、まだまだ武侠精神が息づいていた。

蜀の景耀元年十二月。大将軍姜維《きょうい》は三万の兵を興し、新旧の諸大将を動員、廖化《りょうか》・張翼《ちょうよく》を先手とし、王含《おうがん》・蔣斌《しょうひん》を左備えに、蔣舒《しょうじょ》・傅僉《ふせん》を右備えに、胡済《こさい》を後陣に置き、自身は参謀夏侯覇《かこうは》と共に中軍に在って、第六次北伐の壮途についた。

――この辺のところは講談である。正史の「三国志」「晋書《しんじょ》」には「姜維しばしば北伐」とあるのみで省かれているが、宋以降、元・明代の民衆は、尾ひれの付いたこの種の勇ましい軍談を好んだ。合理性を欠く筋書きであるが、調子だけはやたらに良い。以下しばらくはそのつもりで――。

この出師は、この年新帝の座についたばかりの、呉の孫休《そんきゅう》の扇動によるものである。

姜維は諸大将と漢中《かんちゅう》で会合し、計を論じた。

「自分は毎回出師しながら、未だ決定的な成果を収めるに至っていない。心の内深く恥じ入るところである。今、魏の司馬昭、権を専らにして君主の地位弱く、政治的には相当軋轢のある由である。この機に乗じ、漢の正名の旗と共に、堂々中華に攻め入って漢の天下を再興しようと思う。まずはどの路より進むべきであろうか」

参謀夏侯覇が進言した。

「多少は敵の備えもあるでしょうが、祁山《きざん》こそ真に武を用いるの地であります。それゆえにこそ、昔諸葛孔明《しょかつこうめい》は六度まで祁山で戦いました。まずここを抜き、渭水《いすい》に臨んで堂々の陣を張りましょう」

姜維は心躍った。諸将も皆賛同したので方針は定まり、漢中より大軍続々と祁山へ向かった。途中で新年を迎え、景耀二年となった。魏では甘露《かんろ》四年である。鄧艾《とうがい》は早くも蜀の動きを察知し、防備に怠りはなかった。

すでに彼は、祁山に九ヶ所の恒久陣地を構築してある。蜀軍が麓に達して大きく陣を拡げたのを

見ると、ニヤリとして、

「やはり姜維は、我が企てるとおりの場所に布陣してくれたか」

とつぶやいた。実は彼は、事前にかくあることを予想し、地理に多少の細工をほどこしていたのである。戦を前に地理を探究してこれを利用するのは、彼の作戦の特長であった。

姜維のほうも充分警戒していた。諸軍に令し、柵を結び逆茂木《さかもぎ》を植え、堅陣の中に籠もってその夜を過ごすつもりでいる。

夜となった。鄧艾は息子の鄧忠《とうちゅう》と大将師纂《しさん》に命じて蜀陣近くに潜ませ、大将鄭倫《ていりん》に決死隊五百を与えて秘密のトンネルに潜入させた。そこを辿って行くと、蜀陣内部に通じており、出入り口は偽装されている。彼が以前よりかかる対陣を予想し、細工しておいたのである。

しかし姜維は鄧艾を相手とする以上、用心の上に用心を重ねていた。その夜蜀兵は一人も油断せず、甲冑も解かずに警戒に当たっていたのが幸いした。

深夜二更、どっと鬨の声が上がった。

「敵襲！」

蜀の将兵は固く柵を守って外からの敵に当たったが、混乱は柵内に起こった。地の底を潜って来た魏の決死隊が斬り込んで来たのである。穴の出口は蜀陣の左側にあった。

左備えに在った王含・蔣斌は命を棄てて戦ったが、暗夜で敵味方の区別がつかない。

姜維は馬に打ち乗り、剣を抜いて中軍の前に立ち、

「妄《みだり》に動く者は斬らん。騒ぐ者も斬らん。持ち場を一歩も離るるなかれ」

と令したので、兵はやっと静粛になった。

外側の魏軍がいくら攻めかけても蜀軍は泰然として動かず、穴の中から出て来た魏兵も、整然として立ち並ぶ蜀兵に充分なる打撃を与えることは出来なかった。

夜明けと共に、さしたる成果もなく魏軍は去った。鄧艾のやや小細工的な作戦は失敗に終わった。

翌朝、王含と蔣斌は混乱した責任を感じ、姜維の前に平伏して罪を詫びた。姜維は、

「これは汝らの罪ではない。自分が地形を充分究めずに陣地を定めたからである」

と言い、戦死者を敵の掘った穴に埋めて葬った。

姜維は荒らされた陣を再び構築し、祁山の鄧艾に戦書を送って、明日堂々と勝負を決せんと申し入れた。鄧艾も承諾して麓に出て来た。

姜維は師孔明《こうめい》の秘伝の法に従い、八門遁甲《はちもんとんこう》の陣を展開し、天地風雲鳥蛇龍虎の形を成して対峙した。鄧艾も鞭を上げて味方に号令し、姜維同様の八陣を展開、両軍全く対称形となった。これでは勝負はつかない。

姜維は、我が師孔明の遺法を知る者は自分一人と思っていたが、鄧艾もよく陣法を学んでおるわいと感嘆しつつ、陣頭に馬を躍らせ、

「やあやあ鄧艾。汝、我が陣形を真似したるも、その変法を知っておるか」

と怒鳴った。

鄧艾も陣前に馬を出して大いに笑い、

「汝は田舎の秀才。師孔明《こうめい》以外に知る者あらじと思うであろうが、このようなこと、中華においては児戯に等しい」

と言って旗を掲げて一度招けば、魏の陣形は一変して八・八・六十四の陣備えとなり、その形のまま鼓を鳴らして堂々行進して来た。

姜維は魏の軍を充分手元に近づけておいてから、旗をとって左右に振ると、蜀の八陣は忽然として長蛇捲地《ちょうだけんち》の陣に変じ、見る見る鄧艾の軍を包み込んで八方より鬨の声を上げた。

鄧艾はこの変形を知らなかったため、どこが弱点かの判断がつかなかった。退こうとしたが、蜀の陣は長蛇の頭尾のごとく伸びて、たちまち重囲に落ちてしまった。

魏兵は散々に討たれた。鄧艾は諸将と力を合わせ、一角を突き破ろうとしたが成らず、蜀軍の喊声と鄧艾早く降れの叫び声を四方に聞きつつ、

「ああ。俺はついに姜維の術中に落ちたか」

と大いに泣いた。

討ち死にを覚悟した時である。西北より一彪の軍馬が殺到し、重囲を破って鄧艾を救出した。援軍に駆けつけた安西将軍司馬望《しばぼう》の軍である。

やっと脱出して逃げ帰ると、驚くべし、祁山の九ヶ所の陣はことごとく廖化・張翼の軍に奪われ、蜀の旌旗が全山に翻っている。

鄧艾は這う這うの体《てい》で渭水の南まで逃れ、敗軍を集めて陣を立て直した。そして青ざめた顔で司馬望に感謝し、彼が姜維の陣の一角を破った秘訣を問うた。

司馬望は若年の頃荊《けい》州に遊学し、昔孔明の友人だったと称する石広元《せきこうげん》・崔州平《さいしゅうへい》などという老逸民と交際して、この陣形と変法とを覚えたという。姜維が変じた陣は長蛇捲地の陣といって、弱点はその首部にあり、たまたま西北に在った首部と思しき所より討ち入ってみたところ、敵をたやすく蹴散らすことが出来たというのだった。

姜維は堂々と祁山に陣を張り、中腹に登って本営を置いた。剣を撫《ぶ》して渭水を望む。得意満面のポーズであった。

ああ祁山。我が慷慨《こうがい》の言を聞け。ついにここまで来たのだ。

この地は懐かしい古戦場である。明日よりこの山に拠り、渭水の敵陣を破って漢中の北方を蜀の版図に入れ、しかる後、方向を転じて長安に進軍しよう。それにしても泉下の我が師は、どんなに喜んでおられようか。

廖化・張翼ら、旧将達の感慨も一入であった。皆老いの目に涙を浮かべている。一木一草、かつて孔明に従軍していた頃と変わりがないように見えた。孔明は六度ここに進出した。そして我々遺臣は六度目にしてやっとここまでたどり着いたのだ。往時を知る蜀の老兵達も涙が流れて止まなかった。

この時姜維は五十三歳。孔明が五十四歳で陣没した時は、彼は二十八歳の青年将校であった。あれから二十五年の歳月が流れた勘定になる。

今幸いに姜維の肉体は壮健そのものであった。これから何年も戦っていける自信がある。

数日の後、態勢を立て直した鄧艾と司馬望は祁山を奪回せんものと再び戦を挑んで来た。今度は正兵のみでは戦うまい。奇兵も用いよう。手配は綿密を極めていたつもりだった。まず陣法にくわしい司馬望が渭水を渡り、師纂と共に祁山の裾野に美々しく陣を展開した。鄧艾は鄧忠・鄭倫と共に間道を抜けて祁山の後ろに潜む。

祁山の野には早春の風が吹き、一面に若草が萌え出ていた。司馬望は姜維に戦書を送り、引き続き陣法をもって戦わんと申し送った。

果たして姜維は乗って来た。祁山より下りて陣を鶴翼に拡げたのである。

勇壮な鼓の音が一しきり鳴ってから、姜維は大将軍旗を先頭に中軍を割って馬を出し、

「司馬望とやら、再び陣法をもって戦わんとは面白い。まず汝より陣法を示せ。見物してつかわそう」

と呼びかけると、司馬望は一旦馬を返して指揮を執り、習い覚えた八陣を布く。

姜維はあざ笑って、

「それは我が師孔明の八陣である。汝は密かに学び知ったのであろうが、根元を知らぬ人真似は怪我の本だぞ」

と言うと、司馬望も声を張り上げ、

「我を人真似と言うが、汝も汝の師孔明も、他人から習い覚えた人真似ではないか。同じことだ」

とやり返す。姜維はからかってみる気になった。

「それほど申すのなら質問しよう。この八陣の法に、いくつの変形があるか申してみよ」

「すでにこの陣を布く以上、その変形を知らざる法やある。すなわち九・九・八十一の変形あり」

「やはり汝は井の中の蛙であったか。我が師孔明の八陣には、周天の度数を按じて三百六十五通りの変法があるのだ」

司馬望は知らなかった。こういう事は易の学理に通じていなければ解らない。今度は彼の方から要求した。

「調子の良いことばかり申すな。しからば姜維、次は汝の方で陣を変ぜよ。見物せん」

「望みとあらば見せてもよい。だが汝一人では勿体ない。まず鄧艾をこれへ出せ」

司馬望ははっとした。万事休す。見破られたか。

姜維はおっかぶせるように言った。

「今汝が顔色を変じたところより察するに、我が計すでに成れり。鄧艾は一手の兵と共に、祁山の後方に回って我が背後を襲うつもりであろうが、そうは参らぬ。すでに充分手は打ってあるのだ」

司馬望はもう破れかぶれであった。

「問答無用。かかれーっ」

魏軍は大山の崩れるように喚きかかって来た。

姜維は馬上より鞭を上げて大きく振ると、蜀の大軍は横にするするっと伸び、左に王含・蔣斌、右に蔣舒・傅僉、中央に姜維・夏侯覇、どっとばかりに三方より押し包んで斬り立てて来た。祁山を背にし、蜀兵の士気は天を衝く勢いである。

司馬望・師纂らの魏軍は散々に討たれて逃げ走った。

一方、鄧艾軍もみじめだった。鄭倫を先手とし、頃合いを見て祁山を急襲したが、忽然として伏兵が地より湧いて立ち、廖化《りょうか》が真っ先に進んで鄭倫を一刀の下に斬って落とした。鄧艾・鄧忠が驚いて退こうとすると、また一彪の軍馬が殺到し、縦横無尽に斬ってかかる。見れば張翼《ちょうよく》の一軍である。

前後を挾まれ、祁山の裏手に回った魏軍は四散した。鄧艾自身も痛手を受け、命からがら渭水の陣に逃れた。

帰陣して気が付いてみると、鄧艾の背に四本の矢が突き刺さっており、全身血だらけだった。無念そうに祁山を見やると、全山どっと勝鬨の声が上がっていた。それを聞きながら、口惜しいが当分戦を挑むわけには行かぬと鄧艾は思った。蜀兵は勝ちに乗っており、魏兵は負け癖がついてしまっている。それに自分の背中の傷も痛い。

残された手はただ一つ、司馬懿仲達《しばいちゅうたつ》の故事にならい、亀のごとく守りに専念することだけであった。彼は都へ早馬を仕立てて援軍を乞い、蜀を恐れること虎のごとく、ひたすら渭水の陣に閉じ籠もった。

——以上は後世の通俗書に添った書き方である。クールで簡潔を旨とする正史の筆致からは遠いが、例えばこのようなストーリーが宋代以降講談で語られ、大衆の心を沸き立たせるのである。姜維が真実祁山に進出して大活躍をしたかどうかは判らないが、大衆の願望としては、諸葛亮孔明と司馬懿仲達の祁山・渭水の合戦を、どうしてもここで再現させたかったのであろう。そしてその思いを、孔明の後を継ぐ姜維の北伐の史実の中に付託したものと思われる。

第二部

落日篇

一　孤影の人々

梁棟の燕雀

どのように国を閉ざしてみても、人々の新しいものの考え方や処世態度・風俗が、国外より流入して来ることは避け難い。西偏の蜀《しょく》も主権として独立しているものの、中国の一部である以上、時間差を置いて他国と似かよって来た。

中国をおおう新しい流れは、いつか忍び寄るように成都《せいと》の足元に来ていた。それは蜀の伝統とする漢的性格の否定を示唆する思潮、はっきり口に出さないまでも、脱体制的風潮を何となく容認する空気のようなものであった。

逃避的、厭戦的言論、処世態度が成都に流行《はや》り出した。まず天文学者を始めとするインテリ層に、天命循環の理に関する妙な理論付けがなされ、やがて指導者層の理念や政治的態度をも変化させて行く。劉禅《りゅうぜん》をめぐる廟堂の空気も大分変わり始めた。当然新旧の思潮は分裂した。

それでも蜀の思潮の分裂は、呉や魏《ぎ》のそれに比して遅いほうだった。貴族社会の成熟度がおくてなのである。建前上はあくまで蜀漢《しょくかん》の心が生き続けていた。

事実蜀では、他の二国で時折勃発するような悪虐非道な暴政も、血で血を洗う粛清もない。内乱も下克上もクーデターもない。孔明《こうめい》の遺した法治の制と神話的な漢の伝統により、表面上人々は何とか不平を口に出さず、差別なき高負担に耐えている。

姜維《きょうい》以下蜀の軍部は、底流の動きも知らず、少なくとも人心の微妙な移り変わりに関心を持たなかったように見える。

だが獅子身中の虫は、廟堂深くの所に巣喰っていた。

先に呉に即位した孫休《そんきゅう》が、蜀との同盟を一層固めるために成都に派遣した使節団の薛珝《せつう》という団長が、帰国してこう報告している。

「私が蜀の内情を見て参りました限り、彼の国は正に滅亡の危機に瀕しております。

確かに表面的には、呉の同盟国として実に頼もしい尚武の国です。しかしその内情をよく見ると、真に憂うべき事ばかり。特に現在中常侍の職にある宦官黄皓《かんがんこうこう》という者は、大変な佞臣《ねいしん》のようでして、古《いにしえ》の十常侍の輩以上に陰の権力を振るい、内部の人事を壟断しております。国主劉禅《りゅうぜん》の君も評判どおりの暗愚で、国務に昏《くら》く、もっぱら酒色に溺れているとのこと。これを諫めるべき百官にも、能直言《のうちょくげん》の士なく、黄皓に阿《おもね》り、おしなべて心は職務より逃避し、管理離れして来ております。

一方、打ち続く対外戦役のためでしょう。民の負担は重く、村に壮丁の姿なく、道々青ざめて痩せ衰えた百姓の姿を多く見かけました。

古書に『燕雀堂に巣喰い、母子相寄って安しと思えど、失火ありて棟の焚するに至るまで、禍の及ぶを知らず』とありますが、今の蜀は、正にかかる状態というべきではないでしょうか」

堂に巣喰う燕雀とは随分ひどいことを言ったものだ。蜀を弁護するわけではないが、薛珝のこの言は目クソ鼻クソを笑うの類であろう。そういう呉の国情も大同小異であり、魏もまた同じであったはずだ。

否、中国全体が堂に巣喰う燕雀であり、薛珝の帰朝報告よりわずか半世紀足らずの後、突如太陽の黒点に導かれたかのごとく、後漢の昔より遠く追いやられていた北方騎馬民族の大集団が、欧州のゴート族やゲルマン族同様に波状して中国内部に侵入、いわゆる五胡十六国の烈風が吹き荒《すさ》ぶのである。

すなわち東西ほぼ同期をとって開始された、かの世界史上瞠目《どうもく》すべき民族大移動の東方での局面である。しかし当時、それを予知する者は、古代国家として衰亡期にあったローマ帝国においても中国においても、誰一人としていなかったはずである。果たして梁棟の燕雀は、中国西偏の小国、蜀の人臣のみであったろうか。

たとえ蜀という一個の果実が次第に饐《す》えて来たといっても、これは蜀一国のみの罪ではあるまい。むしろ、饐えたる空気を送り込んで来たのは呉の社会であり、魏の思潮であったはずだ。社会の熟成度からいっても、中華のほうが先輩だ。蜀は相対的に堅実であったものの、あまりに小国で貧しかったために、最も早く崩壊したともいえよう。

姜維の対外積極策も、蜀の瓦解に拍車をかけたといわれる。財政的には確かにそうである。しかし積極策なくしては漢的精神の消散も早く、精神的には他国におとらず迅速に饐え果てたかも知れない。そして引き締めようとすれば内紛を招き、魏・呉同様醜い内輪もめと流血を歴史に見せてしまったろう。

蜀帝劉禅をめぐる腐敗の毒を、姜維を始め蜀の軍部は本当に知らなかったのだろうか。譙周《しょうしゅう》は「姜維は時務を知らず」と言ったが、全く知らなかったわけではあるまい。あえて知ろうとしなかった姿勢が見られる。

姜維は初めから内政には無関心だった。費褘が生きている間はそれでよかったが、その後もまず内を固めるという発想は出ていない。内政を憂うる者はおおむね対外消極論者であるが、その発言はことごとく姜維に退けられていた。彼らを韜晦に追い込んだ責任の一半は姜維にある。

もっとも姜維に言わせれば、彼らは、戦争は国庫が行うものだと思っている連中である。統計で戦争は出来ない。「出師表《すいしのひょう》」以来の蜀漢精神の伝統こそ、国体を護持する見えざる資産である。蜀は初めから漢朝復興という使命、彼の理解するところの天命を背負った目的団体なのだ。

しかし事実は、姜維の深層心理にも逃避の心があった。もし大々的に内政改革に手をつけようとすれば、相手は暗愚な君主劉禅となり、これは大手術となろう。外科手術は一気に病根をえぐり取るように実行されねばならず、とことんやろうとすれば、魏や呉と同じくクーデターやら誅殺やら目をおおわしむる内紛騒ぎとなろう。これは謹慎にして忠誠なる漢臣のよく為せる業ではない。司馬一族や孫綝《そんちん》の所業は、蜀漢の世界に住む人臣にとっては天も許さぬ非道なのだ。

もっとも君主には手をつけず、君側の奸を除くという自浄作用の術もある。しかしよほど要領をわきまえた政治的人間でなければ出来ることではない。世論操作一つ取っても難物である。姜維は、自分の才は政治に向かず、単純明快に颯爽と行動する以外に能がない、と思っている。

されぱといって孔明亡き今、大任が自分の双肩にかかっていることを自覚する彼としては、宮中で直言などしてつまらぬ諌死なぞしたくない。彼は明らかに目を閉じ耳を塞いで戦場へと逃避して行ったのであろう。

真に国を憂うる士と称する彼にとって、その辺を突かれると省みて忸怩《じくじ》たるものがあろう。彼の隠された弱点。姜維はそこを衝かれた。

意気上がる祁山《きざん》の蜀陣を前にして、ここ渭水《いすい》の魏陣の中で、鄧艾《とうがい》と司馬望《しばぼう》、それにスパイに巧みな党均《とうきん》という襄陽《じょうよう》出身の謀略将校の三名が密談を交わしていた。

論議されつつある策は、蜀の政府をして姜維に引き揚げを命ぜしめ、出来得れば彼を解任に追い込むことであった。その下地はある。

実は前年の蜀の景耀《けいよう》元年に、侍中兼尚書令の陳祇《ちんし》が死んでおり、劉禅の道楽に歯止めが利かなくなったのみか、佞人の宦官黄皓が急にのさばり出して来たというのである。

司馬望は熱心に説く。

「幸い蜀主劉禅は日夜酒色に溺れ、佞人黄皓の言なら何でも聞くそうです。党均をやって金銀重宝を内廷にばらまき、流言蜚語《りゅうげんひご》を飛ばし、姜維の立場をうんと悪くしてやりましょう」

党均も自信ありげに、

「蛇《じゃ》の道は蛇《へび》。この種の仕事は私奴《め》にお任せを。『姜維天子を恨む心あり。大軍を率いて魏に降らんとす』とか、『兵権を背景に天子の地位を奪い、自ら蜀の大権を掌握せんと画策中』とか、色々流言を広げて蜀主劉禅を惑わせましょう。姜維が成都に召喚される事目前にありです」

と言うと、鄧艾もうなずいて、

「姑息な策だがやむを得まい。元々戦略戦術には善悪はない。要は目的を達することだ」

と承認した。莫大な金銀を受け取り、党均は何処ともなく姿を消した。

ほどなく効果が現れた。佞人黄皓は金銀の輝きさえ見ればすぐにでも動く人間だった。どうせ宦官であるから他に欲望はない。

姜維に対する不信の声は蜀の内廷に渦まいた。劉禅は迷った。嘘か真か判らぬが、このような場合、すぐにでも姜維を召し返して問いただしてみねばならない。もし疑いが晴れなければ、彼は官を剥がれ罪に落とされるであろう。

祁山《きざん》では、何も知らぬ姜維が連日鄧艾に戦いを挑んでいた。士気は揚がっていた。あるいは戦書を送り、あるいは肥えふくれた赤裸の老兵を魏陣の面前に出して大あくびをさせたり、昼寝をさせたりする。図太いのになると野糞をたれ、渭水の流れで尻を洗ったりする奴もいる。

悪口雑言もひどかった。特に老兵の悪たれは聞くに耐えなかった。それでも鄧艾は牡蠣《かき》のごとく引き籠もり、一兵も外に出ることを許さなかった。彼には辱めを受けても屁とも思わぬところがある。

突然勅使を前にして姜維は真っ青になった。思わず怒りがこみ上げた。これはどういうことであろう。理由も示さず、「天子直々に問い給う事あり。早々に成都に帰られよ」というのである。

廖化《りょうか》が言った。

「大将軍。孫子も言っております。『大将外に出でては必ずしも君命を受けざるところあり』と。今御味方勝運に乗り、せっかく祁山に出た時です。たとえ勅命でも今は帰りたくはありませぬ」

姜維も同じ心であった。どうせ下らぬ理由であろう。天子は佞臣の言に心迷われておられるに違いない、と察しはつく。しかし彼はかりにも漢の大将軍であった。涙をふるって君命に従わねばならない。

蜀兵は意外な面持ちで引き揚げの命令を受けた。廖化・張翼《ちょうよく》の手だれの将を殿軍とし、三万の大軍は静々と撤兵を開始した。

司馬望はさてこそと喜び、追い討ちをかけようと提案したが、蜀の人馬は少しも乱れず、前後の備えも整々と法に適っているのを見た鄧艾は、

「さすがに姜維は孔明の兵法を伝承した者だ。追えば必ず敗れるであろう」

と言って止めた。

無事漢中《かんちゅう》に入ってから、姜維は軍から離れ、単身昼夜を分かたず馬を飛ばして成都に戻った。

謹慎なる漢臣の態度であった。

さっそく朝廷に入り、天子に謁見を求めると、劉禅は彼のくそ真面目そうな顔を見ながら、すまなそうに、

「卿《けい》を召し返したるは別段の理由があっての事ではない。ただ、久しく卿が都に帰らないので、さぞ兵士達も疲れておろうと思い、それでまあ、つまり、そうしたまでじゃ」

と口をもごもごさせて言った。

姜維は無念そうに、

「不肖臣、祁山の合戦に打ち勝ち、これからという時に陣を捨てて帰国したのは、全くもって残念至極でござりまする。これは敵国の策したる謀略と考えられます。

陛下。武侯が六度まで祁山に出て、臣が六度魏を伐つのは、決して私の心より出たる行為ではありませぬ。王業は西偏に安んずべからず。再び漢室を中原《ちゅうげん》に戻さんがためです。臣誓って再び兵を興し、天子の恩に報じ、武侯の志を継ぐ所存でありますことを申し上げておきます」

と面を冒して直言したが、劉禅は首をたれたまま答えず、何とも気まずい空気であった。

宮中より退出の途中、姜維は中常侍黄皓の牛車とすれ違ったが、横を向いて唾を吐いた。黄皓は宮中で、天子が姜維を糾問しなかったと聞き、一層姜維を妬み恨むようになった。

黄皓の名は至る所に出て来て諸悪の根元に仕立てられているが、独立した黄皓伝なるものがないので正確な全体像が解らない。彼ほど史書に嫌われている人間はないが、益州士大夫が寄ってた

かってもつまみ出すことが出来なかった所を見れば、どこか必要悪的な側面をもつヤリ手タイプと思われる。

姜維は孤影を家路に向かわせた。面白くもなかった。祁山を捨てたことは惜しまれるが、何時でも取り戻してみせる。それはよいとして、このようなことで祖国は一体どうなるのか。気鬱々としている内に、馬首は何時しか成都の南門をくぐり、錦江に架かる万里橋にさしかかっていた。渡って西に折れた先に、孔明を祀る武侯廟がある。

武侯廟の松柏森々と深い道を進んで行くと、蜀人ならば皆ひとりでに身が引き締まって来る。姜維は廟前に参拝し、そらんじていた「出師表」をくりかえし唱えて師の霊に祈った。そして涙を下しながら誓った。

「姜維、鞠躬尽力《きくきゅうじんりょく》、肝脳地にまみれても丞相《じょうしょう》の志を継ぎ、あくまで賊国を討つ覚悟でござる。今内外に多事。願わくは泉下に在りて我ら遺臣の武運を護り給え」

姜維は早くも次の北伐の決意を固めていた。

魏帝憤死

蜀軍《しょくぐん》ついに祁山《きざん》より撤退、との報に接した司馬昭《しばしょう》はご機嫌であった。浮かれたように、

「報によると蜀主劉禅《りゅうぜん》は酒色に耽り、佞臣《ねいしん》共が跋扈《ばっこ》しておるそうではないか。久しからず内紛が起こって自壊するは必定。さっそく討蜀の戦仕度に取りかかれ。予自ら出陣するであろう」

と言い出した。中護軍兼散騎常侍《さんきじょうじ》になっていたお気に入りの賈充《かじゅう》が諫《いさ》めた。

「大将軍。不肖按じまするに、蜀は未だ伐つべからずでござりまする」

「何故であるか。申せ」

「蜀に姜維《きょうい》あり。知勇兼備の上、孔明の秘伝を授けられておるとか。これ理由の一つ。それよりも、第二の理由が実に油断のならぬ所でございまして、天子が深く大将軍をお疑い遊ばしておられる事です。軽々しく都を離れられますと、必ず後方に変が生じましょう。これには証拠がございます」

「なに。天子が予を疑う証拠とな。何じゃ、それは」

「さればでございます。帝はおとなしく暮らしておられればよいものを、時折太学《たいがく》に御幸なされて

博士達と経学を論ぜられ、漢の古学の立場から中々鋭い質問も放たれるとか。また文学も好まれ、その作風には危険なものがうかがえるそうです。例えば今年の正月の事でございます。天子は何の目出たきことがあろうかと嘆かれ、自ら筆を執られて一詩を創られましたが、その写しがこれにございます」

賈充は懐中より一枚の紙を出し、司馬昭に差し出した。そして、

「何とぞ詩中の詞《ことば》の深く意味するところを、お察し願わしゅう存じまする」

と言って頭を下げ、数歩下がって司馬昭の顔を窺うように見た。

司馬昭が紙面に目を通すと、その詩は「龍潜の詩」と題し、当節流行の一節五拍子の短い詩形で、洛陽《らくよう》の小児にでも歌い囃されるように、韻律も調子良く出来上がっている。

内容は井中に潜む龍にちなんでいた。

そういえば、ここ数年、不思議に各地で龍が発見されている。景気よく昇天する龍ではない。ただ井の中にじっと蹲《うずくま》っていたというだけの無気味な話であり、吉とも凶とも判断がつかない。三年前の甘露《かんろ》元年には軹《し》県の井中、甘露二年には温《おん》県の井中で青龍各一匹、そして昨年の甘露三年には頓丘《とんきゅう》県・陽夏《ようか》県・冠軍《かんぐん》県の井戸の中に、青龍・黄龍が各一匹ずつ発見されている。今年に入ってからも黄龍二匹が寧陵《ねいりょう》県の井中でとぐろを巻いていたという報告もある。

曹髦《そうぼう》の詩は、これらのニュースにヒントを得て創られたものであろうと司馬昭は思った。しかし詩の意味するところは、きわめて暗示的である。

傷《いた》ましき哉、龍苦しみを受け、
深淵に躍る能わず。
上は天漢《てんかん》（銀河）に飛ばず、
下は田池に現れず、
井の底に蟠踞《ばんきょ》し、
鰍鱔《しゅうぜん》（どじょう・うなぎ）その前に舞う。
牙を蔵し、爪甲《そうこう》を伏す。
ああ我もまたこのごとし。

司馬昭は思わず顔をしかめた。発音のリズムは民謡調ながらも、内容は絶望であり、怨念に満ち満ちている。政治的弾圧を恐れて言葉を濁しているが、明らかに司馬一族に対する恨みつらみが込められていると解釈された。

元々魏主曹家の血統には、曹操《そうそう》・曹丕《そうひ》・曹植《そうしょく》始め、文人詩人が多かった。曹髦もその血を引いているのであろう。曹操・曹丕らは、自ら創作活動を行って、今日に伝わる数々の名作を残したばかりでなく、魏の文芸活動に寄与したいわゆる建安七子を育てるなど、大国としての余裕もあったせいか、呉や蜀の連中とは比較にならぬほどこの時代の文化の振興に尽くしている。小説や劇画の『三国志』のように、チャンバラばかりやっていたわけではない。

「雄なる哉、魏武の風」「縦横なり建安《けんあん》の作」「壮思飛んで日月を捉えんと欲す」

後世の人々からこう評せられたほど、三国時代前期の文芸は中国文学史上の華であった。

建安の頃、曹操は月下の行軍の際にも馬上槊《ほこ》を横たえて詩を創った。次代の曹丕も中国初の文芸評論書「典論《てんろん》」を発表し、その書き出しで、「夫《そ》れ文章は経国の大業にして不朽の盛事なり。年寿・栄楽も文章の無窮なるにしかず」と高らかに宣言し、文学も政治や軍事と等価値の自立した男子一生の業であり、経学や儒教道徳からも独立した存在であると位置づけたことは、司馬昭にも記憶に新しい。

しかしそれにしても、と彼は思った。曹髦の詩は彼の父祖の頃の慷慨気を吐く建安文学に比し、何と地色の相違していることであろう。最近の詩は皆この調子なのだ。そしてやたら繊細な修辞ばかりが目立つ。自分が庇護を加えている竹林の七賢人などの輩も、ヤブ蚊に喰われつつ何やらくすぶった文芸活動をやっておるようだが、スケールの大きい作品は生まれていない様子だ。

司馬昭自身は特に文学は好きでも嫌いでもなかった。しかし、このような詩を創る曹髦、自分を恨み続ける天子を、いつまでも抱えておくわけには行かなかった。これは感情論ではない。きわめて政治的な理由による。この分だと、彼がいくら根気よく待っても、天子の座は中々譲ってくれそうにもない。

天子の位は力で奪うものではなかった。孔孟の教えがそうなっている。革命は天子自ら懇願して禅譲する形式が絶対的成立要件である。現天子は一日も早く追放し、もっと暗愚で、あっさりと玉座を譲ってくれそうな人物に急遽交代しておかないと、後の予定がつかえてしまう。

司馬昭は賈充に、

「もし天子の側に不穏な事態が起これば、汝の責任でよく処置せよ」

と命じ、近衛の兵を領する中領軍に任じた。さらに左右を顧み、成倅《せいすい》、成済《せいさい》の兄弟を呼んで、

「曹髦の首は汝らの手中にある。賈充の指示に従い、仕事を手伝え」

と申し渡した。

しばらく時がたった。中々名目の立ちそうな機会が訪れない。

翌、甘露五年四月。司馬昭はしびれを切らして自ら乗り出した。ゆさぶりをかけるためである。突然剣を帯びたままの彼が殿中にぬっと顔を出した。魏帝曹髦は震え上がってうずくまる。

司馬昭は天子を見下し、ドスの利いた声で言った。

「陛下。私をいかなる人物とお考えか」

側近は気が気でなく、しきりに曹髦にうながした。

「陛下。大将軍は功高く、徳盛んなるお方。晋公《しんこう》に封じ、黄鉞《こうえつ》を賜ってはいかがでございましょう」

曹髦はじっと沈黙を保つ。司馬昭は声を荒げて怒鳴った。

「我ら父子三人、長く魏に仕えて功高く、晋公たらんとするに何の不都合やある。陛下。答えられよっ」

それでも曹髦は下を向いたまま、唇を噛みしめて押し黙っていた。

「陛下っ。陛下の創った龍潜の詩。あれは何事でござるかっ。己を龍に譬え、このわしをうなぎに譬えるとは、そもいかなる礼ぞっ」

言いたいだけ言って司馬昭はあざ笑い、靴音高く殿を下りて行った。

曹髦は若い。抑えていた怒りがどっとこみ上げて来た。いきなり立ち上がった。

「朕《ちん》が心《こころ》決した。死すとも恐れぬぞ。彼奴に位を譲るよりは、むしろ彼が逆賊であることを天下の人々に示し、進んで殺されよう」

窮鼠猫を噛むである。これでは禅譲も何もあったものではない。

衛士の焦伯《しょうはく》に命じて宮中の下司・奴婢共をかき集め、てんでに得物を持たせて銅鑼《どら》を鳴らし、帝自らも剣を抜き払って殿外に打って出た。

れっきとした官品を有する近侍達は魂消《たまげ》た。巻きぞえを喰ってはかなわない。侍中王沈《おうしん》、散騎常侍王業《おうぎょう》他、蜘蛛の子を散らすように逃げ走って一部の者は近衛の中領軍府にこの事を知らせる。

ひとり尚書の王経《おうけい》のみ残り、地に伏して諫めた。

「陛下。何とぞ御心を静め給え。これは臣が命を惜しんで申すわけではありません。事成らざるを知って申し上げているのです」

曹髦は王経を顧み、情の籠もった口調で、

「否とよ。朕はすでに死を決しているのだ。今更諫めても遅い。汝の誠実はよく判っておるが、今は遠くに退っておれ」

と言い残して龍門指して進んで行った。

中領軍賈充は、成倅《せいすい》・成済《せいさい》兄弟らを率いて駆けつけた。意表を衝かれた面持ちである。ここは手早く処置しなければ自分の首が危ない。

魏《ぎ》帝は叫んだ。

「汝らみだりに宮中に入るは何事ぞっ。朕を弑《しい》す気か」

賈充は成済に目くばせした。人々が集まらない内に、早く殺《や》れというのである。

成済はさすがにためらったが、自分も首がかかっている。やむなく戈《ほこ》を振り下ろした。

「匹夫！　何たる無礼ぞっ」

その声も終わらぬ内に魏帝は絶命した。曹操以来五代目の魏主で、年わずか二十歳。若い血に駆られて魏の帝室最後の意気地を見せて死んだ。

衛士焦伯は槍をひねって賈充に突きかかったが、これもあっけなく成済に刺殺された。後を追って来た王経は、大音上げて賈充を主殺しと罵ったため、たちまち逮捕されてしまった。彼は後日、天子の暴挙を止めるのを怠ったとして処刑される。

確証はないが、彼は十中八九、以前洮水《とうすい》の戦いで姜維に散々破られた雍《よう》州の刺史王経と同一人物であろう。中央に戻ってからも不遇だったのかも知れない。

賈充の報告は司馬昭の耳にとどいた。それっとばかりに彼は兵を派し、下手人の成倅・成済兄弟を引っ捕らえ、市に引き出して斬った。

斬られる前、兄弟は声を張り上げ、

「何の罪ありて我らを誅すぞ。賈充が殺《や》れと言ったのだ」

とわめいたが、天子を弑した大逆罪として三族まで誅殺されてしまった。

司馬昭は現場に駆けつけ、太傅《たいふ》司馬孚《ふ》と共に帝の屍を抱きかかえながら、頭を地に叩きつけ、

「陛下の弑され給いしは、臣が罪にてござります」

と哀号して見せる。

急を聞いて百官も集まって来た。司馬昭は一同と協議し、郭《かく》皇太后に拝謁を求め、

「逆主曹髦、兵を興して太后を弑し、百官を殺害せんとしたため、成兄弟に討たれました。臣、直ちに彼等を誅しましたが、天下一日たりとも君なくんばあらず。よって百官と協議し、武帝の御孫、燕王曹宇《そうう》の御子、常道郷公であられる曹璜《そうこう》の君を新帝に迎えたく存じます」

と奏した。

郭太后は威に恐れ、卿《けい》よく計らい給えと申すのみである。直ちに彼女の名による詔が下り、新帝が誕生することとなった。この場合も彼女の皇太后たる地位は不動である。天子の実母でなくとも、そのように擬せられるのである。その立場は一種の「奥の院」のようなものだろう。

曹璜は、在所の安次県の田舎より連れて来られ、嫌々ながら新帝の座についた。百官の万歳の唱和と共に、大礼の式典は終わり、曹璜は曹奐《そうかん》と名を改めて、曹操以来六代目の魏主となった。天子としては曹丕以来の五代目で、彼をもって最後とする。

先帝曹髦は、高貴郷公と諡《おくりな》されてひっそりと葬られた。およそ天子の葬儀らしくなかったという。

このあたり、正史の本文の記載は非常にぼやけている。君主の所行は小さな悪行は書いても大きな悪行は書かず、書かないことをもって暗に批判するのが孔子の定めた春秋の筆法であるといくらいっても、司馬氏に対して阿る態度がありありと見える。歴史記録官たる著作郎《ちょさくろう》は中書省に所属していて、一応職務の独立性は保障されているものの、やはり官吏の一人である以上限界があったろう。

年号は魏の甘露五年改め、景元《けいげん》元年となった。司馬昭は相国《しょうこく》兼晋公となり、広大な私領を有する身となった。半官・半封建の地位である。その頃魏では、丞相《じょうしょう》の官名を相国と改めている。そして待望の黄鉞を与えられ、意のままに政令を発し得る幕府を開いた。筆者はこの高貴郷公憤死事件をもって、事実上の魏の滅亡と解する。

司馬昭は、事件の後始末をうまく取り繕ったものの、世間の評判はかなり落ちてしまった。悪党イメージは当分消えないであろう。皇帝の座に昇るにはさらに時間を要しよう。

一部には天子弑逆《しぎゃく》の責任者として、賈充を誅すべきだとの声も上がった。尚書僕射の陳泰《ちんたい》は、司馬昭に面と向かってその事を言った。司馬昭にもっと穏便な途はないものかと聞かれた時、喪服を着て悲しみ一杯の彼は、

「この事以上はあっても以下はありませぬ」

とまで極言したのである。しかし司馬昭は、ついにその言を採り上げなかったため、賈充の命は

危ないところを助かった。

陳泰はこの事件に関し、司馬昭に対する批判的態度を取り続け、この年嘆死した。陳羣《ちんぐん》の子らしく、清流名士の立場を崩さなかったのである。司馬昭も一目置き、死後の彼を三公の司空に昇らせた。もしかすると自然死ではなかったのかも知れない。陳泰伝の行間のスペースが筆者にそう語る。

先に逮捕されていた尚書王経は、母共々市に引き出されて首を斬られた。彼は貧困から身を起こし、苦学して地方官になった当時、賢女といわれていた母は少しも喜ばず、

「出世もほどほどにしないと逆に不幸な事件に突き当たり、悲惨な結末になるものです」

と注意した。王経は刑場で、その教えに背いて尚書に昇り、不孝な結果を招いてしまったことを血涙と共に詫びると、賢母は息子に笑顔を向けながらこう励ましたという。

「人、誰か死せざらん。ただ、道に当たりて死せざるを恐る——と言います。そなたは義の道を歩んだのです。何の親不孝なことがありましょう。母は喜んでいるのですよ」

この時刑場に駆けつけて来た地方官時代の部下の一人向雄《しょうゆう》が、突然声を放って哭《こく》し、これをきっかけに哀動市《あいどう》を包めりと伝えられる。

話の前半は老荘的で後半が儒教的である。チャンポンな使い分け方が当時らしくて面白い。

＊

陳泰字《あざな》は玄伯《げんぱく》。王経字は承宗《しょうそう》。

名門出と寒門出の差こそあれ、彼らのような漢末清流運動の志士の生き残りタイプが当時の有識者にとって理想であったらしい。時代が時代であったから、表面人々は韜晦《とうかい》しているが、密やかな敬意を寄せていたと思える。約百年後の東晋《とうしん》の頃、「竹林名士伝」等を書いた袁宏《えんこう》は、「三国志」を夢中になって読みふけり、列伝の中から二十人を選んで「三国名臣の賛」を著した。魏《ぎ》から九名、蜀《しょく》から四名、呉《ご》からは七名を理想の人物像として挙げている。そして陳泰と王経は魏の九人の中に入っているのである。

ちなみに他の七名は荀彧《じゅんいく》・荀攸《じゅんゆう》・袁渙《えんかん》・崔琰《さいえん》・徐邈《じょばく》・陳羣・夏侯玄《かこうげん》である。蜀では諸葛亮《しょかつりょう》・龐《ほう》統《とう》・黄権《こうけん》・蔣琬《しょうえん》、呉では周瑜《しゅうゆ》・張昭《ちょうしょう》・魯粛《ろしゅく》・諸葛瑾《きん》・陸遜《りくそん》・顧雍《こよう》・虞翻《ぐはん》が挙げられている。

大多数が文官で清流の名士である。関羽《かんう》・張飛《ちょうひ》のような国士風の猛者は一人も選ばれていないところに、当時における貴族の趣味と後世における大衆の人気とのズレを感じさせる。

再び陳泰の死を考察する。筆者には、漢を簒奪《さんだつ》した曹操との緊張関係の中で謎の自殺を遂げた豫《よ》州潁川《えいせん》郡の名士、荀彧の影と重なるのである。同じ潁川郡の陳氏はこの時の政治的危機をすり抜けたが、次は司馬氏との緊張関係の中で陳泰は謎の死を迎えた。彼の最後の直言は清流士大夫として筋を通そうとする心と、中央官界で家門を保とうとする心の葛藤が極限に達した際に発せられた悲痛な一言ではなかったか。どこか我が朝の清流文官菅原道真の謎の死をも連想させる。同じく潁川出身の名家鍾《しょう》氏の場合、どんな政治的進路を選んだであろうか。後に詳しく述べよう。

兵糧争奪

司馬昭《しばしょう》魏帝《ぎ》を弑《しい》す。魏、事実上滅亡。この事件は早くも他国に知れた。

姜維《きょうい》は決起した。蜀の景耀《けいよう》三年秋七月。第七次北魏進撃は開始された。

兵は召集される。莫大な兵糧も集められる。約二年の平和がそれを可能にした。

もちろん北伐の是非をめぐって論議があった。非戦論の文官達は、

「弱をもって強を伐つ。その術いかん」

と迫る。姜維は姜維で、

「貫く至誠あるならば、天地も為に動くであろう」

と反論する。要するに天命の解釈の差で、これでは議論はすれ違うのが当然である。

廖化《りょうか》は子午谷《しごこく》より、張翼《ちょうよく》は駱谷《らくこく》より、姜維は他の将と共に斜谷《やこく》より進んで祁山《きざん》を大きく囲む予定である。昔より巴蜀《はしょく》より中華に抜ける道は、主なものとして褒斜《じょうや》道と子午《しご》道とがあったが、その他にも軍事目的の間道は幾筋も通じている。

兵力約二万。数百輌の木牛流馬に食糧を満載し、本国からの別隊と定期交替しつつ、長期戦を行

う構えであった。

またまた蜀軍来たる。魏の諸将は恐れ戦いた。鄧艾《とうがい》を中心に祁山に参集して協議を始める。

参軍の王瓘《おうかん》が決死の覚悟で進言した。

「将軍。私に一つの計略があります。死をもって姜維を背後から破ります。言葉では言い難いので書面にしたためましたが、ぜひ御覧になって下さい」

鄧艾がその作戦案を見ると、はなはだ奇妙な謀略であるが危険も多い。初めは許さなかったが王瓘の決意は固く、ついに承認した。

王瓘は兵三千をもって斜谷の路を急ぎ、蜀の先手の大将傅僉《ふせん》に出合って告げた。

「我々は降参の者共である。この由を大将軍 姜伯約《きょうはくやく》閣下にお取り次ぎ下されい」

姜維は直ちに彼を連行させて事情を問うた。

「私は魏の尚書王経《おうけい》の一族に連なります。この度の政変で司馬昭は君を弑し、王経の一族も殺されました。私は祁山に居たため助かりましたが、すでに召喚状も来ております。幸い閣下が兵を進めて来られたので、手下の兵三千を率いて脱出し得た次第です。願わくは私の降を容れ給い、一族の仇を討たせて下さい」

王瓘の熱心な願いを聞いて姜維は喜んだ。

「君はすでに味方に降った以上、忠を尽くして漢《かん》の国家のために働いてくれ給え。功を立てれば必ず重く用いられよう。

ところで我らの弱点は、申すまでもなく兵糧の補給だ。今兵糧は漢中《かんちゅう》の川口《せんこう》まで来ておるが、ここまでは道険しく中々運べなくて困っておったところだ。君は川口へ行き、兵糧輸送の任についてくれ。これは大事な仕事だ。その間我々はこの斜谷の路をたどり、祁山に出て戦っておる。補給のほうはくれぐれも頼んだぞ」

王瓘は心の内しめたとばかり出発しようとした時、姜維は、兵糧運送に三千の兵は多すぎると言って半分に削り、残りを傅僉にあずけさせた。

王瓘は疑われることを恐れ、不平を言わずに出て行った。その様子を物陰で窺っていた夏侯覇《かこうは》が、姿を見せて言った。

「大将軍。彼の降伏、怪しいと思われませぬか。私も魏の事情は知っておりますが、王瓘が真に王経の一族なのかどうか疑問です」

姜維は笑って、

「自分はとうに嘘言と見抜いている。それ故兵を二分したのだ。彼には斜谷の路から祁山に出ると教えておいた。至急他の間道に警戒網を張れ」

と命じた。

二日後、王瓘の密使がさる路で捕らえられた。案の定懐中に鄧艾宛の文書を持っている。内容は、

「計画成功。これより蜀の兵糧を全て奪取し、瑻山《うんざん》の小路より魏陣に帰投します。八月十五日前後、斜谷の北に兵を伏せて蜀の追撃を退けて下さい。実は兵を二分され、少数となっております」

とある。

姜維は大いに喜んでその使者を斬り、別に魏地のなまりのある偽使者を仕立てて書簡を魏陣に持参させると共に、鄧艾自身の救援をくれぐれも依頼させた。

姜維は大将蔣舒《しょうじょ》に大将軍旗をあずけ、斜谷よりゆるゆると進ませ、自身は夏侯覇と共に瑔山の内に埋伏《まいふく》した。

八月十五日となった。傅僉は先にあずけられている魏の降参兵を督《うなが》して偽王瓘になりすまし、数百輌の車を引いて瑔山の小路に現れた。車の中は巴蜀の特産品である硫黄・燐灰石の類が、枯れ草と一緒に一杯つまっており、青い布で覆って兵糧に見せかけている。

夕刻、鄧艾は一万の兵と共に、瑔山近くの斜谷の北に出て来ていた。

突然喊声が上がり、魏の兵が逃げて来るのが見えた。服装から見て先に王瓘に付けてやった兵に間違いない。一人の兵が鄧艾に向かって叫んだ。

「蜀の兵糧は全て盗み出しました。敵が気付いて追いかけて来ております。早く救出願います。王瓘様はただ今敵の追っ手を防いで苦戦中です」

「それっ」

鄧艾軍は飛び出した。蜀兵を蹴散らし、兵糧をことごとく奪う。その時だった。

横手の山合いより大音声が聞こえた。

「鄧艾匹夫、我が大将軍の計に落ちたり。早々に降れ」

ふり返ると蜀の猛将傅僉、一手の勢と共に襲いかかった。

「しまった。だまされたか」

爆音と共に兵糧車が火を吹いた。車という車全てに燃え広がって火花を散らす。退路も完全に火炎で塞がれていた。

谷々峰々より蜀の伏兵が一度に打って出た。前より姜維、後より夏侯覇。

「鄧艾を討ち取った者は第一の功ぞ。鄧艾を討て」

と兵を励まして攻め立てた。

蜀びいきの講談本によると、鄧艾は胆を冷やし、馬を乗り棄てて鎧甲《がいこう》も脱ぎ、歩兵の中に交じってひたすら逃げた。樹々の根や岩の稜《かど》をつかみ、山を越えてほうほうの体《てい》で本陣にたどり着いた。

王瓘は何も知らずに川口に居た。その時手下の兵が走って来て、計すでに破れて鄧艾将軍も敗走した旨を告げた。

王瓘は驚くと共に観念した。彼としてもおめおめとは本隊に戻れない。いっそ、窮鼠猫を噛むの勢いで蜀の後方を攪乱して死のう。

彼は連れて来た兵を叱咤して言った。

「今逃れようとしても事は成るまじ。汝らここに命を棄てよ」

姜維はてっきり王瓘が魏に逃げ帰ると思い、路々を塞いで待っていた。ところが案に相違し、王瓘は決死の兵と共に漢中の領域深く突入して行ったのである。

まず手始めに川口の兵糧を焼き払ったばかりか、路々蜀の退路の桟橋を焼き、見つけ次第各所の兵糧貯蔵庫を襲って火を放ち、南へ南へと進んだ。後方は大混乱となり、突然の敵の侵入に住民はおびえるばかりであった。

姜維は予想外の王瓘の行動に驚き、兵を八方に分かって行方を捜した。

王瓘と手兵は、蜀領奥深く逃げ、ついに各地の蜀の鎮台兵に囲まれて全滅した。王瓘自身は峡谷に身を投じて死んだ。

姜維は大勝利を得ながら兵糧をほとんど失い、退路の桟橋まで焼かれてしまった。物的に大痛手で、この有様では北伐など継続出来ない。やむなく一旦漢中に退き、態勢を立て直すしかなかった。再び準備を完了するまで、一、二年はかかろう。

鄧艾の側も蜀軍を退けたものの、兵を夥しく失い、大将王瓘も失ってしまった。偽りに投降した魏兵も全て蜀兵に埋殺された。手持ち兵力半減といってよい。

彼は洛陽《らくよう》に敗戦報告書を提出して罪を乞い、官を貶すことを願い出た。司馬昭は彼の失策を認めながらも、日頃の功と相殺して罪は問わず、新たな兵力の増援を約した。

最後の出撃

魏《ぎ》・蜀《しょく》互いに消耗しながら、戦は何時果てるとも知れない。

当時より六十余年前、漢《かん》の建安四年（西暦一九九年）、曹操《そうそう》と劉備《りゅうび》とが決定的な手切れとなってからこの方、この宿命的対決は一時の講和もなく親子代々継承されて来た。いずれが漢の正統であるか、魏には魏の論理があり、蜀には蜀の名分がある。

いずれにせよ、双方喰うか喰われるかの関係にあった。

二年の歳月が流れた。双方共次第に傷が癒えた。

蜀の景耀《けいよう》五年冬十月。姜維《きょうい》は表を成都《せいと》に送った。第八次北伐のいわば出師表《すいしのひょう》である。

「臣、七度出師して未だ大功を立てておりませぬが、すでに我が兵の強さは遠近に轟いております。今、兵を養うこと久しく、兵糧も足り、士気は高揚しております。もし戦わざれば気力倦み、徒然《つれづれ》に日を送るほど兵は惰して参ります。

わずか一州の地をもって敵と相対して持久することは不可能であります。敵を伐たざれば蜀も滅びます。坐して滅亡の日を待つよりは、しかず敵を伐つべきであります。

昔武侯が六度祁山《きざん》に出給い、今臣が八度北上するのも私の心に出たるものではありません。国家のためです。

諸軍も命を棄てんことを願っております。この度もし勝利を得なければ、臣はいかなる罪にも服す所存であります」

噴出して止まぬ彼一流のリリシズムであった。

蜀帝劉禅《りゅうぜん》は日に増して酒に溺れ、色に耽っていた。表を読んでも何の感慨も湧かない。無論是非の判別もつかない。

諫奏して理を尽くし、北伐を止めるべきであると主張する者もいた。しかし劉禅は昏濁したまま、

「今一度だけ姜維にやらせてみて、成績が芳しくなかったらもう止めよう」

と許可してしまった。

光録大夫兼皇太子侍中に昇っていた譙周《しょうしゅう》は、朝を退出して家に戻り、

「天子は酒色に溺れ、武臣は功を求め、軍民は疲れて泣き、佞臣は時を得ている。ああ国家正に危うし」

と言って悲しんだ。それを聞いた息子の譙熙《しょうき》が、

「それほど悲しいのでしたら父上、何故早く蜀を逃散し、魏にでも亡命なさらないのですか」

と皮肉っぽく問うと、譙周は大いに怒り、

「たとえ国滅び家破るとも、この父は身を殺して人の道を歩むつもりじゃっ」

と叱った。

姜維は廖化《りょうか》を漢中《かんちゅう》の守備に置き、二万の大軍を率いて北の方洮陽《とうよう》に向かった。これが蜀の最後の出撃となる。

廖化を漢中に残したのは、彼が今回の出兵に強く反対したからである。蜀の軍部にもようやく非戦の空気が濃厚になって来ていた。戦いに疲れて来たのだ。

廖化字は元倹《げんけん》。彼は昔、関羽《かんう》の属将であった。少年の頃、漢末の風雲に故郷の襄陽を飛び出して任侠の世界に身を投じ、仲間の周倉《しゅうそう》と共に緑林の徒を引き連れて関羽の盃をもらった。一同荊州《けい》の守備を任されたが、呉の急襲を受けて関羽・周倉共敗死し、廖化一人故郷に潜伏した。だが彼は昔と立場が異なり、今や蜀の国臣である。隙を見て益州《えき》へと脱出した。老母を背負い、はるばる千里の山河を越えて蜀地にたどりついた時には、まるで物乞いのような姿であったという。蜀帝劉備は涙を流して母子を出迎えた。それからも連年戦いに明け戦いに暮れ、三国時代のほとんど全期間を通して生き抜いて来たわけであるから、年齢はどんなに少なく見積もっても七十は過ぎていたはずである。彼よりはるかに若い姜維について行けなくなったとしても無理ではない。

姜維は一切の反対を押し切り、

「戦わざれば兵の気倦み、気倦めば病発す」

と言って諸将を引きずっているが、次第に浮き上がって来ている自分を感ぜずにはいられなかった。あくまで北伐を主張する者は、夏侯覇《かこうは》・傅僉《ふせん》ら、少数派となりつつあった。

鄧艾《とうがい》と司馬望《しばぼう》は本陣を祁山に置き、毎日兵の調練をしていたが、姜維洮陽へ向かうとの報を聞いて軍議を開いた。司馬望が、

「洮陽には兵糧の貯えもなく、元々空城に近い所です。敵が何故そこを襲うのか見当がつきません。洮陽を衝くと見せかけて、一転祁山を襲う策ではないでしょうか」

と言うと、鄧艾は自信ありげに、

「然らず。姜維は真実洮陽を奪《と》るつもりだ」

と言う。理由を問うと、

「姜維は毎回出師のたびに、兵糧の多い所をねらう。それゆえ当方も兵糧の無い所はついつい手薄になっておった。彼はその備えなきを衝き、漢中の兵糧を運び入れ、羌族《きょう》と再び手を組んで長久の策に出るつもりじゃろう」

と答え、司馬望に重大な作戦を指示した。

一方、蜀軍にあっても、夏侯覇が姜維に質問していた。

「大将軍。何故兵糧もろくにない城に攻めかかるのですか」

「経験上兵糧のある所ほど敵の備えも固い。故にほとんど空城となっている洮陽城を奪り、漢中に積まれている兵糧を運び入れて一大根拠地となし、羌の勢を再びさそい込んで河川の水路を利用し、一気に長安《ちょうあん》まで川下るのだ」

説明を聞いて夏侯覇は妙論であると感嘆し、さっそく先手の将を志願した。そして五百の軽兵を

率いていち早く洮陽に入り、先に固めてしまおうとした。

彼が洮陽城近くまで来て城の内外を窺うと、完全に空城に見えた。四方の門も半開きで旗一本立っていない。

夏侯覇は念を入れてあたりを見渡すと、近隣の百姓達は蜀兵を見て、散り散りに西北のほうへ逃れ去って行く。城の中に逃げ込む者は一人もいない。

「やはり空城だ。入城して守りを固めろ」

夏侯覇が下知を下し、真っ先に進んで一方の門より突入したその時である。

四方の矢倉、城壁に潜んでいた数千の魏兵がすっくと立ち上がり、雨のごとく斉射した。先回りしていた司馬望の兵であった。

「あっ」

声を発する間もなかった。憐《あわ》れ、夏侯覇。全身に隙間もなく矢を浴びて五百の手兵と共に射殺された。

蜀に亡命して十三年。北伐に参加すること八回。ついに洮陽城の露と消えた。亡命者とはいえ、士は己を知る者のために死すという。姜維の良き参謀であり、片腕であった。その後の蜀の運命からの結果論となるが、彼は最もよい時期に死んだといえる。年齢不明。車騎将軍であった。

彼は姜維以外に親しむ人とてなく、内実は孤独だったに違いない。益州土着の人の書いた「三国志」蜀書の列伝でも、彼は全く無視されている。以前彼が張嶷《ちょうぎょく》に交わりを求めて拒絶された時も、時の人は張嶷の態度のほうを是としている。

姜維は何も知らずに洮陽に近づくと、突然後方に待ち伏せしていた鄧艾の軍が背後より殺到して来た。城内からも司馬望軍が斬ってかかり、前後を散々に討たれて蜀軍は数里も引き退いた。そこへ夏侯覇戦死の報がもたらされたので、総軍浮き足立って恐れ戦いた。

姜維は自分の判断の誤りから夏侯覇を死なせてしまったのを知り、心の内悲嘆にくれたが、おぞ気をふるっている兵達の前では涙一つ見せず、屹《きっ》となって言った。

「勝敗は兵家の常。一将を失い一軍を失うとも恐るるに足らぬ。鄧艾・司馬望共ここに来ていることが判った以上、明日は必ず撃破してくれる。退軍を言い出す者は斬るぞ」

張翼《ちょうよく》が進み出て言った。

「大将軍。魏の主力がここに出て来ているとすれば、祁山は空っぽでしょう。私に一軍をお貸し下さい。祁山を攻め取り、敵の退路を断ちまする」

姜維はその策良しと採用した。張翼は密かに陣を離れて祁山に急行した。そこには魏の師纂《しさん》がわずかの兵で留守していた。

姜維は連日戦を挑んだ。様々に悪罵を飛ばしても、鄧艾側はじっと動かない。

しばらくして鄧艾ははっと気が付いた。

「敵は緒戦でつまずきながら、毎日来ては戦を挑む。実は密かに祁山に兵を指し向けておるのを隠しているのではないか」

彼は司馬望に固く守れと指示し、自ら一軍をさいて祁山救出に向かうこととした。師纂などの輩では、勇猛なだけで策もなく心細い。

その夜息子の鄧忠《とうちゅう》が派手な夜討ちをかけた。その隙に鄧艾は蜀軍の目をかすめて祁山に向かった。

しかし姜維も見破った。

「昨夜の夜襲は、鄧艾自ら祁山に向かったことの証拠だ。張翼の身が危うい。傅僉。汝大将軍旗と共にここに残れ。洮陽城に対峙し、固く陣を守って動くな」

姜維は残余の大軍を率いて鄧艾の後を追うように祁山に馳せた。

張翼は師纂の軍を散々に討ち破り、もう一息で祁山を抜くところであった。そこに鄧艾の新手が現れて背後を包囲され、ついに谷の中に追い込まれてしまった。退路も全て塞がれて困窮し切っているところに、突然喊声が上がって魏の勢が乱れ散って行くのが見えた。

張翼がいぶかっていると伝令が走って来て告げた。

「張将軍。張将軍。援軍が参りました。大将軍姜伯約《きょうはくやく》様の旗が見えます」

張翼は勇躍して打って出た。

卍巴の乱戦・混戦の末、魏軍は大敗して祁山に閉じこめられた。元々鄧艾側は小勢であった。

姜維は勝ちに乗って四方を囲み、この機を逃しては鄧艾を討ち取る事かなわじとばかり、昼夜を分かたず攻め抜くのである。彼はよほど勝利をあせっていたに相違ない。

もう少しの所で、——と俗書の表現を借りればこうなる。せめてあと数日あれば、祁山の敵を殲《せん》滅《めつ》出来るところであった。

姜維はよほど口惜しかったに違いない。成都《せいと》より早馬が次々と到着、天子より引き揚げの命が下るのである。例のごとく理由も示されない。

姜維の留守中、蜀の宮廷は腐敗の極に達していた。もはやどんな名医でも癒すことは不可能な有様だった。クーデターによる外科手術しか手はなかったであろうが、それでは蜀の国家として、その漢的性格の自己否定に陥る。

劉禅は国務をお気に入りの宦官《かんがん》、中常侍黄皓《こうこう》に任せ切りにしていた。百官も起案を通すためにはやむなく黄皓に取り入らざるを得ず、それが出来ない硬骨の士は仕事がはかどらないで窒息状態である。黄皓は劉禅の後ろ楯を頼んで尚書省の仕事にも介入し、特に人事権を陰で私していた。

黄皓に阿《おもね》っている一人に閻宇《えんう》という男がいた。黄皓は彼をひき立てて劉禅に推挙し、右将軍に昇進させた。将軍といっても虚号で、外禄を得て遊んでいる身分である。姜維が洮陽の戦いに敗れ、夏侯覇を失ったことが聞こえて来ると、黄皓はこれ幸いと劉禅に讒言し、大将軍を更迭しようとした。閻宇を起用して姜維と交代させ、魏を伐たせようというのである。

劉禅は酒で昏濁した頭脳で、よきに計らえと言ってしまったため、姜維の更迭が内定し、召し返しの勅令となったわけである。

姜維はその背景を全く知らない。勅使に接して憤激が止まなかった。あえてこれを無視し、火の

出るような祁山攻撃をくり返すのであるが、勅使は次々と到着して、

「大将軍。勅命でござる。早く帰り給え」

とくり返すのである。

姜維は天を仰いで嘆息した。ああ蜀の運ついに尽きたか。漢将として、これ以上命に背き続けることは出来ぬ。

壮途《そうと》半ばにして空しく剣を収め、全軍に引き揚げの命を下した。姜維の胸中は煮えくり返るようであった。

一夜にして祁山を囲む蜀軍が忽然と消えた。鄧艾は例によって例のごとく、追うことはしなかった。

*

姜維は兵を漢中に留め、自身は力なく成都に戻った。天子劉禅に謁見を求めようとしたが、ここ二十日ばかり、ほとんど朝に出御されていないという。

不審に思って退出し、東華門の所まで来た時、ばったりと出合ったのが秘書令郤正《げきせい》である。

郤正字は令先《れいせん》。中々の学者で文辞燦然たる著述が百篇近いという。官職は秘書令だが、蜀では魏と異なり、中書省を秘書省といっていた。彼はその長官である。中書省も秘書省も君主専制時代の遺物であり、今や往年の力はない。力を盛り返すのは宋代になってからである。

国政の実務は尚書省の仕事であり、尚書令陳祗《ちんし》が死んでから董厥《とうけつ》、董厥が引退してから樊健《はんけん》が現在の長官である。天子の固有事務は侍中張紹《ちょうしょう》が長官をしている門下省に握られ、郤正は宮中の図書整理係のような仕事をやっていた。しかし彼個人としては人々の尊敬を集め、清廉の君子として通っている。政治的には介然として何れの派閥にも近づかない。兵馬の権を一手に握る姜維であったが、文官優位の習いに従って丁重な礼を執り、彼に質問した。

「先生。ぶしつけながらお聞きしますが、天子は何故私を召喚されたのでしょうか」

「え。閣下はまだお聞きになっておられませぬか」

郤正は驚いて姜維の顔を見たが、急にあたりを見渡し、人気のない宮中の小閣に姜維をさそって打ち明けた。

「閣下。お気を静めて聞いて下さい。実はです。例の宦官黄皓がみだりに新参の右将軍閻宇を可愛がり、天子に推薦して大将軍に任じ、閣下を更迭させようとしたのです。それで閣下を召し返すことになったわけですが、後になって閻宇は、自分には鄧艾とまともに戦える自信がないと言って尻込みしたため、大将軍交代の議は沙汰止みになっております。したがって天子も、どう閣下に弁解しようか苦しんでおられることでしょう。全く言語道断のきわみですが、皆黄皓の権力を恐れて口出し出来ませせぬ」

郤正のこの言の動きとは別に、姜維を益州刺史に転じて兵権を取り上げる画策が、非戦派文官を中心にあったことも確かである。

見る見る姜維の顔が真っ赤になった。何たる事か。黄皓のごとき輩をのさばらせておいては蜀の破滅だ。国家の癌は手術によって切り取ってしまわなければならぬ。

姜維はやにわに剣を掴み、髪の毛を総立ちにして長く続く廻廊に飛び出そうとした。

「先生、御免。これより黄皓奴をたたき斬って参る」

郤正は姜維の背に飛びかかり、両手を巻きつけて必死に止めた。意外な力であった。

「閣下。それだけはお止め下さい。殿中でござる。閣下は今諸葛武侯《しょかつぶこう》の後を継ぎ、国家の大事はこの双肩にかかっておるのですぞ。軽々しき振る舞いをなされ、もし反逆の汚名の下に犬死になさることがあっては国家の大事。いや、我が蜀漢は滅亡いたしまする」

姜維は崩れるように坐り込み、男泣きに泣いた。郤正の言はもっともである。黄皓がごとき下劣な中性人間と大丈夫の命とは引きかえに出来ない。しかしそのように皆が忍耐し、根本を放置するから悪循環となる。漢の人臣として、ではどうすれば良いのだ。

郤正は姜維の心情に大いなる同情を寄せながらも、今は何の力にもなれぬことを詫び、ただ軽挙妄動をくれぐれも戒めて去った。

次の日、姜維は大将軍府の兵数騎を連れ、成都郊外にある離宮庭園に向かった。天子がそこに黄皓を呼び、共に園遊していると聞いたからである。

姜維は眉に決意の色を示し、兵と共にずかずかと園内に入った。これを見た黄皓は腰を抜かし、築山の陰に這いつくばって隠れた。

姜維は兵を後ろに控えさせ、劉禅の前に進み出て平伏し、潸然《さんぜん》と涙を流して言った。

「陛下。臣はすでに祁山の合戦に打ち勝ち、敵将鄧艾を虜《とりこ》にすることを目前にしてやむなく立ち帰りました。臣を召し返し給うは何故でござりましょうや」

劉禅はうつむいて語らない。酔いも醒め、困り果てた表情である。姜維は血涙を抑え、頭を地に叩きつけながら思い切って直言した。

「陛下。何とぞ臣が言をお聞き下さい。中常侍黄皓の申すことは、全くもって国を危うくするものです。彼は巧言令色の徒で、しかもその性陰険。みだりに政務に介入し、その讒佞《ざんねい》なること古《いにしえ》の霊帝の頃の十 常侍《じゅうじょうじ》と同じです。心ある者は皆、彼の存在こそ社稷《しゃしょく》の患と泣いておるのです。陛下。この場にて勅を下し給い、臣に黄皓の誅殺をお命じ下さい。さすれば国運自ずから盛んとなり、漢室再び中原に興ること明らかでござりまする」

「ほほほほほ」

劉禅は虚しそうに笑って言った。

「黄皓は取り立てて言う事もない走り使いの宦官ではないか。たとえ少しばかりの権を与えても何ほどの事やあろう。かつて董允《とういん》が一宦官だった彼を憎んでおり、朕《ちん》も見ていて可笑しかったが、卿《けい》のごとき堂々たる大将軍がそう目くじら立てて追い回すこともあるまいて。のう黄皓」

劉禅は近侍に命じて築山の陰で震えている黄皓を連れて来させ、姜維に詫びよと命じた。

黄皓は平身低頭して姜維を拝し、涙を垂れて罪を詫びた。

「私は毎日天子に近侍する身でありますが、未だ国政を侵した覚えはありませぬ。閣下はどうして人の讒言を信じ給い、私めを殺そうとなさるのですか。誤解を招いた点は深く反省し、このとおり幾重にもお詫び仕ります。何とぞ憐れみ給え。許し給え」

劉禅も側から黄皓をかばって言った。

「あれ、あの様に黄皓も申しておる。姜維。もうよいであろう。許してやってくれい。な。な」

姜維は言うべき言葉もなく、むっつりとしたまま劉禅を拝して退出した。何時の間にやら黄昏近く、風が冷たかった。

「大樹の将に倒れんとするや、一縄の能《よ》くつなぐ所に非ず、──か」

姜維は慨嘆した。今まで自分は一身を国家に捧げ、漢室を中原に返すことのみを夢見て来たが、肝心の天子があの有様ではどうしようもないではないか。美味も知らず暖衣も求めず、多くの兵を殺して王事に奔走して来たことが、底深く虚しい仕事に思えて来た。

それとも以前譙周《しょうしゅう》の言ったように、自分のやり方の方が間違っていたのだろうか。自然に果実が落ちるように、運命がほほえむまでじっと待つのが正しかったのか。あれこれ考えている内に夕闇は降り、馬は成都郊外を大きくうねる蜀江のほとりをとぼとぼと歩んでいた。

皓然たる月であった。遠く峨眉山《がびさん》の影が黒々と見える。あの山に仙人が住むと人は言う。姜維はふと、すべてを投げ出したい気持ちに駆られた。肩はがっくりと落ち、積年の疲労が全身に重くのしかかった。

氷のように冷たい急流の底に、月が流れるように映っていた。この江を別名錦江という。しかしあいにく姜維は、駒を止めてこの美しい江山の景をそぞろに愛する心の余裕を持ち合わせていない。ただ、蜀の女達が専売品の錦を織るため、明鏡のようなこの流れに染め糸を浸して、国家経済の一端を担っていることを知るのみである。

街道の坂道を、一人の老いたる農夫が鍬をかつぎ籠を背負って、呻くように登ってくるのが見えた。腰は海老のように曲がり、姿は憔悴し切っていた。このあたりの村々にも壮丁の姿はほとんど見かけなくなっており、人口も増えていない。度重なる動員と消耗の結果がこれであった。

姜維は老いたる農夫に一瞥を投げることもなくすれ違い、月明かりの中を大将軍府に向かった。

蜀の景耀五年暮歳。破局は一年先に迫っていた。

二　討蜀大軍団発進

沓中屯田

翌日姜維《きょうい》は、秘書令郤正《げきせい》の邸を訪問した。

「大将軍姜伯約《きょうはくやく》さまがお見えになりました」

郤正は書斎で経書を読んでいたが、家童よりの知らせを受けて驚いた。役柄の相違からいっても、このような事はめったにないことである。

しかし彼の妻は来客の知らせと同時に、下女と共にいそしんでいた紡績の手を止めて柴門に姜維を出迎え、客室に招じ入れて具座を按じ、上席と思しき位置に彼を坐らせた。席は長方形のゴザ状の敷物で、一席に三、四人が並んで坐れる。

姜維が足首を前に組んで胡座《あぐら》すると、彼女は室の隅に正座し、あらためて拝を行った。婦人の礼は粛礼といい、手を拱じて頭を軽く垂れればよく、男子の礼式より簡潔に出来ている。

次いで彼女は、常時とろ火で温めてある釜より湯を汲んで茶を献じた。茶は当初は薬用だったが、次第に嗜好飲料となり、この頃すでに士大夫層にあっては、喫茶の風が定着している。

姜維はかいがいしい彼女の立ち居振る舞いの中に、今に残る中堅清流士大夫の家風と、漢《かん》の「女《じょ》誡《かい》」の伝承を見た。

その間主人の郤正は、衣を更えて口を嗽ぎ、冠を正して客室に入ると、姜維は苦悩の色をありありと顔に示してぽつんと席に坐っていた。じっと天井を見上げたままで、壁の書画にも関心を示さない。

郤正を見ると姜維は手を拱じ、頭と手と胸が水平になるまで身を曲げて空首した。郤正もいそがしく礼を返し、今日の突然の訪問をいぶかるように姜維を見た。

姜維は先日の東華門でのことを謝した後、実は、と語を休め、昨日の離宮の園での一件を打ち明けた。こちこちに張りつめた人生しか知らない男らしく、最初から四方山話など一切ふれようとしない。

聞き終わって郤正は深く嘆息した。やや自己陶酔的正義の感もしないではないが、姜維のこうした多感熱情と真面目一方の性格をよく知る郤正は、彼の痛々しく傷ついた心に深い同情を禁じ得なかった。この男はこの男らしく生きていてほしいと郤正は思った。

そのためには、今後ふりかかるであろう災厄からこの男を逃してやらねばならない。郤正は高雅な居住まいを正して言った。

「左様でしたか。いかにも閣下らしい直情径行の行いです。今の人には出来ない立派なことです。しかしこのままでは必ず大なる禍に遭われることでしょう。もし閣下の身に危ういことでも起これば国家は破滅です。まずはそれを避けることが肝要ですぞ」

「先生。私もそれを心配しております。本日伺ったのも、その計を教示してほしかったからです。大丈夫戦場で死するを願うものですが、廟堂の争いで死にたくはありませぬ」

姜維の双眼は真剣そのものであった。郤正は考え込み、ややあって言った。

「閣下もよくご存じでしょうが、漢中と隴上《ろうじょう》の間に沓中《とうちゅう》という地があります。肥饒《ひじょう》の地と聞いております。直ちに天子に奏上し、沓中の開拓を願い出てはいかがですか。断っておきますが、これは北伐ではなく、あくまで屯田経営ですぞ」

「むむ。なるほど沓中屯田ですか」

姜維は眼を輝かせていた。要するに抵抗なく都を離れる策である。

「その結果五つの効果が生まれます。一つは麦をもって兵糧の貯えに資すること。二つ目は隴上の敵に睨みを利かせ、三つ目には万一敵が漢中に侵攻しても、直ちに退いて防衛に当たり得ます。四つ目の効果として閣下は都の外に在りながら兵権を強く握り、五つ目はいうまでもなく、身の災厄を逃れ国家を保つことが出来ると申すもの。とまあ、このように愚考仕りますが、いかがでございましょう」

姜維はいたく喜び、席を下りて郤正に拝謝して言った。

「先生の教えは正に金玉の論です。直ちに実行に移します」

簡単な酒肴のもてなしを受けたが、飲食を節制している姜維はほとんど箸に手をふれずに帰宅した。

明けて蜀の景耀《けいよう》六年、後改め炎興元年、蜀末最後の年が来た（西暦二六三年）。

姜維は正月の佳節が終わると、表をたずさえて朝に上り、

「臣、願わくは沓中に赴き、屯田を拡げて持久の計を致し、併せて漢中防衛に専念いたしたく存じまする」

と奏上した。

劉禅《りゅうぜん》は裁可した。何となく煙たい存在が居なくなるような気持ちであった。今度は反対者は一人も出ない。

攻撃から専守防衛へと国策が転換されたのである。

したがって兵の配備も大きく変わった。胡済《こさい》を大将として漢中城を守らせ、蔣斌《しょうひん》・王含《おうがん》にそれぞれ漢城と楽城の守備に就かせた。手持ちの兵は各五千である。魏との国境にある陽平関の防衛には傅僉《ふせん》・蔣舒《しょうじょ》の二将と五千の兵を置き、さらに勇敢な新進の大将盧遜《ろそん》を起用して陽平関の前方に砦を築かせ、最前線の固めとした。また遊軍として宿老の廖化《りょうか》・張翼《ちょうよく》に各々兵五千を与えて成都に置き、危急の際どこにでも行ける援軍の役を受け持たせた。

南方への睨みとしては以前より剛直の士として南蛮諸族に畏敬されている霍弋《かくよく》、呉の境には危険は少ないとはいえ、白帝城改め永安城に巴東太守の羅憲《らけん》を置いてある。

姜維自身は最近起用の副将甯随《ねいずい》・趙広《ちょうこう》と共に、一万余の兵を率いて漢中北方の無人の地、沓中

から甘松にかけて進駐した。参軍として秀才の来忠《らいちゅう》を新採用して側に置いている。

姜維はここで兵達と共に木を伐り、土を耕して農地を開拓した。とりあえず諸葛菜《しょかつさい》を蒔き、季節が来れば豆や麦を蒔くのである。屯田兵は十数ヶ所に駐屯し、営農は着々と進んだ。

蜀の沓中進出はあくまで屯田の経営で北伐ではない。孔明は六度祁山《きざん》に進出し、姜維は九度北伐したといわれるが、正史の記録では孔明の北伐は五回であり、姜維の北伐は小さな越境事件を除いて六回で、第六次・第七次の北伐が抜けている。これは俗書の作り話かも知れぬ。

何れにせよ魏《ぎ》では、また来たかと疑った。

「姜維、またもや北伐を開始。四十余ヶ所に陣を連ね、蜿蜒《えんえん》として長蛇の勢いのごとし」

そう報告されたからたまらない。鄧艾《とうがい》も隴上に出張って来て、防衛の布陣をした。

二面同時作戦

姜維《きょうい》が沓中《とうちゅう》に出た蜀《しょく》の景耀《けいよう》六年は、魏《ぎ》の景元《けいげん》四年に当たる。

その春、司馬昭《しばしょう》は警報に接し、大いに怒って言った。

「姜維は九回も上国の境を侵し、我が人心を脅かす。何たる無礼ぞ。何か良策はないのか」

賈充《かじゅう》がしゃしゃり出て言った。

「姜維は孔明《こうめい》の兵法を伝授されているとか。正攻法で滅ぼすことは困難でしょう。かつて費禕《ひい》を殺《や》ったように、刺客を放ったらいかがで」

司馬昭は、悪くないな、といった顔付きで、

「実は予も前々からそれを考えておった。しかし姜維を殺す智勇の士がいるだろうか」

と言い、眼を細めて何やら考え込んだ。

刺客の歴史は古い。その秘密結社は、長く中国の歴史の裏面を支配して来た。

「風は蕭々《しょうしょう》として易水《えきすい》寒し。壮士一たび去って復《また》還《かえ》らず」

の名文句で知られるかの股旅調の壮行歌は、この当時より五百余年前、秦の始皇帝暗殺に赴く戦国時代末期のテロリスト、燕《えん》の荊軻《けいか》を易水のほとりに見送った道行きの歌謡である。

従事中郎荀勗《じゅんきょく》が、司馬昭の夢想を覚まして言った。

「殺し屋を雇うなどもっての外です。司馬晋公《しんこう》今天下の宰相として道を行い給う以上、義をもって根本とし、あくまで正々堂々、無道の輩を討伐なさるべきです。これ天下を治むる公道でありましょう」

司馬昭は思わず顔を赤らめて荀勗を見た。荀勗はさらに一歩進み出て堂々方策を講じた。

「聞く所によりますと、蜀主劉禅《りゅうぜん》は暗愚にして酒色に溺れ、佞人横行して群臣惑乱すとか。按ずるに姜維が沓中に出たのも、成都《せいと》にあって身の危険を感じたための逃避と察せられます。

正に蜀は、末期的症状と判断いたします。今国家の総力を傾けて大軍を送り込めば、必ず蜀を滅ぼすことが可能でしょう」

司馬昭は眼の鱗が落ちたように感じた。考えるとそのとおりである。蜀は見かけ上強く出ているが、実はその国力から推して案外張り子の虎ではなかったか。

「よくぞ申した。目が覚めた心持ちである。して蜀征討の総大将として誰が適任であるか。遠慮なく申してみよ」

荀勗が言った。

「長く蜀と戦って来た鄧艾《とうがい》をもって一方の大将とし、蜀北西より侵攻させ、同時にかの兵法家の名高き鍾会《しょうかい》を大将として、陽平関《ようへいかん》より堂々討ち入らせ給え。二正面より漢中《かんちゅう》を挟撃すれば、姜維一人いかに勇ありといえども対応に暇なく、短期間で崩壊いたしましょう」

司馬昭は妙論なりと感服した。しかし荀勗は鍾会を引き立てようとして推したわけではない。逆に中央より締め出そうと企てている形跡が見える。が、司馬昭はそこまで知らない。

直ちに鍾会が召し出された。鄧艾と並ぶ大軍略家で、若手貴族であり、今三品官の司隷校尉《しれいこうい》である。彼は一面の地図を持参して登庁した。司馬昭がそれを見ると、蜀の地理がぎっしり書き込まれ、進行路・退路・兵糧貯蔵地等、作戦計画要素が見事に整理して示されていた。

「さすがは鍾会、普段からよくここまで研究しておったものじゃ。父仲達《ちゅうたつ》も誉めておったが、汝は生まれながらにして大将の才がある。聞いたであろうが討蜀の件、やってくれるな」

司馬昭が言うと、鍾会も欣然として答えた。

「はっ。必ず忠を尽くし、公の御恩に報じまする。ところで二面同時作戦の件でありますが、まず鄧艾にお命じあって沓中の姜維を攻めさせ給え。その間に私は大軍を率いて漢中を満たし、姜維を孤立させせまする」

司馬昭は蜀討滅に自信を持った。同時挾撃とはどうして今まで思いつかなかったのであろう。これなら必ず勝てる。その代わり国を傾けての大事業となろう。今国は治まり、自分の地位も固まっている。天子など何を企んでも屁みたいなものだ。呉《ご》は蜀を助けて多少は動こうが、別に牽制の策もある。

司馬昭の下した動員令は、実に壮大なものであった。

幽《ゆう》州・冀《き》州・青《せい》州・兗《えん》州・司《し》州・徐《じょ》州・豫《よ》州等、全国各地の軍勢を集めてその数無慮十万。しかも老兵は除き、精兵を募っている。それでも国内の兵馬には余力があり、北狄に近い平《へい》州・并《へい》州、完全に支配していない地域でもある呉に近い揚《よう》州・荊《けい》州の軍馬はほとんど動かしていない。

これらを第一軍団として総司令官鍾会の指揮に委ね、蜀の北東部より堂々進撃させる予定である。

さらに、長安以西の雍《よう》州・秦《しん》州・涼《りょう》州等、漢中の北方に連なる関中・関西地域の兵馬よりなる精鋭をすぐって約二万五千。これを第二軍団として鄧艾の指揮に委ね、沓中の姜維を釘付けにする。そして背後の漢中が第一軍団の手で崩れるや、急迫して討ち取る役割である。

兵数からいえば鍾会軍は鄧艾軍に数倍するが、何れも位に上下はなく、両者間に指揮命令系統はなかった。司馬昭自身が洛陽《らくよう》にあって総指揮をとる建前であるが、戦線が奥地に入り込むにつれ、両軍団の関係は次第に微妙になって行くのである。

司馬昭の大戦略はそれだけには留まらない。淮河《わいが》に臨む豫州、漢水に臨む魏領荊州、蓬莱《ほうらい》の海に臨む青州の軍民を動員して計五ヶ所の造船所を建設し、盛んに兵船を進水させた。ために呉《ご》は、てっきり魏が水軍を先頭に来攻するものと信じ、大将軍丁奉《ていほう》の指揮の下に数百ヶ所の前衛見張り基地を設け、蜀にも救援の使者を出すほどの慌てぶりであった。

呉は防衛に専念し、蜀は安堵の胸をなでおろす。司馬昭の思うつぼの図であった。

それにしても、何と魏は富強の大国であろうか。この頃の住民記録上、人口約五百万。蜀に比し実に五倍である。他に隠れたる荘園部曲《ぶきょく》も相当いたと思われる。中華の大平原には曹操《そうそう》以来伝統の公営荘園が拡がり、兵糧は各地の倉庫にあふれていた。財政力は推して知るべしである。

兵卒は蜀より専門化され、法制で身分を固定されている兵戸の家より選抜された。彼らは前述したように、平時は公営荘園所属の小作人であり、国家所有の部曲である。そして戦時には動員されて官兵となるのである。一般良民の召集ではないから民の恨みは少ない。もっとも土地兼併の進む各地の豪族が大将となった場合、その荘園内より直隷の私兵団を連れて来るのが慣例だが、第一線で消耗されるのは主としてこの官兵である。

また功績ある大将に与える恩賞としては、曹操以来の国家の財産である公営荘園を切り与えれば良い。その際にはその地に所属する兵戸は、集落ごと豪族の荘園部曲、すなわち農奴に近い隷民に組み込まれるのであるが、司馬昭自身の懐は傷まない。ただ魏の国家が解体して行くのみである。

軍団編成

まず第一軍団側の編成から見よう。諸大将は大部分魏の名門豪族の子弟である。すなわち田続《でんぞく》・龐会《ほうかい》・田章《でんしょう》・爰靚《えんせい》・王買《おうばい》・夏侯咸《かこうかん》・李輔《りほ》・荀愷《じゅんがい》・皇甫闓《こうほがい》・許儀《きょぎ》・丘建《きゅうけん》他八十余人。それに護軍《ごぐん》の胡烈《これつ》、監軍《かんぐん》の衛瓘《えいかん》が付く。そして本営の長史《ちょうし》は杜預《どよ》である。

衛瓘はいわゆる軍監で、司馬昭の直接指揮下にあり、かならずしも総司令官鍾会の命に服さない。憲兵隊として給兵わずか一千人に過ぎないが、入蜀後も占領軍を監視する目付役としてかなり陰険な役割を演ずる。監察の範囲は、鍾会の第一軍団ばかりでなく、鄧艾《とうがい》の第二軍団の上にも及んでいた。前職は国事犯取り扱い判事たる廷尉《ていい》であるから、資格は三品である。

討蜀護軍胡烈も、鍾会《しょうかい》軍令部系統の幕僚としてはやや別格で、中央政府から付けられた軍政官的存在である。建前としては野戦軍将校として働かないが、一旦戦闘状態に入ればそうでもない。記録では護軍でもチャンバラをやる例はいくらもある。格は四、五品と思われる。

各野戦軍の大将は三品または四品官、低くとも五品官の将軍であろう。それぞれ割り当てられた官兵の他、自己の荘園内の部曲より、直隷の私兵を引きつれて来ている。前記大将の内、丘建は、実は鍾会の食客で同時にその私領を管理する番頭でもあったが、戦時には彼の直隷軍を指揮する鍾会の私的武将であった。諸大将と肩を並べているのは、主人が総司令官として諸大将の上に位する立場に立ったからであろう。

私的な直隷軍とは別に、直属の公的機関として鍾会は開府を許される。府とは、原則としてプロジェクトごとに設置される事務局であるが、やがて九品官人のポストが満杯となり、府の長官が私的に属僚を召し抱える慣行が出始めると、それが人材基盤となって、特に地方に根を張る府は次第に三省や州郡の権限を侵蝕し、国家の分裂的傾向に拍車をかけることとなる。晋《しん》の八王の乱の背後にも、王族を奉ずる府の動きがあるといわれる。

もっとも各府がアメーバの核のように生きて、中央が壊滅しても中国全体の崩壊を防ぐ役割も果たすのであるから、府の成長と自立も悪い事ばかりではなかったようだ。西晋《せいしん》の滅亡後、直ちに東《とう》晋《しん》にとって代わるのも、江南（つなぎとして長安）の府の働きによる。

当時はまだ中央の統制も利いていて、鍾会《しょうかい》の軍府にも司馬昭《しばしょう》の息のかかったスタッフが送り込まれて来たが、その事務長が長史の杜預《どよ》である。この場合、鍾会が二品将軍であるとすれば、その長史の官品には一定の法則があって杜預は多分六品である。彼は文武の教養ある若手であったが、後に晋朝の二品官鎮南大将軍に出世し、呉を滅ぼすこととなる。

さらに長史の下には、軍政・軍令に参与する司馬・参軍《さんぐん》などの「諸曹」が大勢詰めて、軍事の事務をとっている。

総大将は前掲の鍾会字《あざな》は士季《しき》。かつて夏侯覇《かこうは》が鄧艾《とうがい》と並べて姜維に警告した軍事的天才である。しかしながら鄧艾と大きく異なるところは、名門中の名門の出身で、明帝曹叡《そうえい》の頃、上公たる太傅《たいふ》の位に昇った鍾繇《しょうよう》の次男である。異例にも、二十歳前にして兄鍾毓《しょういく》と共に中堅幹部に任官し、末は太尉か太傅かの超エリート組だ。三十九歳の少壮貴族官僚であるが、今まで一度も挫折を味わったことがない。

彼は幼少から秀才の名が高かった。四歳で矜厳な母に孝経を学び、七歳にして論語をそらんじ、八歳で詩、十歳で尚書を習《おさ》め、十一歳で易、十二歳で春秋左氏伝と国語、十三歳で周礼および礼記《らいき》、十四歳で成侯の易記を暗誦し、十五歳で太学《たいがく》に入った。入学してから急にぐれ出して雑学を好み、四方の奇文や異訓に熱中した、とある。何しろ当時の太学の講義ときたら、来る日も来る日も眠たくなるような訓詁《くんこ》の学で、多くの学生《がくしょう》は新奇なティーチインたる清談の方に出向いていた。彼もこの種のサロンに出席し、時には怪しげな異端理論にも凝ったことであろう。母が心配して正統な古典に戻れと戒めたが、効き目はなかったようである。しかし雑学によって彼は益々異才を放つようになった。

それに特筆すべきは、彼は門閥を多く産する豫《よ》州潁川《えいせん》郡の出身であることだ。

魏《ぎ》では以前より一種の潁川閥があり、「通俗三国志」にも登場する荀彧《じゅんいく》・荀攸《じゅんゆう》・郭嘉《かくか》・陳羣《ちんぐん》・杜襲《としゅう》・辛毗《しんぴ》・鍾繇・趙儼《ちょうげん》らの高官は皆潁川の出であった。中でも郡の潁陰《えいいん》県の荀家、許昌《きょしょう》県の陳家、長杜《ちょうと》県の鍾家は御三家であったらしい。

各家共魏の藩屏《はんぺい》であったが、荀彧が曹操の怒りにふれて自殺に追い込まれて以来、荀家の立場は微妙となり、司馬氏台頭と共にいち早く近づいて潁川グループから脱落している。それでも潁川出身といえば、それだけでもエリートであることには変わりはない。もっとも潁川以外にもいくつかの地域閥集団の存在を認めることが出来る。

試みに正史「三国志」と「晋書《しんじょ》」の前代部分に登場する魏の高官で、魏・晋《しん》の天子と王侯・宗族を除く出身地の判明している百四十九名を検索分類してみると、潁川郡出身は十八名と最高で、曹氏の出身地である豫《よ》州沛国《はいこく》、司馬氏の出身地である司《し》州河内郡の各八名を抜いている。ちなみに兗《えん》州陳留郡出身者七名、豫州汝南郡出身者五名、司州河南郡出身者四名で、この六つの郡国だけで三十四パーセント、上位三郡国だけで二十三パーセントのポストを占めているのである。高位高官者の抽出の仕方にもよるが、地域により著しい偏りがあったといってよい。

だが右は、天子の一族を別格として除いて見た人数である。曹一族・司馬一族も含めて氏族数で見ると、潁川郡の高官輩出は特定の家系への偏りが少なく九氏、河内郡は司馬氏に偏って七氏、沛国は、曹氏と夏侯氏に偏って五氏である。もって潁川郡の属地的エリート性を知るに足る。

もっとも「晋書《しんじょ》」地理志の統計に照らすと、元々潁川郡という所は人口・戸数がばかに多かったようだ。したがって名家を出す母集団の層が他の郡国に比して厚かったのであろう。

そんなわけで、鍾会の毛並みはピカ一と断定してよい。才気横溢、大変な自信家であるが、大望を抱き過ぎていたのが、後、彼の人生を狂わす因となる。人は彼の才能と家柄を尊敬していたが、その剛胆過ぎる性格に恐れを抱き、やがて国家に弓引く野望を抱くのではないかと疑う向きもあった。

彼の剛胆さは少年時代から定評があった。十三歳の時、兄の鍾毓《しょういく》と二人で時の天子曹叡《そうえい》の面接テストを受けたことがあった。兄は緊張のあまり、汗を滝のごとく流したが、弟の会は平然としてたじろぐ所がなかった。

曹叡が兄の毓に、

「君は汗かきなのかい」

と問うと、彼は「ははっ」とかしこまって、

「戦々惶々《せんせんこうこう》、汗も出ますする」

と古典の詩文を引用して答えた。まずは及第である。次は弟に、

「君は全然汗をかかないようだね」

と言うと、会は落ち着き払ったまま、

「戦々慄々《せんせんりつりつ》、汗も出ませぬ」

と韻律をふまえて答えたという。

その前後の頃の話であろう。父の太尉鍾繇が枕元に飲みかけの酒ビンを置いたまま、高いびきで昼寝をしていた。兄弟は忍び寄って盗み酒をしたが、父は寝たふりのまま様子を窺っていた。

兄の毓は、父にうやうやしく一礼して酒を飲んだ。会は礼をしなかった。父はむっくり起き上がり、

「なぜ礼をして飲んだのか」

と兄の方から聞くと、毓は慌てながらも「春秋左氏伝」より引用して、

「飲酒も礼法の内でございますから」

と答えた。弟の会は、

「お前はなぜ礼をしなかったか」

と言われると、しゃあしゃあとして答えた。

「元々盗みは礼の方外にあるものですから、拝は不要と存じます」

確かに盗っ人は、一々お辞儀なんぞしないであろう。

同じ潁川グループでも、この頃になると、鍾家と荀《じゅん》家とは仲が悪くなっていた。荀勗《じゅんきょく》が大事な宝剣を母にあずけていた時、書の巧みな鍾会は荀勗の筆跡を真似て手紙を書き、剣を取り寄せて盗んでしまった。荀勗は鍾家の仕業と気付いて仕返しを図った。鍾兄弟が千金を投じて邸宅を新築した時、絵の巧みな荀勗は、鍾兄弟の亡父の太傅《たいふ》鍾繇の姿を描いて、玄関先に貼り付けておいた。

当時の人物画は単なる写実ではなく、神気を放たせるのが目的で、特に瞳の点の力強さを重要視する。鍾兄弟がいよいよ引っ越そうとやって来た時、亡き厳父の姿が眼光鋭く向かっているのを見

て、震え恐れて逃げ走った。贅《ぜい》を尽くした新築の家は、住む人もなく荒れたという。剛胆とはいえ、厳父には頭が上がらなかったのだろう。

「世説新語《せせつしんご》」には、鍾会の逸話が随所に顔を出している。嘘か真か判らぬ噂話集の類だが、もう少し紹介する。自信家であるが、自分より上手の人には妙に照れ屋であったらしい。

彼は理想型の貴族として、文武百般に通じていたが、特に易学《えき》や概念論理学が得意だった。正始の頃よりこの種のサロンに出入りしていた。竹林の七賢人の一人の嵆康《けいこう》先生に、人間の人格と能力の相関についての論文を見てもらおうとして、家を出たまではよかったが、途々批評が恐くなって来て、論文を先生の家の塀の内に投げ込んで逃げ走ったという。愛嬌ある人柄ではある。

だが彼は外見よりも小心で、心の狭いところがあったのではなかろうか。自分よりも能力において優る人物に出くわしたとき、妙なコンプレックスが噴流してか、この人らしからぬ陰険な側面を見せるのである。

彼は嵆康先生を尊敬していたかに見えた。初めて先生をたずねた時、世俗の権威を無視する変わり者の嵆康は、鍛冶仕事なんぞ続けて見向きもしなかった。終日のんびりとそれを見ていた鍾会が、帰宅しようとしてやおら立ち上がると、嵆康先生が初めて口をきいた。

「何を聞いてここに来たのかい。そして何を見て帰るのかい」

鍾会は肥馬に打ち乗り、こう答えて悠々立ち去った。

「聞いたように聞いて来て、見たとおり見て、それで帰るまでですよ」

まことに春風駘蕩何ごとにもとらわれぬ豁達な風格に見える。しかし、彼が警視総監たる司隷校《しれいこう》尉《い》に任官した時、真っ先にやったのは嵆康先生への弾圧だった。

嵆康は、竹林の七賢人の中で最も偏屈でクセのある、いわば変人だった。儒教的秩序の中では生きられない、山の中にでも住まない限り何時かは弾圧されざるを得ない運命だった。しかし鍾会のほうにも、滅多に人に見せないコンプレックスがあったのではなかろうか。彼の入蜀後、ライバル鄧艾《とうがい》に向けて示す凄まじい嫉妬の情も、その辺に解明の鍵があるように思える。

彼の経歴はずっと中央省庁の要職ばかりで、一度も地方回りをしなかった。専ら国家枢密のことに参与し、軍を統率する能力のほうは不明だが、彼の理論を聞く者は、稀に見る大軍略家との評を惜しまなかった。

兄の鍾毓は荊州《けいしゅう》都督だったが、鍾会の出陣の年、景元四年の初めに死んだ。よい兄貴だった。兄の子の鍾邕《しょうゆう》は鍾会が引き取って、一緒に出陣することにしている。

以上、大分脱線したが、このように鍾会の場合は、身分・家柄・出身地・学識・能力、全てが彼のプライドを支え、自信あふれる態度をとらせていた。アクも相当強かったらしい。

人々は密かに彼を警戒していた。例えば後に太常に昇った羊耽《ようしん》という公卿に嫁していて、節倹な家政ぶりで益々賢夫人の名を高めていた例の辛憲英《しんけんえい》女史は、夫の甥の羊祜《ようこ》から、鍾会に討蜀の大命が下ったことを聞くと、大いに憂えて言った。

「妾《わらわ》は鍾会殿に野心ありと見抜いておりました。今までは国のために憂いていましたが、今は我が家に患が及ぶことも心配されます」

ちなみに羊祜は後に荊州都督となるが、身は官に在りながら山水自然の生活に憧れを持つ文人でもあり、やがて南朝文化を彩る山水の造園の趣味を開いた風流人としても知られている。ただし山水画や山水文学も含めて山水芸術一般が、漢代の工芸に代わって花開くのはもう少し後である。

果たせるかな憂いが的中した。すなわち息子の羊琇《ようしゅう》に、鍾会の府の参軍として召集令状が来たのである。そこで女史は息子を戒めて言った。

「琇よ。そこにお坐りなさい。よろしいですか。古《いにしえ》の君子は職に在りては司る所を思い、義においては立つる所に思いを至したものです。そなたも軍旅の間、くれぐれも人間の大道を踏み外さないように」

この記事は「晋書《しんじょ》」列女伝に見える。彼女は単に才女であっただけでなく、先々の見通しがよく利き、しかも道義を基盤とする判断力も具えていた。歴史の表には現れないまでも、文化の伝承は太学《たいがく》に行く資格もない女性達の媒介に負う所が少なくなかったようである。

ところが難しいもので、あまり厳しくしつけ過ぎても逆効果となる。羊琇はしまり屋の教育ママの死後、急に羽をのばし、派手好きな遊び人として晋史を飾ることとなる。

それはともかく、鍾会のあふれるような自信と個性は、世の人々には異心と受け取られていたことがうかがえる。事実彼は、才を包み隠すことを知らなかったようだ。そして自信過剰のせいか、凡人や身分の卑しい人々を軽んじ、その意味でも成り上がり者の鄧艾には異常な対抗意識を持っている。

さて、第二軍団側の編成であるが、これは連年蜀と戦って来た長安以西の兵馬である。隴西《ろうせい》・隴《ろう》上《じょう》の軍が主力で、はるばる隴右《ろうう》や西涼《せいりょう》からの軍も参加し、したがって異民族の兵も相当混入していた。

総司令官はいうまでもなく姜維《きょうい》の好敵手、歴戦の鄧艾字は士載《しさい》である。彼は卑賤の出であるとはいえ、長年の実戦でたたき上げた特進組で、魏の中でまともに姜維と戦えるのは我一人と自負している。当然名流貴族の鍾家の次男坊鍾会とは犬猿の仲で、鍾会の第一軍団が中央突破のスポットライトを浴びるこの作戦の立て方自体を、面白く思っていない。

彼は吃音で粘《ねば》っこい性格であったため、閑清を好む貴人達とは肌が合わず、嫌う者が多かった。そして綽名《あだな》を鄧吃《とうきつ》と付けられている。貴族を優遇した司馬昭が、なぜ彼を重用したかは不思議である。しかし彼は、全く教養の無い武人かというとそうでもない。幼時に父を失い、姜維同様母一人子一人の家に育ったが、大変な努力家で粘り強い性格を持っていた。

姜維の場合は、母子家庭とはいえ堅実な中流士族の子で、教養・気品共申し分のない母の教育の影響を強く受けている。これに反し鄧艾のほうは、全く無学な水呑み百姓の倅で、牛を飼い田を耕作しながら懸命に独学したのであった。初め荊州の人だったが汝南に流れ、十二歳の時母と共に知人の居る潁川に移った。その地で「文は世の範とし、行いは士たる者の則とす」と彫られた郷土の偉人を讃える碑文を読み、すっかりその文句が気に入って、名を範《はん》、字を士則《しそく》と名乗った。貧しいながらも志を持った少年だった。後、親類に同名同字の者がいることを知り、名は艾《がい》、字は士載《しさい》に改めたという。

長じて地方の州の吏員に採用され、典農功曹として農業指導員になった。彼の経歴から見ると、農政官のほうが武官より長いようである。彼は実務の才はあったが、吃の上、口下手だったので、地方官時代はその事務能力は不当に低く見られていた。が、隠された天才性を見抜いて重用したのが司馬懿《しばい》仲達《ちゅうたつ》である。地方吏員の彼が、どうして司馬懿の目にとまったかは、彼が州の上計吏《じょうけいり》でもあったからであろう。上計吏とは、主として孝廉《こうれん》の科目にパスした者から選ばれ、一定期間手弁当で中央官庁に出向する地方官身分の者を指す。姜維もかつて天水郡の上計掾《じょうけいのえん》で、州庁に派遣されて州官たる従事を務めた事がある。この制度により、優秀な地方官を中央に引き抜く道が開かれていたらしい。

彼は国家公務員に移籍してからも、淮南《わいなん》や西涼方面の地方回りが多かったが、初めは農政官僚として農業土木事業に数々の実績を挙げ、軍事においても、司馬氏の府に出入りする内にめきめき頭角を現すようになった。

その後の言行録を見ても、古典に通じていなければ判らぬことも言っているし、文章も真面目でしっかりしている。

彼は、自分のことを言おうとして、

「艾は、艾は、」

と吃音で繰り返した時、司馬昭がからかって、

「一体、艾は何人居るのかね」

と言うと、彼はすぐさま「論語」の微子《びし》篇から引用して、

「『鳳《おおとり》よ、鳳よ、』と申しましても、鳳は一羽であります」

と答え、司馬昭をぎゃふんと言わせた。

当時は古典を自在に引用出来なければ、貴族の集会で満足な会話すら交わせなかったのである。

しかし彼は、一般には牛飼いの小倅と賤しまれていた。彼のほうでもあえて貴人に阿らなかった。

他方、中央から疎外されている寒門の地方官や辺地の土豪達からは人気が集まり、何時かはその利益代表として担ぎ出され、水平運動の頭目となるのではないかと警戒する向きもあった。

さて手下の大将であるが、まず雍《よう》州の刺史諸葛緒《しょかつしょ》、秦《しん》州天水郡の太守王頎《おうき》、同州隴西《ろうせい》郡の太守牽《けん》弘《こう》、涼《りょう》州金城郡の太守楊欣《ようきん》、そして直隷の部将師纂《しさん》と息子の鄧忠《とうちゅう》である。それに護軍《ごぐん》の爰邵《えんしょう》と監軍《かんぐん》の丘本《きゅうほん》が付く。なおかつての戦友司馬望《ぼう》は、涼州方面に転勤になっていた。

彼らの内、筆頭は州知事格の諸葛緒であろう。兵を領する刺史であるから四品官で、単に各郡の行政監察機能のみを有する州刺史より一品格が上である。王頎・牽弘・楊欣らは、兵を領する郡の太守であるから多分五品である。呉に近い荊・揚二州、北狄に近い幽《ゆう》・并《へい》二州、羌《きょう》に近い涼州、蜀に近い雍州は地方官でも原則として兵を領していた。王頎始め秦州各郡の地方官も、記録はないが蜀に近いから多分同じであろう。もっとも秦州は、雍・涼・梁《りょう》の各州の地を分けてこの頃開設され

たとの記事もあるし、晋《しん》初になってからとの説もある。

諸葛緒は諸葛誕《たん》と何らかの血縁があったと思われる。また王頎は昔毌丘倹《かんきゅうけん》の部下で、正始《せいし》七年に北方担当時代の毌丘倹が高句麗を討った際、一時帯方《たいほう》郡の太守で倭《わ》のヒミコとの連絡係であった彼もこの時は最北の地の玄菟《げんと》郡太守として参加し、その事績は石碑となって今日に伝えられていることは先述した。

いずれにせよ諸葛緒も王頎も反司馬勢力の関係者であったろうから、陽のあたる立場ではなかったろう。鄧艾はそのような彼らを掌握し、関中《かんちゅう》から涼州にかけて、西方に半自立の勢力圏を築きつつあったと考えられる。主な家族も洛陽でなく涼州に住まわせている。

こうして魏の遠征準備はすっかり整った。後は百官を集めて決意を表明し、後方の心を引き締めるのみである。

出陣の波紋

初秋七月、司馬昭《しばしょう》は百官を召集した。そして蜀《しょく》討滅という国家の大事業を発表し、反対論を抑えるべくこう付け加えた。

「予は久しく呉《ご》・蜀を平定して天下を一統せんものと志していた。思うに呉は長江の険ありて急には破り難く、まず西偏の蜀を手中にしてから長江の流れに沿い、水陸共に進めば難なく天下を平定出来よう。

さて、まず蜀の攻略であるが、察するに姜維《きょうい》にはこれ以上の北伐の意志も力もなく、今回の沓《とう》中《ちゅう》進駐にしても、単に本国の内紛の禍を逃れるためにしたたに過ぎぬことが判明した。

蜀は今や完全に息切れし、我々の思っている以上に弱体である。調査したところによると、彼の地の人口は百万弱。兵籍にあって直ちに動員可能な者約十万。しかし現在実数はせいぜい八、九万であろう。大雑把ではあるが、内、呉の境に数千、南方各郡に一万、成都および益州諸郡に二、三万、漢中《かんちゅう》守備に二、三万、姜維と共に沓中に屯田する者一万、それに遊軍約一万と推定出来る。しかも壮丁の者少なく、その力は昔日の比ではない。それに蜀主劉禅《りゅうぜん》は酒色に耽《ふけ》り、佞言に迷うこと久しと聞く。今我がほうより、二兵団十数万の兵を送り込めば、一鼓して破り得る事、火を見るより明らかであろう」

百官は具体的数字を聞き、その理に伏して賛同した。直ちに鍾会《しょうかい》を鎮西将軍、鄧艾《とうがい》を征西将軍とする人事が発令され、ここに出陣の令は下った。

「通典《つてん》」の職官表では、両将軍号は二品とも三品とも読みとれるが、二人の場合は四鎮・四征大将軍並みとする特別の二品官扱いであろう。入蜀後は二人共一品に昇っているし、鄧艾は発令前には、前任の陳泰《ちんたい》の場合同様、三品らしき征西将軍だった。格付けに変更があったのか、元々二種のランク付けがあったのかは判らない。

時に魏《ぎ》の景元《けいげん》四年七月三日であった。

河南《かなん》に集結していた魏の第一軍団は続々と西下した。

さすがに中華の兵馬であった。その勇壮で華麗なる様は目を見張るばかり。鼓吹の軍楽は千山に響き、旌旗は十里に紅である。ちなみに魏の旗の色は式典用には白、軍事には赤と制定されていた。

鍾会以下貴族武官の軍装は皆きらびやかでごてごてと飾り立ててあった。これに反し蜀軍の方はあえて飾る所が少なく、おしゃれをしない所に一種のおしゃれの風さえあった。姜維伝によれば彼には一種独特のスタイルがあったようだ。バンカラでもケチというわけでもないし、給与も低くないくせに、なぜか一張羅の制服を大切にし、馬でも武具でもありふれたもので、飾らぬ所に一つのポーズというか、清流を気取ったかっこよさを意識していたようである。諸将もこれにならったと思われる。見なれぬ中華の大軍団の華やかさは、蜀の士民共の眼には絵巻物のように映ることであろう。

司馬昭は百官と共に閲兵し、洛陽《らくよう》郊外遠くまで出征将士を見送りに出た。

その帰途のことである。司馬昭直轄の幕府、晋公府《しんこうふ》に属している西曹掾《せいそうのえん》の邵悌《しょうてい》という男がいた。

一般に府の掾は、長官に私的に召し抱えられる定員外の官の性格が強いが、中にはサロンなどで気の利いた簡潔な会話を交わしただけで、気に入られて採用される「三言《さんげん》の掾」なるケースもある。サロンへの出席は就職のチャンスでもあったようだ。

邵悌がそっと司馬昭に近寄って来て言った。

「それがし按じまするに、どうも鍾会は大望を持つ男。あのような大兵団を彼一人の兵権に委ねてしまうのは、いささか危険かと存じまするが」

「それくらいの事、言われなくとも判っておるわ」

司馬昭は笑って言った。

「鍾会・鄧艾、共に功を競って蜀に討ち入れば、短期間で蜀は破滅しよう。『敗軍の将は再び勇を言うべからず。亡国の大夫は再び国を保つを図らず』というではないか。ゆえに蜀降るの後は、彼の地の軍民はことごとく畏怖し、たとえ鍾会の指導あっても謀反に加担することはあり得まい。

一方、我が遠征軍も、勝った以上は一日も早く故郷に帰るを願うであろうから、いくら鍾会が蜀にあって野望を抱いても彼一人浮き上がり、どうすることも出来まいて。まして鄧艾軍の牽制もあること。たとえ蜀主の地位にとって代わろうとしても自滅の道をたどるばかりじゃ。したがって鍾会も思い切った事は出来ぬだろう。しかし邵悌、この事、くれぐれも他言は無用ぞ」

邵悌は高論に伏して疑念を解いた。しかし、すべてが司馬昭の測るとおりに事が運ぶであろうか。

晋公司馬昭が兼務して支配している丞相府《じょうしょうふ》改め相国府《しょうこくふ》の幕僚である七品官参軍劉寔《りゅうしょく》は、鎮西将軍鍾会の威風堂々たる行進ぶりを冷笑して見送っていたが、司空王祥《おうしょう》がこれを見咎めて注意した。

「君。よもや君は、鍾会・鄧艾両将軍の成功を疑っておるのではあるまいの」

劉寔はニヤニヤしながら答えた。

「いや。必ず蜀を滅ぼすことでしょう。しかし両将軍共、生きては戻れますまい」

王祥が驚いてその訳を聞こうとすると、劉寔は打ち笑って答えず、馬を返して行った。

勇気凛々出征する将兵の陰には、このように白けた態度で見送る人々も少なくなかったのである。

鍾会を推した荀勗《じゅんきょく》も実はその一人で、能面のような顔の奥では、何を考えているか判ったものではなかった。

征西将軍鄧艾は、晋公司馬昭の命により、隴西《ろうせい》に本陣を置いて西部方面の兵馬を雲霞のごとく集めていた。しかし何となく今回の出兵には、気乗りがしなかった。

彼の任務の中心は、沓中に屯田中の姜維を釘付けにし、背後を鍾会が切り崩した隙に一気に捕捉して討ち取ることである。やがて吉日を選び、第二軍団を出発させようとしていたが、ある夜いやな夢を見た。

彼は高い山から漢中全域を見下ろしていた。忽然として足元より泉が吹き上げ、こはいかにと驚くところで目が覚めたのである。

翌朝、易学にくわしいと評判の護軍爰邵《えんしょう》を呼び出し、夢の事を話して吉凶を占ってもらうと、爰邵は、

「山上に水有りの卦《け》は、西南に利、東北に不利という意味です。孔子の言です。西南の利は多分蜀を征して功ありとの事、東北に不利とは道窮まって戻れぬ事でしょう。将軍はこのたびの遠征で必

ず蜀を滅ぼされるでしょうが、水をかぶって足元寒く、いわば『蹇滞《けんたい》』して無事に戻ることは出来ますまい」

と遠慮もなく答えたため、鄧艾は憮然として心楽しまなかった。

そうこうする内に、鍾会からも出兵を催促する檄文が来た。鄧艾は軍議を開き、牽弘《けんこう》に五千騎を授けて沓中の側面へ、楊欣《ようきん》に五千騎を与えて沓中の後方甘松《かんしょう》に迂回させ、さらに諸葛緒《しょかつしょ》に五千の兵で姜維の退路を断つよう陰平《いんぺい》に潜入させた。そして自身は王頎《おうき》を先手とし、師纂《しさん》・鄧忠《とうちゅう》を左右に従えて沓中正面に押し出した。

早馬は急を告げた。漢中は上を下への大騒動となった。ついに魏来たる。二手に分かれて。しかも驚くべき大軍団である。

姜維は遊軍の出動を成都に要請した。左車騎将軍張翼《ちょうよく》の精兵五千を陽平関《ようへいかん》に、右車騎将軍廖化《りょうか》の精兵五千を陰平に出し、鍾会軍を喰い止めさせようとしたのである。その間姜維は沓中の屯田兵をもって鄧艾と戦い、これを追い散らしてから兵を返して鍾会と戦うつもりであった。勿論新兵の急募、呉の救援軍派遣の依頼等、必要な手段は全て中央に要請した。

劉禅は急使に接して気絶した。彼の頭脳では整理出来ない事態である。気を取り戻してからも一人ではどうすることも出来ず、真っ先に相談相手にしたのは例の宦官《かんがん》の黄皓《こうこう》であった。

黄皓は火急の召し出しのためか、眠そうな顔で言った。

「これは全て作り話でしょう。大体姜維という男、針小棒大に事を言っては自分の名を高めようとする癖があります。そうそう、今成都《せいと》に大変評判の神降《かみおろし》の老婆がおります。神に仕えて吉凶を占うとか。その老婆を召し出して事の真偽を問うてみますればいかがで」

劉禅はその言に従った。直ちにその怪しげな老婆が召し出された。いわゆる巫女である。

孔子や老子の出現するはるか以前、遠く上古の昔より隠れたる民間信仰として、この種のシャーマニズムは根強く生きていたのであろう。倭《わ》のヒミコだけの話ではない。儒教や古流の老荘学のような表文化では説明し切れない複雑怪奇な土俗の信仰のようなものこそ、貴族や庶民の別なく人々の裏文化をなして、実生活を支配していたものと思われる。

これら民間信仰は三国時代が終わって間もなく、神仙術・図讖《としん》（複雑な手順による難解な予言）・陰陽・五行・巫術その他もろもろと合体し、老荘を装飾として借りて「道教」となるが、この得体の知れぬ裏宗教は、後我が国にも伝わって現世利益《りやく》を求める社会土壌の深層部に喰い込み、七五三参りや赤いチャンチャンコの還暦祝い、丙午《ひのえうま》の迷信や雑多なおまじない、その他の季節の行事から果ては一定類型の房中術に至るまで、今日なお気が付かない所で我々を呪縛していると聞く。ちなみに先に述べた漢中で五斗米《ごとべい》教を興した張魯《ちょうろ》が、諸説はあるが一応道教の開祖ということになっている。

さて、くだんの妖婆であるが、香を焚く煙の中に坐り込んで何やらぶつぶつ念じていたかと思うと、ぱっと髪を乱し、裸足で殿中を躍りはね、ぐるぐる旋回した。どうやら神が乗り移ったものらしい。見る見る怪異な顔付きに憑依《ひょうい》を遂げたかと思うと、しわがれた声色を張り上げて言った。

「我は巴蜀《はしょく》の地の神なり。陛下よ。安心して太平を楽しめ。敵国魏は両年の内に亡びん。この地に攻め来たる者も皆自滅せん。ただ心を安んじ、この世を遊び楽しめ」

言い終わって神降の老婆は、口より泡を吹いて気絶した。

劉禅は神のお告げを聞いて安堵した。厚く礼金を与えて帰し、黄皓と酒宴を始めた。その後は前線からの急報もすべて黄皓の手で握りつぶされてしまい、張翼・廖化らへの出動命令はついに下らなかったのである。ために有事防衛体制の確立は後手にまわり、諸方への合図も皆相違してしまった。

神降の老婆の予言は、ある意味では当たっていたとも言える。マクベスに出て来る魔女の予言ではないが、この種の予言の真に意味するところの解釈は、中々難しいものである。

この時蜀は、景耀《けいよう》六年改め炎興《えんこう》元年としたばかりであった。火が二つ興るとは極めて暗示的な年号である。

この年の初め、益《えき》州一帯に大地震があり、また前年末には蜀宮の樹々が故なくして折れたりする事件があって、人々に不吉な思いを抱かせていた。その様子が因果応報・魑魅《ちみ》魍魎《もうりょう》話を集めた「晋書《しんじょ》」五行志に見える。特に天文学系統の学者は様々な風説をなし、何事か密やかに私語し合ったり、宮殿の柱に謎めいた落書をしたりしていた。

蜀の思想界の分裂は、どうしようもないところまで来ていたものと思われる。

孔明《こうめい》没後三十年。衰弱し切った蜀は、とうとう最終の局面を迎えるに到った。

三　前衛崩る

陽平関落城

鍾会《しょうかい》の大軍団は陽平関《ようへいかん》に近づいていた。すでに沓中《とうちゅう》方面では鄧艾《とうがい》・姜維《きょうい》両軍の激突が始まったとも聞こえている。

行く手に白雲に包まれて蜀《しょく》の最先端の砦、南鄭関《なんていかん》が見える。魏《ぎ》の先手の大将は曹操《そうそう》時代の猛将許《きょ》褚《ちょ》の子許儀《きょぎ》であった。彼は父の名に劣らぬ手柄を立てようとしてあせっていた。

ここは一夫よく万夫を阻むといわれている難所である。断崖そびえて谷は深く、関には孔明《こうめい》秘伝の連弩が連ねてあった。守るは蜀の新進の大将盧遜《ろそん》以下一千の精兵である。

許儀は、ただ一気に踏み破れと兵に下知した。盧遜はこれを十分に近づけてから、合図一声雨のごとく矢を降らせた。矢の先には毒まで塗ってある。

魏の先手は崩れに崩れた。許儀は、「かかれ、かかれ」と大声で督戦したが、ついに兵と一緒になって退却した。後から大木巨石がごろごろと追いかけて来る。谷底に転落して死する者も数知れなかった。

許儀は、鍾会の本陣に馬を飛ばして報告に行き、この路は難所で通り難く、別の路に回り給えと進言した。

鍾会は報告を疑いながら、自ら前線視察にやって来た。すると蜀兵は、前にも増して激しく矢を浴びせたため、彼もやむなく馬を返した。これを見た盧遜は討ち取ってくれようと、一千の兵と共に関門を開いて打って出た。

鍾会は谷の土橋を渡って逃げ切ろうとした時、馬の蹄がぽっかりくぼんだ穴に落ち込んで骨折し、ために彼はどうとばかりに落馬した。味方の軍勢の面前で、鎮西将軍たる者、みっともない様を演じてしまったのである。

盧遜が追いつこうとした時、一本の矢が飛んで来て惜しくも彼の急所を貫いた。即死である。魏の大将荀愷《じゅんがい》の射た矢であった。

大将が討たれて蜀兵があわてて関に逃げ込む後を、取って返した魏兵が隙間もなく追いすがり、ついに南鄭関は乗っ取られた。

命拾いした鍾会は荀愷の功を賞し、数々の恩賞を与えた。荀愷は潁川閥《えいせん》の仲間を裏切っていち早く司馬《しば》氏にとり入っている荀一族の一人である。借りを作ったことはまずかったが、余計なことを都に告げ口されぬよう、そつなく扱っておいたのである。

次に許儀を呼び出し、烈火のごとく怒って言った。

「およそ先手の大将たる者は、後続する味方のために、山に遇うては路を開き、水に遇うては橋をかけておくものじゃ。しかるに汝は、土橋をよく修理せず、鎮西将軍たるこの俺を、衆人の前で落馬せしむるとは何事ぞ。すでに軍法を犯したる以上許し難し。首を刎ねて全軍への見せしめにしてくれる」

諸将が皆、父許褚の功を挙げて止めに入ったが、鍾会は一旦言い出すと取り消さぬ性分であった。軍中の法は私すべからず、と言って武者共に命じ、営外に引き出して許儀の首を斬らせた。

諸軍は震え恐れ、その後鍾会を恨む者も多くなった。人々は彼の兵家としての才能は認めていた。しかし彼の人気は低く、戦後になってからそれが決定的となるのである。

不機嫌な彼は、兵を休ませることなく進撃を命じた。

「兵は神速を貴ぶ、と言えり。その備え薄きに乗じ、急に進めば鄧艾に先んじて漢中を手に入れることが出来ようぞ」

大軍は次なる目標陽平関に打ちかかった。同時に別の路からは、前将軍李輔《りほ》と部将の荀愷が、それぞれ漢城と楽城を囲むべく漢中領内に入った。何しろ雲霞のごとき大軍であるから、いくら兵を割いても不足することはない。

陽平関を守る蜀の大将は傅僉《ふせん》と蔣舒《しょうじょ》である。

蔣舒は見渡す限り真っ赤に山野を圧した魏軍の旗を見て、すでに戦意を失っていた。しかし血気の傅僉は、何の遠路の疲れ武者とばかり、三千の精鋭と共に打って出た。

もっとも逆の記事もある。「資治通鑑《しじつがん》」によれば、傅僉が城に籠もろうとしたのに、蔣舒が出撃して行ってそのまま護軍胡烈《これつ》に降ったというのである。だがここでは俗書に従うのがふさわしい。

傅僉は猛将だった。まっしぐらに斬ってかかるその鋭鋒に、魏の大軍はまくし立てられた。しかし魏の陣は重厚で、いくら踏み破っても、後から後からと新手の勢が、衆を頼んで巻き返して来る。傅僉が一旦関に引き返そうと戻ってみると、なぜか門が開かない。

「開門。開門。蔣舒、早く開けてくれ」

と彼が叫ぶと、内から蔣舒の声がした。

「傅僉許せ。すでに時代は変わったのだ。自分は魏に降ることに決めた。君も早く降り給え。鍾将軍は降る者は許すと伝えて来られた。悪いことは言わぬ。今なら遅くはないんだ」

蔣舒の説得にもかかわらず、傅僉は怒り狂った。

「何だと。国の恩を忘れ、義の道に背き、それでも汝は蜀の人間か。たとえ命が助かっても、何の面目あって天下の人にまみえるつもりだ」

傅僉は無理に関に入ろうとしたが、門は内側よりしっかり閉ざされ、背後からは魏の大軍が喊声を上げて襲いかかって来る。

今はこれまでと傅僉は覚悟を決めた。直ちに馬を返し、喚き叫んで魏軍の真っ只中に突入した。

「傅僉。無茶な真似はよせ。君のためを思って言っているのだ」

蔣舒の叫び声も吶喊《とっかん》の声にかき消された。傅僉隊三千は槍をそろえ、むら雲立った魏の軍に突入して無茶苦茶に突きまくった。

傅僉の忠勇については、簡潔ながらクールな正史ですら注記でこれを称揚している。まして俗書の形容に至っては、いやはや大変なものである。

彼は心の内に昭烈皇帝を祈念しながら、右に突き左に衝き命を限りと戦ったが、人馬共に疲れ果て、従う兵も残り少なくなっていった。

ついに馬が斃《たお》れるに及んで、彼は大剣を掲げて成都の空を望み、

「臣、力尽きて討ち死にす。死すとも君親に背かず。願わくは蜀の鬼となり、重ねて賊国を討たん」

と叫び、自ら首を刎ねて死んだ。

彼は、かつて先帝劉備《りゅうび》が呉に大敗した時殿軍にあって、「我は漢の将軍。何《いず》ぞ呉の狗に降らんや」と言って玉砕した傅肜《ふとう》の遺児である。最期の振る舞いは父のそれに驚くほど似ており、ために魏人はこれを義とした。

鍾会軍は陽平関を占領した。貯えてあった兵糧・武具は山のようであった。鍾会は大いに喜び、ここで初めて兵に休息を与えた。

昭烈皇帝劉備が万難を排して創り上げた蜀漢の国は、こうして蝋が溶けるように崩れて行く。

乱戦・混戦

漢中《かんちゅう》盆地に入ると、曇天の下、四方は薄気味悪い山岳に囲まれていた。狂風は咆哮し、いかにも地の果てを行くの感が深い。兵は風の音に驚いては蜀《しょく》の伏兵かと騒ぎ、霧に迷っては同士討ちを演じた。

漢の昔に比し、人々は迷信深くなって来ている。怪力乱神が正気で語られる世の中になっていた。

一日、鍾会《しょうかい》は定軍山《ていぐんざん》に登り、この地にさりげなく葬られている諸葛孔明《しょかつこうめい》の墳墓を訪ね、牛馬を屠って祭りを主催した。死してなお、おわすがごとく国を護ると言い伝えられている蜀の大丞相《じょうしょう》の霊の怒りをやわらげようとしたのである。兵達もそのたたりを恐れていた。

またこの地は、その昔魏《ぎ》建国の功臣夏侯淵《かこうえん》が、蜀の大将黄忠《こうちゅう》に討たれた所でもある。通過する魏軍にとっては、陰気ただよう忌み深い地である。

「大魏景元《けいげん》四年八月、鎮西将軍鍾会、祭を漢の丞相諸葛武侯《ぶこう》の霊に致《いた》す」に始まる祭文の中で、鍾会は孔明の忠誠を歴史に残るものとして称えた上で、時代の推移と天命循環の理を説き、この地を騒がすに至ったやむを得ない事情を切々述べている。これも兵を安んじて進める手段であったのだろう。

その夜鍾会は不思議な夢を見た。――と彼は翌日、諸将を前にして語った。

「そう。多分三更の頃であった。わしが一人で床に伏していると、にわかに殺気凜々として四輪車の軋む音が聞こえて来た。

見ると眉に江山の秀を集め、面は玉のごとく、神仙もかくやと思わるるばかりの一人、綸巾《かんきん》を戴き、鶴氅《かくしょう》をまとい、手に白羽扇《びゃくうせん》を持って端座しておるではないか。出迎えてその名を問うと、かの神人は、『我は本日汝の祭を受けたる者なり。漢の命運尽きたるは天命の致すところであるが、蜀の軍民長く戦いに疲れ、肝脳地に塗《まみ》るは憐れむべきことである。汝蜀地に入るも軍民を安んじ、くれぐれも百姓を害することなかれ』と言い終わると、袖を払って何処ともなく去って行った。追おうとしたが足がもつれて動けず、目が覚めた。これはきっと孔明の神霊であろう」

そして鍾会は諸将に令し、みだりに人を殺す者は斬る、秋毫《しゅうごう》も民人を犯すなかれ、と兵に伝えさせた。

行軍の先頭には「国を保ち民を安んず」と大書した旗を掲げ、大軍陸続と南下した。途々士民は魏軍の規律と鍾会の徳に感じ、次々と出迎えて拝した。鍾会も如才なく扱った。彼は一貫して敵にやさしく味方に厳しい。

やがて大軍はすっぽりと包むように漢中城を囲む。守備隊司令の胡済《こさい》は十倍以上の敵に囲まれ、支え切れずに包囲を破って本国方面に逃走してしまった。

もうこの辺まで来ると、蜀兵には老兵が目立ち、チベット系の羌《きょう》族や氐族《ていぞく》の異民族も交じっていた。彼ら少数民族は、兵力・労働力としてしばしば徴用されていたが、普段は漢民族より迫害といえぬまでも差別を受けている。戦意が高かろうはずがない。それに羌族も氐族も、魏の抱える少数民族である南匈奴《みなみきょうど》や鮮卑《せんぴ》、天下に甲たりと称された烏丸《うがん》の突騎兵らに比し、それほど剽悍《ひょうかん》な種族ではなかった。

昔孔明は、勇猛な南蛮族から成る外国人部隊「飛軍《ひぐん》」を使役したが、すでにこの頃南蛮諸王は蜀に朝貢しなくなっており、飛軍も存在しなかった。

楽城守備の王含《おうがん》、漢城守備の蔣斌《しょうひん》も、今やこれ以上の抗戦は無益に兵を殺すばかりと覚り、ついに開城した。鍾会《しょうかい》は降人を厚く遇し、民百姓を寸毫《すんごう》も犯すところがなかった。

蔣斌が降ったのは本国降伏後と読みとれる記事もある。何れにせよ彼は鍾会に心服して随身した。鍾会が彼の父、元の大司馬蔣琬《しょうえん》の墓地を清掃してくれたからである。先の定軍山墓祭《ぼさい》の例といい、鍾会はよほど墓参りの好きな男だったらしい。

「古《いにしえ》、墓祭せず」とはいうものの、一般の人情は墓参りを美俗とする風に移っていたのであろう。これに対し、曹丕《そうひ》や司馬懿《しばい》はしばしば禁令を出しているが、世俗の風を力で取り締まるには限界があった。

鍾会が漢中を制圧しつつあった時、城塞に籠もって一歩も出ない蜀の綏武《すいぶ》将軍漢中護軍蔣斌宛に、次のような手紙を送っている。

「これから西に向かって進軍する予定であるが、高名な貴殿の父君、故蔣琬閣下の墓に詣《もう》で、敬意を表して清掃致したいと存ずる。願わくは墓の所在を教えられたい」

蔣斌は返書にこう書いた。

「お志かたじけない。西に向かわれるとのこと、あえて来たるを拒まずでござる。父の墓所は梓潼《しどう》郡涪《ふ》県に在り、よろしくお願い申す。それにつけても他人の父を実の親のごとくに敬われるとは、かつて孔子をして『予を見ることなお父のごとし』と感ぜしめた顔回《がんかい》に比すべき仁義と、それがし深く感じ入ってござる」

このような文書のやりとりの中に、国境を超えた知識人同士のインフォーマルな結びつきを見ることが出来る。もちろん流血を避けるための搦手《からめて》戦術の側面もあろうが、彼らは国臣である前に、まず貴族であったのである。

また当時、武将は同時に文人でもあった。

漢中全域は、ほぼ鍾会の率いる第一軍団の手中に入った。鄧艾《とうがい》を完全に出し抜く形で、このライバル同士の功名争いは、一旦鍾会の勝利に帰したのである。

その間、第二戦線の鄧艾と姜維《きょうい》の両軍はどうしていたのか。

沓中《とうちゅう》方面の戦闘は熾烈を極めていた。こちらの方は仁義なき戦いである。何しろ鄧艾・姜維共に、過去十年来の宿命の敵同士なのだ。

連日血で血を洗う戦闘がくり返されていた。それに両軍共、実戦で鍛え抜かれた強兵だった。

一番に攻めかかったのは魏の王頎《おうき》である。鬨の声を上げて突き進むと、姜維は屯田を荒らされた怒りに猛り狂い、大槍をかまえて迎え撃った。わずか数合と戦わない内に、王頎は散々に打ち負けて敗走する。

蜀兵も後方部隊と異なり、壮丁ばかりから成る精鋭であった。大いに踏み破って進むと、二番手として魏の牽弘《けんこう》、鼓を鳴らして打ちかかって来る。

姜維はあざ笑い、

「此奴らは我が蜀軍の相手ではない。ただ、蹴散らして通れ」

と兵に下知し、喚き叫んで揉み潰した。

続いて第三陣と激突した。中でも諸軍の先頭切って兵気盛んに進み来る一団こそ、征西将軍鄧艾の旗本なりと知られた。

敵も味方も入り乱れ、討ちつ討たれつ馬烟もうもうと上げてひたすら揉み合った。血は流れて馬蹄に蹴立てられ、屍は街道一面に横たわって戦闘はいつ果てるとも知れない。

双方共疲れた。自然に両軍が分かれて小休止していると、一騎の早馬が後方より馳せて姜維に急を告げた。沓中・甘松《かんしょう》の味方の陣屋に、魏の楊欣《ようきん》が一軍を率いて現れ、火を放っているというのである。

姜維は驚いた。副将甯随《ねいずい》を呼び、大将軍旗を与えて、

「汝しばしの間、この旗を立てて敵を防げ。自分は一手をもって楊欣を追い、火を防いで参る」

と言い残して現場に急行した。

時すでに遅く、火は蜀の陣すべてにかかり、炎々と燃え盛っている。姜維は怒り狂って楊欣を見つけて追いまわし、槍をくり出すとねらいが外れて楊欣の馬の脳をぐさりと突き刺した。楊欣が落馬し、もう少しで討ち取るところで、鄧艾に対していた味方の勢が散々に敗れて逃げ走って来た。鄧艾軍が態勢を立て直し、地を巻いてここに殺到して来るというのである。

しかし姜維はひるまない。再び兵を糾合して一山に拠り、必死に支える。

その時であった。一騎。また一騎。次々と早馬が到着して漢中の急変を知らせて来たのである。

剣閣防衛

伝令は息せき切って言う。

「魏《ぎ》の鎮西将軍鍾会《しょうかい》、十万余の大軍団をもってすでに陽平関《ようへいかん》を攻め破り、洪水のごとく漢中《かんちゅう》領内に攻め入ってござる。退路は危険。援軍も未着。早く間道を選んで逃れ給え」

姜維《きょうい》は色を失った。いつの間に。味方の援軍はどうして間に合わなかったのか。それにしても前面の鄧艾《とうがい》軍の何と執拗なことよ。あくまで蜀《しょく》軍を、ここに釘付けにしておくつもりか。

姜維はすべてを打ち棄てて退却するしか方法がなかった。逃げては戦い、戦っては逃げる。鄧艾の追撃はいかにも彼らしく粘っこかった。姜維が踏み留まって決戦を挑むと、さっと引く。背を向けて走ると猛鷲のごとく襲いかかって背後を切り崩す。それは姜維が、かの段谷《だんこく》で味わった凄惨な退却行を上まわる酷さであった。かつての蜀の英雄趙雲《ちょううん》の次男、牙門将軍趙広《ちょうこう》は殿軍を率い、本隊を護って討ち死にした。

姜維も到る所で魏軍に捕捉され、討ち死に寸前の目にあった。初め一団となって逃げ走っていた蜀兵は、いつの間にか散り散りとなり、残り少なくなっていた。

漢中《かんちゅう》はどこも見なれぬ鍾会軍で一杯だった。姜維は間道を選び、剣閣《けんかく》への退路である陰平《いんぺい》の橋を指して駆けに駆ける。ところがすでに鄧艾配下の雍州《ようしゅう》の刺史諸葛緒《しょかつしょ》が、陰平橋に先回りしており、待つこと久しと固めていた。

行く手に敵。背後も敵。わずか数百騎となった姜維は来忠《らいちゅう》・甯随《ねいずい》と力を合わせてここを突破したのが最後の力であったろう。疑兵の計をもって諸葛緒を惑わせ、その隙を衝く形で敵陣を焼き払って陰平の橋を夢中に駆け抜けた時には、人馬綿のように疲れていた。この時つき従う者わずか数十騎。

それから先の逃避行を救ったのは、成都《せいと》から駆けつけて来た取って置きの精兵、左車騎将軍張《ちょう》翼《よく》と右車騎将軍廖化《りょうか》の率いる一万余騎であった。

姜維は両将軍と再会し、共々涙を流して喜び合った。そして都の様子を聞いた。

張翼が憤激やる方ない口調で語る。

「実は閣下、お聞き下さい。かの佞臣黄皓《こうこう》が神降《かみおろし》の婆を殿中に招き入れ、誤った占《せん》をもって天子の判断を狂わせたばかりか、前線の情報を一人で握りつぶし、我ら遊軍の出動がかくも遅れてしまった次第です。

我々二人は漢中危うしと聞き、天子に無断でここに駆けつけて参りました」

廖化が言った。

「今我々は四方を敵に囲まれております。漢中と巴蜀《はしょく》の境、剣閣の険に一旦退き、そこに本土防衛の陣を張りましょう」

姜維は迷った。作戦の理としては廖化の言が正しい。だが彼の心情としては、どうしても取って返して漢中を取り戻したかった。

しかしその望みは非現実的であることが判った。鄧艾軍に入れ替わり、鍾会に属する数万の大軍が押し寄せて来たのである。

姜維・張翼・廖化の三人は、交互に殿軍となって敵の先手を退け、かつ逃げた。やっと虎口を脱して剣閣に近づいた時、四方から一斉に伏兵が湧き上がった。よく見ると敵ではなく、これも成都から駆けつけて剣閣を先に固めていた蜀兵約五千であった。

大将は今まで首都防衛軍に属していた輔国《ほこく》大将軍董厥《とうけつ》である。彼もこの国難に当たるべく、政府に無断で前線に出動して来た組であった。

董厥字《あざな》は龔襲《きょうしゅう》。彼は今でこそ黄皓に睨まれ天子にうとまれてあまり羽振りは良くないが、かつては尚書令《しょしょうれい》にまで昇った良士である。身分は低く、丞相《じょうしょう》府の下級事務官からたたき上げて下士の行き止まりの令史《れいし》に昇ったが、孔明《こうめい》に認められてキャリアコースに移籍し、そこから上士同様主簿を振り出しに、郎《ろう》・尚書・僕射《ぼくや》を経て尚書令にまで昇った。先述したように、蜀では官と吏との差別はそう大きくはなく、彼の後任である現尚書令の樊建《はんけん》も令史出身の特進組である。だがいうまでもなく尚書令は、実務に精通すると共に貴族達を抑える力もなければ務まらない。

董厥はすでに齢七十を過ぎて実務から引退しているが、今なお剛直の士で鳴っている。彼の政見は尚書出身らしく、内治を重視する非戦論であるが、国難至れば話は別で、防衛には身を投ずる覚悟でいる。董厥はそういう男だった。

彼は天子酒色に耽って佞臣黄皓を重用する由を語り、一同涙にくれたが、姜維は気を励まして皆に言った。

「諸君。泣くのは止め給え。我ら一同この剣閣に拠る限り、たとえ数十万の敵が攻めかかるともびくともすまい。時を待って漢中の各所に後方攪乱の兵をくり出し、桟橋を焼き払って補給を絶てば、敵も兵糧に窮して乱れ出すは必定。その時こそ攻勢に転じ、漢中を奪回しようぞ」

一同は手配を定め、漢中方面から続々落ちてくる敗残兵を収容した。兵糧も充分蓄え、冬を前にして有利な長期戦に持ち込む構えであった。

蜀軍はかろうじて立ち直った。そこへ、先に陰平の橋で陣を焼き払われた雍州の刺史諸葛緒が、恥を雪がんものと独断で押し寄せて来たが、姜維は張翼・廖化と共に新手の精兵を関外にくり出して、徹底的にこれを討ち破った。その時、跡に棄て去られた武器や物の具は足の踏み場もなく散乱していたので、これを収めた蜀兵達は、沓中で失ったものを今取り戻したと言って喜び合った。

「姜維、約二万の新手をもって剣閣一帯に第二防衛線を布く。列営守険。長蛇のごとし」

報は直ちに鍾会に届いた。彼はぶりぶり怒っていた。鄧吃《とうきつ》は何故姜維を取り逃がしたのか。今度彼奴に会ったら、この責任をとことん問いつめてやろう。

すでに冬が近づいていた。下手をすると長期戦になるかも知れぬと彼は思った。

二頭確執

鍾会《しょうかい》の本軍は山野を圧して南下していた。剣閣《けんかく》に迫ること十数里の所で、散々に打ち負けた諸《しょ》葛緒《かつしょ》が、残り少ない兵と共に逃げて来るのに出合った。

鍾会は彼を呼びつけて事情を聞くと、大いに怒って言った。

「我が軍団は鄧艾《とうがい》に力を合わせ、姜維《きょうい》を包囲してやったのに、汝は陰平《いんぺい》の橋で彼奴を取り逃がしたばかりか、勝手に剣閣に攻め寄せて多くの人馬を失った。これいかなる罪ぞ」

諸葛緒は色々弁解したが、鍾会の怒りは増すばかりで、引き出して首を刎ねよ、と左右に命じた。

監軍の衛瓘《えいかん》が飛んで来て諫めた。

「あいや鍾将軍しばらく。しばらく待ち給え。諸葛緒は鄧艾軍に所属する者ですぞ。もし将軍が無断で彼を誅すれば、鄧艾は必ず怒り、両軍団の不和の因となります。処分は鄧艾に委ねるべきでしょう」

しかし鍾会は怒りを収めずに言った。

「我今、司馬晋公《しばしんこう》の幕命を領し、大軍を統べて蜀《しょく》を伐つ。たとえ鄧艾といえども罪あらば罰すべきだ。不和の因とは何を言うぞ」

彼の唯我独尊ぶりは、ここまで来ていたのである。諸将は顔を見合わせた。衛瓘の言うとおり、これはまずい事になりそうだ。御大将はどうして好んでトラブルの種を蒔かれるのか。

皆再三鍾会を諫めたので、彼は不承不承に諸葛緒の一命を許し、檻車にぶち込んで洛陽《らくよう》に送り、罪状を添えて司馬昭の裁断を仰ぐこととした。そして諸葛緒に属する雍《よう》州の兵馬は、全て自分の配下に収めてしまった。

ちなみに諸葛緒は学問があったためか、後、官に復帰して、晋朝の文部・式典大臣たる太常《たいじょう》の位に昇っている。

この一件は、鍾会に後れて漢中領域を南下しつつあった鄧艾の耳に届いた。果たして彼は、真っ赤になって怒った。

「自分と鍾会は、共に官位の上下なく、指揮系統もない。しかも自分は、長年蜀の強兵を防いで来た功労者ではないか。後からのこのこと出て来おったくせに、何故鍾会は増長しおって我が手の大将を処分したか、きっと詰問してくれようぞ」

父の怒りを見て鄧忠《とうちゅう》が諫めた。

「父上。小事を忍ばずんば大謀も成らず、と申すではありませんか。父上は国家のために大なる功を立てられましたが、この程度の件で鍾会と不和となり、せっかくの功績が水泡に帰すようなこととなってはつまらぬ話でしょう」

鄧艾は息子の申すことの理は解っていた。しかし、どうしても心中鍾会を恨まずにはいられなかった。

九月初旬、鍾会・鄧艾の両軍団は合流した。今後の方針を立てるため、鄧艾は鍾会に会見を申し入れ、数十騎の大将を引き連れておもむくと、鍾会は数百騎の猛将を従えて出迎えた。鄧艾は心中面白くなく、鍾会の指し示した下位の席に坐しながら、気鬱々としていた。

それでも鄧艾は、出来るだけ感情を色に表さず、鍾会の漢中《かんちゅう》突破を祝賀して言った。

「鍾将軍。漢中でのご勝利、まずは目出度く存じ上げまする。蜀の勢ことごとく胆を冷やして逃げ去りましたことは、国家のために幸甚でござる。この上はすみやかに次なる計を定められ、剣閣《けんかく》を破り給え」

鍾会は、鄧艾が諸葛緒の一件を持ち出さなかったので、自分のほうからも姜維を取り逃がしたことを責めなかった。互いに含む所がありながら色に出さず、会議は表面淡々と進められた。

「さて、その事だが、剣閣の峻険を破るにはいかなる計を用うべきであろうか。一つ鄧艾殿の高論を承ろう」

「私は不才の者。どうして知り得ましょうぞ。貴殿よりお示しあれ」

「いやいやご遠慮あるな。奇略縦横の貴殿のことゆえ、何か策がござろう。ぜひお示しあれ」

鄧艾は固く辞したが、再三の問いにやっと口を開く気になった。

「それがし愚意をもって按ずるに、正兵をもって姜維を剣閣に釘付けにし、奇兵をもって陰平の山路より山岳深く分け入り、成都北西部《せいと》の大山脈をはるばる越えて益州の平野に出ますれば、蜀中大騒ぎとなって姜維も成都へ走りましょう。その虚に乗じて攻め入らば、剣閣破るるは必定」

鍾会は大いに喜ぶ体《てい》で言った。

「さすがに鄧艾殿は天下の奇才。よくぞ申された。さっそく貴下の第二軍団をもって成都の背後を襲い給え。これは大なる功となりますぞ」

鄧艾は否応もなく貧乏籤を引き受けさせられた。言い出しっぺの常である。時をはずさず酒が持ち込まれ、宴となった。

鄧艾が配下の大将達を連れて退席してから、鍾会は一同に向かって言った。

「全く馬鹿な奴だ。思い付きとは申せ、あのような無茶な計画を口にすべらすとは大した者ではあるまい。

わしは聞いておる。陰平の奥の山地は嶺高く絶壁そびえて鳥も通わぬ所であると。かかる人跡未踏の山岳地帯に、どうして多数の軍馬が進み得よう。もしこの俺が蜀の大将ならば、わずか数百の兵で鄧艾の軍をさえぎり、全員谷の中で餓死させてくれるわ」

さらに彼は語を継いで、

「これで鄧吃《とうきつ》の悪運も尽きた。哀れにもこの俺に対抗して功をあせったのであろう。我々は彼にかまわず、ひたすら正攻法をもって進もう」

と言い、移動出来る巨大な矢倉や高い梯の類の攻城具を、至急製造させた。

鍾会はまず教養をひけらかした名文の降伏勧告状を送ったが、姜維らは黙殺した。それから二ヶ月余、昼夜を分かたぬ猛攻がくり返される。鍾会は新手を次々とくり出しては剣閣によじ登らせた。姜維・張翼《ちょうよく》・廖化《りょうか》・董厥《とうけつ》ら蜀の将兵は一丸となり、身を挺して戦った。さすがにここは、地形から言っても簡単に抜ける所ではなかった。

鍾会はあせった。補給は遠く、すでに冬となって将兵の士気は日に日に低下して行った。

正史ではこのあたりの情況を簡潔に、

「列営守険。（鍾《しょう》）会能《かいよ》く克《か》たず。糧運懸遠。将還帰を議す」

とのみ要約している。

一方、鄧艾は陣所に戻ると、諸将を集めて憤激の涙をふるって言った。

「自分は誠意をもって鍾会に接しようとしたのに、彼は心中この俺を小馬鹿にしよって芥のごとく遇する。彼は漢中を攻略してその功を一人占めにしているつもりだろうが、それは我々第二軍団の将兵が、命を棄てて沓中《とうちゅう》で戦っていたからこそ出来たことだ。しかし残念ながら、世間ではそうは見るまい。

よいか一同。我々はこれより山岳に分け入り、益州盆地に出て直接成都を衝く。成功すればその功は第一軍団に十倍しよう。いかなる艱難辛苦にも耐え、将兵心を一つにしてかの大山脈を越えようではないか。必ず功名は万世に伝えられ、恩賞は我々一同の子々孫々にまで加わるであろう」

諸将は奮い立って、口々に鄧将軍の命に従わんと誓った。かくて魏《ぎ》の第二軍団約二万は、大がかりな山越えの仕度にとりかかった。腰に乾飯、背に差縄《さしなわ》を負い、斧をかつぎ、熊手を持って陰平の小路より深山に消えて行ったのは、初冬十月初旬である。

四　終戦の詔勅

秦嶺越え

鄧忠《とうちゅう》は先手となり、五千の兵に斧や熊手を持たせ、甲冑も着けずに出発した。山道を開き、崖をよじ登る。熊手をもって岩根にかけ、一人が登ると縄を下ろしてまた一人を引き上げた。樹木を伐採し、岩石を砕き、絶壁には桟橋をかけ、所によってはトンネルまで掘った。一嶺を過ぎるとまた一嶺。大山脈はどこまでも続いていた。人里はなく、時折羆《ひぐま》や大鹿の影が走り過ぎる。

所はかの昆侖《こんろん》山脈の東への延長である秦嶺《しんれい》山系の支脈である。この支脈は東に延びて老年期地形の大巴山脈となるが、そのつけ根に近い所だから秦嶺山脈と同様海抜二千メートルから三千六百メートル級の山がいくらでもある高峻な山系で、中国西部の風土・気象、ひいては文化を南北に分けている。

夜となれば寒気厳しく、闇を破って虎の声、狼の叫びが四方に聞こえる。北の風は山脈につき当たり、松や檜の大枝が響々と音を立ててゆれた。

鄧艾《とうがい》らの後続部隊も食糧や武具を背負い、串刺状の一列縦隊で息ぜわしく進んだ。時々兵糧を満載した馬が重心を失い、峡谷中に絶叫を反響させて跳ねる様に落下する有様は、兵達の胆を凍らせた。

こうして七百余里を踏破した。今の単位では三百キロ前後か。兵は疲れ切っていた。さらに励まして樅・桐・楠の大森林地帯に分け入る。そこも何とか抜け出ると前方がぽかっと空き、峨々《がが》たる一山が聳《そび》えていた。これが摩天嶺《まてんれい》といって行軍径路中最後にして最大の難所と目されている所に相違ない。

鄧艾が注意深く馬を引きながら崖下を巡って行くと、そこに先発隊の鄧忠一行が一ヶ所に集まり、絶望した表情で蹲《うずくま》っていた。中には泣き出している兵もいる。

鄧忠は父を見ると、飛んで来て言った。

「実は父上。せっかくここまで来たのですが、あの嶺の四方には無数の巨大な岩壁が屛風のように屹立《きつりつ》していて、たとえ翼ある鳥でも越えられるものではありませぬ。我らの千難万苦も、これで水泡に帰し、一同この地で餓死するのかと嘆いているところでした」

鄧艾は雪まじりの烈風に身をさらして兵に告げた。

「我々はすでに七百余里を踏破し、ここまで達した。あの嶺さえ越えれば、眼下は巴蜀《はしょく》である。そこに入ればたとえ死すとも恨みはあるまい。諸君。死ぬならこの山中でなく、敵地に入って死のう。元より大将と士卒の間は、情において兄弟と同じである。互いに手を貸し扶け合い、励まし合って力を尽くせ」

一同は一斉におうと応えて腰を上げた。そしてついに最後の難関摩天嶺を踏破し、南側の岩壁に立った。

「やっ、あれは」

「はや、益州《えき》の平野ではないか」

皆が東南を見下ろすと、渦巻き上がる靄《もや》の中に薄緑色に霞んで見えるのは何と益州の沃野であった。風は生温かい。この大盆地は北の風が北部大山脈に隔てられるため、四季を通じて緑の絶えない所と聞く。冬から春にかけて霧の多い季節とも聞いていたが、それでも今日はかなり見通しが良い。

眼下は大絶壁であった。縄を下ろそうにも、人を吊り下げるのには無理がある。

鄧艾は勾配がややゆるい所を選んで数頭の馬を追い落としてみた。ほとんどの馬は無事に駆け落ちて行き、平地に身ぶるいして立った。

鄧艾は諸軍を激励し、毛氈《もうせん》に身を包んで真っ先に転がるように落ちた。諸将も続き、毛氈は細紐で吊り上げられて次々と兵も下った。やがて全軍傷だらけになって益州盆地の一隅に立った。景元四年十一月である。

少数の馬と軽量の武器の他、食糧も何もなかった。もう引き返せない決死の軍団だった。

ここからの坂は楽だった。この山系の南側は概してなだらかである。ただ、密集した竹やぶが多かったのには難渋した。処々に猩々《しょうじょう》の叫び声を聞き、熊に似た白黒斑《まだら》の竹林の珍獣に出合いつつ獣道《けものみち》を行くと、古びた陣所が発見された。土民を連れて来て聞くと、その昔孔明《こうめい》が設置した陣で、一頃は一千の兵が常駐し、日夜北壁に至るまで警戒していたそうであるが、現帝の劉禅《りゅうぜん》がこの制を廃して久しいという。

鄧艾は驚き恐れたが感慨に耽っている暇はない。諸軍を集めて、

「今や我々には戻る道もない。兵糧もなければ、ろくな装備も持っていない。前方にある江油《こうゆ》城を乗っ取って資材や武具を分捕り、充分に兵糧を使って休息を得ようではないか」

と号令した。

その不意に出て、その備えなきを破る。――鄧艾軍の艱難辛苦は報いられた。一同は勇んで坂を駆け下り、江油城に突入した。今頃鍾会軍はさりとも知らず、多くの血を流して剣閣に貼りついていることだろう。

江油城は成都北西部にある小城である。地をくぐるか翼でもない限り、こんな所に敵が現れるはずがないから、当然手薄だった。

城将は馬邈《ばばく》といって、酒好きのぐうたら大将であった。兵も老いて肥えふくれた地方兵が数百人いる程度であったから、突如天降って来た魏の軍団を見て、へなへなと腰を抜かしてしまった。

馬邈は真っ先に降人となって出た。それを見た女房の李氏、鄧艾の前に平伏している夫の側に走り寄って来て、

「お前さんという人は、男と生まれてよくも平気で国を売り、城を明け渡せるものですね。あたしはそんな腰抜けの女房でいたくはありません」

と罵り、夫の面に唾をひっかけて去った。

馬邈は酒やけした顔をさらに赤くして頭をかいた。鄧艾は彼の降を許し、全軍城に入って食と眠りを貪った。翌日鄧艾は、次なる目標涪水関《ふすいかん》に攻めかかり、少数の城兵を追い散らして占拠した。ここにも兵糧・武具・馬匹《ばひつ》が蓄えられていた。

益州盆地の一角、しかも成都にごく近い地点は、かくして魏軍に固められた。今や鄧艾は、成都攻略の確固たる拠点を得たといってよい。激戦地剣閣ははるか後方である。鮮やかな飛び石作戦だった。

ここで想起されるのは「プルターク英雄伝」で高名な、第二次ポエニ戦役におけるカルタゴの勇将ハンニバルのアルプス越えとローマ進軍であろう。我が朝にも戦国末期、佐々成政《さっさなりまさ》の日本アルプス越え（さらさら越え）があるが軍団規模のものではなかった。だが鄧艾軍の壮挙の場合、なぜか世に知られるところが少ない。

綿竹玉砕

遠近の早馬は続々成都《せいと》に馳せて急を告げた。

蜀《しょく》帝劉禅《りゅうぜん》は青ざめていた。そんなはずはないのだ。魏《ぎ》の大軍は、姜維《きょうい》が剣閣《けんかく》で喰い止めているのである。いきなり成都の背後に現れたとはどういう事なのか。

在京の文武の百官も、うろたえ騒いでいた。忽然と天降ったか、地から湧いて出た魏の軍団に手向かうべく、自ら名乗って出る大将は一人もいない。

秘書令の郤正《げきせい》が上疏《じょうそ》して言った。

「陛下。事すでに急であります。すみやかに詔を下し給いて、諸葛孔明《しょかつこうめい》が一子諸葛瞻《せん》殿を召し、都の兵馬を授けて特別攻撃隊を編成、もって侵入軍を防がせ給え」

諸葛瞻字は思遠《しえん》。孔明の一人息子である。孔明が没した時はわずか八歳であった。年齢からして、妾の子ではないかとの推論もある。幼時より聰明、長じて天子の姫君を娶り、公主の婿君としての慣例の起家官たる駙馬都尉《ふばとい》に任官した。華やかな起家であった。身体は丈夫な方ではなかったらしい。性格は清流文官タイプで非戦論者である。以前尚書令の董厥《とうけつ》と共に、姜維を益州の刺史に転じて兵権を奪おうと企てたことがあったくらいだから、姜維とはそりが合わなかったに違いない。一方、濁流官の黄皓《こうこう》とも仲が悪く、今は仮病を使ってほとんど朝廷にも顔を出していなかった。

何しろ孔明の子であるから、家柄が良過ぎるのである。一時は尚書省《しょしょうしょう》にも勤めたが、上司は誰も雑務や骨折り仕事に使おうとしなかったため、何時か忘れられてしまった。職は閑であるほど清で、貴いとする風も当時あった。

劉禅《りゅうぜん》が言った。

「そうだ。もし卿《けい》が教えてくれなかったら、この者を忘れるところだった。早速召し出せ。都の兵馬を授けて敵に向かわせよ」

諸葛瞻は朝に出て衛《えい》将軍を拝命し、血涙を下して覚悟のほどを述べた。

「我ら一族、先帝以来の重恩を受けたる者でござる。肝脳地に塗《まみ》るとも恨みはありませぬ。閑居は我が志に非ず。誓って一命を棄て、国憂に赴きまする」

彼はこの時三十八歳。共に出陣する長男の諸葛尚《しょう》は起家前の十九歳。文武両全の若武者で、蜀の若手の花と言われていた。次男の京《けい》はまだ年少だったので、母に孝を尽くせと諭《さと》されて泣く泣く途中の駅亭より家に戻った。従う将はやや年輩の参謀黄崇《こうすう》の他、張遵《ちょうじゅん》・李球《りきゅう》以下ほとんどが尚書省を中心とする諸官庁から志願して来た、若手文官のいわば同期の桜組である。筆を捨て、剣を執っての参加だった。都の軍馬を分かって総勢およそ一万余人。避難民でごった返す成都の街路を、鼓笛も悲壮に行進して行った。

蜀人は孔明の子孫以下、後方の若手の総力を挙げての出撃に、神風でも吹くような期待感をこめて見送った。同時に成都からは救援を乞う使者彭和《ほうか》が呉《ご》に派遣された。

成都と涪水《ふすい》関の間には綿竹《めんちく》の城がある。鄧艾《とうがい》は次の目標としてそこを窺っていたが、諸葛瞻《せん》は一足先に入城して堅陣を張った。

魏の先手の大将は鄧忠《とうちゅう》と師纂《しさん》である。何ほどの事やあろうと進んで行くと、蜀の勢は城門の前に八門連鎖の陣を布いて待ち構えていた。

三通の鼓が鳴り終わって中央がぱっと開くと、四輪車の上に一人、綸巾《かんきん》を戴き鶴氅《かくしょう》を着し、手に白羽扇《びゃくうせん》を持って端座した神人のごとき姿が暮色に見える。そのそばに「大漢丞相《だいかんのじょうしょう》諸葛武侯《ぶこう》」と大書した旗と北斗七星旗が立ち並び、数十人の大将がずらりと左右に居流れていた。

魏兵は皆冷や汗を流して震え恐れた。その昔、話に聞いた諸葛孔明のスタイルそっくりである。姿・形は敵味方を通じ、今や伝説化されていた。魏の兵士達もまだ幼かった頃、昔祁山《きざん》・渭水《いすい》の戦場で戦った事のある在郷軍人達から、このシーンを幾度となく聞かされ、目を丸くして話に吸いこまれながら、子供心に何かしら神秘的な思いを馳せたものだった。

もちろん四輪車の上の孔明は木像である。その前にこれなん諸葛瞻であろう、一人の大将馬を躍らせ、剣を抜き放って、

「味方の兵共承れ。蜀漢《しょくかん》の運命この一戦に在り。何のためにか命をば惜しまん。ただひたすらに斬り立て進むべし」

と声高く令を発すると、蜀兵は一斉に喊声を上げて突撃して来た。魏兵は一目散に逃げた。いくら大将が声をからして督戦しても、兵は後も振り返らず、なだれを打って涪水の鄧艾の本陣まで走ってしまった。

鄧艾は何たる事かと叱った。すぐ鄧忠・師纂の両名を呼び、

「孔明が今日生きておるわけがないではないか。汝らよく兵に説き、偽の孔明を恐れることなかれと厳命せよ。再び敗れることあらば軍法に照らし、汝らの首を刎ねん。鄧忠。我が子といえど兵の手前、容赦はせぬぞ」

と怒鳴った。

鄧忠と師纂は兵を立て直し、綿竹に向かった。これを迎え撃った蜀の若大将諸葛尚《しょう》は、槍をかざして真一文字に魏軍に突入して踏み破った。諸葛瞻も我が子を討たすなと号令し、大軍地を巻いて襲いかかった。

魏軍は散々に敗れた。討たれる者数を知らず、再び敗走した。鄧忠・師纂は最後まで踏み留まって戦い抜き、深手を負ってから逃げた。

鄧艾は二人が手負いとなって戻って来たので、その罪は問わなかった。今度は自分が出る他あるまい。彼はそう考えて兵を交代し、一万余を率いて綿竹に押し寄せた。

まず鄧艾は、城方に使者を送って降伏を勧告した。諸葛瞻はその使者を斬って決戦の意志を示した。鄧艾は作戦を立て、王頎《おうき》・牽弘《けんこう》・楊欣《ようきん》の三人に兵を付けて後方の谷に伏せ、自らは小勢をもっ

て関門に押し寄せ、大いに蜀兵を挑発した。

諸葛瞻は一手を率いて駆け散らしたが、今度ばかりは相手を見損なっていた。散々に敗れた鄧艾を討ち取ろうとつい深追いしたが、忽然として右に王頎、左に牽弘、背後に楊欣の伏兵が一度に起《た》って鉄桶のごとく蜀勢を包んだ。諸葛瞻は喚き叫んで戦ったが力及ばず、雨のような矢を浴びて父の名を辱めぬ生涯を終えた。

これを聞いた諸葛尚は、皆が止めるのも聞かずに城門を開いて打って出た。そして、ひたすら父の後を追うように重厚な魏軍の真っ只中に飛び込んで行き、壮烈な斬死をする。

後に続く者は蜀のにわか将校張遵・黄崇・李球他の面々。いずれも蜀漢の悠久たる大義を信じつつ、ただやみくもに最後の突撃を敢行して全員戦死を遂げた。どうも敗戦が近くなると、実戦を知らぬ本国の素人武人ほど死に急ぐものであるらしい。

こうして綿竹は落ちた。

＊

張遵は先帝劉備《りゅうび》の義弟張飛《ちょうひ》の孫、黄崇は蜀が呉《ご》を攻めた際の水軍の将だった黄権《こうけん》の子、そして李球は元建寧《けんねい》の太守李恢《たいしゅりかい》の弟の子であり、それぞれ亡き父祖の名を辱めぬ蜀臣であった。

彼らは皆、文官から特別志願で諸葛瞻の軍に参加した素人武官である。

かつて先帝劉備が呉に大敗を喫した時、蜀の水軍の将黄権は、あまりに敵中深く入り過ぎていたため、退路を完全に失ってしまった。長江の上流は下るに速く退くに不便である。かといって呉に降るわけにはいかず、やむなく魏に亡命した。本来なら一族誅滅の運命だったが、劉備は、

「黄権の亡命は作戦を誤った朕《ちん》の責任である」

と言って遺された家族を慈しむよう命じた。国難に殉じた黄崇は、その時恩を受けた黄権の幼子であり、張遵共々尚書郎の職を擲《なげう》って前線行きを志願したのである。

なお李球も、光録大夫《こうろくたいふ》の配下で近衛を司る羽林監《うりんかん》であり、これも長袖の衣を脱ぎ捨てての参加だった。

「瞻《せん》すでに八歳。聰明愛すべし。ただその早成、恐らくは重器たらざるを嫌うのみ」

これは晩年の孔明が呉に仕える実兄諸葛瑾に送った手紙の一節である。たしかに諸葛瞻は清流とはいえ大器の人材ではなく、父の名声に包まれて、能力はさほどではなかったろう。しかし瞻・尚父子他綿竹で散華した面々の生涯は、当時の儒教モラルの立場に立って見る限り忠孝そのものであり、漢的美意識に強く訴える何物かを感じさせる。そしてこの美学は、後年、宋代に新儒教主義運動となってよみがえり、更に理念的な純化を経て、近世以降の日本の士族に教養として伝承される。

御前会議

綿竹《めんちく》から成都《せいと》に至る間には、さえぎる要害は何もなかった。成都は風前の灯火といってよかった。首都成都は大混乱に陥った。人民は上を下へと騒動し、老を扶け、幼を背負う避難民でごった返し、号泣する声は全都に満ち満ちた。この騒ぎを鎮める手段は、もう残されていない。

政府の方針は中々定まらなかった。廟堂の論議は空転し、百官それぞれ勝手なことばかりを言っていたが、どの立場に立つにせよ、責任をもって推進役を買って出る者はいなかった。

劉禅《りゅうぜん》は魂を失い、何度も気絶しては後宮に運ばれた。御前会議の最中でもひっきりなしに退席し、女官達とうろたえる有様である。

小田原評定の末、群臣の意見はほぼ二つにまとまった。成都には兵も少なく、めぼしい大将もいなくなった以上、益州を捨てて寧《ねい》州に奔《はし》り、南方諸郡の地方軍を集めて力を盛り返し、さらに南蛮王の救援も得ようとする案が一つ。もう一つは同盟国の呉《ご》に逃れ、亡命政権を創ろうという案である。

首都決戦玉砕論も、少数派ながら存在していた。一方、降伏論は、この段階では誰も口に出していない。

聖断はまだ下らない。どの案も口で言うほど生易しいものではないからである。

南方に逃れても、ここ久しく南蛮の国々とは国交が絶えている。それにそこは百獣吠ゆる熱帯の地であり、蛮族や疫病も猖獗《しょうけつ》を極めている。どのような禍がふりかかるか予想し難い。呉に逃れるにしても路は遠い。臣下一同心を一つにしても、天子の御車を護り通せるかどうか。

しかしぐずぐずしていると機を逸する恐れがあった。この時九卿《くぎょう》職の一人である光禄大夫《こうろくたいふ》譙《しょう》周《しゅう》は、決死の覚悟で発言を求めた。

「臣周按ずるに、南方に奔るも東に逃れるも愚策であります。南蛮とはすでに国交なく、当国としても普段から恩をかけてはおりませぬ。呉に亡命するにせよ、古来他国を借りてなお天子たるの例を聞きませせぬ。呉の臣となるだけです。また按ずるに、魏《ぎ》は必ず呉を滅ぼすことでしょう。呉の臣となるは一つの恥。呉滅亡後、転じて魏の臣となるは恥の上の恥です」

ここで譙周は姿勢を改め、謹んで言上した。

「まことに申すも畏れ多き極みでございまするが、何とぞご賢察あって、上は宗廟を護持しつつ、下は民百姓を塗炭の苦しみから解き放ち給え」

群臣は驚いて譙周の方を見た。彼はここ久しく政務について発言しなかった男である。そしてこの危急の時に、人々が心に思っても口に出せなかった事を、真っ先に言ってのけたのである。

劉禅はじっと譙周の顔を見た。今まで彼の存在を忘れていたのである。

「では卿《けい》は、これ以上戦いを継続せず、降伏せよと申すのか」

「臣としてまこと万死に価する言でありますが、陛下の御仁愛をもって太平を開かれ給うこと以外に、皇祖皇宗の御廟をお護り申し上げる途は残されておりませぬ。それも早ければ早いほど魏の心証も良く、必ずや陛下に地を分けて王となすでしょう。これ以上戦い抜けば、畏れ多くも陛下の御一身並びに宗廟まで護り切れますかどうか。ただただ、ご賢察のほどを願い奉りまする」

要するに蜀は負けたのである。回復不可能な所まで来てしまったのである。あとは負けっぷりを良くし、悪あがきを重ねて恥の上塗りをしないことが信を中外に保ち、宗廟墳墓の破壊を免れ、長く苦しみに喘いできた蜀地の軍民を救う道であると、訥々《とつとつ》として彼は説くのであった。

ほっとしたような空気が廟堂を支配した。心の奥底でこの空気を待っていた者は多数あった。しかし、最初にそれを口にする者は、危険を覚悟しなければならなかった。

「そう致すとしよう。朕惟《ちんおも》うに、譙周の言が最も天地の理に適うておるようじゃ」

聖断が下されようとした、その時であった。

「卑怯者！　腐れ儒者譙周、そこを動くなっ」

屏風の後より大音声が上がった。躍り込んで来たのは先ほどから御前会議の様子を窺っていた本土決戦派の一人、第五皇子の北地王《ほくち》劉諶《りゅうじん》である。

眦《まなじり》を裂いて剣を抜き、譙周目がけて斬ってかかった。

「退《さが》れ北地王！　汝一人血気の勇をたのみ、何とて満都に血を流さんとするぞっ」

帝は怒鳴った。彼がこのように決然たる意思表示をしたのを、群臣は初めて見た。

さすがに劉諶ははっと床に伏し、血涙をしぼって言った。

「我々はまだ戦えまする！　成都にはなお防衛軍一万、剣閣《けんかく》でも姜維《きょうい》が大軍を集結して戦っておりまするぞ。このままおめおめとは降れませんっ。何とて譙周がごとき無能の輩の言をお取り上げ遊ばすぞ。不肖私が陣頭に立って戦いまするゆえお許し下さいっ」

劉禅は聞くに耐えぬといったそぶりで叱った。

「ええい黙れ黙れっ。汝小児の分際で何を申すか。天の命《めい》の何たるかも知らぬ未熟者。共に社稷の事を語る資格はない。者共、追い出してしまえ」

近侍達は北地王を殿中から中庭へ引きずり下ろした。劉諶は死の覚悟を示す意味で頭をもって地を叩き、額を割って顔中血に染めながら、なおも叫んで、

「たとえ力尽き国滅ぶとも、父子君臣城を背に一戦。等しく社稷に死して、黄泉の下漢皇二十五帝にまみゆる事こそ、人の道ですっ」

と主張したが、とうとう宮中からしめ出されてしまった。

「十八史略」の記述を見ると、北地王の「城を背に一戦」のくだりを、簡潔な文体ながら悲痛に謳い上げているが、これは後世の宋代以降における朱子学名分論の立場から、蜀《しょく》を漢《かん》の正統と規定し、魏を蒙古の外敵になぞらえ、大いに民族意識を鼓舞する意図で、ことさらに蜀末の悲壮美を盛り上げようとしたものであろう。

蜀が正統か、魏が正統か、何れが官か賊かは、日本の南北朝問題と同様、当時の人よりも後世の論議の白熱するところであるが、おおむね中華に強大な中央政権が出来ると曹操《そうそう》が英雄視されて魏が漢《かん》の正統な継承者となり、蜀は単なる地方政権に落とされる。しかし北方からの外圧が加わり国土蹂躙の危機が迫ると、曹操は姦雄となって劉氏が正統となる、といわれる。時代によって官学としての歴史の視点が異なるのは当然だが、概して民衆の間に蜀同情論が根強いのは、幾度も外敵に苦しめられて来た歴史を持つ漢民族のナショナリズムのしからしむるところで、単純に忠君愛国の旧思想と片づけるわけにも行かぬ、との説もある。

だが、後世における「正統論」の帰趨がどうであれ、要するに北地王のこの心情は、漢の儒教世界当時からあったものであり、蜀に伝承されていたその美意識・教養の残映も、真実かくあったのだと思われる。

独断のきらいはあるが、漢民族の支配層がより賢く、練達・老獪になり、複雑な性格を帯びるようになるのは晋《しん》以降であろう。三国までは異民族による支配をまだ体験していない。それは半世紀前まで外国に征服されたことのない、蓬莱《ほうらい》の海に浮かぶどこかの島国の士族の場合と、似たようなものであったろう。少なくとも巴蜀《はしょく》のような西偏の邦《くに》では、そう想定してよいだろう。

以下、そのつもりで北地王の悲劇を続ける。後世の講談が最も力を込める泣かせ場面の一つである。

劉諶は怒気を含んで家に帰り、憤激しながら新妻の崔《さい》氏に御前会議での出来事を語った。

やがて同志の使いが来て、明日天子降伏のニュースをもたらしたので、彼は妻に向かい、

「いよいよ本日限りで、四百六十余年の漢の御代は永遠に滅ぶこととなった。自分は死すとも賊に膝を屈して辱めを受けることは出来ない。君臣ことごとく降人となって出る姿を見る前に、潔く自決して黄泉の下昭烈《しょうれつ》皇帝のみもとに赴く覚悟だ」

と言った。妻の崔氏は少しも騒がず、にこやかに夫を見上げて、

「ああ賢なるかな、わが君。国に殉ずるその死こそ人の道です。夫に尽くす婦道も同じ。まず妾《わらわ》が先立ちまする。決してお止め下さいまするな」

と言って立ち上がり、いきなり柱に頭をぶっつけ、首の骨を折って死んでしまった。

劉諶は大いに泣き、崔氏の首を提えて邸を出て、昭烈皇帝の廟前に参拝し、眼中血で満たしながら、

「祖父もし霊あらば臣が肝胆を察し給え。願わくは妻と共に御側に赴かん」

と言って剣を放ち、己が首を刎ねた。

この報はその日の内に成都中に広がり、人々の涙をさそった。群臣も兵も号泣した。帝劉禅も大いに悲しんで、二人の屍を一緒に厚く葬ることを命じた。

＊

「三国志」に登場する自殺者を見ると、圧倒的に儒教の徒が多い。儒教の基本をなしている君臣・

親子・夫婦等の人間関係秩序の立場と名分を守り、責任感や恥の意識から出る自決は、称賛と同情の対象であったようだ。また、所属する秩序を絶対視すればこそ、新しい環境への適応力を欠き、世を悲観して自殺する気分にもなったのであろう。

その点、秩序からの自立性の強い老荘の徒のほうが図太く出来ていて、たとえ山野で餓死しようとも、したたかに生き抜く姿勢は持っていたようだ。当時は隠者であっても任誕《にんたん》・簡傲《かんごう》、つまり不遜な独立独歩型が多く、枯れ木イメージの世捨て人タイプではなかったと考えられる。

ちなみにこの頃、人の世を仮の宿と観じ、元来生と死との区別はあいまいなものだとする仏教思想は、まだ一般には定着しておらず、その背景での自殺者は少なかったと思われる。

成都開城

人々が暗涙を嚥《の》む中で、終戦の詔勅が全成都の官吏と軍に発表された。人民の騒動はやっと静まり、長い長い一日が終わった。

翌日、譙周《しょうしゅう》の起草した降伏文書は郤正《げきせい》他二、三の博士が手を加えた後、帝の裁可を得た。侍中《じちゅう》張紹《ちょうしょう》がその文書を捧持《ほうじ》し、かの鄧芝《とうし》の子である駙馬都尉《ふばとい》鄧良《とうりょう》が付武官として従い、白旗を先頭に立てて鄧艾《とうがい》の陣所に向かった。張紹は降伏文書と共に、漢の帝室に代々伝わる伝国の玉璽《ぎょくじ》も持参していた。

玉璽は門下省長官たる侍中が持ち運びすることになっている。蜀の帝室に伝わる玉璽は、「伝国の玉璽」と呼ばれて由緒ある御物であった。漢室四百年を通じて代々継承されて来たが、漢末の天下騒乱の際、天子が草莽《そうもう》を放浪中紛失した。後になって襄陽の漁夫が、漢水のほとりで偶然網にかかった金色燦然たる玉璽を発見し、役所に届け出た。それを孔明が鑑定し、これは真物であるとして蜀の先主劉備《りゅうび》の漢室二十五代目継承の具に資したのである。

鄧艾はすでに成都郊外に進出していた。やがて降参の旗が城壁に立ち並んだのを望見して、大いに喜んだ。さっそく張紹と鄧良を陣屋に招き入れて文書と玉璽を受領し、使者一行を厚くもてなした。

「降臣劉禅《りゅうぜん》、謹んで書を征西将軍の麾下《きか》に致す。切に聞く。勺杯の水は終《つい》に江河に帰し、燕雀の徒は梁棟に棲すと」という書き出しから成る譙周・郤正の合作と考えられる降伏文書は、ちょっとした名文である。鄧艾の返書も実に穏便であった。

まず劉禅の決断を、「国を全うするを上とし、国を破るを下とす。これ王者の義の道なり」と激賞し、さらに魏《ぎ》をもって正統とする立場から今日に到った状況を、「これ人事に非ず。天命なり」と慰めた。最後に「君子は豹変。今や礼をもって上賓となさん」ことを約した上で、「鄧艾再拝」で結んである。

本来なら彼にはここまで約束する権限はない。遠征軍の司令官は彼一人ではないのである。劉禅を生かすか殺すかは、洛陽《らくよう》にいる司馬昭の裁断を待って伝える事項である。このような独断専行ぶりは、後、彼が中央から睨まれ、突如解任の運びとなる因となるのである。

今や玉璽を失った劉禅は、返書を見て一まず安堵した。次なる手続きは国務に関する各種台帳の引き渡しだ。これは尚書省の仕事である。尚書令樊建《はんけん》と尚書郎李虎《りこ》が、人事・財務・税務他の諸台帳や人口等の調書を取りまとめ、鄧艾の陣所に提出しに行った。

鄧艾が人口等調書を見ると、

登録戸数　二十八万戸
男女人口　九十四万人
官吏定員　四万人
登録兵士　十万二千人

である。官吏四万とはいくらなんでも多すぎて、古《いにしえ》の転記ミスかと思われるが、多分地方の半官半農の村役人、例えば教導員や戸籍・税務係員、警察官や勧農員まで全てを官に数えていたのであろう。町丁区画の里《り》や駅伝郵舗の亭《てい》にも長《おさ》がおり、隣組組織の什《じゅう》や伍《ご》にも頭がいたろう。吏と民の境界は不明だが、要するに体制の網は国家の末端まで拡げられていたのであろう。

一方、国庫の在庫高調べを見ると、主たる項目では、

米　穀　四十万石

金・銀　各二千斤

錦・絹　各帛布二十万匹

となっていた。ちなみに一石は百升で、一升は約〇・二リットル、一斤は二百二十二グラム、一匹は横幅は判らないが百尺で、一尺は約二十四センチである。なお米とか絹とかは官吏への給与、春秋二回のボーナスとしても使用されていたらしい。貨幣流通量の少ない不景気の世であった。

魏の国力に比べれば甚だ貧弱なものであろうが、登録上とはいえ、今日よりはこれら一切が鄧艾一手の管理に帰するのである。彼は胸ふくらむ思いであったろう。

万歳の声は全鄧艾軍に上がった。堂々軍鼓を鳴らして成都に迫る。ついに彼らは勝ったのだ。蜀に勝ったばかりではない。鍾会《しょうかい》率いる第一軍団の奴輩にも勝ったのである。鄧艾は、そのことが何よりも嬉しかった。

魏軍が成都城外に達すると、まだ最後の降伏手続きが残っていた。光禄大夫《こうろくたいふ》譙周が裏方にあって采配するこれら一連の手続きは、きちっとして一々法に適っていた。

劉禅は自縛して死人の輿《こし》に乗り、群臣六十余人を引き連れて、総計二・九・十八ある城門の内、北門から哀々と鄧艾の本陣に向かった。これは死を賜るを覚悟していることの意思表示形式である。しかし鄧艾は入城を急いでいた。彼は面倒な式典を全て中止し、直ちに劉禅の縛を解き、死人の輿を焼き捨てさせた。そして自ら劉禅の手を取って並んで車に乗り、成都に入城した。

時に蜀《しょく》の炎興《えんこう》元年十二月一日。この日をもって蜀漢は滅亡した。魏《ぎ》では景元《けいげん》四年に当たる（西暦二六三年)。

鄧艾が劉禅に同乗して成都市街に入ると、住民はこぞって香を焚き、花を具えて道に出迎えた。治安は街の隅々まで行き届いていた。

鄧艾は禁中の議事堂に入ると、まず蜀中央政府の接収を宣し、次いで益州《えき》を彼の軍政下に置くと言明した。そして蜀の年号は廃止され、昨日の正義は一片の空文となった。

次いで蜀帝劉禅は正式に退位を宣し、名誉的に驃騎《ひょうき》将軍と号することを許され、魏の二品官待遇として、引き続き宮中の一隅に住むこととなった。劉禅の子の諸王は、皆六品待遇の駙馬都尉《ふばとい》となり、群臣も新たに官を定められ、鄧艾の軍政府に参与することとなった。

しかし鄧艾の兵力は地方に分散出来るほど充分ではなかったため、旧蜀地方軍はそのまま鄧艾の指揮下で治安維持に当たることとし、州・郡・県の地方行政組織もほとんど旧蜀臣をもって当てた。地方においては間接統治といってもよい。郡・県は一種の地方自治体で、郡太守と次官、県令・県尉以外の吏員は、元々地元採用職員で占められている。中央から派遣される幹部職員も、二、三の例外を除いて蜀人だった。

鄧艾は、かねて噂に聞いていた佞人黄皓《こうこう》を断罪にしてやろうと思っていたが、黄皓はいち早く占領軍幹部に金銀をばら蒔いて、一旦は命を免れた。

侍中《じちゅう》より官を改められ、益州民政局長格となった別駕《べつが》張紹は、終戦のことを徹底すべく州管内の各郡庁や地方軍鎮台を巡回した。一方、遠く剣閣《けんかく》にあって未だ魏と交戦中の姜維に対しては、元天子馬廻り役たる太僕《たいぼく》蔣顕《しょうけん》が派遣された。蔣顕は先の大司馬蔣琬《しょうえん》の次男であり、成都開城と前後して鍾会《しょうかい》に降った綏武《すいぶ》将軍蔣斌《しょうひん》の弟で、学才の誉れ高い高士である。

蔣顕が剣閣《けんかく》に出発する前日、鄧艾は親しく彼を招いてもてなした。そして姜維《きょうい》が降伏する相手先は、鍾会ではなく、自分になるよう取り計らってくれと、くれぐれも頼み込むのであった。

終戦時に敵が複数ある場合、そのどちら側に降るかによって、戦後の形勢を大きく左右し得る。果たして姜維はどう出るか。人々の関心はそこに集まっていた。

一方、その無謀な軍事行動をあざけり笑っておきながら、鄧艾に先を越された鍾会の心境はいかばかりであったろうか。恐らくは狂おしい嫉妬の炎に苛まれていたに違いない。

他方、洛陽から遠く離れて沃野千里の蜀地に君臨するに至った鄧艾。彼の胸にも、都への求心力と妖しい遠心力とが、複雑に渦巻き始めていたのではなかろうか。

終わりは新たな始まりであった。戦後は不気味に幕を開けた。

残照篇

一　壮心止まず

石を斫る

連日の戦闘で姜維《きょうい》の肉体は疲れ切っていた。ここ剣閣《けんかく》に拠って戦い続ける限り、寄せ手は一歩も本土に入れない自信はあったものの、彼はもう五十八歳であった。身は蜀《しょく》の大将軍であり、武人として位人臣を極めていたが、富貴の味も知らず、知ろうともせず、国難に身を挺し続けて来た半生であった。

最後まで蜀史の華でありたいと思う。やや自己愛に近い彼のリリシズムであったが、師孔明《こうめい》の遺志を継ぐ者として、蜀漢《しょくかん》の栄光を永遠ならしむるために、最後の一兵まで戦い抜くつもりでいる。

彼の胸に去来するものは、ただこの一事であり、後方の事はほとんど考えなかった。悲壮感に酔いしれて、柔軟な思考を失っていたとみえる。

彼の睡眠時間は不定であった。寝る時でも軍装を解かなかった。精神力だけは充実し、伏せっても魂の一部は目覚めて戦場を駆けめぐっていた。敵陣の喊声一つ聞いても、伝令の駆けて来る足音を聞いても、常にがばと跳ね起きて陣頭に立とうとする彼であった。剣閣に立て籠もる二万余の蜀軍は、精力的な彼を超人として仰ぎ見た。

どういうわけか、その日は寝覚めが悪かった。彼は不安な思いで身を起こした。不気味に静かなのである。後方に変事があった時、敵味方共一瞬静まることがある。彼は千軍万馬の経験から知っていた。何かあったのだ。吉か。凶か。

姜維は己の寸分乱れぬ軍装を確かめ、長剣の柄を左手で掴んで幕外に出た。

出合いがしらに伝令とぶつかった。伝令はあわてて礼をした。

軍礼は粛《しゅく》といって合理的に出来ており、起立のまま手を拱《こまね》いて下ろし、頭を軽く下げるだけで足りる。似た名で粛拝という女性専用の拝があるが、これは坐して行う点のみで粛と異なる。武人は兜《かぶと》を着し、女性は髪飾りが重いから俯伏《ふふく》は省かれている。日本の武士の大将に対する礼とは大違いである。伝令は屹立したまま顔を上げて報告した。

「閣下。都より太僕蔣顕卿《たいぼくしょうけん》が勅使としてお見えです。それに敵の様子も妙で、兵を数里退き、勅使に矢も射かけて参りません」

勅使といえば姜維の場合、ほとんど良くないことだった。さては都に変事か。姜維は身を硬くして到来を待った。

成都《せいと》の勅使、太僕蔣顕は鄧艾《とうがい》の付けた魏《ぎ》の将校の先導で難なく剣閣に到着し、関門からは一人で勅令を伝達しに来たのであった。彼は満面に憂いをたたえ、休息も求めず息せき切って坂道を上り、姜維の前で、

「閣下、勅命です」

と言うなり、倒れるように泣き崩れた。

詔勅は短く、そっけなかった。劉禅《りゅうぜん》の冷たい切り捨て態度がそこにあった。要旨は蔣顕の補足なしでは把み切れなかった。曰く、魏の征西将軍鄧艾、別動軍団を率いて突如成都の背後に出現、衛《えい》将軍諸葛瞻《しょかつせん》以下戦死し、ついに開城のやむなきに至る。汝ら前衛の将士も耐え難きを耐え、忍び難きを忍び、これ以上の抗戦を止め、早々に武器を放棄せよ。

姜維は驚愕して魂が飛び、昏倒した。よほどのショックであったろう。かかる事態は信じられず、信じたくもなかった。

小さなざわめきが次第に大きく輪を拡げ、やがて全軍が騒ぎ出した。張翼《ちょうよく》・廖化《りょうか》・董厥《とうけつ》・甯随《ねいずい》他、諸将も駆けつけ、眦《まなじり》を裂いて蔣顕に向かい、喰いつくように質問を浴びせた。

気を失った姜維は床に運ばれた。だがすぐ意識を取り戻し、身を起こした。脳の中ではどうしても消化出来ない事実が血の流れをふさぎ、頭蓋に突き刺さっていた。ああ今こそ国は滅んだのだ。天子自ら降伏されたのだ。都の有様はどうなっているのだ。どうやって鄧艾奴は益州盆地に出たのか。

ふらつく足で一杯の水を一気に飲み干すと、意識が明瞭になって来た。同時に冷静さも取り戻した。

「もし自分が真に漢の大将軍らしく行動するとすれば、まず現実を直視し、それを受け入れなければならない」

彼の美意識がまた頭をもたげた。まず名を正し、その名に恥じぬ姿勢を考えねばならぬ。ここは一番、醜く行動してはならぬ。部下が見ている。敵が見ている。歴史が見ている。生きるにせよ、死ぬにせよ、どう振る舞えば最もかっこよいかを考えるのだ。

名を正すとは、秩序の中の各立場において在るべき姿を定義することである。しかる後それに向けてらしく振る舞うことが当時の実践倫理であった。君主は君主らしく、臣は臣らしく、子は子らしく、女は女らしく、そして士大夫は士大夫らしくするそのらしさが予めパターン化されていて、その名に実を近づけるべく努力し、結果を日に何度も反省しなければならぬわけであり、老荘の徒にでも転向しない限り、このらしさから解放されないのである。

どんなに最悪な状況下にあっても、行動の論理に悲観論はあり得ない。姜維は、事態の把握に努めた。まず、幕外の将兵の動きを見た。

そこには、「無念」「無念」の声が満ち満ちていた。中には狂ったように剣を抜き、傍の石をたたき割って泣き叫ぶ者もいた。

興奮のるつぼの様《さま》を正史の例の調子の簡潔文に照らすと、

「後主勅令、甲を解き戈を投ぜよと。将士皆怒り、抜刀石を斫《き》る」

とのみあるが、いかにも情景が目に見える。

これが後世の講談本となると、もっと冗長になり、

「諸々の大将士卒も恨気天を衝き、牙を咬み眼を怒らせて鬢髪《びんぱつ》さかさまに立ち、皆刀を抜いて石を斫《き》り、大いに叫んで申しけるは、『我らかくのごとく力を尽くし、命を棄てて戦わんとするに、天子何とて早々に降り給うぞ』とて号泣の声遠近に轟く」

という具合になる。一方、「資治通鑑《しじつがん》」の注記でも、終戦時の蜀兵の士気を非常に高く評価している。

何れにせよ蜀主力は、よほど強烈なモラルで維持されていたと判断してよい。

姜維が幕外に出ると兵が彼を囲み、口々に訴えたことだろう。

「大将軍。我々はまだ負けてはおりません。何故このままのめのめと降れますか」

「自分の父も祖父も、昭烈《しょうれつ》皇帝や諸葛武侯《ぶこう》に従って戦いました。自分も功無くして郷里の父老に会わせる顔がありません」

「自分は悲しくはありませぬ。ただ口惜しいのです。陛下をお恨み申し上げます」

姜維は感動していた。ここ十数年、連年連戦、外征に明け暮れていた蜀の精兵達は、今日のような逆境にあってもなお蜀漢の大義を信じ、戦意を失っていないのである。伝統ほど恐ろしいものはない。「出師表《すいしのひょう》」以来の武侯精神は脈打ち続けていたのであろう。

人生意気に感じては酒なくとも酔える姜維であった。彼の心は兵に同化した。蜀兵の士気未だ衰えず、——素早く彼は計算し、今後とるべき彼の態度のパターンを設定した。

姜維は最後の賭けを試みるべく覚悟を定めた。軍の結束がある限り、未だ蜀は滅んでいない。必ず成都を奪還出来る。

まず全軍に対し、武装は解かず、大将を信頼してゆめ疑うことなく秩序を保てと令した。

その後諸将が集められた。勅使蔣顕も同席した。

皆、兵達と同気分で興奮気味である。このままでは済まされぬ空気が支配的だった。

姜維は一同を見渡し、面々の熱気を感じ取りながら密かに喜んでいた。漢の命脈未だ尽きずの感さえある。そして改めて蔣顕に、天子降伏の有様を問うた。

蔣顕は一同に語り終わった後、姜維に言った。

「閣下。客観的に見てどうも腑に落ちないのは、成都に進駐した際の鄧艾の態度です。我々は最悪の事態を覚悟していました。意外にも彼は、自身で天子の自縛を解き、平伏し給うた天子の手を取って車に同乗し、並んで都へ入りました。魏《ぎ》兵も我が軍民を犯さず、大多数は城外に駐屯したままです。

百官にも新たに官を割り振って身分を保障し、武官連中も極力手なずけようとしております」

「ふうむ。何を企んでおるのだろうか」

姜維は考え込んだ。常識では解せない。

「そこです。閣下」

蔣顕は言った。

「妙だとは思われませぬか。実は私が戦争終結の詔を閣下に伝える使者として選ばれた時、鄧艾は私を親しく呼んでもてなした上、閣下が全軍を率いて本土に退き、成都占領軍側に降伏を申し出るよう取り計らってくれと、こう頼み込むのです。最寄りの剣閣攻撃軍にではなく、ですぞ」

姜維は薄笑いを浮かべた。鍾会《しょうかい》と鄧艾。この二人の仲に何かある。各々蜀を独り占めにしようと功を競っているのであろう。二人が功を誇れば誇るほど主人たる司馬昭《しばしょう》の立場はどうなるか。これは面白い図式になりそうだ。

何れにせよ二人は蜀にとって恨み重なる敵将である。耐え難きを耐えてでも偽り降り、この二人を操り倒すか、少なくとも近づいて一気に刺す隙があるに相違ない。

二人さえ亡き者とすれば、旧蜀軍の一斉蜂起によって進駐軍を覆滅し、天子を奪い返して蜀漢を再興する起死回生の策もなくはないのだ。むしろ降伏は敵の懐にとび込む絶好の機会である。

一身を捧げて悔いぬ快挙である。もちろん、のるかそるかの大博打となろう。だが七難八苦は元より我が望むところである。おめおめと敵国の走狗となり、戈をさかしまにして昨日までの同盟国呉《ご》を伐つ先鋒などにこき使われたりするよりも、漢臣としてずっとふさわしい道ではないか。

姜維は自ら下した結論に感動し、酔った。悲壮感に酔うこと以外に己を支える力はなかった。それは甘い美酒であった。

姜維は声を潜めて一同に己が意とするところを告げた。そして、

「策は秘をもって良しとする。今は多くは語るまい。具体的にどう行動するかは相手のあることゆえ何も言えない。ただ、ただ、この姜維を信じ、何事も従い、耐えてくれい」

と言い、血涙を下して諸将を見渡した。

諸将も蔣顕もいそがしく座を正し、全員大将軍を信じて結束を解かず、一旦の汚名に耐えても蜀漢の大義を捨てじ、と誓った。中には感動のあまりすすり泣く者もいた。姜維は一同を支配する空気の中に、軍神諸葛武侯のおわすがごとき姿を見た。

一切は姜維に一任された。姜維はあえて鄧艾の誘いに乗らず、鍾会側に降伏する旨を蔣顕に告げ、事成るまで天子の守護をくれぐれも頼んで成都に帰らせた。

姜維は戦後の形勢と司馬昭・鄧艾・鍾会の力関係をよく考えた末、輝かしい功績を挙げた鄧艾を袖にすることによって、より現状打開の可能性の高い勢力伯仲策を採ったのであろう。それに彼の感情からいっても、鍾会には降れても鄧艾にだけは絶対に膝を屈する事は出来なかった。

諸将は皆眉を上げ、悲壮な顔付きとなって足早に持ち場に戻った。兵は将の態度を一目見ただけで大体の空気を把み、今はただ将を信じ、結束と秩序を保つことが要求されていることを感じ取った。いかなる形にせよ、戦はもう一度ある。薄々皆感じた。

降将

剣閣《けんかく》の列営より降参の旗が揚がると、対峙していた魏《ぎ》軍からは一斉に万歳の声が起こり、山谷に谺《こだま》してしばし止まなかった。蜀《しょく》兵は粛として耳を塞ぎ、口惜しさをこらえている様子である。やがて前面の関門が開き、白旗を先頭に大将軍姜維《きょうい》以下、数十騎の蜀将が魏陣へ向かった。最初は喜びにあふれた魏兵が狂ったように騒ぎ、一行に矢を向ける真似をする者もあったが、すぐ制せられ、中軍の兵も整列して一行を出迎えた。総大将鍾会《しょうかい》に深く考えるところがあってのことらしい。

姜維は陣前で自縛してから鍾会に会うつもりであったが、その必要を認めないような魏軍側の空気であった。いざ通られよ、といわぬばかりに本営までの道は開かれ、魏の一将が迎えて一行を案内した。威圧も辱めも感じられないのが意外であった。姜維・張翼《ちょうよく》・廖化《りょうか》・董厥《とうけつ》ら、着剣のまま、下馬して導きに従った。

鍾会は一応満足して待っていた。彼が成都《せいと》開城の報を受けたのはつい昨日である。果たして凄まじい嫉妬の情にかられ、その報をにぎりつぶしたままでいた。しかし今日は、この感情と相殺するかのように、蜀の全軍が自分を降伏の相手として詣で来たったのである。

かりに姜維が、成都に退いた上で武装解除し、鄧艾《とうがい》側に降伏してしまうとすれば、自分の面目は丸つぶれとなる。蜀兵の心情としても、一まず故郷に戻りたいところであろうが、なぜか敵将姜維は、まず自分の懐にとび込んで来たのである。鍾会としては救われた気持ちであったろう。

姜維のこの処置を、鍾会は高く評価していた。そしてこれからの姜維の利用価値、歴戦の蜀主力軍団の利用価値を考えていた。彼らは今日より自分の手中に入るのだ。鍾会軍の新しい一翼として。高過ぎる自尊心のため、とかく諸将から浮き上がっている自分を感ずることの多い鍾会であった。それだけに気分の悪いはずはなかった。

姜維は鍾会の陣所に入る前、着剣を解いて傍の魏将に預けた。諸将もこれにならった。

姜維は悪びれもせず、つかつかと進み、初めて見る鍾会の前に拝伏した。大げさに頭で地を叩いて命乞いもせず、当時流行《はや》りの簡傲《かんごう》ぶった態度もとらず、実直そのものに見えた。

居並ぶ蜀将も誰一人として英雄豪傑の相貌を持っている者はなく、どこか村夫子然としていて田舎の儒学塾の老教師風である。

千軍万馬の将にしては強烈な個性は見えなかった。これらの面々が昨日まで虎のごとく恐れられていた蜀軍の首脳なのだろうか。平凡でくそ真面目そうな顔ぶれを見て、鍾会の左右に居並ぶ者達は顔を見合わせた。

姜維がまず口火を切った。言葉を選んで降を乞う言葉を述べた。天子すでに降り給う、我ら何の

故あって抗戦の理あらんや、ということを、やや荘重に述べるつもりだったが、鍾会は中途でその言葉をさえぎり、

「姜維。汝、何故遅参いたしたか」

と、おっかぶせるように言った。特に機嫌は悪くもなさそうだった。

姜維はきっと色をなし、

「降伏が遅いとは意外なお言葉。かりにも私は漢の大将軍です。今日やむなくここに参るも、むしろ早過ぎたりと存ずる次第でござる」

と真っ正直に言った。

鍾会はこの言を奇とし、感動の色さえ示した。さすがに武名の聞こえた名将であるわいと感ずる一方、その卒直な人柄を好ましく思った。

鍾会は平伏している姜維に近寄り、手を差し延べて立たしめ、長史の杜預《どよ》に記録を命じてから居並ぶ大将を見渡して言った。

「予は常々思っておった。敵ながら姜伯約《はくやく》は、中国にも稀なる文武両全の名士であり、学識・言語といい、天水四姓の家柄といい、諸葛誕公休《しょかつたんこうきゅう》・夏侯玄太初《かこうげんたいしょ》にも比肩すべき人物であると。諸君も今の彼の言を、よく記憶しておかれよ」

鍾会はいかにも貴族らしく、姜維を敵将である以前に中国の名士として遇した。貴族は相手の家柄や血統を気にする。鍾会は姜維を周《しゅう》建国の功臣太公望《たいこうぼう》の子孫であろうと思っている。太公望は

いうまでもなく川で釣りをしているところを周の文王にスカウトされ、周による中華統一のために働いて宰相となった人物である。やはり天水の出身で、呂《りょ》姓であるが本姓は姜《きょう》であるとも伝えられることから、そう勝手に解釈したのであろう。

さらに他の蜀将に対しても、今日に至るまでの堅忍不抜の精神を激賞した上で、

「諸君の生命は司馬晋公《しばしんこう》によくお願いし、この鍾会の身命を賭しても保障いたす。安心されよ」

と言った。

蜀将一同は改めて拝伏した。ほっとした空気が頭上を流れた。まず最悪の事態だけは去った。

鍾会はますます機嫌が良くなり、部下に命じて宴席を設けさせた。一同魏・蜀の別なく座が定まり、酒宴が始まった。

「陣中粗末ながら」と鍾会は言ったが、山国育ちの蜀将達から見れば、これが陣中の宴かと疑うほど豪勢なものだった。

緊張が解け始め、談笑が起こる。これからが腹のさぐり合いである。

談は攻防の回顧より始まり、古今の人物評価になった。何しろ三人寄れば人物評論の始まる世である。姜維は謙虚な態度を崩さず、専ら聞き役となった。話が鍾会の武功の段になると大きく頷き、鄧艾の件になると不快そうに押し黙った。

鍾会は気に入ってますます談論風発する。姜維は曰く言い難い彼の心理のひだを羽毛でくすぐるように時々短い発言をして、その意を迎えた。かといってゴマをすっている風でもなく、話が飛ん

で昭烈皇帝《しょうれつ》や諸葛武侯《ぶこう》の段に及ぶと、杯を置いて姿勢を正す様がいかにも誠実な蜀将らしく、それだけに時たま発する彼の言葉も真実味を帯びて聞こえるから不思議であった。

思い切って鍾会は聞いてみた。

「伯約。もし寄せ手の大将がわしではなく、鄧艾であったら、君は今日のごとく降伏したかね」

姜維は言下に答えた。

「今だからこそ申し上げます。私は久しく将軍の徳を聞き、慕っておりました。かの淮南《わいなん》の合戦以来、将軍の名声は蜀土にも聞こえ、今日司馬晋公の威光大なるのも、ひとえに将軍のお力によるものと、私なりに分析しておりました。

はっきり申して、眼前の敵が徳の高い将軍であればこそ、私は首を差し延べて降ったのです。もし鄧艾ならば、天子の命でも断じて降りません。全員命を棄てて戦い死したでしょう」

真面目くさった話しぶりに鍾会はほくそ笑み、

「しかしまあ、鄧艾もあれで中々やるではないか、陰平《いんぺい》の山路よりかの大山脈を越えて成都の背後を衝くとは、さすがの貴公も予想だにしなかったろう。これもわしの策による作戦だったが、彼の功も確かに大きい」

と妬《ねた》ましげに言うと、姜維は、

「将軍。私がこの剣閣から身動きも出来なかったのは誰のせいですか。将軍に押さえ込まれていたからです。後方が気になっても、撤退すれば将軍の追撃にあって全軍潰滅したでしょう。

かりに貴軍に鍾将軍なかりせば、守りは張翼・廖化に任せ、自分は董厥と一手をさいて陰平の山険に赴きます。さすれば相手が鄧艾であろうと、畏れながら鍾将軍であろうと、あの天険、失礼ながら一兵たりとも生きては帰しますまい。ゆえに成都を降した第一の軍功は、私共蜀の精鋭をこの地に釘付けにした将軍、貴下です。他の事は誰にでも出来ましょう」

と答え、最後にこう付け足した。

「もっとも世間はどう評価するか計りかねます。事の本質を見抜けず、表面の華やかさだけでしか判断出来ぬ人も多いのは世の常。しかしまあ、知る人ぞ知る、とは存じますが」

鍾会は喜びと不安が複雑に交錯するのを覚えた。確かに姜維の言のとおりであろう。現に昨日まで敵将であった者の打ち明け話なのだ。

鍾会は十万の大軍をもって漢中《かんちゅう》を破り、姜維を押さえ込んだ。そのおかげで鄧艾は、わずか軽兵二万で蜀の本土を取った。しかし全ての功は彼に独占される。こんな馬鹿な話があってたまるか。

あの教養もない顔を見るのも不快な鄧艾は、今頃どんなしたり顔で巴蜀《はしょく》の地に君臨していることであろう。劉禅《りゅうぜん》は鄧艾の手を介して司馬晋公に降伏の表を送っているに違いない。蜀の群臣からの旧主の命乞いの表も添えて。その結果、鄧艾の輝かしい武勲が伝えられるという仕組みだ。鍾会はそう勘ぐるのである。

が、さすがに彼は平静を装った。鄧艾に対しては必ず他日を期すことを心に決めながら、今はともあれ姜維を厚遇しておき、旧蜀軍の利用価値を考えようと思った。

今は一人でも自分の胸中を打ち明けられる仲間が欲しい。鍾会の腹の中にどろどろと渦巻く暗い感情と野望。鄧艾とのどうしようもない確執。これだけは司馬晋公の付けた部下の大将や参軍達にも、うっかり打ち明けられない事であった。

彼らは油断がならなかった。特に監軍衛瓘《えいかん》は明らかに晋公の付けたスパイである。昔魏の重恩を受けた潁川《えいせん》グループの有力な一員である自分を、折あらば失脚させようと見張っている汚い監視役は衛瓘一人に止まらない。護軍胡烈《これつ》、潁川グループのくせに仲間を裏切って司馬晋公にゴマをすっている荀勗《じゅんきょく》の手先荀愷《じゅんがい》もそうだ。同じ潁川仲間だった陳泰《ちんたい》も荀勗の変節に批判の目を向け、そして謎の死をとげたではないか。頭の切れる長史の杜預も、何を考えているか判ったものではない。

身は総帥の地位にあっても彼は孤独だった。しかし姜維は別人である。全く白紙の立場で降伏して来たのだ。これ以上の戦の名目を失い、真実自分の徳を慕って懐に入った以上、そして運命を自分に委ねて謹慎する以上、これから蜀で何事かを成さんとするとき、真実共に事を謀り得る者はむしろ彼ら蜀の将兵ではないか。

宴終わりに鍾会は姜維に告げた。今後の処置についてである。それは監軍衛瓘始め魏の諸将も驚いて疑惑の目を向けるほど寛大なものであった。

「姜維は蜀の大将軍の印を旧のごとく保持し、引き続き旧軍の統制責任を負うこと。旧蜀軍は武装はそのままとし軍旗のみ没収のこと。全員麓の平地に移り駐屯のこと。姜維以下の官位処遇については追って司馬晋公の裁断を仰ぐまで旧のごとし」

姜維は恩に深く謝した。今後頼る者とてない敗残のこの身、願わくは将軍のために粉骨砕身して犬馬の労を尽くさん、と密かに鍾会に耳打ちし、鍾会もまた目で応じた。

ここに偶然にも、たった一回の会見で両将の連盟は成ったのである。

我が事成就近し。——心中密かに喜んだのは姜維か、鍾会か、はたまた衛瓘か。

各々がそれぞれの思惑・秘策を胸に秘めつつ魏・蜀の将は別れた。曇って来た午後の冬空を見上げながら姜維は帰途についた。そして胸中決意とも願いともつかぬ思いに耽るのであった。

「漢の天下、再び興るべし」と。

鍾会と姜維

世に詐欺師・スパイと呼ばれる者には、一般にあるイメージが定着している。二重人格、不誠実、ずる賢そうな目付き等々である。現実にはそんな絵に描いたような詐欺漢はいない。それほどはっきりしているなら、すぐ見破られてしまう。

身を一定の組織に置き、人に信頼されながらこれを裏切って、最後にあっといわせる芸当は、考えてみると楽な仕事ではない。尋常な神経の者ではやり通せる筈がない。

上古の時代、宗教的・氏族的結合によって建国された夏《か》・殷《いん》・周《しゅう》の時代までは、のんびりした倫理社会で、こうした人物の輩出する余地は少なかった。しかし時代が春秋・戦国のぎらぎらした人欲社会となってから権謀術策の横行する濁世となり、毒薬・短剣・誣告《ぶこく》・裏切りが、それほど心理的抵抗もなしに登場するようになる。

この時代、四百年の漢《かん》の儒教秩序モラルが崩れた三国の頃においても、陰険な政治学や処世術、下克上や廟堂の争いが再び幅をきかせていた。多少でも良心のある者は、気が強ければ漢末清流運動の志士のごとく行動し得たが、普通は山林に隠れて現世からの逃避を図ろうとするのが自然であった。

事実、この頃より数百年間、魏晋《ぎしん》南北朝と総称される時代は、老荘や仏教の浸透と共に人々の深層心理に隠遁への憧れが根づいていた。価値意識の希薄な、不安で不信の世であった。

かつて水清き天水の郷村に生まれ、孔明《こうめい》の訓導を受け、漢朝復興しか夢を持たない姜維《きょうい》は、ここに至っても世を捨てる気にはなれなかった。祖国滅亡という現実を前にしても、なお天命に従い流れに順応して生きることを潔しとしなかったのである。

その結果、彼は偉大な詐欺漢に変身する。降将として魏にひたすら恭順しつつも、その信頼を裏切って占領軍を覆滅しようというのであるから大変な仕事である。

蜀《しょく》人の体質からいっても苦手中の苦手な仕事であったが、そこが穴であった。いかにもそれらしくない詐欺師が適任なのである。蜀人達が生きて来た西偏の邦の社会そのものが単純社会である。中華の地の重厚な社会と洛陽《らくよう》の都の複雑な人間関係の中で、したたかに生き抜く化け物のような政治的人間とは、人物の大きさからして比較にならない。

姜維はその方面の自分の才の限界を知ってはいたが、私利私欲を離れた次元で一身をなげうって行うところに必ず隙があり、一回限りでの活路があるはずだと考えた。

「亡国の大夫は国を保つを図らず。敗軍の将は再び兵を語らず」

と司馬昭《しばしょう》は言ったが、姜維にしてみれば、まだまだ人事を尽くし切ってはいなかった。ちなみにこの「人事を尽くす」という実践倫理は、老荘の思潮にはない。人為の無理強行を排し、従容として運命に従うのが天の法則に忠実な道である。

儒教の祖、孔子ですら言っている。

「命《めい》を知らざれば、もって君子となすなきなり」と。

しかし幼い時より姜維が受けた教育では、この命、つまり天命なるものの解釈は、人間が天より与えられた使命であった。だからこそ我が師孔明《こうめい》は、病軀をおして六度まで祁山《きざん》に出師《すいし》したのではなかったか。

孟子も言っている。

「その命《めい》を、尽くして死するは正命《せいめい》なり」と。

彼はあくまで使命感に燃え、初志を貫徹する以外に人間の道はないものと思っている。近頃のインテリ共は、やれ自然だとか、無為だとかいい出しているが、燃ゆる命の命ずるまま、「やむを得ざるに託す」こともまた人間本来の自然の道ではないか。彼の持論である。

十二月上旬、姜維は剣閣《けんかく》の峯々を下ること数里の盆地に、旧蜀の将兵と共に移り住んでいた。かつての要害剣閣には無数の魏の旌旗が翻っている。戦時の張りつめた空気は消え、魏・蜀の兵士達は、それぞれの故郷の空を仰いでは水洟《みずばな》をすすっていた。

姜維は心配していた。兵の士気をである。今のところ脱走者も少なく、皆自分と軍首脳を信じて結束しているが、このまま日を空費すればどうなるか。人の心の推移は測り難く、ただ自分を信じて従えと百万遍繰り返しても限度があろう。

姜維は秩序維持に心を砕く一方、連日鍾会《しょうかい》の陣所に足を運んだ。旧蜀軍のちょっとした統制上の事項について、食糧の在庫と新たな調達について、色々名目を作っては報告したり指示を仰ぐのが日課だった。鍾会は喜んで相談に応じ、旧蜀軍のこまごました事まで面倒を見るのである。

何時の間にか鍾会は旧蜀軍の統率者のつもりになっていた。姜維という新しい忠実な武将を介し、旧蜀軍に君臨する立場に立ったのである。そして司馬昭の付けてくれた使いにくい魏の将兵より、はるかに信頼のおける新しい手足としての利用価値を見いだそうとしていた。

一日、姜維は思い切って鍾会の胸中をただすべく魏陣に向かった。鍾会は何故日々を空費しているのか。成都《せいと》に進軍して鄧艾《とうがい》と功を競うとか、益州に兵を散じて地方の支配権を握るとか、積極策に出るべきであろう。

姜維の描く望ましい構想図は鍾会軍と鄧艾軍の激突であった。彼は焦る心を抑えつつ、のんびりと単身駒を進めて面会を求めた。衛兵もまた来たかといった表情で通し、魏将も毎日のことゆえ特に疑いの目を向けなくなっている。姜維は降将としての態度を守りつつ鍾会の執務室に入った。幸い今日は監軍の衛瓘《えいかん》は不在だった。成都の鄧艾軍側の監査に出かけているのである。そのせいか鍾会はくつろいだ様子で姜維を迎え、二人きりになることが出来た。

「やあ伯約《はくやく》。今日は何の報告かね」

「将軍。本日は特別のお願いがあって参りました。私の一存で、と思ったのですが、将軍のこれからのご方針を伺いませんと実施の是非が論じられませんので」

姜維は律義そうな口調で話し始めた。

「実は兵に仕事を与えたいのです。将軍さえよろしければ、山間の地を耕作して諸葛菜《しょかつさい》でも蒔き、暖をとるため山より木を伐り出させようとも存じます。そのためには兵を遠出させなければなりませんし、貴軍に疑われて無用の揉め事を起こすことも心配されます。いかが致そうかとご相談に参りました」

「ほう。兵を働かせたいとは殊勝な心掛けじゃが、わしは特に旧蜀兵に不自由な思いをさせておらぬつもりじゃ。何故そのように働きたいのかね。日々無為平和でいう事なしではないか」

姜維はここで姿勢を正して言った。

「確かに海よりも深い将軍のご仁愛により、旧蜀兵は何一つ不自由いたしておりません。糧秣《りょうまつ》も充分分けていただいております。ただ、気になる事があります。あれだけの大人数を一ヶ所に集め、目標もなくその日暮らし。次第に士気を失って故郷を思い、やがては役立たずの集団になり果てるのではないかと」

「ふうむ」

鍾会は複雑な気持ちで聞いていた。「役立たず」とは何の役を対象にして言っているのか。

「現に我が軍、いや今や将軍の忠実な軍団でありますが、少数ながら脱走兵も出始めています。見付け次第追いかけて厳しく処罰したいのですが、無闇に武装兵を急派することも出来ぬ今日の立場。せっかく無疵のまま将軍の軍門に降り、これから将軍のために犬馬の労を尽くすことも可能な旧蜀軍が弱体化してしまっては。それに謹慎中の軍団ですので調練すら出来かねているのです」

鍾会は手で姜維の言葉をさえぎった。そして言うべきか、言うまいか、しばらく間を置いてから小声でたずねた。

「伯約。足下《そっか》の本当の気持ちを知りたい。そも足下は、旧蜀軍の統率者として、わしのためにどのように尽くしたいのか」

安易に引きずり込まれることを警戒しながら、姜維はつっぱねるように言った。

「それは将軍の御心のままです。解散をお命じあれば武装を解き、少量ずつ食糧を持たせて故郷に復員させます。旧蜀領の治安をお命じ下されば勝手知ったる本国ゆえ、治安の任をおあずかりします。来たるべき呉との戦にもお役に立ちましょう。ただ、願わくは我が旧蜀軍の命の親ともいうべき鍾将軍のおんため、一死をもって報じたしとする者も少なくありませぬ事をお伝え致しまする」

鍾会は考え込んだ。姜維麾下《きか》の旧蜀軍は、小粒ながら案外中国最強の軍団ではないか。これを解散して何の益があろう。そっくり残して置いたのは自分の度量である。そして彼らが自分の徳に感じ、忠誠を誓ってくれるとすれば、これから自分が蜀においてどんな手を打つにせよ、無くてはならぬ存在である。

「実は」

と、鍾会は話題をそらした。

「成都の鄧艾のことだが」

姜維は身構えようとする自分を抑えた。

「彼も成都守備の蜀軍をかなり掌握しておるそうだが、一体何万位の兵であろうか」

「実数は小一万でしょう。他は漢中の戦闘で散じ、または益州各地区の地方兵で治安に任じておるはずです。元々本国にある兵は老兵・弱兵が主体で、剣閣《けんかく》の兵に比すべくもありません」

「成都の蜀兵は鄧艾によくなつくであろうか」

「それは疑問です。何しろ主上を人質に取られていますから表面は服従するでしょう。しかし蜀兵にとって鄧艾は許すことの出来ぬ仇敵です。彼のため、蜀兵はどんなに蹂躙され虐殺されたことか。恨みは骨髄に徹しております。戦《いくさ》の作法も知らぬ野人の戦いぶりは、私としても許し難いものがあります。蜀人は断じて彼には心服いたしますまい」

鍾会は大きくうなずいた。鄧艾は国許の貴族社会からつまはじきされている百姓出身の将軍である。姜維はよく見ている、と思う。名門の鍾会は、鄧艾父子とは顔を見合わせるのも嫌であった。どうにも我慢の出来ぬ厚顔ぶり、無教養さが匂うのである。門閥貴族を重用する司馬晋公《しんこう》が、どうして彼のような男を昇進させるのか不可解であった。

感情の激した鍾会は、打ち明けることも出来ずにいた腹中を吐き出す相手として、ついに姜維を選んだ。彼は従卒を呼んで酒席の仕度を命じ、余人を交えず姜維を招じ入れた。

功名争奪

大杯で酒をあおりながら、鍾会《しょうかい》は語った。成都《せいと》開城以来の鄧艾《とうがい》の動向のことである。彼はじっとしているようでも、その手先は絶えず成都の動向を探っていたに違いない。また洛陽《らくよう》に在る彼の腹心からも、中央政府の反応も伝えて来ていた。決してあちこち墓参りばかりしていたわけではない。

もう一つの情報源として、司馬昭《しばしょう》の付けたスパイ、監軍衛瓘《えいかん》の口からも色々な事を聞いていた。彼は鍾会・鄧艾双方の目付役の立場にいるのである。

姜維《きょうい》にとって、鍾会の語る最近の成都の情勢は、耳新しい事ばかりであった。鍾会はかいつまんで次のように語った。

鄧艾は成都に進駐すると、廃帝劉禅《りゅうぜん》を体よく宮中の奥に閉じ込め、さらに手下の師纂《しさん》を益州の刺史に封じ、牽弘《けんこう》・王頎《おうき》らを重要な郡の太守《たいしゅ》とした。これらは司馬晋公《しんこう》のお許しを得ない勝手な人事である。さらに傲慢なことには、諸葛瞻《しょかつせん》・尚《しょう》父子を討ち取った綿竹《めんちく》の地に、己の戦功を記念する台を築き、そこに生き残った蜀《しょく》の文武諸官を集め、盛大な酒宴を開いてこう言ったという。

「諸君は運よくこの鄧艾に降ったからこそ生命を保障されているのだ。他の大将に降ってみよ。恐らく首は胴についていないだろう」

また、劉禅の使いとして剣閣《けんかく》に赴いた蔣顕《しょうけん》が立ち帰り、姜維があえて鍾会側に降った旨を報告したところ、鄧艾は大いに鍾会を妬み恨んで、深く何事かを企んでいる様子だという。

さらに最近の衛瓘からの情報によると、鄧艾は自慢たらしく自分の戦功を洛陽に報告した上、司馬晋公に次のような献策までしたという。

「およそ戦というものは、宣伝が実力に優先します。今蜀は片づきましたが、あえて劉禅以下を厚遇し、蜀の将兵を心より帰順させるのが上策です。この事を呉《ご》に宣伝しておいて下さい。呉の群臣は動揺し、やがて私が旧蜀兵を先手として長江を攻め下る時は、力を用うるまでもなく進んで降りましょう。

よって劉禅は洛陽に護送せず、蜀臣も旧のままとし、蜀軍も解体せずに臣が統括いたします」

司馬昭はどう思ったのか、この無礼な献策を認めてしまった。あの疑い深い晋公がである。加えてである。成都を取りたる鄧艾の功は、漢中《かんちゅう》を取りたる鍾会の功に十倍せりといい、鄧艾を太尉に昇進させた。何と三公である。また部曲《ぶきょく》領民二万戸を加増し、その子鄧忠《とうちゅう》も亭侯に封じて部曲千戸を賜ったという。これで鄧艾は押しも押されもせぬ大豪族にのし上がった、――というのである。

姜維は首を傾げた。この部曲何万戸を授ける、という恩賞の出し方は、彼には理解出来なかった。せっかくの官営荘園を、どんどん切り売りして功臣に下賜することは、集権国家として自殺行為ではないか。まるで封建の制である。

もっとも、人民全てが豪族私領の隷民に化してしまっているわけでもないらしい。小規模自作農や小作農のいわゆる良民も、まだ六、七割は占めている、と鍾会は言う。それでも大変な国家解体ではないか。

蜀でも昔から大地主はいくらでもいる。少数ながら奴婢もいる。しかし部曲一万戸を領する荘園貴族がごろごろいて、部曲を農奴として、または私兵として自由に使役したり売り買いしたりする有様は、少なくとも建前の上では理解の外にあった。儒家も法家もそんな経世の教えはしない。

しかし中華では、すでに一君万民の郡県制は崩れ出し、荘園領主たる豪族群の連合組織によって国家が支えられている様子である。

鍾会は色々例を挙げた。誰それは万戸侯、誰それは部曲八千戸の領主と。それを全部合算してみると、魏《ぎ》の全戸数をオーバーしてしまう。

「もっとも、万戸侯といっても熟語なのさ。実数じゃないよ」

と鍾会は笑った。昔でいう秩禄《ちつろく》二千石に封ず、の類であろう。それでも多数の部曲を私有することには変わりはない。

「それなら」

と姜維は疑問を呈した。

「諸侯は国家の民草を私有し、戸籍を隠し、人口をごまかすことも可能でしょう。人頭税も賦役もちゃんと国庫に納まりますでしょうか」

「それなのさ」

鍾会は割り切ったように言った。

「時代だ。すでに秦《しん》や漢《かん》の頃ではない。中華は中央・地方の貴族・豪族に侵蝕されつつある。国と豪族に二重支配されて苦しむよりは、下々の連中は身を売っても部曲になることを選ぶだろう」

「そういうものですか」

姜維は嘆息した。魏の人口は登録数よりずっと多いこととなる。そしてその国力も。姜維はさらに突っ込んで聞いた。

「さすれば豪族達は野に在って力を養い、国を分断して割拠する恐れはございませぬか」

鍾会はどういう訳か面白くなさそうに答えた。

「なぜか彼らは洛陽の貴族生活への憧れだけは捨てようとせぬ。内には自立の心を秘めておるくせに、文を弄んで都に安住し、武をもって野に拠る覇気は失せてしまったようじゃ。多分、常に中央の文化に浴していなければ不安なのだろう。話に聞く封建の制にまで行きつくことはあるまいて」

鍾会も鄧艾もすでに大なる豪族であった。その配下の将も中小の豪族かその子弟である。司馬晋公は中華最大の豪族として諸豪族に臨み、棟梁としての立場から睨みを利かせている。彼は豪族の利益代表者の役割もかねて洛陽に幕府を開き、魏の天子は玉璽を貸して詔を下すだけの飾り物となっている、というのが鍾会の解説する今日の魏の国体だった。

色々話を聞く内に、姜維の頭は混乱した。間諜を通じて知らぬでもなかったが、今日初めて魏将、否、実質的には晋将の鍾会の口よりその実態を聞き、大きく嘆息した。

今まで必死になって戦って来た敵国は何だったのか。宿敵魏は事実上滅亡していたのだ。戦の相手はかの地の豪族連合であり、中でも最大の相手は、晋を含め最大の私領を有する司馬晋公という中華最大の豪族であった。

姜維は奇妙な思いであった。すでに呉も内部的には分解し、国土の荘園化が進みつつあるという。それはともかく、鍾会は鄧艾の太尉昇進が大いに口惜しい様子であった。伝統ある門閥の誇りが、それを許さぬらしかった。

「太尉。つまり大司馬の事ですな。すると彼は、洛陽に戻って天下の兵馬を管理するわけですか」

と姜維は質問した。

鍾会の説明によると、これは権威付けの加官であって、直ちに転勤して職務が変わるわけでもないらしい。第一、都には司馬晋公が相国を兼ねて鎮座している。しかし一品官への昇格には変わりがない。

「都に在れば」

と鍾会は言った。

「他の名門貴族と清議して、あのような卑しい土豪は排斥してしまうのだが」

清議とは教養ある名流貴族が、集団討議で品位に欠ける卑しい土豪を排斥する貴族社会の自浄作用をいうらしい。姜維も知らぬではないが、むしろ逆に郷村から中央への人材推薦会議という古い意味に理解していた。

ここは洛陽より遠い益州である。司馬昭は単純に鄧艾の報告を信じ、彼の軍功を賞して、占領地における専断を許したのだろう。鎮西将軍鍾会としては歯噛みするしかない。

姜維は鍾会を慰め、かつ励まして言った。

「鍾将軍。それなら何故将軍も、漢中を踏み破って剣閣を降し、姜維以下蜀主力をことごとく虜にせりと報告なさらないのですか。この事こそ最大の難事、第一級の功で、鄧艾は労せずして果実を取ったに過ぎませぬのに」

「それは勿論報告したさ」

と鍾会はさびしく笑って言った。

「して、その結果は」

と姜維が問い詰めると、

「今もって晋公からは、何の音沙汰もなしさ」

と鍾会は恨めし気に言い放ち、ごまかすように笑って杯をあおった。

姜維は鍾会の心中深くを見て取った。彼は鄧艾ばかりか、司馬昭の処置をも恨んでいるのだ。そして体制からの自立を密かに望んでいる。

姜維は真実鍾会の立場に同情した。己の策謀もしばし忘れ、孤独な彼の参謀になり切ったつもりで助けようとした。

誠実な蜀人としての態度が、この場合役に立った。鍾会はますます姜維を信用した。今や姜維こそ無二の相談役であった。

ついに鍾会は胸中の大事を打ち明けた。鄧艾を陥れる策を問うたのである。

姜維はほくそ笑むことも忘れ、左右に目をやって人気のないことを確かめてからささやいた。

「将軍。司馬晋公は将軍と鄧艾とを操るつもりです。今その手に乗ってはなりません。私の気持ちとしては将軍を頭にいただき、旧蜀軍をもって成都に押しかけ、鄧艾に謀反の疑いありと唱えて司馬晋公の名を借りて彼を誅殺いたしたいところです。しかし軽々に兵を動かしては疑いが将軍にかかります。ここは慎重に根回しの時です」

「して、その根回しとは」

「将軍。お耳を」

姜維は鍾会の耳元で何事かをささやいた。我ながらこんな悪知恵があったのかと、ささやきながら彼は思った。

鍾会は目を妖しく光らせながら聞いていたが、きっと姜維の目を見据えて言った。

「御辺《ごへん》。きっと予に力を貸してくれるな」

「もとよりのこと。天地も照覧あれ」

姜維は真剣そのものの面持ちで鍾会を見返し、かりにも全蜀兵の命を救ってくれた大恩人と思いつつ、言葉に相違なきことを誓った。何の飾り気も芝居気もなかった。鍾会の信頼は、もはや絶対のものとなった。

両将軍は別れた。姜維は何事もなかったような風情で馬に乗った。くそ真面目な田舎教師風の顔付きで衛兵に軽く粛し、蜀兵の駐屯する盆地に向かう。すでに夜であった。

帰りが遅いので心配した張翼《ちょうよく》と廖化《りょうか》が、途中まで迎えに出ていた。姜維はニコと笑顔を見せたのみであったが、両名は何か良い事があったに相違ないと直感し、無言のまま駒を並べて従った。

今夜は珍しく月が出ていた。去年の今頃、錦江に映る月影を見て、憂国の情に駆られた時のことが想い出された。

酒が入っていたからであろう。姜維はそぞろ詩情を覚えた。本来彼は文学の人ではない。もちろん創作は出来ない。最近の寂しい詩の基調も嫌いだし、少年の頃覚えたやたら感情をぶちまける建安の詩もさして好きでなかった。曹操《そうそう》のようにむやみに詩を吟じて英雄気取りをする趣味もない。行動そのものを詩とし、実践の苦しみの中にこそ無上の快楽を覚えるストイストの彼であったが、今夜に限って高ぶる情感を抑えかね、何時しかうろ覚えの詩を吟じていた。作者の曹操は嫌いだが、心に適うその詞《ことば》と、やや流行遅れの一節四拍子のリズムが好きであった。

老驥《ろうき》、櫪《うまや》に伏すとも、（老いたる駿馬は厩《うまや》に伏すとも）

志、千里に在り。（その心は千里の外を駆け巡る）

烈士、暮年なるも、（烈士は年老いても）

壮心止まず。（熱情は噴出して止まぬ）

彼はもう、年五十八歳であった。往年の紅顔はすでにない。従う張翼や廖化も白髪の老将である。考えてみると時代は大きく変わった。今日の鍾会の話を整理してみると、中華の地では信じられぬほどに社会も政治組織も大きな変貌を遂げている。

覆水再び盆に復《かえ》らず。一旦は滅亡したはずの漢《かん》の天下を、再び興すべく敵の懐深く飛び込んではみたものの、果たして自分に成算ありや。一時は成都を奪還し得ても、真実漢の世を中興し得るかどうか。姜維は先の先までの見通しなどは持っていない。

ただ、最後の漢将としての意気地が残っているだけである。

それは、知らぬ間に移り変わってしまった世に対する、漢の残り火の爆《は》ぜのようなものであった。

二　謀略

君たるも難し

蜀《しょく》滅亡の年、魏《ぎ》の景元《けいげん》四年十二月上旬、司馬昭《しばしょう》は晋《しん》公府で蜀降伏の第一報に接した。もちろん鄧艾《とうがい》からの報告である。

彼はこの遠征に初めから自信を持っていた。鍾会《しょうかい》・鄧艾の両軍団が功を競うように漢中を突破した頃からは、もう蜀の破滅は時間の問題だと人々に語っていた。思ったより脆《もろ》かった、と感じているだけで、取り立てて喜んでいる風にも見えない。すでに彼は戦後の事を考えていた。

司馬家による天下支配の日は近づいた。蜀を討った功をもって、いよいよ天子の位を簒奪《さんだつ》しようか。ワンステップ置いてまず晋王の位を得ておこうか。それともこの際、一気に呉を滅して、歴史における己の功を確固たるものにしておこうか。

このあたり彼は、性急な覇者ではない。覇道は歴史の目がうるさいから王道を踏まえて、自然に天子の位が譲られるように仕向けなければ王朝は長続きしないのである。そのためには手のこんだ道具立てと演出によって世論を動かさなければならない。そして反対者はどしどし排除し、寄って来る者には気前よく荘園と部曲《ぶきょく》とを分け与えてやる。面倒だがこれが天子の位に昇る順序なのだ。今や廃帝同様の魏の帝室には、一人として伺候する者はいない。親衛隊の一個小隊でも派遣すれば簡単に曹奐《そうかん》の首を取って来ることが出来る。しかし、それが出来ないところが、わが中華の国なのだ。この事にはもっと時間をかけよう。

「さて」

と司馬昭はつぶやき、席に腰を下ろした。

「先の事は先として、まず蜀をどう始末するか」

劉禅《りゅうぜん》と旧臣を苛酷に扱うのは止めようと思う。その利点は大きい。

第一に、劉禅を生かしておくことで蜀の軍民を帰順させることが出来れば、呉《ご》を攻める時の先陣として使える。特に姜維《きょうい》以下の旧臣は、旧主の命乞いに必死の工作をするであろうから、その引き替えに大いに働いてもらおう。長江の流れは下るに速し。魏軍、否、晋軍の南下と旧蜀軍の東進により、呉を挾撃してくれよう。

第二に劉禅以下蜀人を厚遇すれば、それを知った呉の豪族共も安心して降ろう。

第三にこの自分が、天下の人から稀なる仁君と称えられる。さすれば世論は我に有利となり、天子の座もごく自然にころがり込む。

何となく考えがまとまりそうになった時、早くも敵国降伏の話を聞きつけたのか、文武の百官、在京の貴紳達が戦勝祝賀のため、どやどやと伺候して来た。彼らに対して司馬昭は気持ちよく会った。祝詞に一々うなずき、言葉をかけてやり酒を賜って、万歳を受けた。彼ら名門貴紳達こそ、来たるべき晋王朝の藩屏《はんぺい》として役立つ。

夜になっても祝賀の者は、門前市をなして群れた。皆、蜀降伏はひとえに晋公のご威光によるものだと、阿《おもね》りはしゃいでいた。要するに戦勝祝賀に引っかけた猟官運動なのである。

祝いの品々も山と積まれた。中には自分の荘園内の領民より、美女十名を献上するという豪族もある。すでに人間も権利の客体であった。奴隷ではないが良民でもない部曲の民は、そういう運命にあった。兵戸の家の者も、国家の所有する部曲で、土地ごと功臣に下賜される時代である。

司馬昭は心中うんざりしながらも、笑顔を絶やさず挨拶を受けた。彼は、これからの支配者は、彼らの推戴《すいたい》なしには立って行けないことを知っている。持ちつ持たれつの関係を維持して行かなければならない。今や中国は、少なくて数十、多くて百余家の名門貴族の共同支配する所となっているのだ。

終わり頃になって、天子の曹奐より祝いの勅使が来た。相国司馬昭の機嫌の良い時を見計らって、暗に物乞いに来たのであろう。司馬昭は絹千匹ほどを分けてやった。勅使は平伏せんばかりに受け取って帰る。おかしな図であった。

やっと客が帰り、司馬昭が休息所に行こうとした時、かねてから待ち構えていたのであろう。腹心顔をした賈充《かじゅう》が小走りに近寄って来た。故意に腰をかがめて小走りして見せるのは、彼は司馬昭を、事実上の皇帝扱いしていることの証である。

賈充は上目遣いに司馬昭を見やり、耳打ちした。

「晋公様。まずは敵国降伏、お目出度く存じ上げます。これも相国のご威徳海よりも深きことによるものと、ただただ感じ入るばかりでござりまする。ところで征西将軍鄧艾が成都を衝き、敵主の降を受けたるとのこと。鄧艾の兵力に数倍する兵を擁しながら、鎮西将軍殿は何をなさっておったのでしょう」

司馬昭ははっとした。蜀の戦後処理については腹を固めていたが、味方の派遣軍の二司令官、かの犬猿の間柄といわれる鄧艾と鍾会の扱いには全く配慮していなかった。

「それだが」

と司馬昭は言った。

「わしの判断に狂いがあったようだ。予は名門の名高き鍾会に功を立ててもらいたかった。だからこそ過大な兵力を授けた。鄧艾の武人としての力量は認めるが、人皆知る下賤の出であるからのう。戦時には貴族も百姓も役に立ちさえすれば良いが、やがて来る太平の世を統制するにはどうも困るのだ。貴族連中とはうまくつき合ってくれまい」

「さればです。いっそ蜀の占領行政には他の無難な将軍を遣わし、両将軍共々兵権を削ぎ、都に召喚されたらいかがで」

「む。しかしそれはまた極端な論ではないか。しこりが残ろう。二人に無用の疑惑を抱かせる」

「実力ある野心家はこれからの世に害でございます。成り上がりの鄧艾は貴族連中からつまはじきされておりますから、都に帰ることを好まず蜀の地に籠もり、旧蜀の軍民を手なずけて自立を図るでしょう。

鍾会は鍾会で、あれもなかなかの性悪な所があります。名門で人一倍自尊心の高い男ですから、鎮西将軍として蜀に下った以上、彼の地に利権を得ることもなく帰ろうとはしますまい。鄧艾に先を越されて心中穏やかならずと推量されます。

何れにせよ、このまま放置されますと、せっかく手中に収めた蜀はそっくり寝返るでしょう。危険千万です。今こそ強権発動を」

司馬昭は嫌な顔をした。戦時には戦時の苦労があり、平和になればなったで嫌な政治の悩みが待っている。

己の派遣した軍が、敵国降伏後その地に君臨し、やがては本国のコントロールの利かぬ存在となる例は古今東西の歴史に多い。日本占領後のマッカーサー元帥、日本が大陸に派遣した関東軍などは好例である。源頼朝が西国に派遣した九郎判官義経のケースもこれに近いであろう。

本国から遠いことを理由にして専横となり、国家の中の国家となる。これを放置すると新たな乱の元となる。さればとて勝利の翌日解任するというのも疑惑を招き、下手をするとこれも乱の因となろう。

「臣たるはすでに易《やす》からず、君たるもまた独り難し」と建安詩人曹植《そうしょく》は詠った。司馬昭も頭を抱えた。

「考える。考えておく」

彼は賈充を退けた。実は考えるのが嫌になったのだ。名目をどうつけようと、豪族共の統制上都合が悪い。

彼が曹操《そうそう》のごとき颯爽たる独裁者ならば、こんな下らぬことで悩みはしない。しかし新しい世はそれを許さないのだ。これからの支配者は貴族諸侯の利害調整役に徹しなければ存続出来ぬのだ。

賈充はそれ以上何も言わず小走りに去った。このあたりの呼吸を、彼は天性として心得ている。

疑心暗鬼

数日後、派遣軍の一方の司令官鍾会《しょうかい》より早馬が来た。書面には「蜀《しょく》の果敢な抵抗を粉砕して漢中を平定し、大将軍姜維《きょうい》以下名ある敵将を剣閣《けんかく》に囲んでことごとく虜とせり。よって第二軍団は難なく成都《せいと》を収め、蜀《しょく》滅亡せり。これ晋《しん》公の盛んなる徳の致す所云々」とある。別書には姜維以下の蜀将が晋公の徳を深く慕い謹慎中であることを述べ、今後のためにも命を助けるべきであると申請してある。司馬昭《しばしょう》は読みながら何と虚飾に満ちた文かとあきれた。姜維を降したあたりは自慢たらたらであるが、成都開城の模様はさっぱり具体性がない。そのくせ、それも自分の功のごとき文体である。

要するに鍾会は漢中《かんちゅう》を、鄧艾《とうがい》は益州を降したのだろう。ならば鄧艾の功は鍾会に十倍するではないか。

相国府参軍の劉寔《りゅうしょく》がニヤニヤしながら言った。

「どうも近頃の将軍達は、謙譲の美徳に欠けておるようですな」

彼は今自宅で「崇譲論」を執筆中である。

司馬昭は鄧艾にも鍾会にも返書を出さずに考えこんだ。古来中国においては、この種の処置は難しいのである。そして結局多くの功臣は報われずに終わる。

そこに、再び早馬が来た。今度は鄧艾である。司馬昭は文書を見て顔を曇らせた。賈充の言に符合する内容である。それに、何という専横な内容であろう。

「夫《そ》れ、兵は声（宣伝）を先にし力（実力）を後にす」

と説教調で述べ、続いて、

「明年呉《ご》を滅すために、今は蜀の軍民を帰順させておく要があり、したがって旧蜀主も都へ護送せずに厚遇しておく方針です。旧蜀軍は自分が預かり、統率いたします。蜀の旧領は私が治め、行政方針はこれこれ、人事発令はしかじか」

と、勝手な事が書かれてあった。

内容の是非についてはまあ自分の考えと一致する。しかしそれを主君に説教し、処置について許しも乞わず、事後報告で済ますとは。

言い草も無礼である。司馬昭は鄧艾の野心を疑った。が、思い直し、強いて善意に解してやることとした。

彼はもともと野人なのである。それを知りつつ軍事能力のみを愛でて使って来たのは自分である。野人であるから貴族社会の礼を知らない。君主にゴマをする方法も文書の書き方、報告の仕方も知らない。正直過ぎて下手なのだ。

ともあれ、鄧艾の功は功として認めてやることにした。客観的に見れば史上稀なる武勲である。官は太尉に昇らせ、部曲《ぶきょく》二万戸を加増し、子の鄧忠《とうちゅう》も重く賞することとした。そして蜀の戦後処理については黙認の形をとった。

一方、派遣軍に付けてある監軍衛瓘《えいかん》にも内密の手紙を送った。鄧艾に勝手な振る舞いをさせぬよう、注意するためである。

これら一連の動きについては、鍾会・姜維にはまだ知らされていない。ただ、鄧艾の態度が急に驕慢になったらしいこと、それにもかかわらず晋公は重く賞し、鍾会には未だ何の音沙汰もないという事実を前にして、あれこれと想像をたくましくし、共謀して陥れの策にやっきとなっていた。

その頃、洛陽《らくよう》の街々で、小児達の間に妙な流行歌が唄いはやされていた。鄧艾蜀に籠もりて中華に離反せんとす、という意味内容である。天の声・民の声は、無心の小児達の流行歌を介して伝えられるという考え方は昔からあった。

当然公安当局も為政者も神経をとがらかす。不穏な徴候と見たのである。知らせは即刻晋公府に届いた。各地でも流言がとび交う。貴族達もざわめいた。司馬昭はますます深い疑いに取り付かれた。

もとより鍾会・姜維二人の謀略工作によるものであることはいうまでもない。

何も知らぬ鄧艾は太尉に昇進してから喜び勇み、連日てきぱきと事務を処理していた。旧蜀領の民政・税務・人事・軍政等、決裁を急ぐ事務は山積していた。補佐する者は当然実情に明るい旧蜀臣であり、制度も極力蜀の旧制を尊重せざるを得なかった。

監軍衛瓘は、思い切って鄧艾に忠告した。

「閣下。失礼な事を申し上げるようですが、閣下はご自分の置かれている立場をお考えですか。閣下は大なる功を立てられたため、諸人はその威に畏れて真実の事を申しません。都でも閣下の功を妬む者は決して少なくないのです。

閣下は諸事専断されておられますが、これはよろしくありません。万事洛陽へお伺いを立て、晋公のご決裁を仰いで行うほうが無難かと存じますが」

鄧艾はムッとしたように浅黒い顔を上げて衛瓘を見た。衛瓘の独特の憲兵面《づら》が面白くなかった。

鄧艾は長く野にいた武人らしく、激しく吃音しながらも、ずばずばっと言った。

「孫子曰く、『大将外に出でては君命をも受けざる所あり』と。御辺《ごへん》はここ蜀の地と洛陽の間は何千里隔たっているか知らぬのか。形式にこだわり、規則ずくめでは必ず事の機会を失しよう。兵法にも『進みて名を求めず、退きて罪を避けず』とある。自分はその責任において事を決しておるのじゃ。司馬晋《しん》公もきっとご理解されておろう。取り巻きの貴族共に何と言われようと、自分は一向にかまわぬ。今大事なことは、この蜀地を治めるという目前の仕事の推進ではないか」

衛瓘は反論しなかった。彼の目的は鄧艾に忠告することではない。忠告したにもかかわらず、鄧艾の専横未だ止まず、その態度すこぶる放なり、との報告書を洛陽に出しさえすれば彼の責任は果たせるのである。

名将失脚

早馬は洛陽《らくよう》へ飛んだ。司馬昭《しばしょう》は衛瓘《えいかん》の書簡を見て、殊の外に驚いた。鄧艾《とうがい》は功に驕って恩賞にも拝謝する心なく、自らの宣によって我が物のごとく蜀を治め、幕命を無視する事はなはだし、という内容なのである。

司馬昭は左右に向かって言った。

「鄧艾功に驕り、離反の色すでに現れた。皆の者。いかにすべきか。意見あらば申せ」

公府に巣喰う貴族達は内心喜んだ。折あらば清議にかけて失脚させようとしていた鄧艾である。晋公に疑われた以上は、彼奴もいよいよ最後だ。

賈充《かじゅう》がにこにことしゃしゃり出て言った。

「剣閣にある鍾会《しょうかい》には未だ恩賞を与えておりませぬ。鍾会の官位を進めて鄧艾を圧することこそ上策です。鍾会の兵力は鄧艾に優ること数倍しますから、簡単に制圧出来ましょう」

司馬昭はうなずいた。直ちに鍾会の官位に三公たる司徒の名を加え、鄧艾同様一品官とする人事を発令した。さらに爵位を進めて県侯に封じ、部曲一万戸を加増した。

しかし鄧艾の追放令は下さなかった。謀反の決め手がなかったのと、もう一つ鍾会にも含む所があったのである。

しかし万人の見るところ、この人事の意味する事は明らかであった。鍾会をもって鄧艾を制す。成り上がり実力武将に対する門閥貴族の勝利である。

司馬昭はこの人事によって貴族連中を一応満足させながら、密かに別の手を打っていた。監軍衛瓘に対し、鍾会・鄧艾双方の逆心の有無を探るよう命じたのである。

衛瓘は司馬昭の書簡を前に考え込んだ。晋公の意図はどこにあるのか。どう回答すれば満足を得られるのか。鄧艾の逆心もさることながら、鍾会も疑っておられるのでないか。今まで自分は、鍾会に対して深く探索していなかったが、そう言われると何かしらくさい。敵将だった姜維と時々密談しているし、旧蜀軍を信任して魏の諸将に面白くない思いをさせている。大軍団を擁してじっと巴蜀《はしょく》を窺っている様子なのも不気味だ。これを疑わなかった自分の責任は重大であり、万一のとき、自分も同腹だったと疑われよう。衛瓘は専ら責を免れるために、打つべき手はそつなく打っておこうとするのだった。

鍾会《しょうかい》は三公の位を受けて大いに喜んだ。姜維と共に謀った計は着々と功を奏している。直ちに姜維を召して次の手を相談した。

「伯約《はくやく》。計略は図に当たった。司馬公は鄧艾が謀反せんとしていると推測し、予を司徒に封じて彼奴を制せしめようとしているのだろう。この時に当たり、君にいかなる高論があるか。聞こう」

姜維は待ちに待った時が来たことを知った。

蜀を滅ぼした憎むべき怨敵鄧艾・鄧忠親子を葬る絶好の機会が迫ったのである。

「閣下。まずはご昇進お目出度く存じ上げます。司馬公は閣下を信任し、鄧艾を深く疑っておられるのです。その機に乗じ、閣下の新たな権威をもって上表し、鄧艾に逆心ある事を告げ給え。必ずそれを拠り所として、司馬公は鄧艾追討令を下し給うでしょう」

鍾会は然るべしと喜んで洛陽に表を送り、鄧艾謀反の企てありて蜀に君臨し、蜀の人臣を手なずけております、と報じた。

一方、鍾会・姜維は、別計を設けて漢中を通過する鄧艾の使者を捕らえ、書の巧みな鍾会《しょうかい》自ら書簡を偽造し、鄧艾の偽使者を仕立てて洛陽に上らせた。

司馬昭は鍾会の表を読み、さらに鄧艾名義の偽手紙を見て、驚くと共に大いに怒った。

鄧艾の文面がますます無礼になり、鍾会の報告とも符合しているからである。群臣も最早鄧艾の謀反は必至であると判断して、早々に討つべきであると献言した。

決断が下された。ついに鄧艾は乱臣と認定され、漢中から剣閣にかけて大軍を駐留させている鍾会に対し、鄧艾に檻車を差し向けよと命じた。檻車は逮捕状を意味する。

俗書によればこの前後わずか一ヶ月くらいの間に、何回早馬が洛陽《らくよう》と蜀地を往復したことか。話としてはうまいが、地理的条件から見て合理性を欠く。それでは正史の方はと見るに、関係者の列伝をたどっていっても肝心な所が濁してあって、何の事やらさっぱり判らないのである。

なぜ突然司馬昭と鄧艾の間が破綻したのか、どうして鍾会は洛陽での安泰な貴族生活を捨てる気になったのかは人間心理も含めて歴史の謎の一つであろう。

疑問は疑問として保留し、先に進む。

司馬昭は自ら征討の軍を興すと発表した。賈充《かじゅう》に三万の兵を与えて先発させ、自分は後詰めの大軍を率いて洛陽を出立するというのである。

人々は驚いた。大げさ過ぎる。すでに鍾会に征討を命じてあるのだから、それで充分ではないか。皆、司馬昭の心を測りかねた。司馬昭は、自分を担ぎ上げて来た門閥貴族の意見をよく聞き、魏《ぎ》の曹操《そうそう》のように専断することはなかったが、かといって全く言いなりにもならない。衆人と調和しつつ、どこか一本我を通すところがある。根は英傑であり、意識して新時代に添い、己が英雄性を抑え込んでいたに過ぎない。

出発の前日、公府の西曹掾《さいそうのえん》、邵悌《しょうてい》が密かに訪ねて来て言った。

「鍾会の軍は鄧艾のそれに数倍するのに、何故晋公には直々蜀に下り給うのですか」

司馬昭は笑って答えた。

「貴様は以前、予に申したではないか。やがて鍾会は野心を抱くであろうと。予自ら西下するのは鄧艾を討つためではなく、鍾会を制するためである」

邵悌も笑って、

「以前の私の言葉、ご記憶でしたか。ご心底のほどを伺い、安心仕りました」

と言うと、司馬昭は彼に、

「この事、他人に洩らすでないぞ」

と念を押した。

その夜、司馬昭の妻王氏も諫めて言った。

「妾《わらわ》は鍾会の性質をよく知っております。あの男は学問がありながら異端の訓を修め、利欲に迷い心狭く、義を忘れ恩に背く性《さが》を持っております。鄧艾が謀反人だということも信じられませぬ」

司馬昭は言った。

「俺の目をふし穴だと思っておるのか。それくらいの事は先刻承知しておればこそ自ら蜀へ行くのじゃ。だが余人には言うなよ」

さらに先発する賈充も、散々考えあぐねた末、やっと謎が解けて司馬昭を訪ねて来て言った。

「私が前より鄧艾に逆心ありと告げて参りましたが、実は同様に鍾会も疑わしく思っておりますことはご承知でしょう。どうか我が君、ご本心を打ち明けて下さりませ」

司馬昭は、もううんざりしたと言わぬばかりに答えた。

「やれやれ。そこまで人を疑っていたらきりがない。これより汝を大将として蜀へ行かせるわけだが、今度は汝を疑わねばならなくなるのか。余計な事は心配せず早く出発せよ。予が長安に着いたら決断する事がある。その時すべてが明らかになろう」

賈充は首をすくめて帰った。

旧蜀軍成都へ還る

鍾会《しょうかい》は鄧艾《とうがい》を逮捕する名目を得た。しかし出来れば早く殺してしまいたかった。急ぎ姜維《きょうい》を呼んで鄧艾を誅する策を講じた。姜維は心の内、漢《かん》室重ねて興るべしと嬉しく思いつつ、鍾会に妙策を献じた。

「まず司徒・鎮西将軍の新たな権威をもって監軍衛瓘《えいかん》にお命じなさい。幕命を伝え、直ちに成都《せいと》に下って鄧艾を召し取って来いと。もちろん衛瓘には武力もなく兵力も少数ですから、怒った鄧艾に返り討ちになるでしょう。そこがねらいです」

「うむ。妙計だ。衛瓘は司馬《しば》公の腹心。彼が鄧艾に殺されたとなると、鄧艾の謀反は動かし難い事実となる。それに衛瓘は、この俺の動きを密かにかぎ回っている汚い目付役だからな」

「そうです。衛瓘が生きていては、やがて閣下も私も晋公《しんこう》に疑われましょう。早く彼奴を鄧艾の手を借りて殺してしまうことです。それに監軍を殺したとあっては鄧艾の手下の部将も、謀反に加わったとされてしまうのを恐れ、中立の態度をとりましょう。そこへ閣下と私が大軍をもって成都に押しかけ、監軍殺害の罪名によって鄧艾の首を挙げればよいのです」

「なるほど、一石三鳥か。さすがは蜀の大将軍姜維の策略。往年諸葛孔明《しょかつこうめい》より兵法の秘伝を授けられた名将だけのことはある。これなら大事必ず成就しよう」

「恐れ入ります。それでは早速衛瓘をお召しなされませ。私は席を外していたほうがよろしいでしょう」

姜維が下がり、間をおいてから鍾会は衛瓘を呼びつけた。その態度は、従前とがらりと変わっていた。

「幕命じゃ。直ちに鄧艾を召し取らねばならぬ。これは監軍たる汝の仕事だ。予も後詰めいたすゆえ直ちに出発せい」

衛瓘はやむなく命を受け、憲兵隊一千を率いて成都へ発った。彼の荘園より付き従って来た智恵者の郎党が諫めて言った。

「殿。これは鄧艾の手を借りて殿を殺そうとする鍾会閣下の策です。油断召さるな」

「判っておる。だからといって、ここで鍾会の指示に従わなかったら自分も疑われる。大丈夫。この俺にも十分策があるのだ」

衛瓘は用意の檄文二、三十通を懐中より取り出し、郎党に持たせて鄧艾側の魏の諸大将に触れた。文中に、

「鄧艾謀反の心あるをもって、我ら晋公の命によりこれを捕縛せんとす。その余の将は罪なし。速やかに来たって我に従う者は旧のごとく官位を保障する。遅参した者は鄧艾に通ずる者と見做して三族まで滅ぼさん」

と書かれている。

衛瓘は檻車を用意し、昼夜駆けて数日後の暁には成都の城門まで来ていた。驚くべし。檄文を見た者はことごとく城門で衛瓘を出迎え、拝伏していたのである。保身のためとはいえ軍の上将と部将の関係もこの程度のものだった。

鄧艾は迂闊にも何も知らず寝ていた。そこに衛瓘の捕手が乱入し、幕命により鄧艾父子を召し取る、と呼ばわって捕縛した。

その子鄧忠《とうちゅう》も、こは何事ぞと走り出て来たが、同様捕らえられて父子共に檻車の中に閉じ込められた。事はあっけなく終わった。

監軍の威力は絶大だった。ゲシュタポのような権威を持つ官職だったのであろう。品官からいえ

ば決して高くはないが、下位の者に高位の職を監査させるところに監察の特徴がある。もっとも鄧艾の部下全員が傍観していたわけではなかった。荘園より引き連れて来た直隷の従類達は、上を下への騒ぎとなり、主人の閉じ込められている檻車の前に群がって来た。

鄧艾は檻車の中より一同を制して言った。

「皆の者、静かにせい。我々父子、鍾会奴の讒言《ざんげん》によりかくのごとく捕らわれの身となった。しかしこれも司馬晋公の幕命であるから、汝らみだりに反抗いたすな。狼藉に及べば罪は三族に及ぶであろう」

そしてさらに、

「見よ。やがて鍾会奴はここに来るであろう。我が疑いが晴れて無事戻るまで、汝ら必ず静粛を保ち、時を待て」

と命じた。

人々が少し静まった時、果たせるかな衛瓘の後続として、鍾会の率いる大軍が押し寄せて来た。鄧艾の手下は胆を冷やして四散した。鍾会は馬を檻車近くまで寄せて来た。何とその側には、元蜀の大将軍姜維が、ちゃっかりと控えているではないか。

鍾会は大音《だいおん》上げて、

「牛を飼い、豚を養いし土百姓の小倅。思い知ったか」

と罵り、馬の鞭をもって鄧艾の頭を打った。

鄧艾は双眼に血涙を浮かべて怒鳴り返し、姜維も鍾会を助けて散々悪口を吐いた。鍾会も姜維も、本当は鄧艾と衛瓘を殺し損ねて無念だったのであろう。

衛瓘は、捕らえた以上は鄧艾を洛陽《らくよう》へ護送すべきですと言い、檻車を出発させた。しかし鍾会と姜維は手を回して檻車を綿竹《めんちく》の城に留め、父子を城中に拘禁した。何《いず》れ名目を付けて殺す気でいる。

かくて鍾会は初めて成都に入城し、新しい蜀《しょく》地の主となった。鄧艾の部将や服していた旧蜀臣も続々鍾会の許に来たり拝した。彼の威声は西土に轟いた。もちろん参謀姜維の演出と工作によることはいうまでもない。

姜維は旧蜀の大軍を領して、戦後初めて成都に帰還した。元成都の防衛軍も合わせ、その兵権においては魏《ぎ》の諸大将も迂濶に手出し出来ぬ勢いとなった。蜀軍再び成都へ還る。それは奇妙な形勢といってよかった。

鍾会は姜維を信頼し切っていたが、姜維以下旧蜀軍はあえて城外に駐屯し、宮中の廃帝劉禅《りゅうぜん》に近づくことはしなかった。疑惑を避けるためばかりではなく、今や全く鍾会軍団の一翼となり切っている体《てい》でもあった。

このようなことは史上稀にはあって、必ずしも不可解な現象ではない。昔、マケドニアの王アレキサンダーはギリシャを制圧し、ギリシャ兵も使ってペルシャを征服した。次はそのペルシャ兵を信任して広大な東方諸国を治め、ためにマケドニア兵とギリシャ兵がすねてストライキを起こしたくらいである。日本でも徳川家康は三河衆を率いて甲州を収め、武田武士を加えて北条氏を攻め、開幕後関東武士も加えた旗本八万騎を創設している。過酷な扱いさえなければ、征服者と被征服者の間には、意外な信頼協力関係が生じ得るものであることは、第二次世界大戦後の国際関係史を見ても証明できる。

むしろ烈々たる闘志を失わず、あくまで漢《かん》の世の復興を企む姜維の心理こそ異常なのであろうか。記録によれば鍾会は、姜維を兵五万の将に取り立てようとして魏将の怒りを買っている。実現はしなかったと思うが、兵五万といえば、魏の将兵の一部までも姜維の組下に入ることを意味しよう。姜維がいかに鍾会から信任されていたかが判る。

鍾会は蜀宮の奥深く、旧蜀帝の座した龍床にふんぞり返ってみながら、悪い気はしていなかった。何となく巴蜀《はしょく》に割拠した劉備玄徳《りゅうびげんとく》の気持ちが判るようである。さらに雲に浮かぶ高閣に登り、沃野千里と称する益州《えきしゅう》平野の各所から立ち昇る、天を焦がす珍しい油の井戸の火を見やりながら、彼の心中には、洛陽を想う求心力と併行して、妖しい遠心力も渦巻き始めていた。

三　蜀漢中興の旗

野望

姜維《きょうい》は敵中工作に自信を持った。自分にこのような才があったとは思っていなかった。初め鍾《しょう》会《かい》に降った時は、最悪の場合は機を見て短剣で鍾会を刺し、自分も斬死しようと考えていた。この小さな企ては、今や別の大きな夢と化していた。

夢はますますふくらんで行く。鄧艾《とうがい》父子はすでに亡き者と同じである。かりに綿竹《めんちく》を脱出出来たとしても、一度疑った司馬昭《しばしょう》とその取り巻きは、彼を生かしておくはずはなかった。

残った一方の大将、鍾会もまた一気に刺殺し、旧蜀《しょく》軍を蜂起させて占領軍を覆滅せんか、旧蜀領はまたたく間に手中に戻ろう。廃帝劉禅《りゅうぜん》の君を救出して漢室《かんしつ》を再び興し、堂々漢中より北伐の軍を進めることは白昼夢だろうか。

蜀軍単独では無理なら、鍾会に反旗を翻させ、魏《ぎ》軍共々司馬昭の幕軍と一戦交えることもステップとしては上策である。

次々と手を打ち、あらゆる望ましい可能性に賭けて行く喜びを肌身で感じている姜維であった。

鄧艾を失脚させ、鍾会の威名が蜀中に鳴り響いた数日の後、成都《せいと》の王宮に居を移している鍾会より使いが来た。火急の召しである。何事か。吉か凶かと考えつつ姜維は駆けつけた。すでに蜀の年号は廃止され、魏の景元《けいげん》五年早春、正月十四日となっている。

鍾会は真っ青な顔でつっ立っていた。手に書簡を持っている。

「閣下。何事ですか」

「おお伯約《はくやく》か。一大事が起こった。この書簡を見てくれ」

それは司馬昭の直筆の文であった。冒頭、晋《しん》公相国司馬昭自ら大軍を領して長安に至り、ここに檄文を送る、とある。以下要約すると、今我、司徒鍾会の鄧艾を討つに万一誤りあらん事を恐れ、自ら兵を率いて長安に陣す。参会近きにあり。それゆえに先報す、とあった。

このような文書を主君から受け取る側としては、当然凶であった。鍾会は顔面を蒼白にして言った。

「伯約。人も知る我が手の兵力は、鄧艾のそれに勝ること数倍だ。しかるに晋公は、我が鄧艾の討ち易きを知りつつ、なお自ら大軍を率いてここに来るという。何故だ。我を疑うためではないか。こうなると下手に鄧艾を殺すことも出来ない。彼奴を讒訴《ざんそ》して罪に陥れた一件も露見致すかも知れぬ。どう致そう」

さすがに姜維も緊張した。やはり音に聞こえた司馬晋公。自分が鍾会を操ってきたことも案外見すかされているやも知れぬ。

姜維は今こそ自分の策の締めくくりを急ぐべき時だと覚った。これ以上の時間稼ぎは許されない。洛陽《らくよう》の大軍がここ蜀の地に入る前に、心中深く蔵していた最後の賭けを試みなければならぬ。

姜維は大事を打ち明ける前に、念のためもう一度カマをかけた。

「古人も言っております。『君疑えば臣必ず死す』と。昔韓信《かんしん》は赫々たる武功を立てながら『狡兎死して走狗煮らる』の名言を残して追放され、やがて未央宮《びおうきゅう》にて殺されました。このような例は枚挙にいとまなく、古来多くの功臣・義士をして、天道是か非かと戟《げき》を負うて慨嘆せしむるゆえんです。

今閣下は、すでに大功を立てられ、威勢は司馬晋公を凌ぐほどになられてしまった以上、なおその地位に留まり続けるのはかえって危険です。この上は一切の人の世の名利を捨て、ここより近い峨眉山《がびさん》の嶺にでも隠れ、かの山中に住むと伝えられる赤松子《せきしょうし》とかいう不老の仙人に従い、悠々無為の道に生きられてはいかがですか」

鍾会は、冗談じゃないよとばかりに横を向き、ぷすっと笑って言った。

「何を見当違いを申すか。伯約。俺はまだ四十歳であるぞ。まだまだ富も名誉も欲しい。野心は捨てぬわ」

その言葉を確かめるように聞くと、姜維は真顔になって言った。

「閣下のご心底、よく判り申した。そのご意志に嘘はございませぬな」

「元よりのこと。何故好んで世を捨てようぞ」

「されば」

と姜維はにじり寄って、

「閣下。閣下がその御意にてあられるなら、さぞやこの姜維奴にも犬馬の労をさせようと思《おぼ》し召しでしょうな。いかが」

と、たたみかけた。鍾会は手を打って笑った。

「さすがは伯約、話が早い。主一度《ひとたび》疑わば臣死すの理ある以上、我が肚は決したぞ。もう決して迷わぬ。たとえ黄泉の底まで行こうとも、きっとこのわしに従ってくれるな」

「御念には及びませぬ。私は昨年、一度は死んでおります。今は閣下の庇護により生を長らえておる身。必ず身命を賭して従い奉らん」

ここで両人は腹蔵をさらけ出して話し合い、富貴必ず共にせんと兄弟の交わりを結んだ。この時をもって鍾会の心は謀反に踏み切り、密かに姜維と共に、司馬昭に反旗を翻す企てに身を投ずるのである。

「司馬昭の大軍が蜀に入る前に」

と姜維は言う。成都でクーデターを決行する。司馬昭の息のかかった諸大将はことごとく謀殺する。その後、鍾会を首班とする新政権を樹立し、従う魏・蜀の将兵を率いて剣閣《けんかく》と陰平《いんぺい》に一大防衛線を布《し》く。そして、

「益州《えきしゅう》に蟠踞《ばんきょ》し、機を見て漢中の諸方に兵をくり出して桟道を焼き、退路を断って晋公の軍を孤

立させ、降伏に追い込む」

　実に壮大な作戦計画であった。鍾会は聞き惚れていた。

　さらに姜維は、使いをやって自宅より一巻の長い図本を取り寄せて広げた。それは何かと鍾会が聞くと、姜維は言った。

「これぞその昔、師孔明《こうめい》が草廬《そうろ》より出で給いし時、先帝劉備《りゅうび》に示されたという蜀全土の見取り図です。このように益州は沃野千里、民多く国富んで覇業を成すに適する拠点です。今こそこれを閣下に献上いたします」

　鍾会は喜んで披見し、自分がかつて作った地図よりはるかに精度が高いのに感心しつつ、山川要道を質問すると、姜維も一々指さして答えた。鍾会の心はすでに蜀の王者であった。

「よし。事成らば進みて洛陽を取り、事破れなば退きてこの地に自立しよう。さて、問題なのは諸大将の心だが」

　と鍾会は言った。

「さればです。旧蜀将は私が説き伏せ、閣下にお仕えするよう工作します。このことには責任を持ちます。ただ心配なのは、北来の諸大将の意向ですが」

　と姜維は不安そうに言い、

「鄧艾逮捕のときもそうでしたが、司馬晋公自ら蜀に近づくと知ると、彼らはどう出るか」

　とつけ加えた。

鍾会はあっさり決断した。迷っている時ではない。敵か味方か、単純に振り分けるのだ。

「我が従類・伴類の者共は必ず予に従うであろう。問題は司馬昭の腹心と思われる連中だ。だが、わしに策がある。

明日は正月十五日。上元の佳節である。宮中で大宴会をやる予定でおる。諸大将を集め、酒を勧めた上で我が意中を明かし、従わぬ者はことごとく引っ捕らえて殺す。従う者のみ残せば足りよう」

「して、反旗を翻す名分は」

と姜維が聞いた。何事を成すにも、正名の大義が要求される。

「元より、司馬一族政《まつりごと》を奪いて天子を弑逆することの非を鳴らす勤皇の軍《いくさ》じゃ。天子の密勅並びに先日崩御され給うた郭《かく》皇太后陛下の遺詔により、大逆許し難き司馬一族を討つものなり、――じゃ。いや、ほんとに予はそう思っておる。おかしいかな」

「いや十分です」

と姜維は言った。正義といっても色々あるものだ。

名目はともかく、一日も早くクーデターを起こすのだ。恐らく大半の骨ある魏将は殺されよう。クーデター決行部隊は鍾会の荘園部曲《ぶきょく》から成る直隷軍を主力とする。宴中、宮中の周りを固め、一人の脱出も許さぬように配置に就く。一方、姜維は旧蜀軍を城外に待機させて変に備える。

計画は定められた。両将は明日の決行を期して杯を上げ、相別れた。

元宵の宴

「いよいよだ」

姜維《きょうい》の全身に武者振るいが走った。ついに天から与えられた己が使命を果たす時が来たのだ。昭烈《しょうれつ》皇帝の霊よ照覧あれ。定軍山上におわします忠武侯《ぶこう》よ。何卒この姜維に最後の力を貸し給え。

――姜維は心を火と燃やしつつ退庁した。

帰宅してからも興奮は醒めなかった。噴出して止まぬ感情の高ぶりは抑えても静まらず、突然長剣を抜いて一、二度空を斬り、白刃に己の志を語りかけたりした。興奮が過ぎたのであろう。急に心臓が痛み出した。病を知らぬ彼であったが、もう五十九歳である。寝られぬまま彼は筆と紙をとった。

「臣維申す。鍾会《しょうかい》逆意発す。これ天の扶けなり。我鍾会をして北来の将を殺さしめ、後、彼を倒して蜀漢《しょくかん》を再興せんとす。願わくは陛下、今しばしの恥を忍び給え。日月幽なれども再び明らかに、社稷《しゃしょく》危うくしてまた安く、漢室《かんしつ》重ねて興るべし」

これは今なお廃帝の側近く守護を続ける太僕蔣顕《しょうけん》を介し、頃合いを見て劉禅《りゅうぜん》に届け出る表であった。魂も震える感動に浸り切り、気分に酔っては涙の止まるところを知らなかった。

明けて正月十五日。上元の節句である。元宵《げんしょう》の節ともいう。

蜀ではこの季節、つまり冬の終わりから春の初めにかけ、吉日を選んで大勢の客人を招待し、表座敷で宴を張る風習があった。

その日も大通りに面する高級住宅地の各邸の庭から、琴や瑟《おおごと》、十三音階の編鐘《へんしょう》や鼓の音が流れ、人々の宴遊する声が往来にまで聞こえていた。

成都《せいと》の西部に位置する商店街には、珍奇な産物が山と積まれた露天商が立ち並び、珍しそうにぶらつく占領軍兵士で賑わっていた。

宮中には多数の燈明が連なり、華麗な飾り付けがまばゆいばかりであった。人々はさんざめき、やっと訪れた平和な佳節を祝った。鍾会もこの種の祝い事や景気を好んでいた。

夕闇の迫る頃、街々や宮中の燈明は一斉に点された。華やいだ空気の中で、魏《ぎ》の諸大将ばかりを招待した鍾会主催の大宴会も進められていた。

宴は盛大だった。清い酒は金を塗ったかめごと蜀宮大広間に設《しつら》えられた宴会場の各所に置かれ、鯉・鱠・鱒・鮠《はえ》等の生きの良いなます造りや焼き物が山のように器皿《きべい》に盛られている。中国の料理はほとんど火を通すものと考えられがちだが、少なくとも昔は大分生《なま》ものも食したようである。また、熊の掌のあぶり焼きや、すっぽんのいり焼き、肥牛の煮物も並べられた。ほとんどが蜀の地で調達された新鮮な材料で調理されている。

さらに人目を魅くのは、酒席を取り持つ着飾った美女の群れであった。客一人につき最低一名の係の女性が侍り、徹底して楽しませ、酔わせるのである。そして楽団が入り、音楽が演奏される。かかる歓楽の図は、今までの蜀では、劉禅が黄皓《こうこう》を引き連れて後宮で遊ぶ場合は知らず、一般には少なくとも大っぴらには無かった。魏人達が持ち込んだ、洛陽《らくよう》の貴人の宴席の風である。美女達の奉仕も、慣れない手付きながら涙ぐましいほどであった。もし客が酔わぬときは、後でその係の女が厳しく罰せられるのである。これも中華の最近の風らしい。

それは亡国の女性の姿であった。昨日までの敵国の将のために、今は紅をかざし、髪を飾って侍る姿があわれであった。

彼女らの多くは魏人の辱めを受けたことであろう。李昭儀《りしょうぎ》という蜀の宮女が、

「我、再三の屈辱に耐うる能わず」

と言って自害した戦後悲話も残されている。

鍾会《しょうかい》は諸大将と共に遊び楽しんでいた。酒あり美女あり、巴蜀《はしょく》風の音楽を奏でる管絃楽もあって人々の耳を飽かせなかった。

清楚な歌姫が哀調こめて「西音《さいおん》」を絶唱し、長袖の舞姫がのびやかに「江上《こうじょう》」の曲を舞う。渝《ゆ》地方の異民族舞踊団の演ずる勇壮な踊りも珍しかった。

魏人達はすっかり興に乗り、皆三日三晩は酔いしれるくらいのつもりでいる。

三更の頃に及んで鍾会は突然ガチャンと杯を落とし、大声で泣き出した。満座大いに驚いてその

訳を口々に問うた。やがて鍾会は泣き止み、女達に席を外すよう命じ、魏人だけを近くに寄せて言った。

「実は諸君。わしは悲しいのだ。知ってのとおり、先日郭《かく》皇太后陛下は亡くなられ、帝室を陰に陽に守護されて来た院は消滅した。

崩御のみぎり、密かに詔をこのわしに下し給うて、司馬昭《しばしょう》の大逆無道をいたく難ぜられ、特に先帝曹髦《そうぼう》の君を弑逆した罪を許し難しとされて、早々に討てと遺命され給うたのだ。畏れ多い極みである。

諸君も元は、魏《ぎ》の大恩を被ったはずである。武祖曹操《そうそう》の君が大魏の国基を開き給いしより六代。今や帝室は衰微し、王宮には雨が漏れ、天子は衣食を晋《しん》公府に乞わるる有様。涙なくして語れようか。皇太后のおかくれ遊ばさるる際の御無念、察し申すに余りある。不肖この鍾会は詔にかしこみ、一身を帝室に捧げて悔いぬつもりじゃ。

それに成算もある。この益州《えきしゅう》の地は沃野千里、北方には漢中の山険あり、東方には長江の急流あり、南方には物資豊かな新開地がある。攻めるに難く守るに易し。もって自立するに足る。それに旧蜀の強兵も、新たに我々の仲間に加わってくれた。呉《ご》も積極的支援を惜しまぬであろう。

どうか諸君。予に力を貸し、共々勤皇の大義のため、天人許さぬ逆賊司馬昭一党を討ってもらいたい」

諸将は、ただあきれて互いに顔を見合わせた。何を今更のことを。時代錯誤もはなはだしい。司馬晋公に対する反逆ではないか。

初めは鍾会閣下は気が触《ふ》れられたかと思った。しかし鍾会が重ねて司馬昭の悪逆非道ぶりを攻撃し始めると、人々は一度に酔いが醒め、杯を置いて総立ちとなった。

その時参軍の羊琇《ようしゅう》が進み出て直言した。

「鍾閣下。それはなりませぬ。今ようやく天下が治まろうとする時、どうして好んで新たな乱を起こせましょうや。願わくはお心を静められ、将兵と共に一日も早く洛陽にお戻り下さいませ」

鍾会は真っ赤になって怒った。羊琇も一歩も退かずに応酬した。二人の激しいやりとりを聞きながら、人々はこんな席に長居は無用と、どやどや帰り支度を始めた。

だがすでに出口は鍾会直隷《ちょくれい》の手勢で固められていた。鍾会は大声出して怒り、剣を抜いて従わざる者は直ちに斬る、と宣言した。

人々は恐れ戦き、蚊の鳴くような声で従うことを約した。しかし一時逃れの嘘言であることは明白だった。

鍾会に近い筋の一部の者は信が置けたが、大多数は反鍾会派と見做され、鍾会の下知の下に宮中の講堂に監禁されてしまった。

明け方になって姜維が姿を現した。

「閣下。とうとうおやりになりましたね。閣下の命に従わぬ不逞の輩は、生かしておいても禍の元です。早く殺すに限ります」

鍾会は大きく息をつきながら言った。

「すでに宮中の裏庭に大なる坑を掘らせている。叛く者を殺して埋めるためだ。番卒も充分付けた。急ぐこともない。諸将の中には使える者も多数いる。あと二日待て。それまで待った上で非を悟り、予に服することを申し出る者あらば許そう。残りは誅殺して埋めてしまえばよい」

鍾会は従類の者に固く宮中を守らせ、情報が外に漏れないように命じてから一旦引き揚げた。魏の兵達は何も知らずに成都郊外に駐屯している。旧蜀軍もそうであった。

クーデターの第一段階は終わった。ともあれ矢は弦を離れた。

姜維も蜀将達と改めて充分に打ち合わせをする必要を感じていた。鍾会がここまで踏み切るまで、姜維は企てを秘していた。蜀将達はただ自分を信じ、何事かを期待して待機しているはずであった。

その前夜

時に鍾会《しょうかい》の直隷の部将で丘建《きゅうけん》という者があった。魏《ぎ》の諸大将を監禁している宮中の警備を命ぜられていたが、彼は元、護軍胡烈《これつ》の荘園管理人で、食客としても久しくその恩を受けていたことがあった。後、事情あって鍾会の郎党の頭に移っている。

討蜀《しょく》護軍胡烈字は玄武《げんぶ》。車騎将軍胡遵《こじゅん》の子で、尚書僕射胡奮《こふん》の弟であるから名門の出である。彼は鍾会に従わぬ者の筆頭として監禁されていた。丘建は旧主の彼にそっと私語した。

「宮中の裏庭に大きな坑が掘られております。二日後に再び審問し、従わぬ者は殺されて埋められるでしょう。そのお覚悟あれ」

胡烈は涙を流して丘建に頼んだ。

「御辺《ごへん》。心あらば聞いてほしい。我が子胡淵《こえん》は何も知らずに城外に居る。その内鍾会のため、おびき出されて殺されよう。どうせ我々の命は旦夕にある。せめて我が子は早く逃れ去るよう、御辺の力で取り計らってくれまいか」

丘建はかすかにうなずき、小声で言った。

「ご安心あれ。私が何とかやってみます」

丘建は囚人達に飲食物の世話をすると称し、持ち場を離れた。そして城外に抜け出し、胡烈の子胡淵に事件を知らせに走った。

胡淵はさほど父の身を案じていなかった。昨夜招待された者は一人も戻っていないようだし、どうせ夜を徹して飲み、今頃酔いつぶれて宮中で伏せっていることだろうと思っていた。

胡淵は風邪をひき、宴には出られなかった。同じく欠席した幹部も少数ながら居た。監軍衛瓘《えいかん》も初めから鍾会の招きをくさいと感じ、塩水をがぶ飲みしてわざと病気になっていた。長史の杜預《どよ》も奇智を用いて欠礼している。

そこへ丘建の報《しら》せが届いた。胡淵はびっくり仰天し、留守の大将達を触れ集めて善後策を講じた。大事件である。総司令官の鍾会謀反。主たる大将すべて捕らわれ、その命は明後日に迫っている。これをいかんせん。危険あっても進んで救出すべきか。逃亡して急を洛陽《らくよう》に知らせるべきか。全員たとえ命を失っても逆賊には従わじと誓い、進んで囚われた諸将の救出に当たることとなった。人々にとってすでに魏は滅んだも同様であり、司馬晋公《しばしんこう》が現世秩序の中心だった。司馬昭《しょう》を帝室に対する逆賊呼ばわりした鍾会のほうこそ、幕府に対する逆徒とされたのである。

そこに監軍衛瓘がとび込んで来た。彼は人々の方針を聞き、しかるべしと喜んだ。直ちに胡淵を始め残余の大将達と共に、明後日早朝を期して宮中に押し寄せることとなった。

一方、丘建を介し、その日の内に胡淵からの密書が父に届いた。十八日早暁《そうぎょう》救出に向かうゆえ、これこれしかじかのごとく脱出して兵火を免れ給えと。胡烈は喜び、他の囚われの将も元気づいて救出の時を待った。

また旧蜀軍のほうも往来は密かに、しかし盛んに行われていた。来たる十八日こそ、蜀漢再興の日であった。蜀の左車騎将軍張翼《ちょうよく》・右車騎将軍廖化《りょうか》・輔国大将軍董厥《とうけつ》以下の面々の他、皇太子の劉璿《りゅうえい》、関羽《かんう》の孫に当たる寿亭侯関彝《じゅていこうかんい》、それに幽閉の天子守護の任にある太僕蔣顕《しょうけん》や尚書衛継《えいけい》も、話を聞きつけて密かに参じ、熱心に姜維の説明に耳を傾けていた。

ここで新顔の劉璿は、皇太子といっても出色の人ではなかったらしい。関彝も関羽の孫（といっても子の関興《かんこう》の庶子であるが）にしては、記録にちょっと顔を出すだけでパッとしない存在だった。

ただ、衛継は相当盛名のある人物だったようだ。

衛継字は子業《しぎょう》。彼はかつて吏部尚書だった。彼は田舎の県の小吏の子として生まれ、五人兄弟の末子であったが、幼時、兄達と父の役所に行って庭で遊戯中、父の上官である県長の張君が通りがかってその利発さを愛し、子が無かったところから父にかけ合って養子にもらいうけた。成人してから学識通博、清職を歴任し、奉車都尉を経て尚書に昇り、張明府の子として盛名をはせた。忠篤信厚、衆の敬慕する文官である。

ただし、その頃「同姓娶らず異姓養子せず」の法令が一段と厳しくなったため、姓を張氏から実家の姓に戻し、衛継と名乗っている。

集まった者は無論遺臣の全てではない。企てに参加し得る者は、信のおける者に限られている。

十八日早暁、鍾会と共に宮中に入る姜維の合図の下、旧蜀軍は一斉に旗を揚げ、成都城内に突入する。一手は鍾会の直隷軍を破り、天子を救出する。鍾会は、彼が宮中に拘禁中の北来の将を誅した後、姜維がこれを刺す。他の一手は、城外に在る占領軍に対して襲いかかり、城の内外呼応して指揮官不在の魏兵を蹂躙し、殲滅する。その後綿竹《めんちく》の城に押しかけて仇敵鄧艾《とうがい》も殺す。兵火の禍が天子に及ぶことのないよう、蔣顕と衛継は死をもって守護し奉る。以上、一同ゆめ後れをとることなかれ。

これが計画の概要であり、蜀の遺臣達は、それぞれ手配を定めて明後日に備えた。

こうして十六日は暮れた。城内、城外、何事もなかったように静まり返っている。

城内は鍾会直隷軍が完全に支配していた。一分の隙もないほど往来は固められ、特に宮中の内外は物々しかった。

十七日早朝、鍾会は不思議な夢を見た。数百尾の小蛇が来て身を咬んだのである。うなされるように目覚めた時、汗をびっしょりかいていた。今日も姜維と打ち合わせがある。出仕した姜維に、彼は夢の事を語った。憐れな、と思いつつ姜維は乾いた口調で言った。

「龍蛇を夢見るのは皆慶兆に決まっています。お気にされますな。閣下は間もなく蜀の王者となられるのですから」

話題を変えつつ姜維はふと心が痛んだ。思えばこの男より恩義は受けたが、一度も裏切られた事はない。しかるに明日は、自分を信頼し切っているこの男の首を胴より離さなければならぬのである。かかる信義に反する行為があろうか。

しかし彼はあくまで漢《かん》臣であった。漢を興す大義の道が信よりも上位にあった。とはいうものの、計画が最終段階に近づくにつれ、胸の痛みが発作のように起こって来るのが気になっていた。身体の調子が狂って来たのであろうか。ここ一両日、心臓の発作的な痛みで倒れ、左右の人に助け起こされる事がしばしばだった。鍾会もむくんだ顔で、充血した目をこすりつつ、

「うむ。かねて打ち合わせのとおり、早急に事を起こすとしよう。ぐずぐず出来んからな。しかし司馬昭の大軍が国境に迫りつつある今、有能な大将達全てを殺すのはいささか惜しい。明朝は一人一人呼び出し、心底を確かめてから生かすべきは生かし、殺すべきは殺そう」

彼は、大多数の大将が計画に批判的なのを見て、今更のように自分の不人気を思い知らされて寂し気な様子であった。自信過剰だったエリートの彼が、このような気持ちになったのは初めてである。

姜維は彼の逡巡にあえて逆らわず、

「では明朝こそ御決行下さい。私は司馬昭の軍がどのあたりまで来たかが心配なのです。早く軍を再編成し、北上する要があります。それからもう一つ、城外にも幾人か大将が残っておりますゆえ、向背次第によっては片づけねばなりません」

と言った。鍾会も心を固めた。

「よし。明朝は彼らも呼び出して決着をつけよう。それよりも司馬昭の軍を相手にどの様に兵を展開すべきか、大計を示してくれ給え」

二人は地図を指さしながら、心は来たるべき司馬昭との決戦に飛んでいた。二人の把んだ情報では司馬昭はまだ長安に留まっているらしいが、先手の大将賈充《かじゅう》は、三万の兵と共に漢中に入った頃と推定された。放置しておくと巴蜀《はしょく》の境に十数日で到着しよう。剣閣《けんかく》と陰平《いんぺい》の二ヶ所で防衛線を固めるためには、どうしてもここ一両日中に益州の軍馬を発進させることが急務であると両将の意見が一致した。

成都燃ゆ

ついに運命の日は来た。魏《ぎ》の景元五年、後改め咸熙《かんき》元年の正月十八日。世を驚かせた成都大騒《せいとだいそう》擾《じょう》の日である（西暦二六四年）。

早暁、成都の街々には無気味な強風が吹き荒れていた。鶏が暁を告げると、家々の門で犬がしきりに吠え始め、かしましく四方に伝播して行った。この日、全益州《えきしゅう》をゆるがす大事件が発生するとは、早春の嵐の音を聞きつつ平和な眠りについている住民の誰一人知らない。

万犬吠ゆる街路を、狂風を衝いて旧王宮に向かう一隊の軍馬があった。中央に甲冑に身を固めた鍾会《しょうかい》。今や完全に心の迷いを断ち切った彼の顔は、厳しく引き締まって一世の英雄の風貌を見せていた。

側には旧蜀《しょく》の大将軍姜維《きょうい》。今朝も心痛の発作が起こり、当帰《とうき》の薬湯を飲んで来たのであるが、顔は青ざめ、異様な眼光だけが油断なく四方に注がれている。

「開門、開門」

武義門の前で先頭の一将が叫んだ。鍾会の甥の鍾邕《しょうゆう》である。

大門が開かれ、鍾会の旗本が続々入り込んだその時であった。

突然宮中内が騒がしくなり、煙の臭いがした。

「何事やある。見て来い」

鍾会が怒鳴った。一人の兵が駆けつけて来て叫んだ。

「大変です。宮中の奥で失火です」

鍾会・姜維は馬から飛び下り、中に駆け入ると、こはいかに、講堂に囚われていた魏の諸将は火を放って脱出し、思い思いに番卒共の得物を奪い取り、ここかしこで斬り結んでいる。

「鍾閣下、鍾閣下」

煙にむせんで姜維が叫んだ。

「早々に殺し給え。早々に」

「おう」

鍾会は剣を抜き放ち、兵を指揮して殿内に突入した。脱出した諸将、胡烈《これつ》・羊琇《ようしゅう》・李輔《りほ》・田《でん》章《しょう》・王頎《おうき》・楊欣《ようきん》ら数十人も、剣をふるってあるいは廻廊で、あるいは庭先で応戦した。武器のない者は屋根によじ上って雨のごとく瓦を投げつけ、鍾会従類の兵も傷つき死する者数知れなかった。

火の手が上がると同時に、成都の東門から鬨の声が上がった。城外にあった魏軍、衛瓘《えいかん》・胡淵《こえん》・杜預《どよ》・龐会《ほうかい》らの将兵である。丘建《きゅうけん》を案内役とし、城門を破って宮中になだれ入った。真っ先に父の身を案ずる胡淵字は世元、父の兵を横列にそろえ、雷鼓して殿門に迫った。年わずか十八歳。この時の彼の率先した斬り込みぶりは、後、その名を遠近に轟かすこととなる。

「しまった。丘建奴、裏切りおったな。伯約《はくやく》、いかにすべきや」

「ただ、撃つあるのみ！」

怒り心頭に発した鍾会・姜維は、長剣を抜きつれて兵を叱咤し、腹背に敵を受けての血戦となった。初め鍾会側は武義門・虎威門を固く閉じて新手の勢を防いだが、ついに破られて中庭の宣下門・崇礼門まで退いて内より固めた。

「鍾会が謀反したぞ」

「姜維も同腹だ。二人共逃がすな」

口々に叫ぶ雲霞のごとき魏兵を相手どり、鍾会・姜維はたちまちにして数十人を斬った。

煙は風に舞い、火の粉は雨のように降り注いだ。

こちらは旧蜀軍の本営である。張翼《ちょうよく》以下いらいらして待機していた。だが姜維からの正式の合図はない。斥候をやって城内の様子を窺わせるとこの有様である。

要領は得ないが、躊躇は出来なかった。

蜀兵は狂風を衝いて市街に突っ込んだ。城内はすでに修羅の巷である。凶血が煙り、火焔は盛んに上がって渦巻く雲を染めた。

「遅かったか」

「それにしても姜伯約閣下はいかがなされたか」

「大将軍。大将軍。何処におわすぞ」

もう敵味方の区別もつかなかった。ここに成都王宮を中心とし、城内から城外に至るまで上を下への大騒動となり、卍巴の大混戦が確たる指揮官不在のまま延々と続くのである。もう誰の力でも収拾のつく事態ではなかった。

死する者は数知れなかった。踏み殺される者、焼け死ぬ者、流れ矢に当たって倒れる者、足の踏み場もない屍の山だった。魏が正統か、晋《しん》が正統か、はたまた漢《かん》こそ正統か。その命《めい》を、尽くして死するは正命《せいめい》なり。人々は各々の立場でただ懸命に打ち合った。姜維もその中に交じり、縦横に長剣をふるった。

鍾会の甥で、ずっと彼に付き従っていた鍾邕《しょうゆう》は、群がる魏兵と戦って斬死した。姜維より一足先に鍾会に降り、随身していた元漢中護軍蔣斌《しょうひん》も討ち死にした。

蔣斌の弟の太僕蔣顕《しょうけん》は、廃帝劉禅《りゅうぜん》を護っていたが、兵火を避けて劉禅の座所を移す途中、襲いかかって来た兵と戦い死んだ。次いで蔣顕と共に守護の任にあった、尚書衛継《えいけい》も討たれた。

「閣下！　殿門が破れますっ」

絶叫に似た声を上げた者は誰であろう。煙のため方角の見分けもつかない。

「くそっ。来たれ」

大音上げて突入する魏兵に斬り込んで行ったのは鍾会である。

事すでに破る。すでに肚を据えた彼であった。真の潁川士大夫《えいせんしたいふ》の最後の意地を知れ。最後の力を奮い起こして、見る間に先頭の兵七、八人を手殺し、なお大勢の中に進もうとした時、四方の矢倉から一斉に矢が飛んで来た。

「ぎゃあーっ」

針鼠のごとく全身に矢を浴びて鍾会は倒れた。四十歳である。

「叛将鍾会を討ち取ったぞう」

「姜維は何処か。姜維を捜せ」

どっとばかりに魏兵は殿中に駆け上る。ここにおいて姜維も逃れぬことを覚った。

「我が事成らず。ああ、漢室の運、ついに尽きたか」

心痛しきりに発し、もう堪え得なかった。頭《こうべ》をめぐらせば五十有余年。鞠躬《きくきゅう》尽力の生涯も一夢の内だ。血路を開き、鍾会の倒れ伏す殿門近くに走る。今となっては彼と一処で死のう。左手で心臓を押さえ、幽鬼のごとく現れた姜維を見て、魏兵は飛び退った。

「姜維だぁーっ」

今はただ、心の内に軍神諸葛武侯《しょかつぶこう》を祈念しつつ、右に左に鬼神となって荒れ狂う彼であった。一人でも多く己が長剣に魏兵の血を吸わせることで心痛を殺そうとした。甲も剣も朱に染まった頃、十重二十重に魏兵の取り巻く中で、姜維は己が使命に終止符を打つことにした。

これが彼の知る天の命《めい》であった。一、二度大きく息をつき、剣を上げて己の首を刎ねたのである。

五十九歳だった。

　魏兵の中には、過去の戦役で父兄や戦友を討たれ、姜維に恨みを抱いていた者が大勢いて、一太刀ずつ彼の遺体に報いたそうであるが、ために胆がとび出し、その大きさは斗のごとくであったという。後に司馬光が「資治通鑑《しじつがん》」という歴史書を著し、姜維の最期について注を付し、「胆斗の如し、というのは不合理である。何故なら人体に入るはずがない。恐らくは升の誤りであろう」などと大真面目に書いている。下らない注記だが、要するに当時、憎しみの対象者を切りさいなみ、時にはその肉を啖《くら》う習俗があったらしい。鍾会の遺体も恐らく同様に近い報いを受けたろう。

　鍾会・姜維が倒れても、まだ余燼はくすぶっていた。混乱はさらに意外な方向へと飛び火するのである。

　魏の将の中には、鄧艾《とうがい》の恩を受けた者も多くいた。彼らは鍾会・姜維を討ち取ったことを鄧艾に知らせ、成都に迎え入れようとした。

　監軍衛瓘《えいかん》はこの企てを聞いて驚いた。彼には鄧艾の事をあれこれと司馬昭《しばしょう》に讒言したばかりか、鄧艾父子を手荒に捕縛して洛陽《らくよう》に護送しようとした経緯がある。

　鄧艾が旧の配下の将士に迎えられて成都に戻った場合、どう出るであろう。真っ先に自分を殺し、恨みを晴らすに違いないと彼は直観した。

　田続《でんぞく》という将がいた。彼は鄧艾に個人的恨みを持っていた。彼も素早く計算し、衛瓘に近づいてそっと言った。

「監軍。貴殿のお気持ち、よく判ります。実は拙者も同じ心です。彼には恨みがあります。私に殺《や》らせて下さい」

衛瓘は喜んで許した。田続は直ちに手下を糾合し、矢のごとく綿竹《めんちく》に飛んだ。

田続が鄧艾に恨みを持った理由は、一説によるとこうだ。彼が第二軍団の護軍として益州に入った時、かの壮大な山越えの直後で兵が疲れ切っていることを理由に、鄧艾の次なる作戦強行を批判し、ために鄧艾の怒りにふれて殺されそうになったことがある。幸い諸人の哀願で命は助かったものの、以後鄧艾に対して含むところがあったというのである。だが、彼は当初第一軍団に所属しており、何時の間にか第二軍団付護軍にすり替わっている点が不自然である。

こちらは綿竹城。鄧艾父子は獄に繋がれていたが、成都で何か不慮の事態が起こったらしいと聞き、窓から赤く染まった曇天を見上げていた。間もなく城兵達が騒ぎ出して鍾会・姜維が討たれたことを伝え、鄧艾・鄧忠《とうちゅう》父子を牢より解放した。

鄧艾は大いに喜んで久しぶりに自由を味わっていると、成都から田続が一隊を連れて駆けつけて来た。鄧艾が詳しい事情を聞こうとして問いかけたとたん、田続はいきなり剣を抜いて横なぐりに斬った。側に居た鄧忠があっと驚いて剣を抜く間もなく、これも大勢に囲まれて、ずたずたになるまで斬られた。成都攻略の名将父子にしては、あっけない最期であった。しかも諸葛瞻《せん》父子を討って戦勝記念碑を建てたその地で命を落としたのが因果めいている。

ここに蜀滅亡時の彼我の主将は、一度に滅んだことになる。後世、「姜維の一計、三賢を害す」

と言い伝えられた。

主役総退場の後、成都内外の混乱はさらに十日余りも続く。いたる所で旧蜀軍と魏軍との戦闘が繰り返された。

大将軍姜維を失った正月十八日、蜀の左車騎将軍張翼は魏の大将師纂《しさん》（らしき者）に討たれた。その師纂もまた何者かに討たれた。一説によると彼は、鄧艾を救出せんものと一手を率いて綿竹に飛び、そこで田続・衛瓘らの魏兵を相手に勇戦奮闘の末、皮膚が見えないほどずたずたに斬られて死んだともいう。

続いて蜀の皇太子劉璿《りゅうえい》や寿亭侯《じゅていこう》関彝《かんい》も、乱軍の中で続々戦死を遂げる。このあたり、誰がどっち側について、何時何処で誰に討たれたのか、生き残ったのは誰なのか、正確な所はさっぱり判らない。

一説によると関彝は、つけねらっていた魏の大将龐会に討たれたという。龐会の父龐徳《ほうとく》は、昔荊《けい》州《しゅう》の戦闘で関羽《かんう》に討たれた。したがって四十五年ぶりに父の仇討ちを、どさくさにまぎれて仇《かたき》の子孫に向けて果たしたというのである。一見もっともらしい。

成都城内は衛瓘の指揮の下、魏軍が掌握しつつあった。しかし衛瓘は一監軍であって、諸軍に将たる公的資格はない。また個人としても徳望は薄く、「望《ぼう》」として仰ぎ見られる人柄でもない。長史の杜預も、彼が鄧艾を闇討ち同様に討ったことを公然と批判し、彼は身分は高けれど君子に非ずと衆人に言ったりする有様で、統制はもう滅茶苦茶だった。

衛瓘がいくら全員屯所に戻れと魏・蜀両軍に呼びかけても、令に服する者はほとんどいない。したがって治安は乱れに乱れ、魏の勢も統制を失って郊外の諸方にくり出し、乱暴狼藉もしばらくは止まなかった。また、これを阻止しようとする旧蜀の残兵との衝突も続き、混乱はいつ果てるとも知れぬ有様である。

そこへ司馬昭の派遣する新手の大将賈充《かじゅう》の大軍が到着した。彼らは司馬晋《しん》公の名をもって各所に高札を掲げ、治安の回復に努めた。

魏軍はやっと屯所に戻った。蜀の軍民も鎮まった。ほとんどの蜀兵は今やこれまでと自主的に解散し、郷里に向けて復員して行った。

右車騎将軍廖化《りょうか》、輔国大将軍董厥《とうけつ》らの生き残った蜀将も、一切の望みを捨てて自宅に戻り、病気と称して一歩も外に出なくなった。

こうして最後の奪還の望みも空しく、中興の企ては挫折した。多くの人々の血を流しただけで、蜀漢の滅亡は永遠に決定づけられたのである。思えば巴蜀《はしょく》の地は、漢的気分の最後の拠り所だった。これを区々たる一地方政権の崩壊とするには忍びない。古代の諸要素の結晶たる漢への懐古のシンボル――こう書くといかにも大げさで史学の厳密性を欠くが――少なくともそのような心情の残映、もしくはせめてもの旗印の、二度と戻らぬ最後だった、と想いたい。

＊

鍾会・鄧艾・姜維の三巨魁は、晋公への逆徒として、その妻子まで滅された。しかし後年、鄧艾父子だけは疑いが晴れ、名誉が回復された。

晋朝の世になってから、鄧艾の元下僚だった樊震《はんしん》という者が、四品官積射将軍に昇った際、晋の武帝すなわち司馬昭の子の炎《えん》にお目見得して、涙と共に鄧艾の忠誠を語り、同時にかねてタイミングを見計らっていた涼州敦煌《とんこう》郡の出身で鄧艾の理解者である門下省の議郎段灼《だんしゃく》が、上疏《じょうそ》して再審を求めたからである。

その上表文は「晋書《しんじょ》」の段灼《だんしゃく》伝に収められているが、国の犯した重大な事実誤認を指摘する勇気と気迫に満ちた一文である。また、元蜀の尚書令樊建《はんけん》もこれを裏付ける証言をした。

泰始《たいし》九年、晋朝では詔を下して遺憾の意を表し、鄧艾の名誉回復の処置をとると共に、涼州に隠れていた嫡孫鄧朗《とうろう》を召して官に就かせた。

死後における鄧艾の評価は中々良い。ただ、性剛直に過ぎて朋輩との協調性を欠く、と段灼の弁論書にも惜しまれている。

鍾会に関しても、大逆の罪人にしては不思議に悪口は少ない。惜しいほどの秀才、文化人で、先々の見通しが利く「精練策数」であったのだが、入蜀後はつい（魔がさしてか）禍難に遇い、「変、弩を発するごとく」宗族を滅した、とある。彼は「世説新語《せせつしんご》」にも度々登場して、才気やユーモアをふりまいたり、豁達《かったつ》な風格を示したりしている。南朝貴族好みのタイプなのだろう。

鍾会の軍府に在籍していた功曹向雄《しょうゆう》が、鍾会の屍を厚く葬った時も、司馬昭はあえてとがめなかった。ちなみに向雄は、かつて王経《おうけい》の処刑に会して大哭した男である。

問題は姜維の評価である。正史「三国志」の本伝でも、評や注でも、甚だ芳しくないのである。彼の天命を知らぬ意識・行動は、当時の貴族社会の人々の目には、まるで火星人のように映ったのであろう。とても理解に苦しむ人物、といった趣旨の評が浴びせられている。

晋朝の国定歴史読本、正史「三国志」の彼の伝にはこう書いてある。

「姜維は立志功名だけの人である。性は粗にして一応文武の才があった。衆を惑わして戦争に引きずり込み、そのくせ明断周《めぐ》らず、ついに惨めな横死を遂げた」

正史の著者は元蜀の人陳寿《ちんじゅ》である。彼の父は、孔明のお気に入りである蜀の安遠将軍馬謖《ばしょく》の、先任参謀であったが、蜀の建興《けんこう》六年、街亭《がいてい》の戦で孔明《こうめい》の作戦指導に従わず、惨めな敗戦を喫した。孔明は軍律を正すべく泣いて馬謖を斬り、参軍である陳寿の父も頭を剃られる刑を受けたりして余世は恵まれなかった。

陳家はこれを、家の恥としたことであろう。陳寿も子供の頃から、孔明の子の諸葛瞻に蔑まれたといわれる。当然祖国に対する彼の心情は、他の蜀人と別物だったであろう。

それに陳寿は、譙周《しょうしゅう》同様、代々益州の士大夫だった。したがって蜀人を戦争に駆り立てた外来士大夫に対して批判的であり、孔明に対しても内治に功績のあった人で作戦は上手でなかったと評している。子供の頃いじめられた諸葛瞻にも「名は実に過ぎたり」と酷評を浴びせている。

陳寿については一時代後の「晋書《しんじょ》」に伝が載っている。光禄大夫《こうろくたいふ》譙周を師として学問を修め、官位は低く、どこかの府の令史に過ぎなかったが、終戦後しばらくは郷里に戻って中正官を務め、晋の世となってから洛陽《らくよう》に上り、学問好きの高官張華《ちょうか》に愛されて歴史記録官たる著作郎に昇った。

そして勅令により、前時代の歴史書たる「三国志」六十五巻をまとめた。これが今日に伝えられる正史「三国志」である。正に当時の現代史であり、史家として最も難しい領域への挑戦だった。

もちろん全篇を彼一人で書き上げたわけではない。保存されていた各国の記録を集大成する事業のチーフになったのであろう。記録だけでなく、一節ごとに論評も加えてあるが、中には東夷の章の倭人伝などの記述のように、ろくに資料批判もせず、単純に伝聞を羅列したに過ぎぬ章節もある。

六十五巻の内訳は、魏書《ぎしょ》三十巻、蜀書《しょくしょ》十五巻、呉書《ごしょ》二十巻である。蜀書が少ないのは蜀では歴史記録官を置かなかったため、資料不足であったからと言われるが、国の規模からすればむしろ多いとも言える。そして内容的には前述の心情も手伝ってか、卑屈なくらい晋朝に阿っている箇所も散見される。後世の「三国志演義」や「通俗三国志」も信用出来ない内容が多いが、正史「三国志」も、このような立場の生身の人の手に成るものと知りつつ読まねばなるまい。

それにもう一つ。陳寿にとって不名誉な中傷事件がある。彼が「三国志」をまとめた際、魏の時代に盛名のあったはずの丁儀《ていぎ》・丁翼《ていよく》の伝を故意に省いたというのである。理由は彼が、丁氏の子に対してお前の祖父をうんとかっこよく書いてやるからと持ちかけ、袖の下として多量の米を要求したが断られてしまったためとある。多分列伝の選にもれた者の側から出た中傷であろう。この件では彼は責めを受けなかったが、別件のつまらぬ礼法違反事件で失脚する羽目となった。

この話は当時の著作郎の立場、系図の重要性、異常に過熱する人物評論の風潮と人々の議論好きの体質、中途転入者の地位、形骸化した礼法、不景気による貨幣流通量の減少と米絹等現物の役割等々について、種々の想像を刺激するが、何よりも関係者生存中の歴史編纂事業が、いかに困難なものであるかを思わせる。逆に生々しい事実から遠ざかることになっても、後世の各時代ごとの評論と重ね合わせて見ることも必要となろう。たとえ生き残った目撃者や体験者の証言であっても、事実の一面にしか接していないであろうし、価値判断の尺度が用意されていない（または当時流行《はや》らない）場合もあろう。広い視角と文脈からの歴史評価と人物評価は、熱のさめない間は期待出来そうもない。

しかし陳寿の文章は評価されている。簡にして練れた語句を駆使し、要点をずばり表現する。当時の蜀人の作風であろう。艶《つや》を欠くが、質朴で客観性に富む締まった文体は、リズム感もあって朗読し易い。時に夏侯湛《かこうたん》なる著作家が魏書を書きつつあったが、陳寿のすぐれた「三国志」を拝見して自分の作品を破り捨てたという。後の人は正史「三国志」の文章が簡潔に過ぎるのを惜しみ、種々の注を加えて内容を補った。注だけでも本文に匹敵する量はあろう。その注釈においても概ね姜維には辛い点をつけている。

元蜀の秘書令郤正《げきせい》は姜維論を著して弁護した。しかし、さすがに度重なる北伐の件については評価を避けている。書かない事は大体批判と見て差しつかえない。春秋の筆法である。彼の説はこうだ。

「姜伯約は蜀の重臣でありながら、住宅はオンボロで余財なく、妾も置いた様子はなかった。後庭より音楽や宴遊の声の聞こえた例もない。服装は官給の制服のみ。馬も武具も飾らない。これはケチというものではなく、要するに足るを知るの生活である。給与は（部下のためにか）どんどん消費していつも無一文。飲食節制して情欲を抑え、学を好んで倦《う》まなかった。この点は人の模範である。

今世の人、人を評するに顕官貴人に阿り、敗者を足げにする。姜維は不幸にも宗族《そうぞく》に至るまで誅滅したため、今や遠慮会釈なくこき下ろされているが、これは昔孔子の定めた春秋の人物評価の法則に反するものではないか」

郤正の論は、正史にも紹介されている。陳寿は、少数説をも併記する間接手法によって、自分にも少しは姜維を弁護したい気がある旨を、表明したかったのかも知れない。

晋の評論家孫盛《そんせい》が、猛然郤正に噛みついて反論した。

「姜維は魏の吏員でありながら蜀に奔《はし》った。これ忠ではない。さらに母を見捨てた。孝ではない。旧邦に害を加えた。義ではない。死処を誤った。節ではない。戦役で民を疲れさせた。智ではない。防衛を全うしなかった。勇ではない。忠孝義節智勇を欠く欠陥人間であり、亡国の乱相救うべからざるものがある。

郤正の弁護は、たとえて言えば義賊の一面だけを取り上げて、盗賊行為全体を美化するようなものだ。姜維なる輩の人格像は、全体として否定さるべきである」

晋後、南朝宋《そう》の評論家裴松之《はいしょうし》は、仲を取り持つようにこう注を加えた。

「郤正は清素節約・好学不倦《ふけん》という姜維の側面を称えているのだ。その限りでは確かに模範とすべき美質であり、独立して評価してやってもよいではないか」

孫盛は相当な毒舌家だったらしい。こうも非難している。

「鄧艾の第二軍団が益州に侵入した時、小勢であった。姜維は何をボヤボヤして諸葛瞻の救援に急行しなかったのか。あヽ暗（愚）なる哉！」

裴松之は孫盛の鋭舌を酷過ぎるとして反撃した。

「そうは言っても後になればどうとでも言える事で、それ当時の勢い、退かんと欲すれど鍾会背後に在り、両済は不可能だったろう。それにである。鍾会は大事を挙げんとして魏将を殺し、姜維に重兵を授けて前駆せしめんとした。兵事は彼の手にあり、鍾会さえ亡き者とすれば、蜀の中興は決して夢ではなかったのだ。あに暗なる哉なんぞと言うべけんや！」

裴松之は正史「三国志」に注釈を加え、所々に感想文を付けた学者である。晋後のせいか割合公平に人物それぞれの立場を理解していた。しかし晋の評論家は概ね姜維に冷たい目を向ける。

晋の儒学者である例の干宝《かんぽう》先生はこう論じている。

「姜維は剣閣《けんかく》で死なず、鍾会の乱に加担して犬のように死んだ。惜しい哉！　古《いにしえ》の烈士は節を投ずること帰するがごとく、その死処にふさわしい場面で命を捨てたものであるのに」

どうやら姜維のリリシズムも彼の独《ひと》り善《よ》がりで世の人には理解されなかったらしい。若干似た人物で我が朝の山中鹿介《しかのすけ》幸盛《ゆきもり》のケースに比し、随分気の毒な扱いを受けている。

しかし後年、宋・元《げん》の頃から漢民族のナショナリズムが高揚して来ると様子が変わる。クールなインテリ貴族階級が後退し、新たにホットな民衆が登場して来る。再び一君万民を建前とする世が興され、一旦衰亡した儒教は姿形を変じて復興し、新儒教主義運動となって世を覆い、これを体して国民文学が台頭して来る。

かの有名な羅貫中《らかんちゅう》の「三国志演義」は、こうした流れの後、十四世紀の明の時代に誕生した。さらにこれを種本とするさまざまな〝小説三国志〟の類が、正史とは似ても似つかぬほどの蜀びいきの内容にすり替わって流行する。我が国に入って来たのは江戸期と見られ、湖南文山《こなんぶんざん》の「通俗三国志」も演義を種本として元禄時代に書かれたものだが、筆者が子供の頃、戦時の疎開先の祖母宅の蔵に伝わるその一冊を、やはり宋代に端を発して大流行した「忠義水滸伝」の原書と共に寸借し、今なお座右にある。内容は倫理的名分論と結びつき、堂々蜀正統論を展開している。

理屈抜きに判官びいきの十一世紀以降の民衆は、街頭で熱演する講釈師の蜀正統論に熱狂的な拍手を送り、その滅亡のくだりになると、拳《こぶし》を握って涙するのである。

「姜維ひとたび知己の師（孔明）に逢うや、生涯漢のために力を尽くす。ついに事成らずといえど孔明恨みなかるべし」

「姜維、密かに後主劉禅に書簡を送り、『願わくは陛下、しばしの恥を忍び給え。日月幽にして再び明に、社稷危うくしてまた安く、漢室重ねて興るべし』とぞ告げたりける。忠義のほどこそ勇ましけれ」

通俗本では例えばこうなるのである。

講釈師ばかりではない。宋の堂々たる学者・政治家の司馬光《しばこう》は、勅令によって有名な歴史書「資治通鑑《しじつがん》」を著すに当たり、記述の体裁としては魏《ぎ》を正統としたものの、蜀を正式名どおり漢と書き替えてはばからなかった。そしてその中で、こう注を付した。

「姜維の心、終始漢の上に在り。炳々丹《へいへいたん》のごとし。陳寿・孫盛・干宝らのそしり、皆非なり！」

ここで炳は明、丹は真紅のことで、真心の意味に通ずる。

宋代以降近世末まで、中国人の読書量は一に論語、二に三国志演義であったという。子供達も親に小遣いをせびると張り扇の音も高らかに響く寄席に飛んで行き、曹操《そうそう》がやられるとニコニコしながら帰り、蜀が負ける段の日には地団太をふみつつ戻る様子が宋代の世相の記録に見える。蜀を善玉、魏を悪玉とするパターンを設定したのは、宋代以降初めて歴史の表に登場して来た近世的息吹きの民衆であった。

正史は貴族の教養書で、演義は民衆の文学である。三国志が大衆文学となり始めたのは宋代の十一世紀以降のことと思われている。しかしそれより二世紀も前の晩唐《ばんとう》（九世紀）の頃、平易な少年講談の形で、一般家庭の子供達に愛読されていた形跡も窺えるのである。

李商隠《りしょういん》という晩唐の薄給の地方官がいる。さえない詩人でもあるが、その作品に「驕児の詩《きょうじのうた》（うちのやんちゃ坊主）」という詩があり、その中に注目すべき一節がある。

――前　略――

門に長者《ちょうじゃ》の来《きた》る有《あ》れば　（門にお客が訪ねて来ると）

造次《ぞうじ》に請《こ》いて先《ま》ず迎えんとす　（すぐ僕が出るんだと言って出迎える）

客前に須《ほ》しき所を問えば　（お客が、坊や何か欲しいものはと聞くと）

意を含みて実《じつ》を吐《は》かず　（もじもじして本音を言わない）

帰り去れば客の面《めん》を学《ま》ね　（お客が帰ると客の顔つきを真似てみたり）

□□（不明文字）爺《じい》の笏《こつ》を秉《と》る

（笏《しゃく》を持ち出して客の恰好を真似てふざける）

或《ある》いは張飛《ちょうひ》の胡《ひげ》を謔《あざ》けり　（髭面のお客には張飛みたいだとひやかし）

或いは鄧艾の吃《きつ》を笑う　（吃音のお客の場合は鄧艾みたいだと言って笑いこける）

――後　略――

唐詩の中でこの詩を発見したとき、筆者は新鮮な驚きを覚えた。何と、この当時すでに三国志は児童の愛好するところであったのである。演義の三国志が成立するはるか以前、貴族社会が衰退し始めた晩唐の頃から、演義の源流はまちまちな形で巷間に流布していたとしか考えられない。登場人物にもそれぞれ大衆受けする性格付けがなされ（例えば蜀の豪傑張飛《ちょうひ》が髭面であったとは正史の記載にはない）、その個性は子供にまで愛されていたに相違ない。

そして大衆向けに編纂された「三国志演義」は、これ等を後になって集大成したものと考えられる。

なお、宋・元より近代清末《しん》に至るまで、漢民族は不思議に内部分裂を止めている。抗争は専ら漢民族対異民族で行われる。そしてその度ごとに登場するのが我が朝の南朝正統論と南朝の忠臣への同情論にも似た蜀正統論と蜀臣達への同情論である。ナショナリズムの高揚により、不評判だった姜維もやっと浮かばれた。

聞説《きくな》らく。歴史とは、それが世に出た時代の鏡であると。毀誉褒貶《きよほうへん》の軌跡も同じであろう。

四　残映暮色

最後の漢将

鍾会《しょうかい》・鄧艾《とうがい》・姜維《きょうい》の三主将が一度に斬死して、成都大騒擾《せいとだいそうじょう》事件の余燼《よじん》が鎮まったのは魏《ぎ》の景元《けいげん》五年二月初旬である。生き残った主な旧蜀《しょく》将、廖化《りょうか》・董厥《とうけつ》の二人は、家に籠もったまま食もとらず間もなく慨死した。正史では二人は魏の咸熙《かんき》元年に上洛したが廖化はその道中で死んだとされ、「資治通鑑《しじつがん》」では乱中に死し、俗書では乱後慨死することになっている。どっちにせよ二人共相当な老齢で、体力も気力もこのへんが限界であったはずである。

再び益州《えきしゅう》に平和が戻った。

賈充《かじゅう》は民を安んじ、治安維持に努めた。騒ぎを起こした魏・蜀双方の責任者は全て死んでいた。付和雷同組も特に処罰を受けなかった。

廃帝劉禅《りゅうぜん》も取り調べを受けたが、事件に関与した様子もなく、騒動中耳を塞いで震えていたに過ぎぬことも判明した。しかし彼を依然としてこの地に留めておくことは問題であった。漢室《かんしつ》の末裔と西方の人々に信じられている旧蜀帝を擁したことが、魏・蜀の首脳に野望を起こさせる因となったとも判断された。

賈充は劉禅を直ちに洛陽《らくよう》に護送することとした。晋《しん》公の面前に引っ立て、名実共に蜀が滅亡した事を天下の人に示す要があろう。

蜀地の不思議な魔力にとりつかれぬ内に、自分も早く都に戻らねばならぬ。留まっていては今度は自分が疑われる番となる。成都の守備役は衛瓘《えいかん》に押しつけ、賈充は主を失った遠征軍をとりまとめて洛陽に向かった。

衛瓘も都に帰りたがったが、賈充は許さなかった。後年彼は、八方手を尽くして運動したおかげでやっと中央に復帰し、持ち前の官界遊泳術でかなり出世したが、貴族達の手のこんだ陰謀にひっかかって誅殺される。また賈充も、晋の武帝司馬炎《しばえん》に取り入って権力を握るが、彼が死ぬとすぐ反動が来て、賈氏一党ことごとく政敵に滅ぼされるのである。

野に在ろうと朝に在ろうと、貴族たることもまたすさまじき世であった。貴族社会の安定と個々の貴族の安全とは、どうやら別問題のようである。それに貴族は、一時の保身のために党派を組むことはあっても、究極のところ心は個人の穴の中に籠もりがちで、団結心に欠けていたようでもある。

劉禅は賈充の厳命により、牛車にゆられてさびしく成都を離れた。その日、見送る人とてなく、多くの旧臣は門を閉じて家に籠もっていた。

廃帝に従う者は十名に満たない。第二子の劉瑤《りゅうよう》の他、旧官名でいえば三省側から尚書令樊建《はんけん》・

侍中張紹《ちょうしょう》・秘書令郤正《げきせい》、列卿代表として光録大夫譙周《しょうしゅう》、宮中側からは殿中督張通《ちょうつう》・中常侍黄皓《こうこう》他である。皆妻子と別れ、単身随行であった。武官は皆病と偽って一人も洛陽に同行する者はなかった。

ここにもう一人、書き落とせない蜀将がいる。成都から遠く益州東南部の郡部、つまり寧《ねい》州地方の経営に当たっていた建寧《けんねい》の太守霍弋《かくよく》。蜀建国の功臣裨《ひ》将軍霍峻《かくしゅん》の子である。いわば南方の植民地総督として長い間ここに府を持っていた。成都破れ天子降り給いぬと聞き、西北の都を望んで三日間泣き伏していたが、やがて気持ちを持ち直して南方諸郡の将兵を集め、こう訓示して建寧の城に立て籠もった。

「都は遠く未だ主上の存亡も知れぬ状況である。もし魏が主上の降を容れて厚く遇するならば、もはや誰のために戦わん。潔く降ろう。しかし万一主上が軽んぜられ、敵に辱められることあらば、我ら一同城を枕に一戦あるのみ。何《いず》ぞ降るに遅速を論ぜんや。皆の者、別命あるまで、一歩も城外に出てはならぬぞ」

彼は成都に人を派して情報を集めた。天子洛陽に引き立てられ給うとの報を聞くや、烈火のごとく怒り、軍を発して奪い取ろうとしたが、部下に諫められて思い留まった。しかし、いぜんとして武装は解かず、主上助命の嘆願書をしたためて使いを洛陽に上らせた。

晩春三月、劉禅は上洛した。長安に出張っていた司馬昭《しばしょう》もすでに凱旋していた。

花の都は、明るい日の光と緑に映えていた。貴人の邸は美々しく連なり、行き交う銀鞍白馬の貴公子達や、妖にして閑なる美女の姿も華やかだった。毎日が曇天の蜀地より出て来た劉禅は、陽光を浴びながら、やはりここが中華の都なのだと思った。

劉禅が晋《しん》公府に呼び出される日が来た。彼は、群臣を引き連れた司馬昭の階下にひれ伏した。蜀の旧臣一同も彼の背後で平伏した。

その際、一人ではろくに口もきけず、満足な動作も出来ぬ劉禅の傍にあって、目立たぬよう、しかもきびきびと介添えと助言を行い、一々挙げられる主人の罪名に対しては、一身に代えてこれをかばう秘書令郤正の姿があった。その振る舞いには、魏の心ある列席者をして、

「国破るるも人臣としてかくあらん哉」

と感ぜしめるものがあった。一方黄皓の才覚と運動で多額の賄賂が晋公府高官筋に流れてもいたろう。

劉禅は郤正に頼りながらも、晩熟した彼の世話焼きを心中面白く思っていなかったらしい。「郤正伝」ではその心理を、「恨みて正《せい》の晩を知る」とえぐっている。

しかし司馬昭は意外にも厳しい態度で言い放った。

「汝は荒淫無道、酒色に溺れて国政を顧みなかったと聞く。その罪死罪に値するであろう」

劉禅は血の気も失せ、声も出ずに慄《おのの》いた。殺すも憐れな姿に見えた。

蜀の旧臣は一斉に哀願した。先ほどから郤正に同情を覚えていた魏の群臣も、

「彼は罪ありとは申せ、これを悔いて早々に降参したのですから、一命だけはお許しなされませ」と口々に取りなした。だが司馬昭の態度は変わらない。

その時である。近臣が、蜀の建寧の太守霍弋と申す者、晋公に表を奉る、と奏した。司馬昭が表を開いて見ると、雄渾なる太文字で、

「漢の安南将軍建寧の太守霍弋字は紹先《しょうせん》、寧州六郡の将卒を率いて上表す」

と書き出されている。

文章は堂々としていた。内容は至誠の気あふれて読む者の胸を打った。当時の風の一つとして、故意に古典の知識をひけらかして謎めいた語句も用いてあるが、要するに君辱めらるるとき臣死すの気概で、南方諸郡の武装を解かず、主上の名誉ある処遇を乞い奉る、と言わんとしているのであろう。

司馬昭は深く嘆じた。蜀にかくのごとき気骨の士が残っているのか。

その孤忠をあわれんだのか、南蛮諸族と結んでゲリラ戦を継続されることを恐れたのかは知らぬが、司馬昭は霍弋の請願を容れることにした。

すなわち劉禅を宥《ゆる》して安楽公に封じ、気前よく邸宅と奴婢百人・絹一万匹を与えた。子の劉瑤《りゅうよう》や主な侍臣にも適当な爵位を与えて生活を保障した。爵位には公・侯・伯・子・男の五等があり、上古の周の時代の制であったが、この頃司馬昭が復活し、魏朝側の貴族懐柔策として乱発していた。

また、蜀の旧将霍弋にも請願を聞きとどけた旨の返書を送り、旧の官を保障して降を勧めた。霍

弋は将兵と共にやっと開城した。

一方、呉《ご》の境にある白帝城改め永安城には、討蜀護軍胡烈《これつ》を急派して城将羅憲《らけん》を帰順させ、巴《は》蜀《しょく》と荊州《けいしゅう》の境を固めた。孫休《そんきゅう》も丁奉《ていほう》以下の援軍を派遣したのであるが、元蜀の吏部郎で文官的感覚の強い巴東太守羅憲は、これ以上の混乱は無用と判断し、毅然たる態度で呉の介入を排したので、呉軍は空しく国境の巴丘《はきゅう》より引き返した。

ちなみに羅憲は、光録大夫譙周《しょうしゅう》に学んだ人である。蜀末に黄皓に睨まれて中央からこの地に追い出されていたが、管轄下の軍民の統制を保ち、詔勅を守って整然と魏に帰順した。胡烈の口ぞえもあったためか、後、彼が上洛して朝に謁した際には、鼓吹をもって迎えられた。

かくて蜀領は全て魏に帰した。霍弋・羅憲他旧蜀の文武官も、おおむね身分を保障された。

もっとも後日になって、巴蜀の土着士大夫と外来士大夫との分離政策が施行され、孔明《こうめい》の孫である諸葛京《しょかつけい》他の外来士大夫の子孫は司州河東郡に移住を命ぜられた。何人かは晋朝に仕えて州刺史・郡太守位にまで昇っている。しかし三品以上になった例はほとんどなく、筆者が追跡した限りでは譙周《しょうしゅう》がかろうじて散騎常侍に昇り、「古史考」を著すなど文化面で名を挙げている。

もっともこの頃になると、むやみに官人が増え、左右両侍中がいたり中書令と中書監が併立したりして、各機関は独任制より合議制に変わっていたらしいから、散騎常侍といっても大勢いて価値は下落していたろう。宮中の集会などの様子も「金紫、堂に満つ」などと皮肉られている。金章紫綬・銀章青綬の大官が、有職故実どおりに衣冠を正して、会議の席にただ並び居る様子が目に見える。

旧蜀人の処遇はおおむね以上のとおりである。しかし司馬昭は黄皓だけは許さなかった。佞人《ねいじん》とはかかる奴をいうのであろうかと言い、藩国の政務を乱し藩主を誤らせたとして、市に引き出して斬刑に処することを命じた。

劉禅余話

助命された翌日、劉禅《りゅうぜん》は礼を言うために司馬昭《しばしょう》の私邸を訪問した。私邸とはいえ、王宮のような堂々たる邸であった。

司馬昭は、昨日とは打って変わった寛いだ態度で迎え、酒宴を開いてもてなした。彼我の侍臣も交え、豪勢な宴会となった。

宴会は夜を徹して行われるのが常である。酒や料理が一面に並べられ、厨房では大勢の料理人が肥牛を割き羊を屠って、てんてこ舞いで働く。そして必ず楽団が入る。

宴半ばにして、楽団が華麗なる魏《ぎ》の音楽を演奏し出した。蜀《しょく》の旧臣は皆唇を噛み、涙を流さぬ者はなかったが、一人劉禅のみは酒席を取り持つ美女と無心に戯れて、笑い興じている。主客全員に最低一人ずつホステスが付いて接待するのが当時の宴会の習わしであった。

司馬昭はそれを横目で見ながら、楽団員に合図して今度は蜀の音楽を演奏させた。寥々と聞こえる西音の調べに、蜀の旧臣はますます涙にむせぶ。劉禅はと見ると少しも哀色なく、楽しむ事まるで幼児のごとき有様だった。

司馬昭は、わざと蜀人達に聞こえるように言った。

「やれやれ、人の世の無情なるかな。これでは諸葛孔明《しょかつこうめい》が再来しても、蜀の滅亡は免れ得なかったろう。いわんや一時の勇児姜維《きょうい》らの輩の力では」

司馬昭は父の司馬懿に似て、底意地の悪い所があったらしい。さらに劉禅に向かって、

「そなたは本国を恋しく思うか」

と聞いた。

劉禅は笑顔のままで、

「どうして、どうして。中華は気候も良く酒は芳醇、料理も美味い。それによくこんな美しい女性をそろえましたなあ。こんな楽しい宴席は生まれて初めてです。故郷のことなど、とうに忘れてしまいました」

と答えた。

暫くたって劉禅は厠へ立った。厠といってもまるで豪華なホールである。劉禅はフロントで女性の差し出した皿から、乾した棗《なつめ》の実を二個取って鼻孔に詰め、虎子とよばれるおまるにまたがった。

驚いたことには、そこにも大勢の美女が香を持って立ち並び、客が衣を更えるのを手伝うのである。目下都の貴人の邸で流行り出している風俗らしい。

田舎者はよくここで室を間違えたかとウロウロしたり、棗を喰ってしまったり、ボールに入れて差し出される色付きの手洗い水をジュースと誤って飲んだりして、後で女達にキャッキャと笑われるのである。この種の話は、「世説新語《せせつしんご》」の紕漏《ひろう》篇（失敗の巻）他に見えるが、劉禅はかねて黄皓より話を聞いていたので、どうやら恥はかかずに済んだ。

もっとも、あまり威風堂々と落ち着き払っていても、後で女達に「かの客は能《よ》く賊とならん」などと噂されたりするから、ある程度まごついた方が客としては無難なのである。

さすがは洛陽の都。貴人の生活とはかかるものか――。

劉禅がニヤニヤしながら廊下に出ると、向かい側の厠から、秘書令郤正《げきせい》が気まずい顔付きで出て来た。彼は劉禅を見ると、涙を抑えつつ追いかけて来て袖をつかみ、なじるように言った。

「お情けのう存じます。何故本国を想わずと仰せられましたか。今度同じことを聞かれた際には、涙を流して『父の廟祠、蜀の地に在り。日夜西の空を望みて心悲しむ』とお答えなさい。晋公は必ずお宥《ゆる》しになり、宗廟の御在所に戻して下さるでしょう」

劉禅は、うん、うん、とつまらなそうに頷いて席に戻った。司馬昭は意地悪そうな目付きでもう一度同じことを問うた。

「どうかね。やはり正直のところ、故郷の生活が懐かしいのであろう」

劉禅は、郤正のほうを見やりながら、その示唆したとおり、うまく喋ろうとした。しかし、汗をかきかき、いくら演技しても涙は出ず、言葉だけが棒のごとく出た。

司馬昭はおかしさをこらえつつ、

「そのせりふ、先ほど廊下で郤正に教えられたとおりであろうが。どうじゃ」

と言った。劉禅はほっと緊張をほぐして、

「実は左様でござる」

と言ってのけた。

満座、はじけるように笑った。劉禅も顔を赤くして笑った。それを見て人々はまた哄笑した。

司馬昭はすっかり心を許した。彼の愚直さが愛らしくさえあった。別に殺さなくとも危険はない。呉を早く帰順させるためにも、彼を生かしておくに限る。以後司馬昭は少しも警戒心を起こさず、劉禅が気儘に余生を送ることを許した。

劉禅は司馬昭より長生きすること六年、年齢的にも十歳長く生きた。晋《しん》の泰始《たいし》七年（西暦二七一年）六十五歳で没した。したがって魏の滅亡の姿もその目で見た。

彼は彼なりの立場と飾りない能力のままで、処世を誤らずに生涯を終えた。真実如何ともし難い暗愚の人だったのか、生まれながらにして老荘の奥義を体得していた大隠だったのかは不明である。各書を見ると頭から彼を愚人と極めつけている。だが老子は言った。「大賢は大愚に似たり」と。

筆者はどう解すべきかを知らない。

禅譲革命

鍾会《しょうかい》・鄧艾《とうがい》亡き後、蜀《しょく》征討の功は司馬昭《しばしょう》一人に帰した。彼の評判は一段と高まった。司馬昭は、初めからそれをねらって二人の失脚を謀ったとも解せられる。

彼の功績は直ちに政治的に利用された。群臣は彼の功を言いはやして晋《しん》王に昇格させるべく運動し、名ばかりの帝曹奐《そうかん》に迫ってこれを実現させた。王は九品の官制を飛び越えた封建の概念である。次はいよいよ帝を退位させて自ら晋朝の初代皇帝に昇る手順である。景元《けいげん》五年を咸熙《かんき》元年と改めて準備に取りかかった。

約一年間、あらゆる根回しが行われ、世論が動員された。各地方からは、

「身の丈二丈余り、足跡三尺二寸の白髪の巨人が現れ、『我は民の王なり。天子を替えればすなわち泰平の世永遠ならん』と告げて去った」

とかいう類の、天の声・民の声の報告が数多くでっち上げられ、都に寄せられて来た。

機は熟した。いよいよ司馬昭が曹奐に退位を迫ろうとした矢先、突然倒れて口がきけなくなった。おそらく脳卒中であろう。長男司馬炎《えん》を指差して口をもごもごさせたまま世を去った。五十五歳。

咸熙二年八月である。

封建の位である晋王の地位は、自動的に炎が継いだ。

司馬炎字《あざな》は安世《あんせい》。彼が跡を継いだのは長男であったことの他に、賈充《かじゅう》・何曾《かそう》・裴秀《はいしゅう》、それに竹林の七賢人の中では珍しく体制派で吏部尚書までやった山濤《さんとう》など、司馬昭の幕府に出入りしていた貴族達に人気があり、その支持があったことを生前より司馬昭が知っていて世子に定めておいたからである。

炎は肖像画を見てもなかなか立派で、「人臣の相に非ず」と思わせるが、決して独裁的英傑ではない。門閥達の意見を充分尊重したといわれる。

国の支配者たる門閥連合は、合議制でなければ動かない。帝王はいわばその座長である。貴族の棟梁としての権威がなければ務まらないが、独裁は禁物で、そのへんの呼吸を心得た者でなければ新しい時代の天子として貴族に担がれない。

司馬炎は晋王の座につくや、貴族達の同意を充分取り付けたうえで父の意志を果たすべく行動を開始した。彼に「わしはいかなる人物に譬えたらよいと思うか」などとなぞをかけられ、ははあと判った貴族達は早速準備に取りかかった。

賈充は剣の力で魏帝曹奐を強迫した。無礼を怒った朝臣の張節《ちょうせつ》は天子の面前で撲殺された。否も応もなく、曹奐は退位を約束した。

しかし孔孟の教えは地方の読書人にまだまだ長い影を落としていた。位を奪うといっても、あくまで古来の礼法にならい、受禅台をしつらえて百官の見守る中で、平和な禅譲の儀式を演出しなければならない。曹奐は泣く泣く吉日を定めて受禅台に上り、司馬炎を壇上に請じて玉璽を引き渡した。

司馬炎は、百官や全国から招待されている名士達の見守る中で、とんでもございませんと何度も辞退し、やむなく玉璽を受け取るという馬鹿馬鹿しい演技をやってのけるのである。

式次第では三回辞退することになっている。その合間合間に高名な学者や高官がこもごも立って、ここに至っては天の命と人民の希求に従い、ぜひとも御位を継ぎ給えとの辞を、故事や学説を引用しながら長々と述べる。

これが古《いにしえ》の堯《ぎょう》・舜《しゅん》の道だというのである。礼教はここまで形骸化し、心は失われていた。

かつて孔子は言った。

「礼といい礼という。玉帛《ぎょくはく》をいわんや。楽《がく》といい楽という。鐘鼓《しょうこ》をいわんや」

孔孟であれ老荘であれ、要するにその理想とする太初の心は、天真の情もしくは自然の真情であったはずだが、為政の具として売り出し、公に採用されてから、儒教即礼教に転ぜざるを得なかったのであろう。政権交代劇のこの手続き性は、以後東アジア政治史上の一パターンとして定着する。

一方、儀式を見守る側も冷たいものだ。能面のような彼らの顔はこう語っている。一々王朝交代の度ごとに、嘆き悲しんでいたらきりがない……。自分達新しき時代の支配階級は、個々の王朝政治の消長を超えて生き抜く自立の存在なのだ。禅譲革命というこの寸劇の主人公は、新旧の天子ではなく、台下で見守る我々貴族なのだ、――と。

やがて万歳の唱和と共に大典は終わった。

台より下りた廃帝曹奐は完全に無視された。ただ一人、太傅《たいふ》の司馬孚《ふ》が廃帝の足元に身を投げてよよと泣いた。これも儀式の内だろう。

天運循環して逃れる術なく、かつて漢末の天子が魏《ぎ》王曹丕《そうひ》に強いられたごとく、今魏の天子はその位を晋王に譲るに至った。時に魏の咸熙二年改め晋の泰始《たいし》元年十二月である（西暦二六五年）。

廃帝曹奐は陳留王《ちんりゅうおう》となり、即日都より追放された。大安元年（西暦三〇二年）、金墉《きんよう》の地、更に鄴《ぎょう》に移された後に没した。五十八歳である。

司馬炎は国号を晋と改め、初代晋帝の位につくと、大々的に大赦を行って新しい時代の到来を天下に宣した。これが晋の武帝である。後、北方異民族に追われて都を江南の地に移した東晋と区別し、前期の晋を西晋《せいしん》（西暦二六五～三一六年）と呼ぶ。初期は、つかの間の不安定な平和の世であった。

司馬懿《い》は宣帝、師《し》は景帝、昭は文帝とさかのぼって諡《おくりな》された。

各地方官からは、やれ当地で龍が昇ったの、それ鳳凰が舞ったの、果てはキリンが現れたのという類の報告が争って都へ寄せられて来た。人々は瑞祥《ずいしょう》として喜び、新世を祝った。

悠々たる蒼天

蜀《しょく》・魏《ぎ》を合した晋《しん》は、呉《ご》を窺うことそれから十四年の長きに及んだ。晋建国後日が浅く、国の基を完全にしておくためであろうが、それにしても長過ぎる。

その間人口は着実に増え、物資は随分豊かになり、国力には不足はなかったはずである。

元々国家の性格からして、早く天下を統一せねばならぬ必然性はないのである。晋帝の位の性格からも、無理して中古の秦《しん》の始皇帝《しこうてい》や漢《かん》の高祖《こうそ》の真似をしなければならぬ理由は持ち合わせていない。

それに呉は、伝統的に攻めには弱いが守りに強い。昔曹操《そうそう》の率いる推定実数十数万、号して百万の魏軍が、孫権《そんけん》時代の呉軍によって惨敗を喫した赤壁《せきへき》の戦の例もある。

呉帝孫休《そんきゅう》は、司馬昭《しばしょう》の死に先立つこと一年前、蜀滅亡の危急を救えなかったことを気に病みつつ世を去った。三十歳の若さである。一族の孫皓《そんこう》立ち、呉の永安《えいあん》七年改め元興《げんこう》元年とする。間もなく元老丁奉《ていほう》も死し、後継の陸抗《りくこう》も没して呉にも人材は少なくなって来ていた。

孫皓は、一種の性格破綻者であったと思われる。暴虐・残忍で、多くの忠臣を上意討ちにし、民を苦しめた。諫死する者四十余人。かろうじて呉に残っていた古流士大夫はほとんど姿を消した。

その結果、豪族の離反、国庫の欠乏と続き、次第に内部崩壊の様相を示し始めた頃、十二分に機の熟するのを待っていた晋の大軍は、かの山水文人の羊祜《ようこ》の推挙によって鎮南大将軍に昇った文人で、名将の名の高い杜預《どよ》の総指揮の下、一斉に呉になだれ込んだ。「破竹の如く」とは杜預の造語である。

一旦国境の破れるや、降伏まで実にあっけなかった。孤忠を守る臣下もほとんど出現しない。ただ、わずかに同僚・部下には逃亡を勧めながらも、

「広い呉の国の中で、たった一人も国に殉ずる者が出なかったとあっては、後世歴史を読む人々に対して恥ずかしい」

と言って取って返し、わざわざ死ぬために晋軍に斬り込んで行った軍師張悌《ちょうてい》の名が、呉書に小さく注記されている。蛇足と知りつつ書き留めたい。

実際の話、儒教社会に住む人々は悪い意味でなしに、後世自分がどう書かれるかを、大変気にしているのである。

張悌字は巨先《きょせん》。妙なことに早くから魏領になっていた襄陽《じょうよう》の出身である。若くして概念論理の才があった。孫休《そんきゅう》の時に召し出されて屯騎校尉《とんきこうい》となる。いよいよ敗戦必至となってから最後の丞相《じょうしょう》兼軍師を拝命、残存呉軍を率いて出撃した。力戦して晋軍を防いだが脱走者が続出し、ついに一同に訣別を告げて単騎死の突撃を行った。右将軍諸葛靚《しょかつせい》ら逃走者側も涙を流して後をふり返り、

その最期を見届けたという。

護軍孫震《そんしん》、幻の書「臨海水土志《りんかいすいどし》」の著者である丹楊《たんよう》の太守左将軍沈瑩《しんえい》らが、馬を返して後を追った。青巾《せいきん》兵と称する丹楊の鋭卒五千もこれに続いた。――この程度に書けばよかろう。

それにしても呉帝孫皓は、よほど領内の貴族階級の支持を失っていたに相違ない。彼の失政によるものと、司馬炎《えん》の貴族優遇政策が呉に聞こえていたためであろう。

恐らく彼は、時代に逆行する中央集権志向型の君主であったのだろう。彼の在世中、暴政を諫止するあまたの忠臣を殺したと伝えられているが、これは反面、呉でも大いに成長していた貴族階級への弾圧であったのかも知れぬ。

将兵が続々降伏または逃亡するのを見て、呉帝孫皓もついに建業《けんぎょう》の石頭城下において城下の誓いをせざるを得なかった。本当は暴君らしく一暴れして自害しようとしたのであるが、中書令胡《こ》沖《ちゅう》、光禄大夫薛瑩《せつえい》らの朝臣に寄ってたかって止められたのである。

終戦のドサクサの際、蜀の黄皓《こうこう》にも擬せられていた佞人《ねいじん》の宦官岑昏《かんがんしんこん》は、恨みを持つ呉人達になぶり殺しにされ、あな心地よや、と肉まで喰われてしまった。

中国の食人俗すなわち喫人については専門の研究があると聞くが、史書や小説を見る限り例が多い。例えば「三国志」「水滸伝」「大地」を見ただけでも、大饑饉の際の人々相喰む生存本能型、相手の肉を啖《くら》ってもあき足りぬ熱血漢型、崇拝する人に対して愛妻を料理してもてなす、赤貧の中の「鉢の木」的真心型、豪傑ぶって捕虜の生胆を抜いて冷やし、酒の肴にする無頼漢型、敵ながら天晴れな勇者を倒し、そのスピリットを継ぐべく心臓を抜いて喰う英雄崇拝型等の例が見える。痛快極まる武勇談や感激的な美談として扱われるケースが多く、現代の尺度で測っては評価を誤る。

孫晧にはもはや制する力もなく、黙って寵臣の殺される様を見ている外なかった。

多くの呉の臣が上意討ちになったのは、岑昏の讒言によるところが多かったそうである。人々は出来れば孫晧も喰いたかったであろうが、主殺しは敵側から見ても人倫に反する行為であって、晋軍進駐後の「反座の刑」を免れ得なかったろう。人各々その主ありの論理では、行為の態様が重要なのだ。

開城の際、晋軍側に提出された呉の国務諸台帳によると、

行政区画　四州四十三郡三百十三県
登録戸籍　五十二万三千戸
男女人口　二百三十万人
官吏定員　三万二千人
登録兵士　二十三万人
米穀在庫　二百八十万石
保有船舶　五千隻

となっていた。船舶五千は国有とすれば多過ぎて古書の誤記かも知れぬが、南船北馬の語のとおり、江南では舟は人々の足であるから、相当数あったことは確かであろう。ちなみに、

後宮美女　五千人

との後世の落書きめいた注記もあるが、これはオーバーであろう。

国祖孫堅《そんけん》がこの地に拠ってより九十年、第三代の孫権《そんけん》が帝政を布いてより五十年、江南六朝文化のトップを飾った呉はここに滅んだ。

先に魏・晋に亡命していた呉人達の立場と心情は、どのようなものであったか。その一人、驃《ひょう》騎《き》将軍孫秀《そんしゅう》は洛陽《らくよう》に在ったが、戦勝に沸き立つ街に一歩も出ず、宮中祝賀にも姿を見せなかった。彼は孫晧に弾圧されて亡命して来た組であるが、祖国の事を忘れたことはなかった。呉滅亡の報を聞くや南の夏雲を望み、

「ああ昔孫策《そんさく》の君、初めてかの地に呉の国家を創業せしより七十年。今何とて孫晧のごとき乱心者の世に現れたるぞ」

と言ってしばらく慟哭していたが、泣くだけ泣いた後、気が抜けたように言った。

「悠々たる哉蒼天。何《いず》ぞ《くん》この如きや」

孫秀は、呉人の来降を誘うための政策として驃騎将軍の地位を与えられていたが、今は用済みとなって伏波《ふくは》将軍に遷された。二品官から五品官への格下げである。厚遇されていた亡命者達も、おおむね同様の処置を受けたろう。

この年、晋の咸寧《かんねい》六年改め太康《たいこう》元年夏五月（呉の天紀四年、西暦二八〇年）、廃帝孫晧は洛陽に出頭した。

司馬炎は彼に席を与えて、

「朕は久しくこの席を設け、汝が来るのを待っておったぞ」

と言うと、孫晧は、

「私も江南の地でこの席を設け、陛下をお待ち申しておりました」

と応じ、旧臣一同をはらはらさせた。

司馬炎は大笑いして彼を宴席に誘った。例によってホステスが侍り、楽団が各地の音楽を演奏する。宴たけなわとなり、一同は歌抜きのカラ演奏にのって順に唄うこととなったが、孫晧の番で司馬炎が、今南の国で大流行と評判の新曲、「貴様の歌」をやってくれと注文した。各節に必ず貴様という語が入るのでその名がある。要するに白けた社会を反映するナンセンス・ソングであり、自在に歌詞を変じて歌えるように出来ている。

孫晧は胴間声を張り上げて替え歌を唄った。

爾汝歌《じじょか》　《貴様の歌》
昔与汝為隣（貴様と俺とは　かつては同格）
今与汝為臣（今じゃ貴様の　家来にされた）
上汝一杯酒（貴様のために　一献酌もう）
今汝寿万春（貴様の長寿に　乾杯だあ）

司馬炎は辟易したが、あえて彼を劉禅《りゅうぜん》同様助命の上、帰命《きめい》侯に封じて隠居させた。以後孫晧はおとなしく暮らし、三年後四十二歳で死んだ。呉の主は、孫権を唯一の例外として短命が多い。

晋の戦後処理は寛大であった。司馬炎は知っていた。この寛大さこそ貴族共を安心させ、支持を得、弱体ながらも自分の王朝を安泰に残しておく唯一の方法であることを。それからの彼は、エネルギーをあえて政治や外征に費やすことなく、専ら後宮に入り浸り、脳がおかしくなるまで女に狂うのである。

晋による中国統一をもって、漢末動乱以来百年の長きにわたって続いた三国志物語は終わる。不用となった晋の国軍は解散し、半封建の諸王や荘園貴族の私兵に流れて行く。その後十数年が晋の最盛期であり、真偽の検証は別として全中国の登録戸数二百四十五万九千八百四十、登録人口千六百十六万三千八百六十三に急上昇していた。三国当時に比し二倍強である。

だが時代の様相は先の漢《かん》の世とは一変していた。君臣関係や行政組織は勿論、郷村社会も軍の性格も、学問も芸術も、そして人々の処世態度やものの考え方に至るまで、三国時代を中にはさむ内に、何時の間にか大きな変貌を遂げてしまっていたのである。

すでに世は、暮色寥々たる異質の時代に入っていた。人によってはこれを中世という。

*

この頃、ユーラシア大陸の東西史上、驚くべき大運動である民族大移動の東面の波頭は、中華周辺の異民族を刺激し、覚醒した匈奴《きょうど》・羯《けつ》・鮮卑《せんぴ》・氐《てい》・羌《きょう》の諸部族は、皆轡を並べて中華の平原を見下ろしながら、すでに中国領内に先住・雌伏中の同部族の決起に呼応し、一斉突入する機を窺いつつあった。いよいよ世界的大分裂時代の開幕である。歴史には、これで完結というところがない。

晋後、南北朝の頃、五胡乱華する中華の地を回復せんものと淮河《わいが》を強行渡河した南朝側の武人桓《かん》温《おん》は、望楼より鞭を上げて北方を指し、左右の旗本にこう語ったと言われる。

「見よ。彼方に霞む中原こそ我等漢民族の故国である。我が神州の陸沈したるは、酒に浸って清談なんぞに耽り、現実の矛盾に正面から取り組む真摯《しんし》誠実の気骨を俗物視して来た、老荘かぶれの貴族連中の責任ではないか！」

だが彼の北伐もクーデターも結局成らず、分裂指向の体質は長く時代に定着するのであった。

完

解題

はじめに　一

（文庫『それからの三国志』上巻より）

歴史は王朝交代の単純なくり返しではなく、基盤となる時代の諸要素が、トータルに質的変換を遂げて行くものであるらしい。中国の歴史は、西欧や日本の場合ほど明確な時代区分を持たないと言われているが、底流の変化はやはりあったと考えられる。

漢《かん》。それは古代中国の完成された政治秩序万能の帝国であった。あらゆる古代的諸要素が見事に結晶し、西のローマ帝国同様、不滅の輝きを示していたかに見えた。しかし物事には必ず始めと終わりがある。漢の高祖が三尺の剣を引っさげて西暦紀元前二〇二年にこの王朝を建設したのであるが、その対外発展の面でも統治組織の上でも、地方郷村社会の仕組みも経世思想上も、壮大な構築物と思われたこの統一組織体は、約四百年後に崩れ去る。そしてその崩壊は、漢という現世秩序の消滅だけでは済まされず、古代的諸要素の相当部分にわたる変質を意味するものとなったとも聞く。

この時、その後継をめぐって護漢派・脱漢派各々の立場から群雄が雲のごとく起こり、間もなく魏《ぎ》・呉《ご》・蜀《しょく》の三国鼎立の時代に吸収されるのであるが、この一君万民時代から異質な分裂指向の時代へと移行する混乱期においてくり拡げられる英雄豪傑龍駆虎奮の物語が、世にいう「三国志」である。

吉川英治著『三国志』の篇外余録の解説によれば、「三国志」を劇的に描けば劉備《りゅうび》・関羽《かんう》・張《ちょう》飛《ひ》三人の桃園の義盟が出発点であるが、史的興味からいえば魏の創業者曹操《そうそう》の出現こそ出発点であるとされ、その全盛期に痛打を与えた蜀の名宰相諸葛孔明《しょかつこうめい》の五丈原《ごじょうげん》戦病死をもって事実上の結末としておられる。つまり「三国志」は曹操に始まって孔明に終わり、その後は急速に登場人物が小型化し、史的意義も興味も失せたとして、わずか十数頁で三国末史を片づけておられる。

　確かに「三国志」は、曹操の死までが前期、孔明の死までが後期の部分で、今を去る千七百数十年前、三国の頃、曹操《そうそう》・劉備《りゅうび》・孫権《そんけん》の三雄時を同じくして中国を三分し、それぞれ魏・蜀・呉の国を建て、各国が鎬《しのぎ》を削って戦う大ロマンは、読者をしてあるいは血沸き肉躍らしめ、あるいは万《ばん》斛《こく》の血涙をしぼらせつつ展開して行き、最後の圧巻秋風五丈原のくだり（孔明の死）で事実上全篇終了となる。そしてその後の物語は蛇足のようなもので、ほとんど一般に紹介されることはなかった。

　しかしながら歴史上は未だ三国時代は終わっていない。その後三十年が終末の時代であり、たとえスケールが小さくなっても、古書を見る限りその時代にもやはり天子も将軍も軍民もあって、それぞれがそれぞれの立場で必死になって何事かを為すのである。

　この三十年間、地色の一変する次なる時代へと階段を踏み下る興味深い過渡期にあって、彼らはどのように時代の推移に適応し、反抗し、あるいは生き抜き、そして死んで行ったか。特に価値尺度がますます稀薄になり多様化して行く当時にあって、彼らは何を拠り所として時代に棲息し得たのであろうか。多少なりともそれを物語風に描いてみたい気持ちに駆られてペンを執った。

したがってこの物語は、孔明没後の蜀軍五丈原撤退直後から記述を起こすべきであるが、「三国志」を小説にせよ未だ読んでいない読者がおられることも想定し、他の章の書き方に比して異質となるが、五丈原以前への回顧をいくつか最初の章に入れて、過去との連結と全体理解に多少でも資することとした。

最小限度の孔明像を示しておかなければ、その影が重くのしかかる死後の時代も語れないからである。同じ趣旨で漢末・三国前期の概要にも、時折さかのぼってふれることとした。

しかしながら、出来得れば五丈原までの何らかの「三国志」を一読しておられると、よりこの末史物語のご理解に役立つと思われるので、お奨めいたしたい。

筆者

読後の言葉

植村清二

三国時代は、中国の三千年の長い歴史の中でも、最も伝奇的興味の多い時代である。後漢の王朝がその権威を失ってから、各地に群雄が割拠し、それが収斂されて、魏・呉・蜀の三国の鼎立となり、更にそれが魏の後を承けた司馬晋によって再び統一されるまで、多くの君主、宰相、将軍、謀臣が、舞台に登場して、その多彩な活動は、真に人目を眩するものといえよう。

この時代の歴史を伝えるものは、主として陳寿の「三国志」であるが、その紀伝体の叙述は、事実を綜合的に理解するのに不便であって、一般の読者には、やや近づき難い。「三国志演義」は、宋代以後に「三国志」を骨子として、これを敷衍《えん》潤飾したもので、わが講釈に類似したものであるが、幾分かこの欠点を補うものである。

しかし「三国志演義」や「通俗三国志」は、三国時代の前半、いわば曹操と諸葛孔明というタイタンの対立と争闘とを中心として取扱っていて、その後半即ち孔明の死から司馬晋の統一までを、ある意味で附録的なものとしている。これを劇として見れば、主要人物が退場したあと、舞台が淋しくなるのは当然であるから、このような取扱いも、已むを得ないかも知れない。しかし三国時代の後半に伝うべきものがないかといえばそうではない。前半に見られる赤壁の大戦や、襄陽《じょうよう》の失陥のような華々しい軍談はなくとも、中原には司馬氏が漸次曹魏の帝室を蚕食して行く過程があり、巴蜀には孔明の遺策を承け継いだ姜維の北征の努力がある。そしてその背後には、グラネのいわゆる「中国古代文明の終末」という社会的現象が巨大な影を落としている。これらの歴史若しくは物語が、一般の読者の視野から遠ざけられていたのは、まことに遺憾なことではないか。

本書の著者内田重久氏は、史学者でもなく、また作家でもない。いわばアマチュアである。しかし三国時代について深い興味を持たれ、殊に従来これといって見るべき労作のないその後期について研究を進め、繁忙な実務に従事する旁ら、根本史料である「三国志」を精読して、基礎知識を固めると共に、この時代に関する新しい学者の論文にも注意を払い、それは単に政治史・経済史関係のみに止まらず、文化史・社会経済史関係にまで広く及んでいる。その篤学精進は実に敬服すべきものである。

内田氏は後期三国時代史に関する知識と興味が昂まると共に、自らこれを纏めて、一篇の物語に創り上げることを志された。魅せられたというか、憑かれたというか、興味が凝結した結果である。そして寸暇を窃《ぬす》んで執筆された。その努力の結果の稿本を、筆者は縁あって拝見することとなった。筆者は以前に『諸葛孔明』という小著を公けにしたことがあるが、それ以後の歴史については、取り立てて研究したわけでもなく、また知識があるわけでもない。しかしいわば一日の先輩として、その稿本を閲読した。多少の感想は申し上げたが、勿論これというアドヴァイスではなかった。それよりも不慮の病患のために久しく入院生活を送ったために、荏苒《じんぜん》日を経たことを深く申しわけなく思っている。

慎重な著者は稿本を再三修正して、漸く意に満つるに至って、中央公論事業出版にその刊行を委ねられた。印刷が進捗して、そのゲラ刷りを見ると、実に四百五十頁に近い。正に大著というべきである。

はじめに言った通り、著者はアマチュアである。従って専門家としての史学者あるいは作家からすれば、史実の選択、その批評、全体の構成、場面の描写等について、若干口を挟む余地がないでもあるまい。しかし全篇を通読すると、そこには三国時代後半の歴史が、孔明の遺志を継いだ蜀の姜維の活動を主軸として絞られて、そこに著者の興味と情熱の集中されていることが看取される。この点から見れば、本書は多少の言い足りない点はあっても、極めてユニイクな特色を持つ書物であるということができるであろう。

ただ甚だ遺憾なのは、本書が比較的少部数の限定出版に止まって、多数の読者の希望に応じ得ないことである。筆者は近い将来に、本書が装を新たにして版を重ね、更に多数の人々の目に触れることを、心から希望せざるを得ない。

（※本作の基となる『三国末史物語』自費出版にあたって寄稿を頂いたものです）

昭和五十四年五月　　蠧残書屋にて

晩年の植村清二先生との邂逅

私が一面識もない植村先生に恐る恐る電話を差し上げたのは、昭和五十三年春のことでした。昔、先生の名著『諸葛孔明』を読み、講談とは異質の飾りのない締まった文体と、淡々と枯れた筆運びに感動したものでしたが、私も孔明死後の三国志の世界を接ぎ木のように描いてみたくなり、数十の質問項目を携えて訪問のお許しを乞うためでした。

新潟大学に電話をしたところ、とうに定年退官されて東京練馬にお住まいとのこと。その時初めて先生が相当のご年齢の方であることを知りました。

勇を鼓してご自宅に電話をすると、直接先生がお出ましになり、張りのある声で快く承諾されました。何と気さくな、開けっぴろげな老先生であろうというのが第一印象でした。

いよいよ初対面。暖かい春の日の午後、閑静なお住まいを訪れますと、どてら姿の先生が見えられ、「お待ちしてましたよ」とおっしゃって、玄関を上がった右手の自室とおぼしき洋間に案内されました。お机の上は雑然と紙や本が置かれ、古代ペルシャの剣と盾が無造作に机の脇に立て掛けられていたのには驚きました。ここが「蠹残書屋」なのでしょう。

まず訪問の趣旨を告げました。私は日頃俗事に励むサラリーマンであるが、少年時代からの三国志狂いであること。世上何故か三国志は諸葛孔明の死をもって終了としていること。巌流島決闘以後の「それからの武蔵」があるように、「それからの三国志」があってもよいではないかということ。以前から三国時代末期の材料を集めて書き溜めているが、疑問点も多く行き詰まっていること。先生の『諸葛孔明』に感銘を受けたので、ご指導を仰ぎながら完成させてもう一つの自分を確認したいこと。本日は質問を浴びせたいからお時間の許す限りご教示願いたいこと。

先生は眼を細められて「ああ懐かしいなあ。新潟の研究室に居た頃のようだ」と申されました。先生のご説明は親切で素人にも分かり易く、時代背景や周辺民族との関連、人物の性格等、淡々と時には熱っぽく頬を紅潮させながら一々質問事項に答えられました。脱線の部分が特に面白く、原稿の未完成部分が次々と埋まり更に書き足されて行く思いでした。そして最後にこう励まされました。それは、私にとって勇気百倍するお言葉でした。

「わたしの現役時代に比べて今日の日本は実に自由で豊かになり、お勤めの方も土曜日が休みになるなど余暇に恵まれ、誰でもその気になれば文化の創造に参加出来るようになりました。あなたが忙しい実務の合間を縫って東洋史の一部を本にしたいとの志を持たれるのは立派なことです。素人と卑下することなく、ぜひ自己実現を遂げて頂きたい」

いくたび訪問したでしょうか、ある日こう質問しました。

「先生。昔の、しかも異国の人が、こんな場合にどう考えどう行動したであろうかは到底今の尺度では測れません。どうしても分からないとき、現代に生きる我々生身の人間だったらどう振る舞うであろうかを想定し、類推適用しても差し支えないものでしょうか」

先生は大きく頷き、はっきりした口調で、

「そう、基本的にはそれでよいのです。思うに結局人間のやることは古今東西パターンは同じです。登場人物の心理や態度も思い切ってあなたの想像どおり書きなさい。どうしても当時の風に照らしておかしい所は原稿を見てから指摘して上げましょう」

この一言で原稿は一気に書き上がりました。

拙い原稿は七百枚近くになりました。題して『三国末史物語』。歴史小説です。恐る恐る先生の校閲に供しましたところ、またおっしゃいました。

「なんと懐かしい。まるで昔、学生の論文を見ていた頃と同じ気分だ」

その後電話があり、「文章は調子がいいですね。この事自体は悪くありません。しかしこれこれの部分は勇ましすぎて軍談調。もっと抑えて抑えて。これこれの所はこの周辺異民族の説明を加えて。参考文献はしかじか」等とアドバイスがあり、加除訂正に追われていた頃、急に聖路加病院に入院されました。お疲れがたまっておられたのかも知れません。

退院されてから、私の訪問時間は出来るだけ短くするよう心掛けましたが、処女出版が間近でしたので、ついご無理をかけてしまいました。先生は自宅の膨大な蔵書の中から「帝王図鑑」やトルファンから出土した「三国志」呉書の写本を取り出されて、表紙の装丁に使うよう勧められ、貴重な文献であるにもかかわらず貸し出して下さいました。更に「読後の言葉」の一文をお書き下され、製作元として中央公論事業出版を紹介して頂きました。皆、私のわがままなお願いによるものです。

昭和五十四年六月、『三国末史物語』は自費出版されました。一旦印刷物になりますと完全に独り歩きを始めたようで、自分の原稿から成ったとは思えません。先生の祝福のお言葉の温かかったこと、有り難かったこと、生涯忘れることはないでしょう。

暫くたって訪問した際、先生はこういわれました。

「実は中央公論から、先に出した『諸葛孔明』の改訂版を出さないかとの話が来ている。昔書いたものだから書き直しもあるだろうが、もう年だし体も弱っているからどうしようか迷っている」

私は浮かれた気分が続いたまま、先生のご健康のことも深く考えず、是非やって頂きたいと勧めてしまいました。

『諸葛孔明』の改訂版は大いに売れ、先生も「こんなに読まれるとは思わなかった。三国志ファンも多いんだなあ。そういえば最近、色々な歴史雑誌や西域地方専門の雑誌すらある。大衆がこれほど歴史に興味を抱き、文化的趣味を持ち始めて来たのだから、時代は豊かになったのだなあ」と感慨深げでした。これが先生のお言葉を聞く最後でした。

間もなく私は筑波の万国博の方へ勤務替えになったりして忙しく、ご無沙汰を重ねて居りました。そして三年後何も知らずにお手紙を差し上げましたところ、ご令息より先生の訃報が届きました。

先生の晩年のご様子を知らせるそのお手紙を読み、驚き悲しむと共に、実は『三国末史物語』は、先生のさり気ない換骨奪胎によって、当初の拙劣な原稿とは生まれ変わった様に創造されたものであることに気が付きました。専門の学者であったばかりでなく市井の人間に対しても巧まざる教育者であったのです。

私も勤労生活者としての晩年に差し掛かりました。物を売ったり買ったり、金勘定をしたりしながら時々思うのは、少年時代の夢とロマンと、今頃これを果たして一生の心の宝を創造し得た熟年の自己実現の喜び、そして見知らぬ一素人の夢のために温かい励ましとご支援を賜った、晩年の東洋史学者植村清二先生との邂逅です。

（追悼文集に寄稿したものです）

平成元年五月記

筆　者

はじめに　二

（文庫『それからの三国志』下巻より）

筆者にとって歴史とは、昔の人と付き合うことである。付き合う以上はその人の置かれた立場を理解してあげなければならない。思うに昔の人は皆それぞれに与えられた時代環境の下、厳しい拘束のなかで行動していた、いや、行動させられていたに違いない。持って生まれた性格や素質の他、受けた教養、その時々の人間関係、たまたま所属した組織や担当した役職にいたるまで、すべてが制約条件となって行動を規定していたに違いない。拘束から解放されて個性丸出しに暴れまくることの出来た時代はどの程度あったろうか。あったとすれば、一つの時代の権威が終わり、次の時代の秩序が到来する前のひとときであろう。

漢末から三国時代前期。正に時代の谷間であったろう。正義漢から悪党まで、さまざまな類型の人物が輩出して自由奔放に行動し得た、善悪こもごものヒーローの時代であった。

三国志の面白さはそこにあった。筆者の少年時代、夢中になって読み耽り、勉強のストレスを解消していた。そしていつの間にか一定のキャラクターを形成していた。

ある中国人から聞いた説によると「三国志」は少年時代に純な心で読むのが良く、中年になってから深読みすると、ずる賢い油断のならぬ人間になるという。殊に曹操の大ファンと称する中年にはくれぐれもご用心をと。ちなみに「水滸伝」の場合は逆で、中年になってから読むと健康的なストレス発散になり、若い頃読んで感化されると堅気の人間になれないそうである。

三国時代後期となるとどの物語でも書きっぷりは変わり始める。痛快で単純な面白さは次第に消えていく。三国の組織は確立し、制度は固定して人々の自由な個性発揮の場は失われた世に移っていたのであろう。豪傑の武勇談より軍師の水際立った采配のほうに物語の重点が移っていく。更に末期になると、官僚統制が目立ってくる。

筆者が中年のサラリーマンになってから、三国時代の末期に興味を持ち、特にその終焉期の人物伝に惹かれるようになったのは何故だろうか。深く考えたことはなかったが、やはり年齢経験、組織人としての限界などもあり、知らずして周囲の状況から感ずる環境の変化から影響を受けていたのではと思う。史料をあさりながら、昔の人と付き合い、話し合う内に、立場や考え方がよく分かるようになって来たのである。そして是非とも彼ら個々人の短い伝記を縦糸に、時代背景を横糸にして物語を織り継ぎ、世に紹介したくなったのが執筆の動機である。

上巻烈風の巻では、諸葛孔明の死の直後から筆を下ろし、三国の巨星が次々と世を去って相当程度世代交代が進んだところで終わった。スケールが小さくなったとはいえ、魏末、蜀末、呉末を飾る多彩な群像はまだ健在で、必死になって何事かを策し、闘い、如何ともし難い制約のなかで生き、死んでゆく様相を描いた。この基調だけは上・下巻を通じて変わらない。

彼らの振る舞いの中から見えて来るもの——それは後世、誰でもよいから自分のことを少しでも歴史に書いて欲しい、人々に伝えて欲しいという切実な願望であったと思える。それは悲痛なくらいのパフォーマンスから窺える。史料を通して昔の人と語り合えば、その心情は痛いほど分かる。彼らは皆歴史物語の中に、せめて一行一句でも己の名を刻んだ墓碑を建てて欲しかったのだ。後世の人に自分は確かにこの世に在ったのだと知って欲しかったのだ。

こうして本書が誕生した。一生で一作の著作になろう。本書を歴史の中でなお生き続けたいと願って死んだ、さほど有名でもない三国終焉期の人々に捧げたいと思う。

平成二十三年盛夏

筆　者

おわりに

演義や通俗の「三国志」を見ると、「平家物語」と同様、冒頭に著者の史観めいたものが記されている。それによると漢《かん》—三国—晋《しん》の過程を、そもそも合しては分かれ、分かれては合するのが天の命《めい》であるとか、治極まりて乱に入り、乱極まりて治に入るのは陰陽消長の理《ことわり》であるとか説明しているが、ただそれだけの循環論で済むことなのであろうか。

筆者は史学の専門ではないから、分をこえた解説を試みる気もないし、その能力もない。ただ筆を進めつつ感じたことは、三国時代は想像以上に、歴史の潮流の大きな転換期ではなかったかということである。

登場人物のものの考え方、行動の仕方も、種々雑多で容易にパターン化出来ないが、これらは当時における新旧の思潮、各地方における史的発展格差、九品中正の制に見られる法制史上の改革、その背景となる社会隷属関係の変化等、多数の要因より成る連立方程式によって導き出されたものであろう。具体的にどの人物が、どんな場面でどんな言動をして、どう生きどう死んだかは、一々背景となる教養・美意識・所属する組織や役職官品・持って生まれた性格才能等に当てはめて考えて行くと、中々興味が尽きない。

漢から魏《ぎ》・晋・南北朝《なんぼくちょう》に下って行く時代過程の特徴の一つは、価値意識があいまいになって来たことではないだろうか。種々雑多な思想・考え方が発生し、人々は闇夜に手さぐりの状態で行動規準をさがし、絶望したり、清濁何れであれ自立の世界に立て籠もったりしたのであろう。

その中で、かろうじて諸葛孔明《しょかつこうめい》が利害・成否を超えた価値を見出して行動し得たために、人々の心を打つ存在になったと思われる。彼は「正議論」や「出師表」を著すなど、当時にあって珍しくあいまいな価値意識を整理し、客観正義の存在を、西偏の地方士族の人々に信じ込ませることに成功したのである。

その心が生きていたから、蜀末の歴史は魏末や呉末のそれに比して、まだしも清冽だったと思う。それが蜀の人々にとって幸か不幸かは別として、古代社会の美質の一つ、清流の心、もしくは素朴主義が一種の精神的資産として一部の人士に語り継がれ、近世になって息をふき返し、大衆文芸化したようにも思える。

筆者の少年時代、〝小説三国志〟の類を悦読しては血沸き肉躍っていた組であるが、年と共に英雄豪傑がただ暴れまくる大時代的な前半部分より、体制の再編成が進んで行く後半、特に時代の様相が全く移り変わる末期の部分に、何か現代社会にも通ずるものを覚え、また三国各々の滅亡にしても、一王朝の崩壊として簡単に片づけるにはいささか惜しいものを感じ、初版（自費出版）発行の十年前から少しずつ資料をあさって来た。あいにく諸葛孔明没後から急に大人物が出なくなるせいか、小説《ロマン》としては面白くないらしく、ほとんど切り捨てられていて、事件も人物も一般には紹介されていない。

しかしながら末期に登場する人物で、時代にそぐわぬその鋭角的な行動の不思議さにひかれ、詳しく書いてみたい人物があった。蜀末の華姜維《きょうい》である。

歴史を彩る英雄ではない。せいぜい田舎の秀才であろう。しかしその極端な清流美意識と行動のくそ真面目さ、一本気の性格は、俗にいわれる大陸風士大夫とは異質なものが感じられ、興味を抱いていた。

彼には実利を重んじ清濁を併せ呑むしたたかさはない。練達・老獪な政治性もない。およそ老練な大陸人らしくない。牽強附会の弁で恐縮だが、どこか日本の地方士族に似ているように映る。そしてその心は、彼の死後の世界、花も毒もある爛熟した文化と無数の下克上・腐敗とが同居する六朝貴族社会の風潮に比し、何と対照的なことか。

初めは「姜伯約伝《はくやく》」を書くつもりだった。その内に背景となる時代相全ての移り行く様を描きたくなった。しかし学問的記述には勿論自信がなく、物語風とした。したがって初題は『三国末史物語』（昭和五十四年自費出版）とした。後、各方向からのアドバイスを容れて『それからの三国志』と改題した。

物語とはいえ分を越え、筆者の浅薄な素人解釈を加えてしまったりもしたが、考証めいた箇所も講釈の部分も、筆者の勝手な推定・感想と思っていただきたい。それに真の史学の厳密性を知らぬ筆者としては、時代や人物の性格づけに、ずっと後世の日本の歴史や社会のそれを無意識の内に援用してしまったり、勝手な感情移入をしたりした部分も少なくないことを自認せざるを得ない。古今東西、結局人間のやる事は大体において同じだろう。――そう割り切らなければ筆が進まなかったのである。

登場人物の心理・行動や、物語展開についても、彼のことゆえ、かくあるであろう、かくあれかしといった類の、推定と願望の連鎖で古書の空白を埋めた所も少なくなく、全てが史書のとおり、学説のとおりではない事は言うまでもない。

なお記述に当たっては、無から有が生ずるはずもなく、当然ながら種々の古い文献や訳書、新しい研究資料を参考とさせていただいた。説に従った部分もあれば目をつぶった所もある。創作・加工した部分もあり、あくまで歴史ではなく物語と思っていただきたい。文章表現上も、誤った史学用語感覚があったに違いないと恐れている。専門の方はどうかお許し願いたい。

なお、筆者にとって光栄であったのは、機会あって新潟大学名誉教授植村清二先生の謦咳に接し、ご多忙でしかも病後のお体であられたにもかかわらず、拙劣な原稿に目を通していただいた上にご指導まで賜ったことである。さらに別掲の一文（上巻末尾）をいただき、衷心より先生に謝意を表する次第である。

植村清二先生は高名な東洋史学者で、作家直木三十五氏の実弟であられる。昭和六十二年五月永眠された。本書上巻にその追悼文集「追想　植村清二」に寄稿した筆者の文を掲げさせていただいたが、改めて哀悼と感謝の意を表することとしたい。

筆者

主要参考文献

――本文中で紹介した文献及びその訳本以外のもの――

『魏晋南北朝政治制度』沈任遠　臺灣商務印書館　一九七一年

『九品官人法の研究』宮崎市定　中公文庫　一九九七年

『中国家族法の原理』滋賀秀三　創文社　一九六七年

『中国の文学と礼俗』藤野岩友　角川書店　一九七六年

『貴族社会』新修京大東洋史Ⅱ　外山軍治他著　創元社　一九八一年

『「無」の思想　老荘思想の系譜』森三樹三郎　講談社現代新書　一九六九年

『魏晋南北朝通史』岡崎文夫　弘文堂　一九三二年

『東洋における素朴主義の民族と文明主義の社会』宮崎市定　平凡社　東洋文庫　一九八九年

『曹植』吉川幸次郎・小川環樹編集校閲　伊藤正文注　中国詩人選集　第三巻　岩波書店　一九五八年

『世界帝国の形成　後漢―隋・唐　新書東洋史(2)中国の歴史(2)』谷川道雄　講談社現代新書　一九七七年

『三国志演義』羅貫中　立間祥介訳・解説　徳間文庫　二〇〇六年

『ある技術者の生涯』（馬先生別伝）傅伝

『蜀都の賦』（蜀都賦）左思

所収『漢・魏・六朝・唐・宋散文選』伊藤正文・一海知義編訳

中国古典文学大系第23巻　平凡社　一九七〇年

論稿

『中国中世史研究　六朝隋唐の社会と文化』中国中世史研究会編　東海大学出版会　一九七〇年

「貴族的官制の成立―清官の由来とその性格」上田早苗

「中世世界の諸相　貴族制社会と孫呉政権下の江南」川勝義雄

「魏晋時代の名族―荀氏の人々について」丹羽兌子

『東洋史研究』東洋史研究会編　京都大学東洋史研究会

「後漢末の世相と巴蜀の動向」狩野直禎　一五巻三号　一九五七年

「巴蜀の豪族と国家権力―陳寿とその祖先たちを中心に」上田早苗

二五巻四号　一九六七年

本書は文庫『それからの三国志』（上下巻）として二〇一一年に小社より刊行した作品を、
改題・修正し、一冊にまとめたものです。

ブックデザイン　熊澤正人・村奈諒佳

著者プロフィール

内田　重久（うちだ しげひさ）

1934年北海道旭川市生まれ。東北大学法学部卒業。少年時代から「三国志」ファンで、化学繊維メーカーや富士通など会社勤めの傍ら、主に三国志の末期部分に着目し研究を進める。
1973年より東洋史学者・植村清二氏に私淑しつつ、本書の元となる『三國末史物語』の執筆を行う。

愛蔵版　それからの三国志

2017年2月28日　初版第1刷発行

著　者　内田 重久
発行者　瓜谷 綱延
発行所　株式会社文芸社
〒160-0022　東京都新宿区新宿1－10－1
電話　03-5369-3060（代表）
03-5369-2299（販売）

印刷所　図書印刷株式会社

ISBN978-4-286-18449-4